杨乃武与小白菜

黄南丁 著

中国文史出版社

图书在版编目（CIP）数据

杨乃武与小白菜 /（清）黄南丁著. -- 北京 : 中国文史出版社，2019. 12

ISBN 978 - 7 - 5205 - 1871 - 0

Ⅰ. ①杨… Ⅱ. ①黄… Ⅲ. ①章回小说 - 中国 - 清代 Ⅳ. ①I242. 4

中国版本图书馆 CIP 数据核字（2019）第 281001 号

责任编辑：孙裕

出版发行：**中国文史出版社**

社　　址：北京市海淀区西八里庄路 69 号院　　邮编：100142

电　　话：010 - 81136606　81136602　81136603（发行部）

传　　真：010 - 81136655

印　　装：廊坊市海涛印刷有限公司

经　　销：全国新华书店

开　　本：787 × 1092　1/16

印　　张：19

字　　数：243 千字

版　　次：2021 年 1 月北京第 1 版

印　　次：2021 年 1 月第 1 次印刷

定　　价：52. 00 元

出版说明

中国的文学作品具有鲜明的时代特征。明清是小说的繁荣岁月，这两个时期留下了大量的小说作品。

这些作品不仅是研究中国文学的宝库，也是研究中国语言发展的资源。更重要的是，虽然这些只是文学作品，但是其中包含有大量的历史知识，通过这些作品，我们还可以了解明清时代的社会、文化、生活、经济等状况。

虽然明清时期留下了大量的小说作品，但多是刻版印刷而成，且质量参差不齐。鉴于此，我们整理出版《明清小说书系》丛书，一是希望能为中国文学史的研究提供一份助力；二是希望能为中国语言发展的研究提供一些文献；三是希望能为明清时期的历史研究提供一些资料。

以今天的观点来看，毋庸置疑，明清小说中存在很多不合时宜甚至是糟粕的东西，这是我们在此提醒读者需要注意的问题。我们希望读者能够在阅读的过程中，取其精华，弃其糟粕。同时，尽管我们兢兢业业，但不足之处在所难免，不当之处，敬请读者谅解。

目　录

第一回

谢良媒笨伯得喜耦
成孽障巧妻伴拙夫

在专制时代，人民未能得到法律的保障，把人命视作儿戏。不论这一件事情，是否冤狱，受着绝大的冤枉，总先求之于非刑。受刑的人，倘是稍一含糊，不胜苛刑之苦，无不屈打成招，冤沉海底。做官府的人，也并不细细推求研讨案情如何，究竟是否这人所做，并为了自己前任关系，谬然定谳。一个好端端的安分良民，就是断送了一生，并且带着奸邪凶恶的骂名，官员却不以为自己的错误，反诩诩以为能，这是何等的残酷。而且逢到了这一种极大冤枉的事，一般官府，大都抱着所谓官官相护的陋见，绝少可以由上峰昭雪，把冤狱平反。除非是遇见了的确是清正廉明、爱民如子的官府，才有平反的发见。如清末时候，杨乃武同小白菜，因奸谋毙亲夫一案，便是个明证。要不是刑部细细追求，把案情追一个水落石出，杨乃武同小白菜，岂不是冤沉海底，永没有超生之望了吗？闲话少说，言归正传。

却说在同治年间，江浙余杭县仓前地方，有一家豆腐店。店主姓葛，娶妻喻氏，生下一子一女。子唤品连，因那姓葛的排行第一，仓前的人，都唤他作葛大，品连便唤作葛小大；女唤三姑，生得丑陋不堪，浑如母夜叉一般，满身漆黑皮肤。两条扫帚眉，一对铜铃眼，满面麻子，一个塌鼻梁，血盆大口，露出了一口的阔板焦牙。又是声如破锣，说起话来，得吓人一跳。而且是生性呆愚，不解菽麦，仓前的人，没一个不知道这葛三姑，是个奇丑无比的傻子。

葛大在店内，虽是十分勤俭，只因豆腐生涯，每天做的买卖，总是有限，家道很是清贫。仗着喻氏帮着在店内烧煮豆腐，也用不起什么伙计，便将品连亦留在店内，学习豆腐生意。一家四口，苦苦度日。那一天，葛大正在店内磨着豆子，预备做些豆腐，应明天的买卖。听得门外有人叫道："姐丈在家中吗?"葛大听得是喻氏的胞弟喻敬天的口音，忙放下磨盘笑应道："是兄弟吗，快请里面坐吧。"话犹未毕，喻敬天已走将进来，上前见过葛大喻氏，一同坐下。葛大道："兄弟到来，可有什么事情?"敬天笑道："正是。我一来是来探望姐姐、姐丈，二来有一件事情，要同姐丈商议。"喻氏正舀着一盏茶，自房内走将出来，听了笑道："兄弟，什么事情，巴巴地跑来，同你姐丈商议呢?"敬天笑道："如今南京正闹着水荒，逃难出来的人，已不知有多少。昨天我们家中，也来了一家亲戚，姓毕，只有一母一女，便是我的连襟，襟兄早已亡过，剩了一个我妻子的姐姐，同了一个姨甥女儿。家中本来自襟兄死后，穷苦非凡。这一会儿被水冲得房屋都倒，家具全失，没奈何，投奔到我家中。姐姐，你想我如今的景况，已大不如前，怎能招留着两个人在家中吃闲饭。又不能不留着她们，还是你弟媳妇子，想得出些法子，说这个姨甥女儿，年纪只有七岁，人也生得不差，雪白粉嫩，的确是伶俐的女孩子，不如找一家好好人家，令她出去做童养媳，或是对定亲事，可以两边住住，帮着做些事情。我一想倒也不错，又想到了姐姐这里。品连已有十四岁了，你们这里，正嫌着人口太少，干事忙碌。倒可以把我那姨甥女儿生姑，说合给品连，童养在家中，省得以后品连长大起来，对亲困难。好得彼此都是亲戚，又不费什么，每天只吃掉些粗茶淡饭。一个女孩子的饭量，也很有限的。而且生姑，人虽七岁，做事倒还不差，什么提水、煮饭、洗菜、净衣服这些难事，也可以帮着姐姐。到了南京水灾平定之后，生姑的母亲，倘是回去，生姑便可以两面住住，直待品连娶亲，拣一个好日子，同小夫妻俩圆房，那便什么都完啦，岂不是省了到外面去找亲事，又得费钱，又是辛苦。姐丈姐姐，你们瞧好不好呢?”葛大同喻氏听了，暗暗地想了一回，觉得敬天这话，很是有理。葛大便笑道：“兄弟的话，自然是不错的。可是做姐丈的，你是知道的呀，十分贫苦，一些也没有积蓄，只仗着双手做事，喂饱肚皮。人家的女孩子，倘是娇养惯的，那就过不来这些劳碌日子。还有生姑的母亲，把生姑给我们这种手艺人家，做一天饱一天的，愿意不愿意，这倒先得说个明白。不要到了以后，心疼孩子，便反悔起来，这不是要闹糟了吗？不如不干的好了。”喻氏道：“正是。这句话却得预先问过，不然，倒是麻烦。”敬天笑道：“这倒不用虑得。昨天我早已问过她们母女，都说是只要有粥喝，可以活命，那就是了。好得大家是至亲，难道还能反悔不成?”喻氏心中，本因着家中事多人少，又用不起伙计，同品连养一房媳妇，年纪虽轻，总可帮着做些杂事，听了敬天的话，很是欢喜，即向敬天道：“既是兄弟这般说话，那是最好也没有的了。只是可要什么聘礼银子等东西呢，那却又得打点哩。”敬天笑道：“生姑的母亲，早已说过，并不是把女儿卖给人家。要什么银钱财礼，是同人家对一门亲家，一概不用。以后到了圆房的时候，再预备一些，那便是了，如今只须双方说定，换了八字，便把生姑领到家里，一切都算完哩。所以这财礼银子，也无须打点得哩。”葛大听得竟有这般便宜亲事，不用一些财礼，便能儿媳妇到手，岂有不愿之理，忙满口答应。敬天见葛大、喻氏都已应允，心中十分欢喜。又闲谈了一回，起身告辞。说定明天，领生姑前来，拜见葛大、喻氏，调换品连的生辰八字。葛大点头答应，送敬天出了大门，回到里面。

喻氏只喜得满面是笑，向葛大道：“这真是意想不到的事情。我们家中，正为着人少，做不来活计，来一个七岁的女孩子，好歹也可以帮着我一把呀，只是兄弟明天便得把人领来，换品连的八字，你也得去请人写一个，预备好了。还有什么旁的需用东西，也得筹备一下。总是一件喜事，喜烛儿定得点一对儿。明天，兄弟是个大媒，媒酒却不能不喝一杯，这是喜酒，不能将就过去。这些些事情，今天都须安排舒齐，免得明天孩子已来了，一切都没有安排，吃人家笑话。”葛大笑道：“这些容易，八字帖子，我立即请人家去写，喜烛等东西，即出去买来，这都不要紧，不必这般慌张。明天既要请兄弟喝上一杯媒酒，却要煮些体面菜肴，那仗着你了。”喻氏点头道：“那是自然，你快去买吧。”葛大匆匆地取了些银钱，出门而去。喻氏自在家中，料理活计。这时品连也在家中，帮着喻氏磨豆煮浆，照顾门面。不一时，葛大已是回来，手中提着一副香烛，同了和合甲马，还有些干蔬菜等物，同了两瓶陈酒。见了喻氏，笑道：“帖子已写就了，你瞧瞧可是这样的吗？”说着在怀中取出一副大红全帖，授给喻氏。喻氏笑笑道：“你真是快活糊涂了，我又不识字，怎的知道对不对呢。人家识字的人，写出来的东西，总不会错的。”便接将过去，供在上面。又把香烛蔬菜，也放在上面桌上，把酒收好，只等到了明天，预备一切事情。

一宿已过，到了明天。葛大、喻氏都是绝早起来。喻氏忙到街上，去买了些鱼肉之类，在灶上煮烧起来。品连同了葛大，在外面照应买卖。喻氏把菜肴约略煮好，忙到外面，把和合甲马，同了八字帖子，供在上面正中，烛台香炉，俱都放好，将蔬菜烘在和合面前。安排舒齐，仍回灶上，料理酒肴，忙乱了一回，听得门外敬天已在那里叫道：“姐丈已起了吗？”葛大听得，忙迎将出去道：“兄弟快进里面坐吧。”话犹未毕，早见敬天同了一个年有四旬的妇人，一个伶俐女孩子，走将进来。葛大一见便知道是毕生姑同了母亲，忙让着道：“亲家太太，可倒笑话，真不成样子哩。”生姑的母亲，连声谦逊，进了屋内坐下。喻氏也到外面，一同见过。细细把生姑一看，生得虽小，却美丽非凡。两条春山眉，似蹙非蹙，一双秋水眼，亦明亦荡。雪肤花容，端的是一个可喜可爱的女孩子。把葛大、喻氏二人，喜得个只是嘻嘻地笑。敬天道："今天恰巧是好日子，姐姐、姐丈便把品连八字，交给了我，给亲家太太带将回去，那就是了。"喻氏听了，忙命葛大点了香烛，唤品连拜过。敬天即唤生姑，拜见了公公婆婆。葛大、喻氏只是呵呵大笑，受了品连同生姑四拜。品连又拜了岳母，谢了大媒。葛大把八字帖子取下，交给敬天。敬天接过，授给生姑的母亲，又在怀中取出了生姑的字庚，笑着道："如今你们是亲家了，诸事都可以互相照应。"说着，把字庚给了葛大。葛大命品连供在桌上。

喻氏这时，早笑哈哈地进了厨房，品连也进去相助。生姑的母亲，向生姑道："生姑，在这里，万事得听你公公婆婆的言语，不能贪懒。已是一家人了，将来在这里过一辈子的日子哩。咱过了几时，倒来看你，等待家里的水平了，咱还得回去。过了一二年光景，你也可以回来瞧瞧。"生姑听一句应一句，两眼之中，早忍不住掉下泪来。敬天道："这又奇了，今天是好日子，怎的哭起来了，快进厨房去，帮你婆婆去煮饭吧。"葛大听了，忙笑道："兄弟这却不对，今天生姑还是第一天到我家中，怎好就命她去操作呢，便是新媳妇子，也须三朝之后，才去做羹汤，孝敬公婆呢。好的也没有什么了不得的大事，早都预备好哩。让她安安稳稳地喝一杯喜酒，两个吉利儿吧。"生姑的母亲笑道："啊呀，了不得呢，生姑不知生来的什么福气，到了这般疼孩子的公婆家里，可是一个媳妇儿，总得侍奉公婆的。生姑虽小，不能说不是媳妇儿，再没有婆婆煮饭给媳妇儿吃的。以后不论什么事情，只要生姑能做，不妨命她去做就是。"葛大笑道："亲家太太，这却不用太谦。我们这般人家，一个人就有一个人的事，闲着是没有的。只是因为今天，是他们的好日子，又是第一天到我家中，倘是立即把她使唤得一个脚不点地地往来操作，还像什么样儿呢。"

正说话间，喻氏已笑哈哈地捧出一盘菜肴，安放在桌上。品连忙放上五个杯子，五双匙箸。葛大便把两瓶酒取出，舀着热水温热，笑嚷道："亲家太太，请来喝一杯喜酒吧。"又向敬天道："兄弟，这杯谢媒酒，可是要喝的。"敬天同生姑的母亲，忙含笑道："那可不敢当哩。害亲家太太忙碌，快一齐来喝一杯吧。你们二位，是公公婆婆，小孩子敬一杯，这真是应该的哩。"喻氏正又端出了两色菜肴，放在桌上，听生姑母亲这般说话，忙笑道："没什么呢，快喝吧，迟了得凉哩。"敬天道："姊姊这样的忙碌，怎好坐呢。"葛大知道敬天等二人不肯就座，便笑着唤喻氏一同前来就座。喻氏即回到厨下，洗了洗手，将饭置在饭篮之内，方走到外面，一面笑道："怎的这般的客气，快喝酒吧。"一面让二人上坐。二人谦逊了一回，生姑的母亲，坐了上面，敬天坐了客位，喻氏打横，葛大在下面相陪。葛大提起酒瓶，在各人杯内斟一杯，又笑道："生姑也来吧！今天是喜酒，都得喝一杯的。"生姑的母亲忙道："这不可能品连不坐，倒唤生姑坐的。"敬天道："那也不必再客气了，品连同生姑一齐来吧。"葛大听了，方命品连，坐在喻氏一旁。生姑即依着母亲坐了。三姑在一旁，坐着要肉吃。喻氏即也弄了些肉，放在饭上，给三姑吃。

敬天一瞧桌上，共排着八只大碗，满满地装着鱼肉，细细一看，见一碗是红烧栗子肉，一碗是麻椒鸡，一碗青菜。还有一碗，却是雪菜虾米汤。都烧得浓油直透，五香扑鼻，真是色香味三者都佳，便笑道："端的是忙碌了姊姊，煮了这般多好菜。"喻氏笑道："兄弟说哪里话来。今天给品连领媳妇儿，难道就喜酒也不预备一杯吗？"说着，举起酒杯，让生姑的母亲、敬天二人饮酒。饮过一口，即一齐吃菜。葛大把酒瓶在生姑、品连杯里也注了半杯笑道："喜酒总得喝一口。"慌得生姑忙站起身来道谢。六个人在桌上，连说带喝，闹过了一阵，把两瓶酒喝完，喻氏方命品连到厨下去把饭篮捧出，一同吃饭。饭毕，喻氏、品连把残肴收拾清楚，泡上香茶。敬天同生姑的母亲又在葛大家中闲谈了一回，见天色不早，即起身告辞。

临走之时，生姑的母亲，又把生姑叫到面前，细细地嘱咐了一番，方告别葛大、喻氏，同了敬天，一同回去。生姑直送到门前，忍不住双泪交流，呆呆地站了半晌，见母亲已是去远，才回到里面。自此之后，生姑已做了品连的童养妻子。葛大、喻氏二人，见生姑甚是伶俐，心中很是欢喜。生姑也很和顺，每天帮着喻氏淘米、洗菜、浆洗衣服，都能做得很好，喻氏只喜得满面是笑，常是称赞生姑。谁知天有不测风云，人有旦夕祸福。葛大竟生起病来。欲知后事如何，且看下回分解。

第二回

末路悲风凄凉透骨
荒村苦雨岁月煎心

话说葛大、喻氏夫妇，由喻氏胞弟说合了毕生姑给品连做童养媳。葛大夫妇很是欢喜。又见生姑十分聪明伶俐，可以帮助喻氏办理家事，喻氏很是快活。谁知过了几天，好事不常。葛大有一天，绝早起身，在店内做了一口豆腐，到了午间，午饭已过，葛大觉得身体困倦，便在店内向桌上一伏，竟安然睡去。这时候正是深秋天气，寒风凛凛。葛大睡在桌上，受了一阵凉风，打了一个寒噤，身上都露了栗肤。及至一觉醒来，觉得身上寒冷透骨，连打了几个喷嚏，顿时有些头目森森起来。知道受了寒气，忙起身披上一件棉袄。当时也不以为意，到了晚间，却觉得头眩鼻塞，耳鸣目昏，四肢酸楚，坐立不住，便向喻氏说了，欲先去安睡。喻氏忙在葛大头上一摸，却是炙热非凡，不禁吃了惊。慌忙到里面把床上被褥铺放就绪。向葛大道："快些睡吧，你发热呢，待我去买一服风寒疏散的药，浓浓地煎了服下，盖上被儿，出一身大汗，把风寒赶出，即便好了。不然，明天没人做活计呢。"葛大点头道："正是。倘真是生起病来，谁人能做买卖呢，那就糟了。"说毕，忙忙地脱了衣服，睡将下去。

喻氏即把一床重被，同葛大盖好。一面取了些钱，命品连快些出店，到街上钱宝生所开设的爱仁堂药铺，托钱宝生撮一服发汗风寒的药料来，煎给葛大吞服。仓前地方，本是个市镇，只有钱宝生开着家爱仁堂药铺，并没有第二家药店。那钱宝生，便是爱仁堂药铺的主人，也懂得一些医理，常是同人家瞧瞧小病。所以仓前镇上的人民，遇到受了感冒、发热起烧，也不请医生诊脉，只到爱仁堂去，向钱宝生讨药。今天喻氏见葛大发烧得甚是炙手，怕真的病倒，没人可做买卖，便也忙忙地命品连到爱仁堂去，向钱宝生撮药。品连领命，飞也似的去了。喻氏在家中，即在外面收拾了一回，开了店门。品连也拎了一服饮药，走将回来。喻氏忙取过一个瓦罐，把药放下，注了水在炉上煎了一回，煎得浓浓的八分一碗，端至床上，叫葛大道："快把药趁热喝下，重重地出一身大汗，明天病便好哩。"葛大被喻氏叫起，欠起身子，将药服下，依旧睡倒。喻氏即把被褥同葛大盖得严密不透，自己收拾了杯盏，自到外面同品连、生姑一齐吃过晚饭，三人一同收过残肴，洗涤干净。喻氏即到房中，一瞧葛大，双颊炙烧得似火一般的通红，鼻塞气重，在床上翻来覆去，睡不安稳，知道病势不轻，心中很是着急。便命品连、三姑，睡在外面。生姑在床下地上，铺下草席被褥，睡在床下，万一夜间有什么事情，可以叫唤起来。生姑听了，即把自己的被褥抱到里面，铺在地上，先自睡下。喻氏也胡乱地在葛大足旁睡了下去。听得葛大渐渐地有些睡熟，喻氏忙碌了一天，身体很是困倦，也蒙眬睡去。

及至一觉醒来，见天色已是发了鱼肚白色，忙坐起身来，瞧葛大，双眼似开似闭，竟有些昏沉的模样。喻氏心中，不禁乱跳，即把手在葛大头上一摸，却仍是炙手非常，并不退了寒热，不觉焦急起来。知道今天葛大不能再起身操作，可是家中不能一天不做买卖，是个做一天吃一天的清贫人家。葛大平日，虽也略略有些积蓄，却甚是细微，坐吃山空，万万不能支持。亏得昨天，制就的豆腐、百叶等物，还剩下不少，自己同品连，随了葛大，也学得些做豆腐的手艺。今天葛大就不起身，自己同品连、生姑三人，也可勉强支持买卖。不过倘是葛大有个半月十天，病体不好，那就应付不来了。当下喻氏忙忙起身，叫醒了品连、生姑，一同起来，开店做买卖。三姑这时，也已醒了，只坐在一旁呆看。喻氏忙了半晌，听得里面葛大叫道："品连，快取杯茶我喝哪。"品连听了，忙答应一声，在茶壶内倒了一杯热茶，送到里面。喻氏也走到里面问道："怎么样了?"葛大道："不行呢，头痛得很。"喻氏一望葛大，见他面上依旧绯红得如火烘一般，知道尚是烧得厉害，即向葛大道："今天请个大夫来瞧瞧吧，我看你的病是不轻呢。"葛大听了，叹了一口气道："我们这般人家，做一天吃一天的，难道还能花钱服药不成？我想挨两天总能好的，别多花了冤枉钱，我又不能起来做买卖，没有了钱，连饭都要没有得吃哩，还说什么请大夫服药呢?"说罢，双目之中，竟落下泪来，呜咽个不住。喻氏忙安慰道："你别这么了，自己身体要紧，话不是这样说的。家中全仗着你一人做买卖过活，我是一个女人家，怎能支持门面？品连又小，生姑比了品连又小几岁，人却伶俐，也是个女孩子呀，只能帮着我做些煮饭洗衣等家事，应付做买卖越发不成功。三姑这傻子，愈其是不用说了，呆得这般情形，连米麦都分别不出的，还说什么别的事情。你倘是有个三长两短，叫我怎么办呢?"说着也不觉呜咽起来。又暗声道："你快些别悲伤，请大夫来瞧瞧是正经。身体好了，多做些买卖，不强似病在床上，不能开店了吗?"葛大听了，只是摇头。

喻氏也不管他。出去外面叫过品连，到街上去请大夫。品连领命飞也似的去了。喻氏自在家中，整理家事，命三姑看守门户。生姑在里面，瞧着葛大，可要什么茶水，服侍葛大。不一刻，品连回来，已请下了大夫。到了午后，大夫到来，喻氏接迎进去，坐在床旁，喻氏先把葛大昨天白天受了风寒，晚间得了病症的话，细细向大夫说明，大夫听了，便向葛大面上望了望气色，取过几本旧书，枕了葛大手腕，静心诊脉。诊过之后，又瞧了瞧葛大舌苔。瞧毕之后，不禁皱眉着脸，只是摇头。喻氏见了，知道病势沉重，忙问道：“大夫，这病还不要紧吗?”大夫道：“这病乃是由食滞夹风寒而起，平时总是很贪凉爽。在夏季内受足了风寒，又加着积滞辛苦，昨天借着受些秋气尖风，遂一发不可收拾，已转入伤寒之症。病势很是沉重，目下快些调理，或者还不要紧。”说毕，立起身来，走到桌边坐下。生姑早把纸笔墨砚预备舒齐。大夫即坐下开写药方，喻氏取钱打发了看封，仍到里面。大夫开下药方，自出门去。

喻氏、品连一同送过，忙把药方交给品连，到爱仁堂去抓药。抓来之后，即赶忙把药煎好，送到床边，扶起葛大，趁热喝下。葛大仍旧睡好，喻氏把被褥盖好。一天过后，明天早上，喻氏起身之时，忙先一瞧葛大，却仍是炙手异常，病势很是沉重。比较了昨天，有增无减。双颊之上，烧得如红霞一般。上下嘴唇，竟已发了焦紫颜色，只嚷着要茶喝。喻氏心中，十分着急。这天的店，也无心再开，只忙着料理葛大病症。无奈葛大的病症，每天只是有增无减，服下的汤药，浑如石沉大海，一些儿功效没有，把喻氏急得一筹莫展。品连、生姑，也都愁眉不舒。连三姑这般的傻子，也只呆呆地望着葛大，一言不发，只听得床上葛大不住地呻吟，喻氏瞧着葛大病势情形不好，暗想自己是个女流之辈，平日全仗了葛大，每天开店做些买卖，方可苦度光阴。到如今葛大一病这般的几天，葛大从前辛勤刻苦，略略存的一些款项，已被葛大病中用得一干二净。并且这几天医药费，已由典质而来。万一葛大有什么变故，自己一人如何可以支持。想到这里，心中益发地难受起来。忙打定主意，唤品连道：“品连，快到你舅舅家中，请舅舅到来，我有事请商议呢。”品连平日年纪虽小，常是随着喻氏到敬天家中，所以倒认得路途。听得母亲吩咐，忙答应一声，到房中换了一件干净短衫，慌忙出去，飞也似的向敬天家中去了。喻氏在家中，闷闷地坐在葛大床边。

约有半个时辰，听得外面敬天叫道：“怎的姐丈有了病呢，姐姐怎不早命品连到我家中来叫我呢?”话犹未毕，敬天早自外面匆匆走入，品连随在后面。喻氏见敬天到来，呜咽道：“兄弟，你瞧你姐丈，病到这般光景，万一有个不测之处，叫你姐姐怎么过呢?”敬天一面走到葛大床前，向葛大细细观看，一面向喻氏道：“姐姐，且别悲伤。天有不测风云，人有旦夕祸福。吉人自有天相，不久自然就好，快请大夫要紧。”喻氏道：“正是呢。这几天请了大夫，诊脉服药。可是服下药去，一些儿效验也没有，我们家中，都靠着做买卖生意，才有些饭吃，如今你姐丈一病了这许多日期，每天又得请大夫撮药，哪一件不要花钱，又不能开店赚钱。把你姐丈没有生病的时候，每天节省下的一些，早花个精光。这几天还亏是典了些衣服，方能请个大夫。这般下去，怎生得了呢？倘是你姐丈得些什么，那越发地没法料理哩。”说到这里，双目之中，两行清泪，早向下直挂，声音也变成了泣不成声。

敬天听了，心中很是悲伤，便把葛大面上细细一看，见葛大面色，已枯白得一些血色没有，又带着一股黑气，双目下陷，两颧削缩，上下嘴唇，都烧得焦黑，已是瘦得不成模样，知道病势非轻。正欲回身向喻氏商议，恰巧葛大这时，猛一睁眼，见敬天立在床边，便点了点头，带着喘道：“兄弟，你来了吗？我却不成了。你姐姐同你外甥，都要你照顾些，我死了也感激兄弟的大恩。”说毕，痰气上涌，忙伸手向喻氏要茶。一双枯手，却瘦得似鸟爪一般，只抖个不住。敬天瞧了，心中忍不住一酸，双目中的悲泪，禁不住流将下来。又怕葛大看了伤心，反添了病症，忙把手帕抹过，低声道：“姐丈何必这般地伤心。只要请个好大夫来，服下药去，自然病就好哩。”喻氏这时已取上茶来，端到葛大口边。葛大喝了一口，点头道：“但愿如此，可是不中用的了。兄弟，可得瞧同胞面上，你姐姐总要你照应。”敬天一面安慰葛大，一面向喻氏道：“姐姐，这几天请的是谁来瞧病呢？开下了什么药方?”喻氏即在床前抽屉之中，取出了药方，给敬天观看。敬天看了，知道是伤寒重症。药方上的药案，开得十分凶险。又瞧见葛大病体，知道很是厉害，心中也很着急，便向喻氏道：“姐姐，如今也别说旁的，开店做买卖，那自然是不成功的了。姐丈病症既然这般地沉重，赶紧地找个好大夫瞧瞧。病好之后，方能再做生意。不然这般地拖延下来，越发地不好呢。”喻氏道：“话是不错的。只是兄弟你知道的，似你姐丈这般光景，请几个普通大夫，撮药等病中费用，已是很难的了，怎能去找好大夫呢？哪里来的钱呀？”说着，不觉又呜咽起来。敬天忙道：“姐姐，且别悲伤，这不是哭的事情。我的家景，也不大好，不然，这一些还用说的吗？如今这样吧，我先借十块钱给姐姐，请大夫要紧。姐丈好后，再还我就是。”喻氏点头道：“兄弟的景况，我也知道的。可是如今是没法的事，只能这般的了。待你姐丈病好之后，再归还吧。”敬天道：“姐姐，这倒没有什么，彼此都是至亲，也无用客气什么，谁没有困难的日子呢？”当下即在腰兜内取出了十块雪也似的大洋，交给喻氏，喻氏收过，敬天又安慰了一回喻氏同葛大，又向生姑道：“生姑，前天你母亲托人寄信来说，停几天要来瞧你哩。”生姑本很想念母亲，听敬天这般说法，心中甚喜，便点了一点头道：“姨夫，母亲来了，千万请她老人家来瞧俺，俺正想念呢。”敬天道：“那是自然，我还有些事呢。你在这里，好好侍奉你家公婆。”生姑连忙答应。敬天即起身告辞。

喻氏送了几步，自进房去，忙又唤品连去请大夫，同葛大诊病服药。无奈葛大病体沉重非凡，服下药去，依然一些效验没有，反越发地加重起来。过了两天，竟是人事不知，口中只说呓语。喻氏慌了手脚，知道不好，同品连、生姑、三姑四人，尽夜衣不解带地侍奉汤药，家中钱又困难，敬天的十块钱也用得差不多了。喻氏等四人，已累得憔悴不堪。又过了一天，喻氏见葛大的模样，不似可以好的了。大夫又来诊病，也只是摇头，连药方也不肯开下，长叹走了。喻氏知道没有挽救希望，心中悲哀，自不必说，双目之中，只流着眼泪。暗想家中，已是一钱没有，倘是葛大横将下来，一切后事费用，怎生得了？忙命品连，去请敬天到来商议。敬天听得葛大将要不好，忙同了妻子王氏，随着品连赶到喻家，喻氏一见，早忍不住痛哭起来，向敬天道："兄弟，这怎么好呢？人是瞧上去不中用的了。可是万一横将下来，家中一些没有，如何得了？"敬天也觉悲伤，一面止住了喻氏哭泣，一面走到床前，一看葛大，已是双目昏花，只是胡叫乱说。一口牙齿，也烧得如焦炭一般，欲知葛大性命如何，且看下回分解。

第三回

椿树凋残萱花花折
桂华皎洁兰叶芬芳

话说喻敬天，同了妻子王氏，听得葛大病重，忙奔到葛家，一踏进门，喻氏一见，早双泪交流，十分悲伤。敬天、王氏二人到床前一瞧葛大，见葛大这时，已是双目昏花，连人也不认识了。手足不住地牵动，口中只是胡言乱语。知道光景不好，说不定旦夕之间，有绝大变故。心下虽不明言，知道葛大已不久于人世了。便回转身来，在外面坐下。喻氏呜咽着道："兄弟，不想你姐丈，竟一变即变到如此地步，瞧他人是不成功的了，只是有一件，万一你的姐丈横了下来，叫你姐姐两手空空，怎么办理呢？叫你姐丈，赤身露体，去下泥坑不成？这非请兄弟同我想个法儿，做姐姐的，心里总知道的哩。"

敬天听了，暗暗一想，这件事情，虽说得不错，可是自己也非是个有钱的人，葛大死后，一切棺木衣衾等物，最省俭些，也得数十两银子，一时哪里去取呢？倘是一无预备，真叫姐丈赤身露体，下泥坑不成？自己瞧在同胞上，也不能不同喻氏想个法儿。便向喻氏道："姐姐这话，再也不错的。万事都须先行预备一下，免得临事困难。不是兄弟说一句不知进退的话，依兄弟看来，姐丈这病，实是凶险得很，快些办后事要紧，先冲一冲喜再说。"喻氏听了，禁不住哑声痛泣起来，含着两行悲泪，向敬天道：

“兄弟，姐姐早想到了这件事情，只因家中除了开店的许多家具之外，连一件光鲜些的大褂子，都当掉的了。把家具去卖，一时又没人要，这如何是好呀?”敬天也不禁愁眉不展起来。立起身来，在屋内团团地走了几个圈子，把手在头上搔了一回，仍然想不出一个妙法。王氏在一旁，忍不住向喻氏道：“姐姐，这事如今也说不得了，这是姐丈最后的一件大事，不能含糊，非得即速预备妥当。不然，人是不成功了，一件东西没有，那怎么办呢？以俺看来，姐丈万一不好，只剩了姐姐同了三个孩子，品连最大，也只有十四岁哩，不能再开店做买卖了，必得另想办法。这些开店家具，倒也不少，留在家中没用处，不如把这些东西，命你兄弟想法卖掉，或者可以得到数十块钱哩。再是不够，那便容易想法了。”喻氏道：“弟媳妇的话，固然不错。这些家具，留在家中，本来不能再行应用，但是谁要这些东西呢?”王氏道：“这也说不得了。把这些东西，贱价卖掉，大约还不致没人贪这便宜。前日俺听见你兄弟说过，不知有谁要开豆腐店，卖给了他，岂不是一得而两便呢?”敬天道：“这事我早已想到，只因那人虽说是要开店，却得停上一二个月的光景。如今这里，乃是立即等着用钱，怎能等着。”喻氏道：“既是这样，能不能先在那里借上几十块钱，利钱不妨厚些，这也没法的事。将来兄弟向这要开店的人说好，这些东西卖给了他，就把这钱还了人家。不这样，越发地难了。”敬天听毕，又低头沉吟一回，方向喻氏道：“这个办法，错是不错。或者可以成功，不过利息却很重的，除非是到放印子钱的山西人手中，才能借到，待我去同他商量一番，就把家具作抵，将来由我把家具卖掉，再把本利算清，不知他可能答应，待我去商议一回。成与不成，再来报告姐姐知道吧。”喻氏道：“一切都费心兄弟，瞧在同胞面上，帮着你姐姐。你姐丈一个不好，在九泉之下，感激兄弟的。”敬天道：“都是至亲骨肉，这还用客气吗。”又向王氏道：“你在这里陪伴着姐姐，俺去商量。”说毕，却飞也似的出门去了。

喻氏同王氏，带着品连、生姑、三姑三人，仍回房中。一瞧葛大，竟是双额如火一般的通红，喉间咳咳的痰声，双睛上翻，已是不省人事。喻氏一瞧，觉得情形不好，忙伏在床上，高声叫唤。葛大只把双目微微地转了一转，又微微地点了点头。喻氏见了，知道不好，忍不住痛哭起来。品连、生姑，也不觉低声暗泣。唯有三姑，人事不知，立在一旁，只向着葛大嘻嘻地发笑。喻氏不禁呜咽着道："你还笑呢，你父亲一不好，这日子不知怎样过呢。"说着，又痛哭不止。

约有半个时辰，见葛大猛地一睁双目，向喻氏等看了一看，长叹了一声，举起一双瘦如鸡爪般的手来，索索地抓个不住，向桌上指着。喻氏不解，葛大又向桌上茶碗指一指，喻氏方知道葛大要茶，心中倒很欢喜，忙倒了一杯茶，托在手中，凑在葛大嘴边。葛大勉强饮了一口，喻氏一手扶着葛大道："觉得怎样，好些了吗？"葛大把失神的眼珠儿，向喻氏一转，口中叹了一口气，微微流出些眼泪，把口张了几张，却一句言语说不出来。喻氏忙问道："什么呢？快别说了，多伤神咧。"只见葛大，猛然间牙关一咬，向后一倒，把喻氏的一双扶住葛大的手直压下去，险些儿把喻氏带跌床上，喻氏忙缩掉了手问道："怎样呢？"一瞧葛大，已是面色大变，双睛上翻，口中流白沫，喉中痰声，咳咳响个不停。喻氏知道不好，忙高叫道："当家的，怎样呀？"王氏在一旁见了，忙也上前，在葛大胸前抚摸，帮着叫喊，一手捏着葛大人中，葛大只是双目乱翻，并不苏醒。品连、生姑二人，早上前将葛大胸腹之间，用力连摸。闹了一阵，听得葛大喉中，痰声越发地响亮，渐渐地气息细微起来。喻氏瞧见不好，已连哭带喊，高声叫葛大醒来，一壁双泪直流。品连、生姑人虽幼稚，已知人事，也禁不住呜咽起来。王氏知是不中用了，忙向喻氏道："姊姊，我瞧姊夫，不中用的了，快预备后事要紧。"喻氏哭着道："弟媳的话，虽然不差，只是兄弟尚未回家，家中一个大钱没有，如何是好？"王氏道："这也说得是，那买东西没钱，自然稍稍等一回，在姊丈身上，也得把他收拾清楚，不能叫他肮脏着去呢。”喻氏听了，一壁忍着哭声，命生姑到厨房中去烧水，自己在衣箱内找了一回，找出了一身干净衫裤，放在床边。这时葛大已剩了一丝游气，去死不远。

喻氏正在着急，听得外面敬天叫道：“姊姊，姊丈怎样了？”话方完毕，敬天已奔将进来。喻氏忙招呼道：“兄弟，事情怎么样了？你姐丈已不好了，你瞧吧。”说着把手一指床上，敬天把床上一看，不禁垂泪道：“既是如此，快办后事要紧。方才我到那家人家，把家具押给他的言语，向他说了，他倒愿意，不过要我作保，我已应了下来。如今把所有家具，押了一百五十块钱，言明子利三分，每月四元五角，三个月本利一齐付清，钱已付给我了，可以快去办东西哩。不然，一时措手不及，那就为难哩。”喻氏呜咽道：“如今姐姐心中，已是乱如乱麻，一切都没心思，诸事都得费心兄弟，瞧在同胞面上，总得帮着你的姐姐的。”敬天道：“这还用客气吗！如今这样，瞧姐丈总是不与的了，待我出去，把一应东西，都预备就绪，带回家中吧。家内也得留一些钱，也有些他用，好歹总尽这一百五十块钱用就是了。”说着取出了五十块钱，交给喻氏。自己带了一百块钱，匆匆地去了。

喻氏在家中，把生姑烧来热水，同葛大说过。不多一回，葛大已一口气不来，死了过去。喻氏、品连、生姑，都号啕大哭起来。便是三姑这傻子，也随着众人痛哭。王氏在一边，也忍不住双泪交流，好不悲伤。满室中饱含着哀惨之色。不一刻，敬天早押着人役，把棺木衣裳，一齐购办回来。见葛大已死，禁不住也哭了一番，有了钱百事都容易，叫了人役，把葛大安殓起来，择日开吊。安殓舒齐，天已晚了。这天敬天、王氏夫妇二人，即宿在葛家，陪伴喻氏。晚上又叫了五个僧人，超度葛大。自这天起，敬天、王氏二人，常在葛家，助着喻氏料理丧务。敬天又怕喻氏思夫悲切，苦坏了身躯，不时地劝慰。喻氏心中，悲哀自不必说，只因瞧品连年世幼小，三姑又是个傻子，不能不仗着自己扶着成人。敬天也常把这事相劝，只得稍杀悲痛，勉强主持家事丧务。过了三七，便择定了一天，把葛大棺木，开吊出去，到坟上下了葬。到了这一天，来的吊客除了王氏、敬天夫妇之外，还有一个葛大的堂兄弟，同了几个亲友，一齐祭吊了一番，即升炮起送丧。喻氏、品连、生姑等，自然又有一番大恸。直到安葬已毕，亲友也都散了，家中只剩了敬天、王氏二人。喻氏把丧事中所花费的钱，仔细一算，一百五十块钱，只剩下了二十余块，已是一切都很简省，便向敬天道："兄弟，如今剩了姐姐一人，又有三个孩子，姐姐又不能到哪里去挣钱，如何得了呢?"说着不禁又痛哭起来。敬天忙安慰道："姐姐且别悲伤，难道做兄弟的能睁开了眼，瞧着姐姐饿死不成?总得想法子维持哩。"喻氏只是双目落泪，敬天也知道喻氏心中悲伤，当下即留在喻氏家中，到了明天，方才告别回家。临行之时，又劝慰了一番。喻氏谢敬天自回里面。

过了几天，恰巧敬天的朋友到来，要开豆腐店，敬天忙把葛家的开店家具，一齐盘给这人，一共算了二百元钱，当时钱物两清，敬天把一百五十四元五角，还给放印子的钱，其余的四十五元五角，交给喻氏。喻氏心中，十分感激敬天，也稍稍地安慰了一些。仗着自己会做活计，替人家缝些针线，母子四人，清贫度日。不够之时，便把所余下来的钱贴补。

光阴迅速，匆匆又过了一个年头。品连已是十八岁了。有一天，品连忽地不知去向。这时太平天国的军队，已到了仓前，品连正是被太平军抓去当了小斯。喻氏、生姑悲伤，自不必说，只是没奈何的事，无法可施。喻氏的家况，越发地不如以前。起初还有敬天照顾，后来敬天的家景，也一天不如一天，弄得自己的一日三餐也很费力，怎能照顾喻氏。生姑的母亲毕王氏，虽有几次自南京来瞧女儿，却因家中依旧贫苦，不能救济喻氏。喻氏这时已是成了三餐不继的了。暗暗一想，自己若是再不设法，别说自己竟要饿死，连三姑等也得饿死。葛家只有这三姑一个根苗，怎能叫她灭绝呢？想到这里禁不住悲痛非凡，只得仍同敬天商议。敬天因喻氏年纪尚轻，家中又这般的穷苦，若要守节，那就非得饿死不成。品连又不知哪里去了，三姑又是个傻子，要守节也就难了。不如找一家小康之家，再醮过去，把三姑带了过去，或者品连可以回来，由喻氏扶养成人。合亲之后，找生意，使品连可以自立。如此葛家一脉香烟不致斩尽断绝，岂不是两全其美。当下即把这个主意，向喻氏说了。喻氏心中虽也有些不愿，无奈若要守节，便要饿死。品连回来，也无人扶养，不得好处，葛家香烟，就此断绝，那罪就大了，不如反是再醮得好，因此倒也不表反对。

事有凑巧，仓前镇上，有一家小康之家，姓沈唤体仁。家中虽不豪富，还算得宽裕度日。在这一年中，妻子得下病症，不治而死。生着三个孩子，最大的尚只有十四岁，其余一个十二，一个十岁。体仁平日，须到外面去做事，妻子一死，家中便乏人照料，一切家务，也没人料理。欲娶一个续弦，得须能料理家事，人品亦要去得，托人寻找，可有相巧人物。便是再醮，倒也不要紧，只求家中三个孩子，有人照顾，一切家务，可以料理就是。这事被敬天知道，暗想姊姊喻氏，若能嫁了体仁，将来品连一时回来，不愁没人照顾，倒是件很好的姻缘，忙托着媒婆，前去说合。本来喻氏人品相貌，都还去得，且是伶俐，整治家事，又十分精细，沈体仁曾见过，听得很是愿意，即一口应允。敬天大喜，来向喻氏说知，喻氏本来都听命敬天，听敬天说好，自然也很愿意，只是必须带了三姑等过去。又说明品连回来，也得同住。敬天见喻氏答应，忙把喻氏的要求，向体仁说了。体仁倒亦答应，当下即选定日期，体仁把喻氏娶将过去，到了这天喻氏送过葛大神主，又哭泣了一番。敬天在一旁，把喻氏劝了半晌，方才停住悲声，即带了三姑，嫁给了体仁。夫妇之间，十分的和睦。生姑这时，由毕王氏领回家去，言明将来品连回来，仍领过来。体仁把三姑并不欺侮，视同己生。喻氏本不是泼辣妇人，把体仁前妻所生的三个儿子，很是欢喜。敬天见是如此，便放下了心肠。

流光匆匆好不迅速，不觉已过了几个寒暑。有一天，品连忽地回得家来，说是由太平军中逃回，这时已是二十五岁了。当下找了敬天，问喻氏的去向。敬天忙领到沈家，与喻氏相见。喻氏见后，自然是悲喜交集，便留住在沈家。体仁也以自己所生的一般看待。恰巧毕王氏带了生姑来探望喻氏，询问品连消息，知道品连回来，十分欢喜，即仍把生姑留在沈家同住。生姑这时却到了十八岁年纪，生得如花如玉，美貌非常，竟是有沉鱼落雁、闭月羞花颜色，真是容光颜照，娇丽无匹，是个千娇百媚的美人儿。仓前的人，没一个不称赞生姑，是一个天仙化身，便送了她一个外号，因她的身体娇小，玉肤如雪，都唤作小白菜。品连因葛氏一脉，只有品连一人，喻氏不愿他姓沈，仍是姓葛。仓前人为了品连父亲，唤作葛大，便都叫他作葛小大。唯有三姑越发地生得丑陋不堪，傻呆异常。比了嫂嫂生姑，是有天地之隔。仓前人因她生得既矮小臃肿，又是肤色漆黑，便唤作塌枯菜，兄妹姑嫂三人，都有一个外号。这一年中，忽地体仁家中，发生了绝大变故出来。欲知后事如何，且听下回分解。

第四回

手足眈眈鼠牙雀角
耳目逐逐燕语莺啼

话说喻氏自葛大死后，生活艰难，又有品连、生姑等三人，没奈何改嫁了镇上沈体仁。匆匆地过了几年，品连已到了二十五岁。生姑也十八岁了，生得美貌非凡，仓前镇上的人，都唤她作小白菜。品连因他父亲叫作葛大，便唤葛小大。三姑既丑陋不堪，相貌粗蠢，又是傻呆异常，臃肿黑肤，都唤她塌枯菜，兄妹姑嫂三人，都有了外号。喻氏眼瞧着小大等，已是长大成人，心中很是欢喜，未免疼爱了些，被体仁前妻所生的三个儿子，看在眼中，心下十分不平。当下三人避着喻氏，在外面商议起来，想把品连等三人，不认作自己姊妹兄弟，这时沈大年纪最长，有了二十岁了。平日见喻氏照顾小大，比了自己尽心，早不甘服，便向沈二、沈三道："二位兄弟，我想爹爹年纪，已经大了，到了风烛残年的时候，万一的有了不测，母亲对于这带来的儿子，自然是十分疼爱，到了那时，要把他赶将出去，不认作自己弟兄，那就难了。有了母亲做主，定不成功，岂不把我们家中，好好的家财，本来只要三份开拆，为今倒要四份分拆的了。我们不早些想妙法，叫爹爹把这葛家小子，同了小白菜、塌枯菜二人，一同赶将出去，不算我们沈家的人，将来就后悔不及了。二弟、三弟，你们瞧瞧是怎样？哥哥的言语，是对不对呢？"沈二、沈三听了哥哥的言语，不禁都直跳起来道："哥哥这话，真是不差的，你看如今母亲，对待葛小大，怎样地疼爱，不论什么好吃好穿的东西，先得给他，才轮到了我们。倘是不早些把他们赶出，以后我们的亏可吃得不小呢！"

沈三虽只有十五岁，为人最有机警，比较了两个哥哥来得能干，机诈百出，听了哥哥的言语，细细地思量了一回，笑道："这件事情，我看并非难事，只须依着我去干，定能把葛小大赶走。"沈大、沈二听了，不禁大喜道："兄弟你倒有什么妙法，快说出来，我们必定去干。如今爹爹年纪已大，不能不快些把小大赶跑，不然，母亲做主，还有什么话说的呢？"沈三道："对啦，我也正因着这个，才想出个妙法。爹爹平日，我瞧他的神色，对于母亲固然是不差，对于小大等三人，究竟是油瓶儿子，不甚欢喜。只为着母亲面上，方有这般的敷衍。有些事情，都是母亲暗中对着小大，连爹爹都不知道的。如今我们弟兄三人，暗中监视着他们，瞧见有什么事情，母亲又在哪里暗中贴补小大了，我们立即去告知爹爹，爹爹对于钱财一项，素来很是重视，我们便投其所好，趁势说母亲将爹爹家财，暗暗运给小大，预备将来爹爹一死后，丢掉我们弟兄三人，去自立门户，仍去姓葛，把我们穷饿而死，绝掉沈氏一脉香烟。好得小大，母亲尚要把他承继葛氏香烟，不姓沈姓。这般言语，很在情理之中，爹爹定然相信。只要爹爹一信，那事情便容易办哩。我们再把葛姓的人，如何住在沈姓家中，用沈姓家产的话，一一怂恿爹爹，一面同小大来一个霸王硬上去，每天同他们寻事，不住地说他们把钱狂花滥用，沈家家产都要被他们用完了，将来我们弟兄三人，都得挨苦。说着连哭带吵，闹一个天翻地覆，越是人家知道，越有办法。爹爹早听了我们的言语，自然不再帮着母亲、小大，这般地天天吵个不休歇，少不得把小大赶出门去。大哥、二哥，你们以为如何？"沈大、沈二听毕，不觉连声称赞，忙一齐依允，依着沈三的言语办理。弟兄三人商议已毕，便各人依着沈三的言语，去乘隙进言。

沈体仁本来是个爱钱如命、无可无不可的人。又加着耳朵软得异乎寻常，不论是谁，只要说同他省俭，总以为是个替自己着想，帮助自己的好人。何况又是三个亲生儿子。所说的言语，自然很是入耳。平日又瞧着喻氏，带来了小大、生姑、三姑，三人进门，只是饭米一项，已花掉不少。不过因自己答应在先，不好反悔。如今被三个儿子，都说得一派家中大于花费，若不及早设法，将来些微家产，花用完毕之后，如何办法？体仁一想，这话甚是有理，便把小大、生姑、三姑三人，视若眼中之钉，把小大呼来喝去，稍有不对之处，非打即骂，把小大等三人，虐待起来。喻氏瞧在眼内，心中自然很不快乐，便不时同体仁争吵个不休，沈大等弟兄三人，见这计策，固然不差，即暗中查看喻氏同小大、生姑、三姑等的事情，可有暗中喻氏把东西贴补小大，便去告知体仁。事有凑巧，有一天，喻氏瞧见小大身上穿的衣服，已是破烂不堪，心中很是不忍，忙在自己衣服之中，找了一件重新缝过，给小大穿了。这事恰被沈二见了，忙去告知了体仁。体仁即向喻氏吵闹。喻氏到了这般地步，心中十分悲苦，知道葛家，只有小大这一个根苗，决不能改姓沈的。体仁又口口声声说是别姓的孩子，不能用沈家的钱。倘不姓沈，即不应该住在家中。又加着沈大、沈二、沈三三人，仗着体仁护短，欺侮小大等三人。因此小大、生姑、三姑三人，在沈家非但不能得到体仁疼爱，连一日三餐都渐渐地不周全起来。

喻氏知道，长此以往，绝不是个长久之计。好在小大以前在自己家中，学过豆腐生涯，不如托人把他荐将出去，到豆腐店内去学习一年半载，将来学成之后，也能自立门户。一面把生姑、三姑，想一个住处，搬将出去。小大也可以居住，花用一层，自己总可以想法一些。小大能得赚钱之后，便不用担心了。想定主意，即俟敬天到来探望喻氏，喻氏见了，忙把这件事情，向敬天说了，想命小大出去学习豆腐生意，可以自立门户，免得在沈家被人欺侮受苦。敬天听了，也很同意，便笑道："这倒巧哩，余杭城外观音街罗姓豆腐店内，正需一个伙计，便把小大荐去，谅能成就，这倒不要紧的。生姑、三姑的住址，待小大学成赚钱之后，可以养活家中人了，再设法不迟，姊姊不必心焦。”喻氏听敬天这般说法，心中甚喜，忙托敬天前去。敬天答应了自去。过了几天，敬天又到沈家，向喻氏说明。罗家豆腐店的事情，已经说妥。喻氏大喜，即拣了一个好日子，把小大送去。生姑、三姑仍住在沈家。

又过了一年光景，小大已满师赚钱。沈大等弟兄三人，越发地把小大妒忌起来，逢到回家，总被三人打骂讥笑。喻氏瞧了，知道若不设法搬出，不是个了局。正欲再同敬天商议，却又发生一件事情。原来沈大、沈二、沈三三人只有沈大一人已娶了妻子，沈二、沈三连定聘都没定过。沈二人还老实，沈三年纪最小却最是下流不堪。瞧着生姑生得这般美貌，人又伶俐能干，不禁动起不端邪心，见了生姑，总是眉开眼笑，风言月语，同生姑谈笑，想勾搭生姑，生姑见沈三生得光嘴削腮，骨瘦如柴，相貌比不了小大，还差上三分，哪里放在心上。只因了住在沈家，不敢直言呵责，只得隐忍下来。见沈三同自己说话，便一言不发，默默地立在一旁，有时竟一溜烟逃到喻氏面前。沈三见生姑这般神色，并不诘责自己无礼，以为生姑是女孩子怕羞，因此不肯讲话，同自己很有些眉目，越发想设法把生姑勾引上手。

有一天，喻氏到敬天家中去了。三姑是个傻子，终日在门外同了街上孩子游玩，房内只剩了生姑一人，觉得很是寂寞。方欲出房到院子里散步一回，听得外面叫道：“葛家妹妹，在房里吗?”只因生姑与小大尚未圆房，依旧是兄妹称呼。生姑一听，是沈三的声音，又不能不答应，即低声应道：“在房里呢，有什么事呀?”话还未毕，沈三一脚已跨进房来。生姑见沈三已是进来，只得起身让座，沈三把房内四围一相，便走到床前。坐将下去，也不说话，两只溜溜的眼珠儿，不住地向着生姑上下乱转。这天生姑穿一件青布大褂，下系湖色土布半旧撒脚裤，脚上一双妃色软帮绣苹绿色的满对花小鞋，端的是三寸不到，二寸有余，平正尖瘦，宛如一支水红菱儿。虽是满身荆布，却越显出天然素面，貌美如花。两条似蹙非蹙烟笼春山眉，一双宜喜宜嗔婉转秋波眼，琼鼻樱口，真是天仙下凡，西子再生。把沈三瞧得不住地向着生姑憨笑，两个乌溜溜的眼珠，瞪得有铜铃大小，把生姑看得心头乱跳，禁不住两颊上飞起两朵红云，直红到耳边，越发的红白分明，娇艳欲滴。知道今天沈三趁着婆婆不在这里，进得房来，这般地端详自己，定然不怀好意。只是又不能撵他出去，万一得罪了，他到体仁面前搬动是非，又得多费口舌。即一言不发，低头向着外面。

沈三这时已是心猿意马，哪里忍耐得住。好得喻氏不在家中，仗着父亲疼爱自己，生姑等都要自己家中扶养，生姑不敢公然同自己闹个僵局，尽可放胆乱行胡作。想定主意，立即自床上立起身来，走到生姑面前笑道："姊姊，你这几天因何不快乐呢？我来了你不言不语，难道嫌我来得不好了吗？"生姑听了，依然不理会他，回转身去，默默地坐在床上。谁知沈三见生姑这般的薄怒轻嗔，面带娇羞，比了平时，还美丽三分，禁不住欲火中烧，顾不得什么，猛地一跃，跳到床前，把生姑拦腰一抱，颤声道："姊姊，我的好姊姊哪，你弟弟把你想死了，快救一救吧。"说毕，一个圆彪彪的脑袋，直凑到生姑香腮之边，啧啧两声。生姑早闻一股腥气直冲过来，忙一面撑拒，一面忍不住心头打恶。沈三哪里肯放，一个身躯望生姑身上，压将下去，把生姑压住，双手在生姑身上，不住地乱摸乱扯，把生姑吓得魂飞魄散。忙一面闪躲，用力摔掉沈三，一面正色娇叱道："快放俺起来，不然，俺叫喊起来，告知你爹爹，瞧你如何得了？"沈三怕生姑真的叫喊起来，被人听得，到来惊散好事，忙一手把生姑香口，掩一个没，一手拼命地扯生姑衣裤，口中不住地央告道："好姊姊，顺从了你弟弟，好处多哩。做了我的媳妇儿，不强似一个豆腐店伙计的妻子吗？好姊姊，你今天依了你弟弟这一件美事，明天弟弟有好处给你哩。若是这般倔强，明天我告知了爹爹，说你来调戏我，瞧你还活得成吗?”

生姑被沈三压住，口又被沈三捺住，不能叫，只得手足乱打乱踢，把螓头拼命挣扎，欲把沈三摔去，无奈究竟是女子，气力微小，哪里可以摔脱沈三。把生姑急得双泪乱落，心惊胆战。正是十分危急的时候，听得外面有人叫道：“生姑在里面吗?”却是体仁的声音，沈三听得不敢再行用强，忙一松手，放起生姑。生姑这时早忍不住号啕痛哭。沈三恐体仁进来瞧见，忙自侧门一溜烟地走了。生姑一壁痛哭，一壁整理衣服。体仁本因想命生姑到街上去买些熟食，出来叫唤生姑，听得生姑在房中大哭起来，忙走入房中去一瞧，见生姑这般狼狈情形，房中却又没有别人，心中很是纳闷。便问道：“生姑，谁欺侮你呢。怎的青天白日这般地号丧，也得取个吉利儿呢。快别哭了，同我上街去吧。”生姑知道体仁欢喜沈三，倘说将出来，定要护短，不信自己的言语，便抹干了眼泪，接了体仁的钱，出门去购熟食，买了回来，闷闷地坐在房中。

不一刻，喻氏回来，生姑一见，早痛哭失声，两行热泪，如断线珍珠一般，向下直流，喻氏见生姑衣衫不整，乌云松散，见了自己，这般地大哭，心中早猜到了几分，忙细细一问生姑。生姑即把沈三欺侮自己，到房中调戏的事情，一一向喻氏说了一番。喻氏听了不禁长叹一声，向生姑道：“你也不必悲伤，好在今天我到你舅舅家中商议要把你们三人搬到外面去居住，免得在这里受人闲气。你舅舅已同你们找定一家，是这仓前镇上，第一家有势人家，姓杨，家中主人唤作杨乃武，为人极易和睦，又生得很是端正，相貌也好，见他的人没一个不称赞他仪表堂堂的好相貌的。家中人也不多，只有一个母亲，一个出嫁已寡、常住在兄弟家中的姊姊，同了一个妻子，并是四人，却用着两个家人，几个婢仆，十分势派。只因家中房屋太多，怕照顾不到，才欲招一家清白人家进去居住，稍稍取一些租费，你舅舅同乃武有些认识，听得之后，忙把你们说了，乃武听得，便问起你外号可是唤作小白菜来。当下倒也愿意。所以你舅舅便定了下去，说定每月一吊的房租。你们家中，嫌觉寂寞，小大每天可以回来，岂不是比着在这里，被人家欺侮的好。”生姑听了，不住地点头道好。欲知后事如何，且看下回分解。

第五回

浪子有心出谷莺飞去去
文人无得联庆蝶梦蘧蘧

话说仓前镇上，有一家姓杨的人家，家主便唤作杨乃武，方只有二十七岁年纪，生得一表非凡，长身岳立，眉目清秀，唇红齿白，相貌端正。在仓前镇上，算得个数一不数二的出挑人。而且是数代书香，祖上都有过功名，父亲做过教谕，很是老成持重。不要说是仓前一镇的人，奉若神明，有什么交涉事情，都要请他做个公判。便是余杭县城之内，也都揖让他三分，不论文武官县，都互相往还。所以竟是个余杭绅士中的第一流人物。身故之后，传到乃武手中，因乃武人虽幼小，却比较了他的父亲，还能干上几倍，口齿伶俐，人又圆滑老到。又是个秀才，因此杨家声誉，越发地响亮起来。无论是谁，到了余杭县地界，问起仓前镇杨乃武，没一个不知道是余杭有肝胆的绅士。家中只有一个胞姊，一个妻子。胞姊比了乃武，大有六岁。在二十岁的那年，嫁给城中叶家。丈夫名唤梦堂，也是个书香门第。嫁去之后，不到三年，梦堂一病身故。这时乃武尚是年幼，便搬到杨家，同乃武同住。一则可以照应弱弟，二则可以免得寂寞。叶氏的为人，却不似是个女子，很有些丈夫气息。虽是妇人，却很欢喜打抱不平之事，同了乃武生性相近。姊弟二人，友爱万分。住在一处，十几个年头，从没有一言半语互相误会起来。乃武对待叶氏，因幼时曾经扶养，形同母亲，便敬爱非凡，没有一件事情忤过姊姊叶氏的意思，叶氏住在娘家，倒觉得比了夫家，来得舒适，便常年住下，不再回去。好的自己既没有公婆叔伯，只有自己一人，尽可住在娘家。

乃武妻子娶的是詹家的女儿。詹家在城中，也是家小小乡绅。只是詹氏嫁到杨家之后父母相继亡故，詹氏本没有同胞弟兄，便嗣了一个弟兄，品行不甚端正。詹氏见了，即生厌恶之心，不愿相见的时候很多。因此詹氏的娘家，同乃武家中，连杯酒往还，都稀稀的。詹氏却十分贤淑，事姊敬夫，都是尽心尽力，从没有出过半句怨言，同了叶氏，也很和洽，在家中只管料理家事，乃武做什么事情，从不顾问。乃武对这妻子也颇欢洽。一家四人在家中融融乐乐，度着安乐光阴。乃武除了料理镇上的人，来到自己家中，求自己出面办理的事情之外，便一心一意攻读诗书。有时人家到乃武家中请乃武做刀笔文章，乃武因家中并不富足，自己对于刀笔一项很是精明，便替人家做些呈状之类，贴补家用。乃武所做的状子，却是十分精密，真是语语切实，字字在理。所以仓前的人，提起了杨乃武没一个不知道是个好刀笔先生。又加着乃武颇有些小小声名，越发地响亮起来。

这一回，因了家中人口太少，要招一家租户，只须是正当的人，同了家庭简单些的，租金的多少，倒不在乎的。恰巧被敬天听得，暗想这却巧咧，自己姐姐正因着儿子小大，同了童养媳生姑，女儿三姑，被沈体仁的三个儿子欺侮，要找一处房屋把三人搬出，如今杨家既肯不计较租金，把房屋租出，那是最好也没有的人。而且乃武在镇上声名赫赫，住在他的家中，还有谁敢去欺侮他们，这真是一得而两便，即托了杨家熟悉的人，前去到杨家，向乃武一说，乃武听得人口简单，就是镇上出名的小白菜未婚夫妇，心中很是愿意，便一口允许，当下敬天听得乃武已经应诺，心中很喜，忙亲自来见乃武，同乃武接洽，言明每月房金，只收一吊大钱，把杨家右边的三间房屋，租给小大等居住。前出是由一个大门，生姑的房间，同了乃武也很相近。好的乃武是有妻子的人，不甚妨碍。小大是在罗姓豆腐店内做伙计的，每月回来居住不过几天，同生姑又没成房，仍然是分房安睡。小大到店内去后，生姑、三姑也有了照应。敬天把一切事情办妥之后，趁着姊姊到自己家中的时候，向喻氏说得，很是喜悦。回到家中，却遇着生姑告知喻氏沈三调戏的事情，喻氏听得，越发的要紧把小大、生姑、三姑等搬出，便把租定房屋的事情，向生姑说知，但等小大回来，即能搬到杨家。

过了几天，小大回到家中。喻氏即把租了杨家房屋，想把他们三人搬去别处居住，细细地告知了小大。小大心中本来受得沈大等三人的气也大了，听得房屋租好，而且一切家具，都有供用，十分欢喜，忙选了一个日子，搬出了沈家，进了杨家房屋。小大自父亲死后，母亲改嫁，葛家所剩一些东西，如木器、碗盏等类，都寄放在敬天家中，如今即搬了过来应用。喻氏又把自己在沈家积下的私蓄二十块钱交给小大，添置些衣服物件，余下来的作为日常用度，贴补小大每月的不足，忙碌了几天都已就绪，小大依旧到店中去了，生姑、三姑住在家中，生姑十分伶俐，除了料理家事之外，还做些针线。三姑却越发地傻了，每日只知道吃饭，其余事情，一概不懂。

乃武的母亲，见生姑这般聪明，美丽得似天仙一般，只喜得没入脚处，常叫着生姑在房中游玩，又叫她在房中一同吃饭，同乃武并不回避。乃武见生姑生得这般的美貌，年纪又轻，暗想自己所见的女子，也不在少数，却从未见过这般美貌的女子，端的是西子王嫱之色，玉环飞燕之容，不由得怜爱起来。知道生姑家中困苦非常，便不时地把银钱东西周济生姑。生姑对于乃武，却也抱了一种同样的心理，一则小大同乃武的面貌比较起来，自然是天地之隔。二则乃武手中，比了小大，自然是松动得多。乃武的生性，对于外面，却很干脆。对于女子倒十分温柔体贴。眼瞧着生姑这般的姿色娇容，真是人间少有，便越发地温存柔和起来。比了小大的粗暴俗横，又是天远地隔，所以不多几天，生姑对于乃武，也不知不觉地合意非凡。见了乃武，总是有说有笑，眼角逗情。只因生姑是个玲珑剔透的女儿，年纪也不算幼小了，风情已解，正是青春佳期，常是引镜自览，照见了自己这副花容月貌，生得长眉飞鬓，媚眼含春，端的是倾国倾城，可以压倒庸脂俗粉的颜，也不禁暗自嗟叹，自己有了这一副天上少有、人间无双的美丽娇容，倒落在穷苦人家，弄到童养在人家，匹配了一个相貌丑陋、举止粗俗的豆腐店伙计，岂不是辜负了自己这副天生娇姿。倘是生长在富贵名门，怕不是个艳名四布的闺阁千金。所以心中，很是悲伤，眼瞧着小大这般的蠢笨如豕、庸庸碌碌的莽夫，怎的可以匹配自己的娇滴滴似的天仙人儿呢？倒是瞧见了乃武，这般的玉立亭亭，虽是比了小大，年纪略大一些，这一种的雍容华贵的神色，比较了小大，真是天地之隔。怎的小大也是男子，乃武同一是个男儿，何以一个生得这样的大方雄俊，一个却生得如此的猥琐丑恶呢？这不是老天成心打着哈哈，使自己成一个彩凤随鸦，心中如何能得苦心呢？想到这里，对于乃武，不由得起了个怜爱之心。

而且小大不常在家中，一月之中，难得几天住在家中，却又为了未曾圆房，好端端的夫妇，生生地要拆开两边。瞧那乃武，同了詹氏鹣鹣鲽鲽，何等的恩爱，瞧在眼中，越发地心中热刺刺起来了，不觉有些心猿意马，不能自持。见了乃武，越发地殷勤侍候。乃武是个伶俐聪明的人，在风月中也曾逢场作戏，有什么不懂的道理，见着生姑这般地对待自己，岂有不知道的，心中也不禁怦怦然地心动起来。似生姑般的美丽女儿，谁瞧了都得心动，何况乃武，又是天天相见，朝朝会面，耳须炙亲，笑语时闻的呢，不觉同了生姑，心心相印。两个人有了一条心肠，只是碍着众人，未便启齿罢了。不觉又是两年工夫过去，生姑已二十多了。

事有凑巧。这一天，正是清明佳节。小大同了生姑、三姑一齐到父亲坟上，去祭了一番，回到家中，三姑定要到敬天家中去游玩，缠着小大定要陪她前去。小大这天，店中因清明佳节，没有事情，很是空闲，听得三姑要到舅舅家中即便依允，命生姑在家中，守住门户。自己带了三姑，径向敬天家中去了，家中只剩了生姑一人，生姑觉得寂寞，便来找詹氏闲谈。方走进房门，却只见乃武一人在床上。原来这天，乃武的姊姊妻子都被城内一家亲戚请去饮节酒去了。乃武因一则家中没人，二则尚有一些事情未完，便留在家中，也觉得昏闷，躺在床上养神。听到有人进来，忙起身一看，却是生姑，慌忙含笑让座道："我道是谁，原来是葛家妹妹，今天小大兄弟回来没有？"生姑听了，不禁粉面一红笑道："都出去了，上舅舅家中游去，家中只剩了俺一人，闷得慌呢，因此来找嫂嫂闲谈。嫂嫂上哪里去了？"乃武听得家中只有生姑一人，心中不由得一动，便笑道："也出去了。"即把到城中去的话，说了一遍。一面取了茶杯，舀了一杯香茗，敬给生姑，生姑一手接茶，一面坐下来。乃武一看生姑今天这副打扮，穿一件月白袄子，葱条中衣，下边一双大红平金绣鞋，尖尖不到三寸，衬着一张娇艳绝伦的美丽面庞，越是妩媚无比。暗想世上竟有这般标致的女子，不觉怔怔地呆望着生姑，只是细细端详。

生姑被乃武看得两朵红云，直飞到耳边，越显得红白分明，娇艳无双，把乃武瞧得魂灵儿飞上了半天，如痴如呆地坐在一旁。生姑见乃武这般的失魂落魄的神色，忍不住扑哧一笑道："你瞧俺有什么好看呢，这般的只管看俺？"乃武听了，如梦初觉，见生姑并不动怒，又加着平日相待的情意，知道生姑同自己性情，定然相合，便笑嘻嘻地道："我瞧妹妹怎的生得这般标致？小大兄弟不知几生修来的福气？"生姑听了，两颊边越发地飞起了红霞，只是咯咯地娇笑，两只秋水般的妙目，睃来睃去，向乃武面上乱转。好半晌，方低下头去，长吁了一口。乃武见了，忙笑道："怎的动起气来了呢，可是我言语有些冒犯了吗？"生姑抬起头来，向乃武望了一望道："哥哥说什么话来。俺生就的命苦，你瞧那小大，三分像人，七分像鬼的样儿，俺见了先一百个不高兴哩，别再去说他，听了使人不高兴呢。”乃武见了这般情形，心中早料到了七分，暗暗欢喜，今日趁着无人在家中，正可放胆行事。这般似天仙般的女儿，若能如愿一亲香泽，真可算得是一生的幸福。瞧生姑的意思，也十分有情，这般的到口肥肉，乃武怎肯不啖个爽快呢。

当下打定主意，便笑道：“好，哥哥便不谈他便了。今天妹妹既是觉得烦闷，哥哥正酿着一瓶玫瑰露在此，一同饮一杯解闷如何？”说毕，也不待生姑允诺，已立起身来，自己在橱中取出了一对小瓷酒杯，几色菜肴，放在桌上，提出一瓶红焰焰的玫瑰露酒，斟了两杯，把一杯送到生姑面前，笑道：“这酒还香甜可口，且饮一口吧。”这时生姑已是心中似小鹿乱撞，粉面通红，不知怎样才好，只低头不语，偷偷地瞧着乃武。乃武见了这般的娇羞动人姿色，心中越是着了疯魔，忍不住满面含笑，渐渐地说些风情言语来打动生姑，一面央告着生姑，饮一杯酒，解解愁闷，生姑对于乃武本来十分怜爱，今天被乃武这样的温柔小心，比了小大，真是天远地隔，一点灵犀，早通到乃武身上，禁不住媚眼含春，水汪汪地只是憨笑，一壁举起酒杯，饮了一口，乃武见生姑已是饮了一口，便把精美菜肴敬给生姑下酒。这般的半晌，生姑已是饮干了一杯玫瑰露酒，面上顿时觉得如火一般地烧起，心头早怦怦地跳个不住。乃武这时饮了几杯，心猿意马，哪里再把持得定，便把酒瓶提起，取过生姑酒杯，一瞧里面剩有一些残酒，早把来喝干，又斟了一杯，自己先饮了一口，授给生姑笑道：“妹妹且再喝一口吧。”欲知生姑喝了没有，且看下回分解。

第六回

合双成巫女襄王圆梦
迎百两淑姬君子同心

话说杨乃武趁着姊姊叶氏、妻子詹氏不在家中，小白菜毕生姑也因了小大同三姑二人都到舅舅敬天家中去游玩，觉得寂寞，到乃武房中欲找詹氏、叶氏闲谈，不想只有乃武一人，便同乃武坐下闲谈。乃武取出酒肴，请生姑饮啖。当下倒了一杯，自己饮了一口，授给生姑道："妹妹请饮一口吧。"生姑年纪已长，早已了解风情。平日瞧那小大，呆头呆脑，丑陋不堪，自己又生着这般天仙般的面貌，未免心中不乐。见乃武这般的昂藏风流、潇洒出尘，比了小大真有天远地隔之分，也很有些留恋。如今见乃武这般相挑，早脸飞赤霞，小鹿心头乱撞，也怦怦相动，便不知不觉地举起杯来，饮了一口。乃武见了，知道有些眉目，不觉大喜。忙一面同生姑闲谈，一面便挑以游词。生姑都只是不语。两只水汪汪的秋水，只向着乃武面上，睃来睃去。乃武瞧见生姑这般丰韵，哪里还忍耐得住，便推过酒杯，竟单刀直入，一把把生姑抱住，生姑只不作声，半推半就。乃武见是时候，即拥定生姑，一面把面亲住，一面伸下手去，把生姑衣带宽掉。生姑这时只羞得娇颜如火，闭目不语，尽乃武摆布。这一来，便种下了祸根。乃武同生姑已成就了奸情，好半晌，乃武方站起身来，生姑也起身整理衣服。乃武瞧生姑这时，杏眼带赤，星眸越发的标致了，忍不住又抱住了温存一回，方各自收拾。生姑见时候不早，恐小大三姑回来，忙开门出去，乃武忙向生姑耳边喳喳地说了几句，生姑不禁回眸一笑，又白了乃武一眼。乃武微微一笑，生姑即走出房去，回到自己房中。见小大同三姑尚未回来，便横在床上，暗暗思想方才的事情，不觉又羞将起来，似花一般的娇脸之上，又渐渐地飞起了两朵红云。只是觉得乃武人既漂亮大方，身体又很高贵，对于自己这般地温存体贴，比较了小大的粗犷野蛮，真是天远地隔。芳心之中，不由得越发地爱着乃武。暗道：自己如能嫁了乃武，方是心满意足。怎的这般命苦，匹配了这个三分像人、七分如鬼的葛品连，可算得是红颜薄命。想到这里，又不禁悲伤起来，眼中掉下泪来。

乃武在房中，自生姑出去之后，因身体困倦，也躺在床上休息。想着方才同生姑的事情，觉得很是得意。又想到生姑生得这般的花容月貌，在仓前地方，可算得首屈一指。若是生在富室大家的深闺之中，岂不是一位闺阁千金。偏偏生在这贫苦人家，度那凄凉生涯，又配了个丑陋不堪的葛小大，真是命苦已极，不觉替生姑抱屈，越发地痛惜起来，在床上休养了一回，不觉天色已晚，听得外面叶氏同了詹氏在那里说话，知道已经回来，忙站起身来，走出去。见叶氏母子同了詹氏已是回来，坐在外面闲谈。见了乃武，都笑着招呼，一同坐下谈话。那边生姑已在那里准备晚饭，小大、三姑也已归家。对于乃武同生姑的事情，都没有知道。自这天起，乃武对于生姑，越发地怜爱起来。没人的时候，便悄悄幽会。生姑家中，小大既不能赚钱，自然很是穷苦。只仗着喻氏偷偷地周济一些，哪里能得支持。亏得乃武时常周济，方能勉强度日。好得叶氏同詹氏，对生姑的境遇，也很可怜，因此倒也不疑心乃武。

这般地度了几时，已是新年正月时候。这一年，正是同治十一年份。乃武正是三十一岁。小白菜毕生姑，方是二十三岁。小大二十九岁。三姑也有二十一岁了。喻氏在新年之中，买了些食物，带了自己在沈家积下的私蓄来到小大家中，探望小大。这天小大正在家中，见母亲到来，心中欢喜，同生姑、三姑二人接到里面。喻氏把买的食物放在桌上，向生姑道："生姑，我知道你们年下没什么东西，所以特地买一些在此，快收拾了进去，在新年中，也可稍稍快活一些。"生姑一看，却是腊肉、风鸡、盐鱼等类，又有许多糕饼茶食，便一面收拾，一面笑道："正是呢，年下亏得杨大爷，送了我们许多东西，方得好好过年，不然又没钱去买。"小大接口道："正是。我想我们受了杨家多次的东西，自己又没有什么送给人家，什么好呢？"生姑笑道："妈妈，我想如今趁着妈妈买来许多东西，拣好的送些过去，也算答报人家，妈妈你想怎样？"三姑这时，正忙着翻开了茶食包子，取了两个蜜枣，向口送，不住赞道："好吃！好吃！这个甜枣子倒这般地怪好吃的。"正一面大嚼，一面乱翻，听得生姑说要送给杨家，忙抢了一包蜜枣，一块年糕，匿在身后道："妈妈，别听嫂嫂的话，这些好吃的东西，如何去送人呢？快别瞎说，我要吃的。"喻氏瞧了，不禁笑将起来，忙喝住三姑，向生姑道："好，还是你会打算做人，我想别的如茶食糕饼等类，他们是不稀罕，只有那风鸡，却是我家中拣了四五斤重的肥鸡，自己风上的。如今我悄悄地带了四只来，可送了他们两只，留两只自己尝尝。还加上一块盐肉，这盐肉却是你晚爹托人在金华府带来的，味儿还不差。送了这两样过去也好表了心意了。"小大也有些呆头呆脑，听了喻氏的言语，并不作声，只望着许多东西呆看。三姑更是噘着嘴不愿意。生姑心中，虽很是愿意送去，让乃武尝尝，又表了自己的心意，只是怕喻氏、小大说她同杨家亲热，致起疑心，便不敢立即取来送去。

喻氏瞧见这般神色，倒不禁笑将起来，便向小大道："小大，你怎么这般地发呆呀，难道是不愿意不成？别说是你们常是受着他们周济，便是没有受过什么，这种人家，巴结上了，绝不会吃亏的。何况你们住在这里，凡事都须他们照应，又受过人家恩惠的呢。"小大听了，忙笑道："我没什么不愿意的，我只想着他们二少爷待我们真是怪好的，只要瞧我们没了什么，便送来了，我们将来如何报答他们，因此便呆住咧。如今送这一些东西去，还有什么不愿意不成，妈说怎么办，就怎么办好了，横竖这些东西，也都是妈带来的。”喻氏听了，暗想人家说小大傻头傻脑，如今瞧来，倒也未必，只是人太难看了些，心中不觉欢喜起来。即笑向生姑道：“生姑，你听着，把两样东西送去吧。”生姑听了，便拣了两只风鸡，一方盐肉，拾在手中，兴冲冲地出了房门，向乃武那边走去。不一时，已是回来，笑着向喻氏道：“杨家二少爷同大娘娘，都说着妈费心呢。”喻氏笑道：“这些东西，还用得着谢吗。”生姑也不答言，只忙着把东西收拾，又向小大道：“今天妈来了，也没有什么菜肴，只剩了前天杨家送来的风鱼，一碟糟肉，把妈带来的风鸡，煮一个起来，开一瓶杨家送的玫瑰露，将就着吧。”小大点头道好。喻氏笑道：“我倒随便，不必多费手脚了。”生姑笑道：“妈怎样说的，吃些东西，难道还不是该的吗，横竖他也要吃的。”说着，忙忙地取了一只风鸡，到厨房中去了。喻氏瞧见生姑这般的玲珑能干，很是欢喜，不觉提起了同小大完亲的心事。暗想如今小大也是二十九岁的人了，差不多已是半世年纪，生姑虽比小大轻些，却也是二十三岁了，不能说小。以前的不能完亲，一则因了小大在豆腐店内尚未满师，没钱进账，怕不能养家开销，不得不缓些举行。二则行完之时，也得请请亲友，小大连生活都不周全，如何有这一注巨款。所以住虽住在一起，却仍没有完亲圆房。瞧这生姑，同小大倒也没什么不合，不知他们二人，究竟睡在一处，还是二处。倘是睡在一张床上，再不圆房，被人家知道了，也不好听。好得如今小大去年年底已满了师了，以后去可以赚钱回来，不致再同以前般的困难。这一注完亲的钱，小大现时自然是拿不出来，只须自己向敬天商议，请敬天帮忙，自己也津贴一些。再不够时，向杨家借些，谅来杨家素日待小大、生姑甚好，没有什么不肯的。

想定主意，等几天到敬天家中，同敬天商议之后，请个风鉴先生，合合八字，选个黄道吉日，把小大、生姑二人圆了房，自己也可以了结一件心事。将来若生下一男半女，继续葛氏门中香火，自己也可算得对得起已故的丈夫了。想毕之后，就笑着向小大道："你们三人怎的睡法呀？"三姑在一旁听得，早抢着道："阿哥一个房间，我同小白菜一对睡一个床的。"喻氏听了，越觉生姑可爱，知道生姑从未同小大有越轨举动。只是又细细一想，生姑虽是从小就童养在家里，只因其中曾有几年，小大被太平军掳去时，回过娘家，如今虽又接来同居，可是生姑生得这般的美貌，似天仙一般，仓前镇上，可算得头儿尖儿第一个美人，小大生得如此丑陋，三分像人，七分像鬼，配着生姑，真是彩凤随鸦，不论是谁都知道是不配。似生姑这般的花容月貌，哪里不找一个如意郎君，小大家中，又十分穷困，不要再隔几时别说是生姑不愿嫁给小大，违反前言，把姻缘拆散。便是生姑的母亲，也要懊悔这件亲事，过来要领生姑回去，重定良缘，岂不是又得麻烦，或者把这件亲事拆散，岂不失却了机会，不如趁生姑同生姑的母亲未曾想到这一层上，快些同小大圆房。到了那时，生米已煮成熟饭，就是要悔亲，也不能够了。因此喻氏越发要紧生姑同小大圆房，便问小大道："小大，你如今在店内，可以赚多少钱了，用来开支家用，可以敷衍了吗？"小大听得，不禁皱着眉头道："不行，还是不够。亏得生姑做些活计，同了三姑做些粗活，又仗着二少爷周济一些，方能勉强度日。倘不是生姑做活计，光靠着我赚的几吊钱一月，如何能行呢。"

喻氏听得生姑能做活计，不由得心中大喜，暗想这倒不妨事了，倘是真圆了房，只须生姑稍稍多做一些生活，自己再稍稍贴些，也可以度日的了。便又问小大道："小大，我想你人也大了，年纪已是二十九岁了，不是小了。你妈又嫁着你晚爹，不能常来看你，终须一个亲热痛痒相关的人，照顾着你方好。不如同你舅舅商议，同生姑圆了房，一则完了妈的心愿，二则你们二人，可以好好地做起一家人家来。似生姑这般的聪明伶俐照顾着你，你好歹可以少吃些亏，你看好吗?”小大听了，心中自然愿意，只张开了大口憨笑。三姑在一旁，听得喻氏说要同小大生姑圆房，有喜酒吃，先欢喜起来，大笑道：“妈妈，好的好的！有喜酒好了，妈妈日期揣的近些，从此小白菜我要叫她嫂嫂了。”方说得起劲，恰巧生姑在后面厨房中走出，欲唤三姑进去一同煮饭，听得三姑说是要叫自己嫂嫂，同了有喜酒吃了，又瞧着小大坐在椅上，不住地憨笑，脸上也稍稍有些红赤，喻氏却笑嘻嘻地，见自己出来，连连地望了几眼，早猜透个中原因，知道喻氏定是在那里向小大说同自己圆房的言语，不由得吓得一跳，把脸飞红，也不再唤三姑，一溜烟地逃回厨房。喻氏见了，以为是女孩儿家听得成亲，害起羞来。哪里知道生姑同乃武二人，早已卿卿我我，恩爱非常，成就了好事。所以生姑听了，不觉有些胆战心惊起来。

当下喻氏也不理会，仍问小大道：“小大，你怎样只是憨笑呢，究竟怎样呢?”小大也不禁黑脸变赤，满脸的疙瘩都显了起来，点头道：“但凭妈好了，只是哪里来的钱呢?”喻氏道：“这倒不妨，我去同你舅舅商议就是。”三姑听得喻氏这般言语，只喜得直嚷，笑道：“要叫新嫂嫂了！”喻氏听得，怕生姑害羞，忙喝住三姑，不许乱说。又想到生姑人在厨房内弄饭，很是辛苦，方才出来，定是叫三姑进去帮忙，却听得了三姑要吃喜酒，羞得回了进去。便叫三姑道：“三姑，你人也二十一岁，怎的连煮饭都不去相帮一回，快去帮着生姑，把饭弄好，我们一同吃了，我还得早些回去，不然，那些孽障，又得在你们晚爹前说东话西搬是非哩。”三姑忙笑道：“正是哩，我因妈来了，倒把烧饭忘了，平日饭总是我烧的，只是常烧得底下枯焦，倒也很香，我就欢喜吃这香饭同焦的硬块。今天小白菜，不对了，要叫新嫂嫂哩，今天新嫂嫂烧饭，不要不烧焦，使我没有硬块吃，我得快些进去看看哩。”说着，忙忙立起身来，飞也似的向厨房奔去，一面飞跑，一面又大笑大叫道：“要吃喜酒哩！小白菜要变新嫂嫂哩！”喻氏见三姑依旧这般的傻憨，连锅巴都不识，叫作硬块，又这般地乱叫乱嚷，被生姑听得，岂不害羞，心中很是替三姑发愁，暗想似三姑这般的傻憨，生得如此的难看，十丑八怪般的，将来如何能攀亲出嫁，只可养老家中的了。三姑奔到厨房中，却见生姑也不烧饭，只坐着低头发呆。欲知后事如何，且看下回分解。

第七回

檐前鹦鹉小姑有口难防
室内鸳鸯贤嫂多情怂合

话说喻氏到了品连家中，瞧生姑这般的伶俐聪明，便动了与小大圆房之意，当下即向小大说了，小大心中，自然很是愿意。平时见了生姑这般娇艳如花的未婚妻子，早已怦怦心动，也有过几次，见左右无人，趁着向生姑调笑，生姑自与乃武勾搭之后，对于小大，心中早不愿意，眼瞧着自己这样的花容月貌，在仓前镇上，算得全镇魁首，却配一个全镇最丑的丈夫，怎不有彩凤随鸦的感慨，心中很是不乐。每逢着一个人在房中时候，便愁对青灯，自叹命薄。虽同乃武成就了好事，终究不是正式夫妇，将来倘是同小大结婚之后，就不免碍手碍脚，除非是脱离葛家，方能同乃武一生厮守，因此心中很有悔婚之意。只是自己童养在葛家，很难启口。好得小大无力成婚，可以同乃武交往，因此便蹉跎了下来。见小大到来调笑，当然严词拒绝。小大却因未曾同生姑正式成婚，不便相强，也只好罢了，可是心中，眼瞧着这般一个美人儿，又是未婚妻子，不能同床合衾，岂有不渴慕之理。只是自己家道贫困，没有成亲的费用，只得徐图将来。如今听得喻氏要同他圆房，心中很是欢喜，只嘻笑了大嘴，露出了一口阔板黄牙，呵呵大笑，三姑听得，便直嚷要喝喜酒，恰被生姑出来听得，不由得思忖，怎的办法，暗想自己生了这副天仙似的容貌，匹配了这个丑八怪般的葛小大，家计又十分贫穷，圆房之后，少不得要同床共枕，叫自己如何过度日子。似自己这副容貌，同乃武恰巧可称得一双两好，怎的老天这般的不平，生生把自己配给了小大。小大的生性，又是粗犷不堪，同了乃武的温存体贴相较，那真是天地之别了。自己同乃武虽已成了好事，恩爱异常，只是终属勾搭成就，如今倘是要同小大成亲，对于乃武，终得稍觉阻碍的了，怎能同乃武相守一世。自己平日，见了小大，便觉得碍眼，如今越发要同他同起同卧起来，生活又是贫苦，叫自己如何耐得惯这般生活。想到此时，忍不住两只秋波般的妙眼之内，眼泪如断线的珍珠般滚将下来。

耳边却又听外面三姑哈哈大笑道："现在要添新嫂嫂了，有喜酒吃哉。"心中越发地难过起来，不由得自叹命苦，怎的匹配了这个三分像人、七分像鬼的怪物，不能同乃武百年到老。懊悔自己在小大自太平军内逃出之后，那时悔婚，岂不是好，如今若要同乃武厮守一世，除非是悔婚不嫁，立即出了葛家，方能称心。想到这里，禁不住想着了乃武，是个著名刀笔，仓前镇上，哪一个不知道杨乃武是个刀笔名手，便是连余杭县城内，也赫赫有名，谅来对于这些些悔嫁的事情，只须他出手，真是易如反掌。倘是小大要打官司，也只须乃武在上下衙门之中打点，便可成功，自己何不去同乃武商议，同葛家悔婚，离了之后，再嫁与乃武，岂不是绝妙的事情，可以同乃武白首到老，不再同这丑八怪完婚的了。谅乃武同自己，既这般恩爱，听得我自己情愿向葛家悔婚，再嫁给他，岂有不愿之理，自然替自己设法，全力办这件事情的了。自己同乃武，稳稳可以相守一世，岂不是最妙的一着呢。想罢，打定主意，便抹干眼泪，方欲立起煮饭，却见三姑飞也似的跑来，连笑带嚷地向生姑道："小白菜，不对不对，现要叫你新嫂嫂了，你饭可曾烧好，可有焦硬块呀？"生姑听得，也不去理她，只立起身来，一面烧莱，一面向三姑冷冷道："你自己去看吧！"真个三姑自己去把饭锅扬开观看，见饭底已起了锅巴，很是欢喜，便帮着生姑煮烧。不一时，都已就绪，即开出饭去，生姑怕喻氏疑心，仍装着很是欢喜的神色，兴冲冲地端出了几盘菜肴，放在桌上。小大也帮着放好匙箸，生姑又在房内取出了一瓶玫瑰露酒开了，取两个杯子，摆在喻氏、小大面前，各各斟了一杯，向喻氏笑道："妈，趁热喝酒吧。"喻氏笑道："生姑、三姑，你们也来吃吧。"三姑即坐将上去，先夹了一块风鸡，放在口内大嚼。生姑又到厨房之内，取出饭来，方坐下同食。喻氏饮了两杯，也便吃饭。小大却喝得有些醉意，方才不饮，不一时，都已饭罢，生姑把残肴收掉，取出茶来请喻氏吃茶，自去厨下收拾。喻氏见生姑这般的井井有条，很是欢喜，又同小大谈了一回，约定了后天到敬天家中，命小大同三姑同去，因要同敬天商议与小大圆房之事，怕生姑害羞，因此不命生姑同去。当下小大答应知道，喻氏即回转家去，小大却因酒意很深，即打了一个中觉。生姑却独自一人，呆呆地坐在房中，暗思怎样地同乃武商议悔婚，不禁想到了自己的身世。

父亲在日，也是个秀士，书香门第，都因受了刀兵之乱，水灾荒年，弄得一家人家，好端端到了贫无立锥之地，父亲便忧郁而死。自己同了母亲二人，无处投奔。自己又没一个嫡亲弟兄，可以奉养母亲，所有的几亩薄田，连遭荒歉，收成全无，真弄到衣食不周，不得已才到这仓前镇来投亲，不想竟到葛家来做了童养媳妇，匹配的葛小大，人既丑陋不堪，家中也是这般的贫穷。比较了自己家中，真是差相仿佛。自己生着这般的花容月貌，再不道命苦到如此。似小大这般的人，如何配有自己这样的妻子，也太不相称了。自己是怎样的一个心高气傲的人，配个丈夫，却这般的猥琐，平时瞧在眼中，已觉得讨厌万分，如今越发要圆起房来，同他共床合枕，别说是别的事情，便是半夜三更，香梦初回，在枕边瞧见了这般三分像人、七分像鬼的人儿，也得吓一个半死，如何能白头偕老，同过日子呢？似自己的这副容貌，匹配了乃武，方算得才貌相当，方不负了一生。偏偏乃武已有妻子，自己又配了这般的一个丈夫，真是老天无眼，为何错定了姻缘。想到这里，越觉得小大的相貌丑恶，不堪同衾，便一心一意地同乃武商议，怎样才可以悔婚，同小大脱离，方能同乃武厮守一世。

思前想后，心中烦闷忧愁，自不必说，两眼之中，也不觉眼泪直向下挂。欲待到乃武房中去商议，又怕小大醒来，被他知道，反为不美。因此只得守候机会。知道后天小大同了三姑，要到敬天家中去商议圆房的事情，总可趁着他们去的时候，同乃武会面，便能商议得悔婚办法，谅乃武同自己这般恩爱亲密，决不肯任着小大同自己圆房，碍自己的好事。想到乃武肯向葛家悔婚，自然是求之不得，凭着乃武的刀笔，这些些事情，当然易如反掌，生姑想到了这一层上，倒稍觉得安心了些。当下见天色已晚，听得外面小大已经起身，忙仍到厨下，收拾晚饭。三姑也进来相帮，不一时，晚饭就绪，摆出来吃饭。可是生姑心中有了心事，便有些茶饭无心，很觉得闷绝，只略吃了一些。小大、三姑哪里知道生姑的心事，依旧狼吞虎咽地饱餐一顿。晚饭过后，生姑收过残肴，在厨房内收拾清楚，便各自安睡。到了明天，小大仍到店内去工作，只因这时，还在新年之中，小大白天上店内去，晚间便回到家中游玩，所以到了天还未明，便得到店中去做豆腐。日中时候，店市已落，便回家中，有时出去游玩，这天自然也是这样。生姑在房中因有了心事，再也睡不安稳，听得三姑鼾声如雷，睡得很熟，生姑却只得翻来覆去。到了四更时分，方觉得有些蒙眬，却听得小大已是起身，生姑怕小大疑心，反为不好，即仍起身，安排了面水，与小大盥洗，又煮了些粥，给小大充饥。小大吃毕，即匆匆起身，到店内去了。生姑方再回到房中，重行安睡，身体也十分困倦的了，不觉安然入梦。一觉醒来，已是辰刻光景。三姑早已起身。生姑因怕被小大、三姑等瞧出自己有了心事，致露出了破绽，好得明天小大同三姑二人都得上舅舅喻敬天家中，只有一天工夫，自己便能同乃武会商，因此不动声色仍照旧操作。果然小大、三姑都未觉得。

一天易过，到了明天，小大因这天喻氏吩咐，命自己同了三姑到敬天家中，一则拜年，一则商议完姻圆房的事情，须得到敬天家中去午饭，便在四更不到已经起身，吩咐生姑早些叫醒三姑，替她梳洗得干净一些，拣一件光鲜些的衣服给她穿着，生姑答应一声，小大自出门去到店。生姑因这天须得向乃武商议悔婚，便睡在床上，闭着双睛，暗暗思想见了乃武之后，如何开口。过了一回，见已红日东升，时光不早，忙叫醒三姑，三姑把手抹着倦眼，早嚷道："阿哥哪里去了？今天要到舅舅家中去咧。"生姑听得，不由得暗笑。三姑早已想定到敬天家中去了，便笑叫道："三妹，快些起来吧，你哥哥就得回来，同你去咧。"三姑听得，忙一睁双眼，一骨碌爬起身来，出房到厨房中，取了面水盥洗，生姑也便起身，一面同三姑梳洗，一面同三姑闲谈，梳洗毕后，又在房中拣了一件花花棉袄，给三姑穿了。又将一双平底花鞋，足有一尺光景，给了三姑。原来三姑怕缠足疼痛，不曾缠足，便成了尺二莲船，同了生姑的三寸金莲，尖瘦得似一支水红菱儿，相较之下，真是天远地隔，这双花鞋乃是生姑凑着三姑的尺寸而做，预备在新年穿着，今天便取给了三姑，三姑把衣服鞋袜都穿着就绪，坐在客堂之中，呆呆地等着小大回来，一同上敬天家中，生姑也梳洗了一回，自去端整早饭，煮好之后，问三姑可要吃粥。三姑噘起了大嘴，向生姑道："小白菜，你真是憨的了，停一回到舅舅家中，好吃的东西正多着呢，如今吃粥便吃不下了呀，不要吃。"生姑听了，倒不觉好笑起来，即自去吃粥。不一刻小大已自店中回来，也换了一件青布棉袄，一条干净青布作裙，又穿了双新的青布鞋子，方同三姑出门向敬天家中去了。生姑见小大、三姑二人已去，心中很是欢喜。一望日色，已是巳牌时分，知道乃武已是起身，一切都已就绪，便收拾了一回，走将过来。方到了杨家客堂之内，却见乃武妻子詹氏同了叶氏，方穿好了衣服要出门去，心中大喜，暗想今天很是凑巧，自己可以同乃武细细一谈的了。叶氏瞧见了生姑，即忙让座。生姑一面谦逊，一面同二人招呼。詹氏便笑道："生姑，你怎的这时倒空闲了呢?"生姑便把小大、三姑都到敬天家中去了，向二人说了，又问二人到哪里去?叶氏答道："我们上亲戚家去拜年。"这时乃武恰巧从房内踅出，见了生姑，即点头招呼。生姑乘着二人不觉，暗暗向乃武使了个眼风，乃武哪里知道生姑要同葛家悔婚，亟待同自己商议，只道是生姑欲乘着无人之际，向自己幽会，便暗暗点头会意。一面向詹氏道："你们快去吧，晚了倒不好，叫人家悬望的，好得生姑不是客气的人，不必陪伴了。"生姑也忙道："正是正是！二少爷的话，一些不差。既是大娘和二奶奶有事请便吧，我也得回去煮饭咧。"说着，立起身来，自回家中，知道乃武已知自己约他，停了一回定必到来。便不到厨房中去煮饭，只回到自己房中，静悄悄地睡在床上，等候乃武到来，詹氏同叶氏见生姑回去，即说了一声有慢，过一天来游玩，便一同出门拜年去了。

乃武见二人已去，生姑定在房中相候，忙一溜烟望着生姑房中走来。方踏进房门，却见生姑独自一人睡在床上落泪，原来生姑回房之后，知道乃武即要到来，睡在床上，又想起了小大将要圆房，自己同乃武不能白头到老，所以又流起泪来。当下乃武瞧见，不禁先是一呆，平时生姑瞧见自己到来，总是欢天喜地，满面春情，亲热非凡，因何今天睡在床上悲泣?以为生姑恨着自己多天不来，所以悲伤，忙在床沿上一坐，笑道："好人，怎么哭起来了呢?可是为了我多天不来看你吧?可知道我们的事情，须得秘密才好，倘是被小大知道瞧见，那还了得，这几天小大常在家中安歇，叫我如何来看你呢?"生姑听得乃武这几句言语，知道同小大圆房之后，小大定必常住在家中，自己同乃武不容易相会的了，便越发地悲泣不休，一块手帕，已是湿透，把乃武弄得莫名其妙，忙一面把生姑扶了起来，温着香腮，一面悄道："究竟是不是呀，如何这般地悲伤呢?有什么事情，快告诉我，好歹我总可以帮你。只要是我做得到的事情，光是哭，有什么用呢？快告诉我有什么事情，值得这般悲伤？”生姑听得，方止住悲痛，一面拭干了眼泪，向乃武说出一番要同葛家悔婚的话来。欲知后事如何，且看下回分解。

第八回

苦口婆心种成功德
甜言蜜语喜见祥和

话说小白菜生姑，听得喻氏说起要把自己同小大圆房，心中很不愿意，一心想同小大悔婚，嫁给乃武，这天乘着小大同三姑到舅舅喻敬天家中去了，便到杨家，暗暗示意给乃武。恰巧乃武的姊姊叶氏，同了妻子詹氏也一同出门，乃武即悄悄地到生姑房中，却见生姑独自一人，睡在床上哭泣，忙追问生姑，因何这般悲哀？生姑一面流泪，一面向乃武呜咽道："我生就的命苦，自幼丧了父亲，只剩了一个也是生就命苦的娘，把我弄到了这个所在来，朝夕同两个三分像人、七分如鬼的人在一处，怎不叫人悲伤，并时常亏得二少爷垂怜照应，又承二少爷这般地怜爱，我满想就此过了一生，也是罢了。虽是每天瞧见那一对傻头傻脑的呆子，却有时还为安慰一些。不想如今连这些些的快乐，也要没有的了，怎不使我哀痛自己这般的苦命呢！"说毕，又哀哀地痛哭起来，把一个布枕，湿了半边。乃武听了生姑的言语，依旧不甚明白，又见生姑哭得如带雨的梨花，心中早怜惜非凡，忙一把把生姑扶起，一面温存道："生姑，究竟是什么事情，值得这般哭泣？且说将出来，待我细细思忖。有我杨乃武在这里，好歹总可以帮助着你，且别悲泣，快说给我知道是什么大事呢？"生姑即一壁拭泪，一壁把前天喻氏到来，要选吉日同小大圆房，自己心中不愿嫁给小大，意欲悔婚的话，细细地向乃武说了一遍。又向乃武道："二少爷，你瞧小大这般的相貌，说是同他共床合枕，便是我每天同他同桌饮食，也一百个不乐意哩。不因了二少爷这般怜爱，我早要脱离这地的了。如今越发要圆起房来，叫我怎生过日子呢？而且小大倘是圆房之后，说不定得常常回来，你我的事情，便有些碍手碍脚，我哪里受得下呢？好歹请二少爷同我想个法子，同他们一刀两截，割断了牵制方能……"说到这里，禁不住粉面通红，渐渐地低下头去。

乃武瞧了，岂有不知之理。知道生姑嫌小大相貌丑陋，不愿成婚，要同小大悔婚，嫁给自己，只是自己一则已是有了妻子，万万不能再娶生姑。二则自己同生姑的事情，终是私事，若是暗中往来，原无不可，倘说是要正式娶到家中，便是作为小妾，外间难保无人谈论，说是自己因了勾搭生姑，逼散小大姻缘，岂不是夺了小大的妻子。自己在仓前名誉向来很好，这一来岂不受万人唾骂，就此名誉扫地，竟得无颜见人。因此这事，万万使不得的。便是如今，虽没人敢说自己同生姑有什么暧昧事情，可是都知道小白菜同葛小大还未圆房。小白菜生得这般的标致，小大如此的丑陋，当然不是美满姻缘。住在自己家中，难免没人捕风捉影的猜测。而看小大、生姑这般的年纪，何以住在一处，却不圆房，又是使人可疑，倒不如趁此机会，助生姑同小大圆房，一则可以免了外人的闲话，二则倒可以同自己长久相爱，不致使小大、喻氏、敬天、自己姊姊、妻子等发生疑心，岂不是一得而两便。又加着小大这般贫困，讨一房妻子，也不是容易事情，若是自己趁势怂恿了生姑，帮助生姑悔婚，与自己并没有多大利益，在小大却一生把他一家人家拆散，于自己阴骘上，也不甚佳妙。自己已占了小大的妻子，何忍再去拆散他的人家呢，不如相助生姑，把这条悔婚心念去掉，在自己名誉上既好，在实际上也比较有益一些，阴骘上越发地不亏了，可以把自己勾搭生姑的罪恶消灭，岂不是好。

想定主意，便向生姑道：“生姑，似你这般的花样的容貌，真所谓秋水为神玉为骨，便是古时的王嫱、西施、飞燕、玉环，也未必再胜如了你。不要说仓前镇上，找不出第二个，便在杭州府内，浙江全省，也找不出如你一般的来，真可说天下无二，世上无双。若是处于深闺之内，怕不是个兰闺淑女，应该匹配个如玉树临风，似宋玉潘安般的王孙公子，总算得一对璧人，闺房之乐，可以胜于画眉。如今配了小大，生得这般的丑陋，浑如个丑八怪短命丁似的，无怪你心中要悲哀痛哭了。你的言语，我都明白，可是话不是这般说的，大凡一个女子，最重名节，所谓一妇不受两家茶礼，烈女不嫁二夫，便是这个意思。你我的事情，究竟不能上张晓谕地宣布出来，只可暗暗相会。你我虽是恩爱非常，总是私情，倘是说你如今同小大悔婚，再来嫁我，不是我说句薄幸的话，一则我已有了妻子，在我这种门庭，怎能无缘无故把妻子休掉，我妻子又没犯七出之条，便是我要休她，也是个不可能之事。再把她休了，来娶你家中，别说是我的名誉上，必定从此扫地，为镇上人所不齿，就是你的声名，也不好听。而且你的一方面，凭空说一声悔婚，也谈乎容易，内中阻难正多，若是悔婚不应，岂不是画虎不成，反类其犬，为人讥笑。二则你我住在一个门庭之中，你生就这般的容貌，小大又这般丑怪，难保早有人在背地谈论你我有了不正当的事情，若是你一悔婚之后，岂不是坐实了这事，如何再能见人。如今这般情形，哪一个敢道你我一言半语。你悔婚之后，再来嫁我，越发被人家说你的悔婚，是我调唆出来的，那时我还能在镇上立足不成？我既不能在镇上立足，你又如何办法呢？再有小大听得你要悔婚，岂肯甘休，说不定要步到衙门之中。这一来，越发使得你我二人颜面扫尽，所以你说要同小大悔婚，再来嫁我，这事万万不能。生姑，你是个聪明剔透的人，总能想到这一层，并不是我的变心和忍心，不肯同你设法向葛家悔婚，实是倘若实行悔婚之后，倒有许多不便，受人家闲话，这又何苦呢？生姑，你想对也不对？”

生姑仍睡在床上，一言不发，听乃武说毕，方呜咽道："如你这般说来，我决不能同小大悔婚的了，任我在苦海之中，同这不像鬼又不如人的东西一生度日，尽被他蹂躏，你我的事情，就此了结不成？瞧你不出这般文质彬彬，一表非凡，肚子内又很通远的人，这般的狠心，竟把我送入了地狱，一些不肯救援，从此之后，你也不必再来瞧我，你我的事情，就算完了。便是昔日你同我的山盟海誓，万般温存，也都是假的，如今不必再去提起，并且不同小大悔婚，你我自然也难以相会的了，何况你是个薄幸人呢。我不怨你，只怨自己，生成的这般苦命，落在这地狱之中，永无脱离之日了。"说着又呜呜痛哭起来。

乃武听得，忙也伏下身去，拍着生姑的香肩道："哎呀，生姑，你差会了我的心了，你以为我乘此机会，和你断绝了吗？这却是你大大地误会了我的意思。不叫你悔婚，就因了我不愿离开着你，你想倘是悔婚之后，我既不能娶你，你难道就不嫁人不成，嫁一个人，又怎能如小大这般的呆子，那时我再欲与你相叙，方真的是难了，不如不分开了，而且如今你的年纪，已是二十多了，住在这里，若再不同小大圆房，外间造谣生非的人多，怕不说你因了小大貌丑，不肯圆房，说不定同我有了一手，岂不是你我二人的名誉，又将扫地，所以我想正好借着同小大圆房，一则可以免除外间之闲话，二则小大这般的傻子，我们要骗他，也还容易。况且从此之后，免了喻氏等的疑心，不致命小大搬到别地居住，你便能常住在我的家中，相会自然比较了外面容易，又不会出岔子，被人知晓。小大既在豆腐店内做伙计，少不得要在店中，回来的日子，绝不能多，你可以借着同小大同床共枕，与三姑分床，睡在小大的房中。小大不回来的时候，我尽可放大了胆子前来，岂不是一举而两得，比了如今的偷偷摸摸，好到万倍。所以我劝你不要悔婚，完全是因了我不愿离开着你，暗中图一个一生恩爱，你竟误会了我的意思，以为要断绝你了，岂不是大大地辜负了我的好意。我又不傻，放着你这天仙般相貌的人，还肯丢掉不成？”说着，一手勾住了生姑香颈，在生姑的娇颜之上，亲了一口道：“生姑，你细细地思忖一会儿，我的话差也不差，薄幸人可是这般计算的？”说着，便伏在生姑香肩之侧，低低地道：“好妹妹，你是个聪明剔透、生成了玻璃心肝的人，如何连这些意思，也想不出来，只图了一时的忿气，不把以后的事情如何，细细地思忖一回呢？”

生姑听乃武滔滔地说了一回，究竟也是个聪明绝顶的人，不是似三姑这般的愚鲁，觉得乃武所说的言语，一些不差，倘是自己同小大悔婚之后，如何能再住在这里，除非是嫁给乃武。如今既不能嫁给乃武，悔婚之后，非嫁别人，便只能回家乡去。若是嫁一个丈夫，总不能再比小大蠢鲁的人，自己同乃武的事情，便有些难了。若是回家乡南京去，更不必说了，同乃武不会再行见面，岂不是弄巧成拙了呢。想到这里不禁娇颜飞红，一语不发。乃武见生姑不再言语，知道生姑心中已渐渐地明白过来，便又笑道：“生姑，你说的言语，可是一些不差，如今请你把悔婚的念头丢开，任他们怎样办法，定了日期圆房也好不圆房也好，只要你能照常住在这里，你我二人，便能永久会面相叙。我看小大这人，虽则粗鲁，待你却还不差，你可知道似小大这般的人，要娶妻子，很不容易，你悔婚之后，小大再要定一家亲事，不知在何年何日，岂不把小大好端端的一家人家，拆一个四散分离。又绝了葛家香烟，这阴骘可丧得不小了。非唯是你要丧阴骘受万人唾骂，便是我也成了个狼心狗肺的恶人了。倒不如你同小大圆了房，一则成就了葛家香烟，二则你我可常常一起，岂不是一得而两便呢。好得你如今也惯了，怕什么呢？”生姑听了不禁扑哧一笑，向乃武白了一眼道：“你这人真是可恼，人家心中正觉得不舒服，你还取笑我什么怕不怕啊！”乃武见生姑这般神色，似嗔似笑，越发添了几分美丽，忍不住心中怦怦地乱动，便趁势把生姑一搂，笑道：“哎呀，我说的是句句好话呢，即是你圆房时的不怕，也是我的大功呢。”生姑听了，忍不住娇啐连连，伸手把乃武拍了一下，乃武乘了这一拍之势，顿时房中不再听得谈话。好半晌，方见乃武整着衣服，出了生姑房门。生姑却颜如朝霞，倦眼惺忪地横在床上。自此之后，生姑方暂时把悔婚的心丢开，不再向乃武提起。

这天晚上，小大同了三姑回来。生姑因听了乃武的一番相劝，倒把平日厌恶小大心思，去了一半，愿意同小大圆房，可以常住在杨家，表面上同小大成为夫妇，暗中却与乃武白头到老，便满面春风地同小大、三姑二人闲谈，暗暗探听今天小大、三姑到了喻家之后，可曾选好吉期。果然在小大口中，探听得很是明白。原来小大同三姑二人，今天依了喻氏的言语，到舅舅喻敬天家中，一则拜年，二则商议小大合婚的事情，小大、三姑到喻家，敬天又见了喻氏，一同坐下，喻氏便同敬天商议小大圆房的事情，敬天听了笑道："正是。这事我也想到很久的了，只为了小大一则还未满师，不能多赚些钱，开支家用。二则圆房之时，也得一注费用，从哪里来呢？所以一向没有提起。如今小大已是满师，好歹能够多赚一些了，常时命他们小夫妻俩，住在一处，名分不定，究竟终有些不便。而且生姑这孩子，既生就了这副花一般的容貌，年纪也不小了，不要做出什么事来，反为不美，不如先同他们圆了房再说，我本来也要同姊姊来说了，如今姊姊既是也有这个意思，那自然再好也没有的事了，只是圆房之后，可不能如现在了，每天开门七件事，件件要钱，如何办法？又加着圆房时的一笔费用，出在哪里？这却都得先预备一下，姊姊你瞧对不对呢？”喻氏笑道："我也因这个缘由，不敢提起，现在却知道小大的家计，一半仗着生姑做活计下来，那就不妨事了。圆房之时，便越发愿意做了，小大也可多赚一些。家用便可以不用愁了，圆房时的费用，我稍稍有二十几块的私蓄，弟弟你也帮他几块，不足时向杨家二少爷借一些，将来加利还他。这也是一件大事，我瞧杨家同小大、生姑都好，平时常是周济，这般的大事，终不至于拒绝。有了几十块洋钱，也可以将就的了。”敬天笑道：“如此很好。事不宜迟，我今天便去找合婚的拣一吉日，下了吉期，可以大家安心预备喜事。”欲知后事如何，且看下回分解。

第九回

金玉缘口开双和合
药石意语惜一娇娃

话说葛小大同了三姑，到舅舅喻敬天家中，一则拜年，二则因了喻氏要小大同生姑圆房，同敬天商议，小大、三姑到敬天家中，见喻氏已到，当下小大、三姑二人，向敬天拜过了年，坐在一旁。喻氏便把要替小大生姑圆房的言语，向敬天说了一遍。敬天听得生姑会做活计，将来小大家中，可以仗着生姑贴补，又听得喻氏说了圆房的费用，喻氏自已有二十余元的私蓄，请自已也补助几元，不足时可以设法向杨家借贷一些。敬天知道有了几十元，虽不十分富丽堂皇，也不算得十分寒酸的了，心中很是欢喜，便笑道："姊姊这般说来，果然无须虑得。既是如此，生姑年纪已不小，不要再停几时发生了什么变故，我们事不宜迟，今天下午后，我便去找一个阴阳先生，把他们俩的八字合上一合，选一个黄道吉日圆房就是。"喻氏笑道："正是，这事都得费心兄弟的了。选定了吉期之后，我们也可以慢慢地准备起来。"敬天满口应诺道："午饭之后，即去找阴阳先生。"三姑自到了敬天家中，只抓着桌上的果子乱嚼，呆呆地听得喻氏同敬天谈话。听得敬天午后去找阴阳先生，拣选吉期，不久小大便是成亲，倒比了小大还欢喜，不住地嚷道："好了，有喜酒吃了！"又向着敬天道："舅舅，叫这个阴阳先生，拣得早些，我可以看阿哥同小白菜拜堂了。"喻氏瞧三姑这般的傻头傻脑，胡言乱语，不禁叹了一口道："三姑，以后我瞧她定得终生在家中的了，这般的傻样有谁来觅她这样的宝货去呢？怎的生姑生得这般的聪明伶俐，娇艳标致，三姑却既傻又丑，无怪都要叫生姑作小白菜，三姑叫塌枯菜哩。"

三姑听了，把嘴噘得高起，瞧着小大道："不要紧，不要紧，我也嫁阿哥好哩！"喻氏、敬天见三姑傻到这般地步，忍不住笑将起来，喻氏忙叱三姑道："不要乱说。"三姑见喻氏发怒，方不敢再说。不一刻，午餐已备，敬天便请喻氏吃饭，喻氏也不客气，同了小大、三姑在客堂内坐下。一瞧桌上，排得满满的一桌菜肴，十分丰盛，喻氏笑道："今天倒破费了兄弟，怎的办了这许多的菜肴？我又不是客气的人。小大、三姑更不必说，是外甥男女，越用不着这般的盛馔，叫你姊姊心中怎生过得去呢？"敬天笑道："姊姊也不必谦逊了。我同姊姊，是一母同胞，今天到来，吃一些也是应该的。何况姊姊今年到来还是第一次，又有小大、三姑，这一些些东西，算得什么，快趁热吃吧。"说着，即请喻氏上座，小大、三姑打横，自己同妻子在下面相陪。又取了一瓶玫瑰露酒，在喻氏杯中斟了一杯道："姊姊，你尝尝这酒，还是去年我自己把花瓣自浸的。"喻氏即饮了一口，觉得很是清醇，便满口道好。敬天知道小大也欢喜饮酒，便也斟一杯给小大道："今天不是舅舅不许你多饮，只因饭后还得出去干正经事儿，只许你饮三杯，多饮了醉后不好。"小大即答应一声，各人随意饮啖，饭罢之后，喻氏坐在敬天房中喝茶，敬天即向喻氏道："姊姊，我们先去一趟，选定日期，可以定心。姊姊在这里相候，待我同小大回来之后，再回家如何？"喻氏点头道："好，你们可得早一些回来，不然，我是候不及的。"敬天一壁答应，一壁同了小大，出门而去。

喻氏便在敬天家中等候。敬天同小大二人，一径向着阴阳先生家中走去。这位阴阳先生，在仓前镇上，专替人家算命起课、卜葬选吉期、配合八字、合亲等事情，名号唤作费铁口，倒也有些小名望的，敬天同小大即去找费铁口，选吉期合亲。走了一回，早到了费铁口门前，一瞧费铁口，正同人家起卦，敬天、小大二人，即走到里面，在一旁坐下，直待费铁口起完了卦，方向费铁口说明要选吉期合亲，请他选一吉期。费铁口把小大、生姑的八字排了一回，即拣定了六月十八日，是黄道吉日，同小大、生姑二人的八字之中，很是相合。在这天合亲，稳可夫唱妇随，家庭融洽。敬天听了，很是欢喜，谢了费铁口一千制钱，方同了小大回来。喻氏见敬天、小大回到家中，忙问选的什么日期？敬天说了那费铁口的言语，已择定了六月十八日，作为圆房的吉期。喻氏听得，很是欢喜，向敬天笑道："这般也好，离今天还有半年光景，可以慢慢地准备起来。便是钱的方面，我也可以多积一些，兄弟你也可慢慢筹措，对于圆房所需用的东西，拜天地时，小大、生姑所穿的衣服，既是夏天，倒可省些。我也得回去了，再迟了怕那三个坏蛋又得在老头子面前搬是非哩。过些天，我再到小大家中，向生姑说明圆房之事，生姑现有许多应用之物，也要叫生姑预备一下。而且向杨家去说话，还是叫生姑去，比了别人好些。杨家的大奶奶、二少爷，都很瞧得起生姑，谅来没什么不肯的。兄弟你瞧对吗？"敬天点头道："好，正这般吧，姊姊先回去好咧，好得离吉期还有半年，不妨慢慢地筹措起来，不必急急于一时呢。"喻氏一面吩咐小大，好生在店中做事，一面向敬天夫妇作辞，自回沈家，小大、三姑又游玩了一回，方回到家中。只因敬天吩咐小大暂时不必向生姑谈起，所以小大并不向生姑说知已选定了六月十八日的吉期。只是三姑呆头呆脑，哪里知道什么，便向生姑说了。生姑听得，因早被乃武劝解了一番，知道不能悔婚，不如同小大圆房之后，可以同乃武常在一处，倒也若无其事，依旧操作，并不因了将要同小大圆房，现出不高兴的神色。

过了几天，新年已过，小大仍到豆腐店中去做事，有时回来住宿，有时便宿在店中。一个月中，宿在家中的时候，不过七八天光景，而且每天住在家中的时候，绝早即须到店中去。因此小大在家中的时候，真是极少。生姑同乃武越发地可以从容幽会。好得三姑睡到床上，酣睡不醒，非到明天朝上，不会醒转。生姑俟三姑睡熟之后，偷偷地到小大房中，约着乃武幽会，便把喻氏已同小大择定了六月十八日作为圆房吉期，向乃武说了，又把圆房之时，缺少费用，要向乃武借些开支的话，也一一地向乃武说明。乃武听得，心中也是欢喜，向生姑笑道："如此也好，大凡一个女子，总得嫁一个丈夫。你我的事情，终究不能出亮，同小大圆房之后，你表面上便有了丈夫，住在这里，便不妨碍了，暗中却可以时常相会，小大又须到店，在家中的日子，不一定多，岂不是你我仍旧可以如现在一般，至于圆房时的资用不够，向我借些，我自然可以答应，也说不到什么借不借的言语，便算是我送的一份礼，也是应该，但是我无端送上这般一份重礼，外面又得有了闲话。依我想来，不如我暗暗给你一些，你藏好了，将来喻氏托你来向我借来，你可以取出，说是平日做的活计储蓄着的，一则可以免了外间闲话，二则又见得你的贤惠，生姑你瞧如何？"

生姑听得乃武这般地体恤自己，越发地感激乃武，曲尽绸缪自不必说。过了几天，果然乃武悄悄地交给生姑三十块洋钱，命生姑藏好。生姑心中越发地感激乃武，不禁又想到将来同小大圆房之后，少不得要同小大同床合枕，难保不冷落了乃武。想到这里，心内又觉得不欢喜起来，向乃武道："二少爷，承你这般地垂爱，真是感激之至。今生今世，不能再报你的大恩大德，只得待之后生的了。"乃武笑道："你是个聪明人，怎的还提起这些话来。倒叫我心中不安咧。好得以后，你我相交的日子尚多，说什么报恩不报恩呢？"生姑道："话虽这般地说，只是我心中，总觉得对不住二少爷的。不是说句不怕羞耻的话，将来同小大圆房之后，终究不能如现在一般地快活，可以随时相会。小大这人，生得又这般的不堪，叫我如何忍耐得住呢。”说着不禁又垂下泪来。乃武一见，忙安慰道：“你不必这般地想，你我既住在一个家里，小大又得到店，自然相叙的日子很多，我不是都譬解给你听了吗，同小大圆房之后，反来得便利，在我们的事情上，非唯无害，反有利咧。”生姑道：“话虽不错，只是小大这人，如此的肮脏丑怪，教人见了，便作呕心，如何可以同床共枕呢？我对这一件事上，心中不知怎的，总不愿意。”乃武听得生姑这般说话，暗想小大的人，生得固是丑八怪般，可是生姑绝不能因他丑陋，闹出什么岔子，在自己既是不好，在生姑也未必有益，反两败俱伤。如今生姑既有了这般言语，不要悔婚的心肠方才丢掉，又生出别一文章出来，倒是劝她一番，使生姑知道自己的事情，乃是越礼之事。一个妻子做了这般事情，已很对丈夫不住，不能因了同丈夫意见不合，又嫌丈夫相貌丑陋，再生出作践丈夫的事情。非得敬爱丈夫，方能以功抵过。想生姑是个聪明剔透的人，自能明白其中利弊。

当下打定主意，忙向生姑道：“生姑，你这个心思，可不能有的。你得知道大凡夫妇之间须相敬如宾，方算得一个贤德女子。对于丈夫，非得敬爱不可。做妻子的人，有了外遇，已是很不应该，何况还要嫌丈夫怎样丑陋，怎样肮脏，那还能称一个贤德女子吗？我们的事情，既不能给外人知道，不论什么事情，便不能使旁人猜疑，你倘是不愿同小大同房，外间自然又得猜疑起来，你我的名誉可不是仍如要悔婚一般地一落千丈。何况小大待你也很不错，你只想到自己已做了对于丈夫越礼之事，不能不敬爱丈夫，将功赎罪，有了这个心思，便不会嫌丈夫丑陋了。你是个聪明人，当能知道我的言语，是否至情至理，生姑，你细细地思忖一回，错也不错?”生姑一言不发。听乃武一番相劝，暗想地思忖了一回，不由得恍然大悟，顿时把厌恶小大的心肠，一变而成为敬爱，这也是生姑明达事理，知道女子应三从四德，一女不事二夫，自己既由母亲主持，配给小大，小大便是自己的正当丈夫。自己对于小大，应该相亲相爱，所以听了乃武的言语，句句入耳。在乃武心中，也因了自己已玷污了生姑身躯，不应再使生姑与小大龃龉不和，于自己的阴骘名誉，都有妨碍，因此谆谆相劝。亏得乃武有这般善念，以后方得昭雪冤狱，倘是生了邪念，哪里有这般的善报。此是后话。

且说生姑自听了乃武一番相劝，把厌恶小大的心思，都丢在九霄云外，对待小大，竟以妻子身份，体恤小大，不如以前一般见了小大，即生厌恶之心的了。便是对于三姑，也很和睦。小大是个浑浑糊糊的人，只知道生姑对自己十分要好。喻氏见了生姑这般形势，也以为生姑知道了要同小大圆房，定了名分，才敬爱丈夫，哪里知道其中有乃武相劝的一番言语，方有这般效果。过了两月，喻氏已同小大预备一切圆房应用的东西，暗暗算了一算，自己到六月中，大约可以私蓄三十元光景，敬天却有十余块相助。连着小大所赚的钱，可以积蓄下来的，共有五十余元，倘再有三十块钱，便可以诸事齐备，很舒服的了。这三十块钱，早有心要向杨家相借，托生姑自己向叶氏、乃武去说。这天到了小大家中，即向生姑笑道："生姑，有一件事情，必须你替我去办理，论理呢，这件事情，不好请你自己去说的。只是如今也是没法的事，倘不是你自己去说，怕不成功，所以只得我自己来托你了。"生姑听得，早料到是要向杨家借钱，作为圆房之用，便假作不知道："妈妈，什么事情要我做的呢？只要我办得来的，如今既是一家人了，有什么不可以呢？妈妈说吧。"喻氏听得，心下很是欢喜，忙笑着道："也没什么大事，只为了你们圆房的事，我同你舅舅虽有了一些，还觉得少一些，倘是钱少了，办事既困难，应用的东西也得缺乏，而且面子也不好看。因此我想由你向杨家二少爷去借这么二三十块钱，将来由我加利归偿。杨家二少爷、大奶奶都瞧得起你，谅来你去说来，一则你的面上，二则是成就了你们一件好事，十九可以应允，如今你可能代着你妈，向杨家二少爷去说一说呢。"生姑听得果然是借钱的事，便笑道："我道是什么事情，原来是这事。妈妈，不是我说一句不识臊的话，如这般的一生大事，向人家去借钱，怕不被人耻笑。妈既少钱，也不要紧，我平时做着活计，积下一些，何不并上用呢，也可免了向人家借，受人家讥笑呢！”喻氏听得生姑有些私蓄，愿意取出，心中虽很欢喜，只怕只有几块钱，仍不够用，便笑着道：“你的话虽是不错，只怕仍不够吧？你有多少钱的私蓄呀？”欲知生姑取出多少钱来，且看下回分解。

第十回

绿意赠妆奁可敬可喜
红情惊绮梦疑神疑鬼

话说喻氏在葛小大家中，向生姑说起圆房尚少费用，要托生姑向杨家借贷，哪里知道乃武早交给生姑三十块钱，免为落一个接济生姑之名，反惹出外间闲话。当下生姑听得喻氏托自己向杨家借钱，不禁暗暗好笑，便笑着道："我自己有些私蓄，情愿取出作为圆房之用。"喻氏还怕不够，又问生姑共有多少私蓄，生姑笑道："这是我平时做的活计，除了日常贴些家用之外，悄悄地储蓄着的，哪里有多少呢，也不过二三十块钱罢了。妈妈，并了上去，可能够用了吗？也免得向杨家去借贷，倒怪不好意思的。"喻氏起初听的是由日常贴着家用所余，以为有限，如今却听得有二三十块，倒出于意料之外，不觉大喜道："真是吗？倘是你有二三十块钱，那自然不必再向杨家去借了。"生姑笑道："妈妈，这难道可以说谎的事吗？不信我便交给了妈妈就是，好得终须妈去办理事情用的。"说着，忙走到房中，在枕底把乃武所给的三十块钱，取了二十五块，用手中包着，余下五元，仍塞在枕底，以防到做新娘子的一天，或有什么用处。放好之后，取了二十五元的一包手中包，走到外面，在喻氏坐的旁边桌上一放道："妈，这是我私蓄的二十五块钱，请妈收了，由妈妈怎样地花吧。有了这二十五块洋钱，还够不够呢？"喻氏忙把手中包解开，一瞧里面，不是二十五个雪也似的洋钱，又是什么？不由得笑逐颜开地道："哟呀，倒瞧不出你有这么大的本领，居然能积下如此之多的洋钱。这也是小大的福气，有这样的一位又能干、又会赚钱的媳妇，只是如何可以用你的钱呢?"生姑笑道："妈什么说的，我的钱难道就不是他的一般吗？用了有什么紧要呢?"说到这里，粉面上早飞起了一阵红云，低下头去，把喻氏瞧得只是笑呆呆地向着生姑直瞧，生姑忍不住又向喻氏道："妈，还得向杨家去借钱?"喻氏笑道："有了你的二十五块自然不用再去开口咧，究竟向人家借钱，也不知道人家肯不肯呢。"说着，便把钱收好。到了晚上，喻氏已回转沈家。这天小大住在店内，夜间乃武又同生姑会面，生姑把喻氏要来借钱，已将前数天乃武交给自己的三十块钱，交与喻氏了二十五元。乃武听得，心中很是欢喜，知道生姑变了以前的心肠，依着自己言语办理。

光阴迅速，匆匆已过三四个月。这天已在四月中旬，天气已渐渐地热将起来，有一天，也是合该有事，小大隔晚睡在家中，到了早上到店中去的时候，向生姑说明，今晚不回家来安宿。生姑正因乃武连日有事，到了杭州府去，昨天方才回来，小大却又住在家中，不能相会，生姑很是记着乃武，屈指一算，足足有半月光景没有相会了，今天听得小大晚上不回家中，心中很是欢喜，俟小大去后，即借着到杨家游玩，暗暗通知了乃武。乃武也因半月没同生姑约会，心中十分想念，见生姑来暗暗通知，心内也很喜悦。到了晚间，乃武悄悄地来到小大房中，同生姑幽会。生姑见了，自然很是欢喜，靠在乃武身上，腻在一处。一面又把同小大圆房之后，怎样可以相会，问着乃武。乃武瞧生姑满面春情，眼角流俏，红生生的杏靥，只向着乃武脸上揉擦。乃武心中，早怦怦地动了起来，忍不住拥住生姑。这时天时，虽在四月中，夜间尚很有凉意。生姑忙扯了床上棉被，盖在身上。一壁同乃武拥抱得贴紧地细谈衷肠。

正是快活，猛然间听到外面有人打门，叫道："生姑，生姑，快开门来。”生姑一听，却是小大的声音，不由得花容失色，小鹿心头乱撞，乃武也听得是小大打门，心中虽也有些慌忙，却比较生姑镇定了许多，忙安慰生姑道：“别忙，待我回去，你装着方醒的神色，再去开门。小大瞧不见我同你睡在一处，自然他不敢说出什么话来。”说着便匆匆起身，穿好衣服，飞也似的去了，生姑也把衣服穿好方装着初醒般的含糊答应了一声，悄悄地出了小大的房，把一支红烛也执在手中带出，方慢慢地走去开门。一看正是小大回来，小大倒也不生疑心，只是一眼瞧见生姑，两颊飞霞，带着十分春色，好似又有些慌张颜色。当下小大以为是夜中开门，所以有些惊慌，也不在意，即走到自己房中，生姑究属心虚，忙执灯随了小大进来。灯光之下，瞧得分明，小大床上，一条棉被，已是堆在床中，凌乱不堪。原来生姑同乃武慌忙之间，未曾把棉被捂好，小大见了，不由得心中大疑，暗想怎的自己床上的棉被，这般地凌乱起来了呢？瞧这式样，分明是有人睡过一般，又见生姑面上越发地飞起了两朵红云，直满到耳边，小大越觉得生姑的态度可疑，只是自己同生姑，一则既未圆房，不要这时自己一闹，闹出了岔子，圆房的事情，又得生出了变化。二则究竟没有亲眼看见，不能说定生姑有了不端之事，便也不明言，笑向生姑道：“妹妹去睡吧。”生姑万想不到小大这时竟回到家中，怕小大瞧出了自己的行为，心中很是惊慌失措。又瞧在小大房中的棉被不曾捂好，心中越是慌张。如今瞧小大并未动怒，反和颜悦色地唤自己去睡，以为小大并未知道，心内倒有些内愧起来，便放下灯台，懒洋洋地回到房中，横在床上，暗暗地思忖方才的事情，危险万分，要不是住在一个门内，那就糟了。这般事情，究竟终觉不妥，将来如何是好呢？想到这时不禁柔肠百转，很觉得两难，哪里睡得安稳。

小大在房中，因起了疑心，先把生姑支开，方把被一揭，细细瞧看可有什么破绽？谁知方揭开被来，便发现了一个香囊，小大一见，忙取起一看，认得这香囊是生姑自己所绣，平日佩在衣襟之上，怎的今天在自己床上棉被中呢？这般看来，生姑定在这床上睡过的了，而且并不是和衣而卧，所以把衣襟上所佩的香囊，堕在床上。生姑因何要在这床上解衣而卧呢？又想着生姑方才的神色慌张，同了自己平日，也有晚归的日子，一敲了门，生姑总三脚两步，前来开门，今天却慢腾腾地隔了足有一刻钟光景，方答应开门。见了自己，又这般的神色不定。床上捂好的棉被，弄得这般的凌乱。被中又有生姑所佩的香囊，这事端的可疑，不要生姑在这床上，干着不端之事。想到这里，不禁在床上四面寻找，可有什么可疑的东西，却在被脚下又瞧见了一块手帕，小大忙取来一看，忍不住满面通红，心头火发。原来小大认得这块手帕，同平常乃武所用的一般无二。小大见了，早猜到生姑同乃武定有些不干不净的事情，今晚二人定在这床上相会。想不到自己撞将回来，惊破了他们的好事，怪不得生姑面上满面春色，见了自己，神色不定，面上红一块白一块的，原来她在家中干出这般的丑事，同乃武早已勾搭上手。杨家平日待自己同生姑这般要好，却因了这个缘由。自己尚未圆房，一顶绿头巾，早戴在头上的了。想到这里不觉气得目瞪口呆，恨不得赶到生姑房中，把生姑痛打一顿。只是又想着自己同生姑一则尚未圆房，不要这般一闹，发生了变故，自己这般的贫困，相貌又丑，娶一房妻子，也不是容易的事情，万一生姑变起心来，自己再从哪里去找这么一个标致妻子？又加着自己究竟未曾瞧见，有道是捉奸捉双，如今连见也没见过，如何可以宣扬出去。二则乃武是何等样的人物，别说是在仓前镇上，无人不知，便是在余杭县中，也赫赫有名，又是著名的刀笔先生，不要自己这般一闹，乃武恼羞成怒，自己不过是个豆腐店的伙计，论财论势，远不是杨家对手，只须乃武笔尖一动，便能使自己家破人亡，岂不是画虎不成反类犬呢。

想到此时，只得把恶气按了下来。暗道：不如明天去看看母亲、舅舅，商议之后，再作道理。忙把香囊、手帕一同藏起，准备以后作为证据。藏好之后，即横在床上安歇。却说乃武同生姑勾搭，在家中瞒着妻子詹氏和姊姊叶氏，每逢了同生姑幽会的晚间，即向詹氏推托在书房中安歇，替人家代撰刀笔文字。须在夜间静心下笔，因此睡在书房之内，实在到了夜间，听得詹氏、叶氏等众人，都回房安睡，即悄悄起身，到小大房中，同生姑幽会。詹氏、叶氏倒也不疑。这一晚乃武也说是在书房中安歇，詹氏很是贤惠，便独自回房，在灯下做着女红，尚未睡下，听得外面小大打门，生姑并不立刻出去开门，心中很是奇怪。悄悄一听，好似生姑住的一面，有着很凌乱而慌忙的声音，心中不禁起了狐疑。停住了手中女红，静心听着外面，只听得客堂中好似有人走动，心中越发大奇，便在门缝内向外一张。月光之下，望得分明，见乃武披着短袄，拖着鞋子，匆匆地走过，面上很是慌急，望着书房而去。接着听得生姑答应，出去开门。詹氏是个聪明之人，怎不知道内中情事。早料到了乃武同了生姑二人，定有了不端之事，心下虽很愤怒，只是詹氏为人，最是温柔贤淑，对于乃武，体贴万分，如今瞧见了同生姑的事情，也不言明张扬起来，只暗暗地思忖，怎样向乃武规劝。只因生姑已有小大是正式丈夫，不能再嫁别人，同乃武私通，若被小大知道，闹将起来，非唯乃武的名誉上不好听，也要使生姑置身无地，而且使一个女子，身败名裂，未免有伤阴骘，不如悄悄地劝乃武同生姑断绝，一则免得将来乃武名誉扫地，二则乃武身体也好保重，三则生姑也不致被人轻视。打定主意，便悄悄地睡下，又侧耳细听外面，小大、生姑可在那里吵闹，听得很是平静，一些声音没有，暗暗叫了侥幸，以为小大并未知道，心下倒稍稍放了些心。只预停一天相劝乃武，免得再似这一回的危险。

却说乃武自小大床上，匆匆地披了衣服，飞也似的往书房走去，走到里面，点起了灯，坐在床上，心头只吓得怦怦乱跳，不禁呆呆地发怔，又怕小大疑心，闹将起来，岂不是害了生姑。心中便越发地忐忑不停，忙静着心，细听外面。只听得生姑开门，小大进来之后，即没有什么声浪，知道小大不曾吵闹，不觉暗暗叫了声好险。暗想喜得小大傻头傻脑，未曾发觉，不然害了生姑，是不必说，连自己的声名，也大有妨碍，万一传将出去，岂不大窘。又不禁想到自己同生姑，虽是你贪我爱，恩爱非凡，究属不是个正当夫妇，自己是个有妻子的人，要娶生姑，当然是不成功了，既是不能把生姑娶回家中，同生姑相会，除了幽会，别无妙法，将来难保不有比今天危险一些的事情发生，或者竟被小大撞见，那时非唯生姑无颜见人，连自己也不免被人家谈论，而且生姑同小大，是有媒人有庚帖的正式夫妇，倘是自己同生姑幽会之时，被小大知道，捉起奸来，被人家知道了，还有什么面目，列于士绅之列。想到此时，觉得同生姑的事情，终究不妥，不如趁了这时，悬崖勒马，还能保住了以后双方的颜面同幸福，只是生姑生得这般的美貌，叫自己如何舍得下呢？乃武想来思去，横在床上哪里睡得安稳，再也想不出一个妙法，可以不有如今晚这般的危险。直到了天色微明，方蒙眬睡去。

小大这晚，也猜透了乃武同生姑有了不端之事，欲到了明天，到敬天家中，请了母亲喻氏，一同商议怎样办法，因此也未曾好睡。到了东方日出，微微透起一线红日，小大即起身梳洗，生姑也即起身，煮了早点给小大吃了，小大并不多言，吃过早点，匆匆地出门而去，身旁早把昨天晚上在被中取到的香囊、手帕带好。生姑见小大出门，以为小大尚未知道自己同乃武的事，心中倒很放心。见天色尚早，加着昨晚受了惊慌，觉得很是疲倦，便仍回到房中，再睡下床去安歇。小大自出门之后，在路上暗暗思忖这事如何办理，倘说是声张出来，有道是捉奸捉双，既没捉住，如何能说定他们有了奸情，不如先同舅舅、母亲商议一番，再作道理，便一径向着敬天家中走来。欲知后事如何，且看下回分解。

第十一回

起罡风蠢夫忾家室
来疑雨村妇择芳邻

却说葛小大因隔夜本欲住在店内，忽地店中老板来两个亲戚安宿在店中，小大的铺位给了老板的亲戚安睡，不得不回家安歇。不想发现了乃武同生姑有不端之事，把自己床上的棉被翻得凌乱不堪，在被中又取到了一个生姑的香囊、一块乃武的手帕。小大这时便料定乃武同生姑定有了苟且之事，当下也不言明。到了明天，天方明亮，红日一轮方从东山徐徐吐出，小大已吃了些早点，出门到敬天家中而去，欲找了敬天，再请了母亲喻氏，一同商议怎样办法。

不一刻，早到了敬天家外，见大门尚关得紧腾腾地。原来这时方才寅末卯初，时光极早，敬天尚未出来开门。小大心焦，忙把大门打了几下，只听里面敬天问道："是谁呀，这般早的时候，便来打门。"小大忙高声应道："舅舅，是我哪。有要紧事儿，请舅舅快开一开吧。"敬天方才起身，听得外面打门的却是小大，心中不禁一怔，又听说是有要紧事儿，暗想不要小大同生姑发生了什么岔子不成？不敢迟延，忙三脚两步，奔到门后，把门一开，见外面立着一人，不是小大，又是何人，面上含着一面的怒容，双眉紧皱，好似有一件重大的心事，敬天见了，忙问道："小大，你这般时候来找我，只是这般的怒容满面为的是什么呀？"小大道："舅舅，事情大咧。且到了里面，再细细地告知舅舅吧。我还得去请母亲来一同商议咧。”敬天知道小大今天到来，定有一件很重要的事情，不然，小大傻头傻脑，平常不容易发怒。便开了门，同小大到了里面。小大便把昨晚怎的回去，怎的打门，怎的生姑停了一刻钟方来开门，自己见生姑颜色不定，起了疑心，走到自己房中，又见把自己折好的棉被翻乱，不禁大起疑心，在被中找到了一个生姑的香囊，是每天佩在衣带上的，一块乃武的手帕，显见得乃武同生姑早已有了私情，细细向敬天说了一遍。一面又把昨晚在床上被内取着的一个香囊、一方手帕，取将出来，给敬天观看道："这个香囊，是生姑自己所绣，平常我瞧见挂在衣带之上，如今却在我床上被内。一方手帕，我也常见杨少爷所用的一般无二，也在我床上被内。显见得生姑同了乃武，同睡在我的床上，被我回去一打门，把他们惊散。在仓促之间，把香囊同手帕遗落在床上。而且因急于来开门，连棉被都未曾折好，凌乱不堪，在我没有回家的时候，他们二人，定在床上做下不端之事，所以生姑开门之时，面上还神色慌张咧。”

敬天听小大说毕，把香囊同手帕看了一回，认得香囊确是生姑的东西，手帕虽不能说定是乃武的，谅来小大也不至于说谎，又加着小大平日，倒不甚会说谎，对于生姑又很心爱，绝不会凭空杜造，有意破坏乃武同生姑二人。这件事十九是可以认为确定不错的了，不禁沉吟起来，暗想似生姑这般的才貌双全的女子，配给如丑八怪般三分像人、七分像鬼的葛小大，自然是算得彩凤随鸦，当然不免心中不忱。似杨乃武这般的人品，身家才学，同生姑匹配，倒恰是郎才女貌，又住在一家，相见之后，发生了这般事情，也可说得是在情理之中。只是生姑早已同小大订婚，又是童养在家中，干下这种不端之事，总不能说是不错，如今既是做得事机不密，被小大险些撞穿，拿到了可疑的证据，在小大一方面说，一个童养媳，同人家有了奸情，倘是被个外人知道，岂不遗羞门楣，说小大戴了绿头巾，除非是把生姑退掉，方能遮除羞耻，只是小大已是中年相近的人了，家道又如此的贫穷。要娶一房媳妇，不说一个豆腐店内的伙计，所入有限，哪里有人肯配给他呢。好容易对定了生姑，人品在仓前镇可算是独一无二，女红亦很不差，这可说的是求之不得，不想却同了杨乃武有了奸情，若是因此退掉，小大的一生，或者竟将孤独一世，葛家也说不定要绝嗣的了。而且捉奸捉双，只得到这些些证物，也不能说定他们一定有了奸情。生姑对于小大，未必心中乐意，退婚却求之不得，似生姑这般的美貌，怕不嫁一个如意郎君，比了小大强如百倍。小大对于这事，倘是张扬出来，小大并没什么利益，生姑却恰中心怀，奸夫又是仓前一霸的杨乃武，声势赫然，他出面帮着生姑，非但小大不会胜利，竟要吃一个大亏，倒不如不声张来得好些。敬天想到这里，觉得这事万万不能声张，同生姑反脸。如一反脸之后，生姑正中心怀，趁此同小大悔婚。小大退掉了生姑，又哪里去找这花一般美貌、八面玲珑的媳妇呢。只是自己的意思，虽是这样，不知姊姊喻氏心中，是如何意思，不如先把喻氏请来，一同商议，瞧她怎样的主意，再作道理。便向小大道："你且别张扬出去，究竟你没把他们捉住，有道是捉奸捉双，捉贼捉赃，你既没有把他们二人捉住，便不能说定他们二人有了奸情，张扬出去，被人家听得耻笑。不如先把你母亲请来，我们一同商量怎样办法，再作道理。"

小大听得，觉得敬天的言语很是不差，自己对于生姑也很欢喜，虽是昨晚猜测她同乃武有了奸情，心中十分愤怒，却也怕一闹之后，把生姑退掉，以生姑这般美貌的人，自己如此的穷困丑陋，到哪里去再找一个呢？听得敬天吩咐，不能声张，忙连连应诺道："好，且把母亲请来商议就是。"敬天忙唤过一个小厮，到沈家去请喻氏到来，也不说明是因了小大的事情，怕沈体仁的三个儿子听得之后，说闲话，只说是敬天有事相商。不一刻，喻氏到了敬天家中，见小大也在这里，便笑着道："我知道是小大又有了什么事情了。"敬天笑道："姊姊说得一些也不差，正是小大的事情，要请姊姊来一同商议一下。”喻氏见小大愁眉不展，呆呆地坐在一旁，敬天也很露出了为难神色，知道有了很紧要的事务发生，忙问道：“什么事呀？这般早的天气，便巴巴地把我叫来。”敬天即把小大昨晚发现了生姑同乃武有了奸情的话，细细地说了一遍。又把香囊和手帕，给喻氏观看，喻氏听毕，不禁沉吟了一回道：“似生姑这般的面貌，别说是乃武中意，不论是谁，都得说一声标致。年纪又不小了，我所以要同小大急急圆房，也因了这个缘由。生姑匹配小大，本有些委屈的，不要年纪一大，生出了别的变故，如今果然不出我的所料，弄出事来。怪道那一天我要叫她向杨家开口，借小大圆房时的费用，她即取出了二十五块洋钱，说是做活计积蓄下的。我原有些奇怪，凭着做些活计，哪里积得下这么多的钱。这时想来，自然是杨乃武给她的了。论理一个媳妇做下了这般不端的事，便应该退掉，再办奸夫一个罪，也就完了。可是现在却不是这般讲。一则奸夫是一个有财有势的杨乃武，别说是仓前镇上，谁都不敢去动他。便是杭州府余杭县内，也很有些权力，似我们这般的人家，同他去顶撞，真是鸡子同石头去碰了，哪里可以得到什么胜利呢。二则似生姑这样的媳妇，真算得才貌双全，倘是退掉之后，又到哪里去找第二个呢？何况捉奸捉双，凭着一个香囊，一条手帕，怎能说定他们一定有了奸情，岂不是凭空把一个既美丽又能干的媳妇丢掉了吗？三则似小大般的人，年纪已是三十岁了，人品既不见得好，才学更不必说，家产当然再也论不到，再要配一房媳妇，怕不是个容易的事吧。因此依了我的主见，千万不可闹将起来，弄得画虎不成反类犬，那才后悔不及呢。”

敬天听了，正合着自己的意思，忍不住点头道：“正是，正是！姊姊的言语，一些不差，我也是这个主意。似我们这种人家，别说是没有捉着人家奸情，便是捉到了之后，也未必斗得过杨家，何况杨乃武又是个著名的刀笔先生，可不是好对付的。只是也不能不想个办法，使他们以后不再干那不端之事，免得被人家知道，耻笑小大，这方是正理。”小大心中，对于生姑本十分心爱，如今弄出了这种事情，退掉生姑，心中也不愿意，只是倘然绝对不问，尽生姑同乃武去通奸，自己真是变了开眼乌龟了，总得想一妙法，使他们以后，不再发生这般丑事，可以使这顶绿头巾卸掉。听了母亲喻氏的言语，正中心怀，忙接着道："对咧，母亲说的话一些不差，我们这种人家，要同杨家去反脸，是办不到的。第一要把他们弄到不再在一处，不被人家知道，再把生姑严行管束起来，使她以后知道改过就是了，母亲舅舅以为如何？"喻氏、敬天本来都是这般心思，都齐齐点头。敬天沉吟了一回，向喻氏道："我们既定了这个息事耐忍的主意，只使生姑不容易同乃武会面，自然他们不容易在一处了。可是如今住在一个门内，哪里能得监视他们呢？除非是叫小大搬到外面来住，不住在杨家，方可命他们不常相会。便是乃武再要找生姑干那不端之事，究竟住在外面比了在一个门内，难了许多，小大也可以暗暗监视生姑了，小大不在家中的时候，乃武到小大家中，也不便当了，乃武是个镇上的绅士，也得顾些声名。人家丈夫不在家中，跑去同他妻子谈话，岂不被人家谈笑，乃武也不能不顾忌一些，夜间更不必说了，小大也在家中了，即使乃武到来，可以由小大接待，越发不妨事了。这样可以不伤情面，又杜绝了后患，却算得是一举两得。因此不如把小大搬到外面来居住，便诸事都了哩。"

喻氏听得点头道："正是，我也是这般想，不如把小大搬出来住，自然没有这般事情了。不过倘是在这几天内，立即搬家，一则没有相巧的房屋，二则反启人家疑心，怎的住得好端端的，忽地立时立刻地搬起家来，内中未免被人家说长道短。我想事情已到了如此地步，倘是生姑同杨乃武已有了奸情，早搬晚搬，都是一搬的了。总是不清楚，若是没有什么，几年也住了，难道一两月便得岔子不成？小大，现在你回到家中，不必张扬，原似平时一般，不要被生姑同乃武起了疑心，反生枝节，只是每晚总得回去住宿，不要好酒贪杯，误了大事，只暗暗留意着生姑的行动，生姑便有天大的胆，也不敢妄作非为。一面我们暗中留意房屋，在圆房之前，搬到外面来居住，只说是住在杨家，圆房之后不大方便，不如独立门户的好，因此搬出来住。这么一来，岂不是面面光鲜，既不得罪杨家，生姑也没法借口，又可免了旁人谈笑。弟弟你瞧好不好呢?”敬天听了喻氏的一番言语，觉得这般办法，真是面面俱到，再好没有的了，忙连声道好。小大心中，也很欢喜。三人商议已毕，小大自到店去。喻氏在敬天家中吃了早饭，方才回家。

从此之后，喻氏、敬天、小大三人，暗中留意房屋，准备搬出杨家居住，小大每晚，总是回去睡觉，对于生姑，却依然是和颜悦色，并不把此事声张。生姑自从这一天险些儿被小大撞穿之后，到了明天，见小大绝早出去，面色上很不好看，心中很不放心，怕小大已猜透了自己同乃武的事情，暗想自己同乃武，究属是苟且，不大方便，长此以往，终有一天败露的日子，除非是同小大悔婚，方能同乃武长久相聚，不觉又把悔婚的心意勾起，欲同乃武商议。偏偏这天乃武出门去了，直到晚上回来，小大已先回了家中，生姑怕小大向自己说话。却见小大依旧同平日一般，并无举动，以为小大并不知道，方放下了心肠，可是自这一天起，小大每晚必回家中，因此生姑要同乃武相会，晚上竟没有空闲时候，白天又是人多不便，把生姑的一颗芳心，弄得忐忑不安，终日里紧皱眉头，暗暗思忖怎的办法?终思想不出来什么妙法，避了小大同人家耳目，可以同乃武幽会，而且有时瞧见乃武，乃武的神情之中，却似淡淡的不似往日浓厚，生姑是个聪明的人，早瞧出了乃武的神情之间，大非往日可比，越发觉得纳闷，不知道乃武心中是如何意思，又不好相问。谁知乃武自这天被小大惊散之后，回到书房之中，被詹氏暗暗瞧见，便着实地规劝了一番，把乃武的迷梦，唤醒过来。因此变了往日对于生姑一味恋恋不舍的态度，欲知詹氏怎样规劝，且看下回分解。

第十二回

三更圆梦规劝良人
五夜寒衾思怀吉士

话说杨乃武的妻子詹氏，为人最是贤淑，自幼饱读闺训，对于一个女子的三从四德，都能确守不逾，嫁了乃武之后，对乃武的敬爱体贴，真可说是无微不至。知道乃武是个风流倜傥的人物，在外面难免没有寻花问柳等风流之事，恐伤了乃武身体，便常是乘机善言相劝，保重身体。所说的话，句句是由真诚所出，乃武见詹氏这般的贤惠，很是欢乐，不由得把在外面寻花问柳的心肠丢掉。夫妇二人，恩爱非凡。自结婚之后，从未勃谿过一次，又加着詹氏，凡是规劝乃武，总是温颜相向，话语从心坎中发出，不由得不使乃武心悦诚服，听了詹氏的言语。詹氏见乃武这般的欢爱，越发地体贴丈夫。便是乃武有时在外面做下越礼之事，詹氏见并没大害，也就只当不知。到了乃武稍稍醒悟之时，方以好言相劝，乃武忍不住内愧而止。詹氏又因了乃武善于刀笔，恐有了伤天害理的事情，也不时向乃武陈说阴骘因果，乃武听了，便对于不合人事的刀笔诉状，常是拒绝，因此乃武虽是以刀笔有名，只平反些冤枉屈服的人情冤狱，帮助了人家做伤天害理的事情十不一见，这都是詹氏平日规劝之功。这一次暗中瞧见了乃武同生姑有了奸情，险些被葛小大撞见，觉得这事万分不妥。生姑是个有夫之妇，同她通奸，律有专条，是触犯刑法的事情。倘是被人家知道，都有不便，这事万万不能长久，只有规劝乃武，从此断绝，方能保住不出岔子。

当下想定主意，便暗暗等候机会，相劝乃武，使乃武醒悟，与生姑断绝关系。过了一天，乃武在晚上睡在詹氏房中，燕婉之余，睡在床上，闲谈家常。恰巧这天喻氏到小大家中，同小大出去购办生姑做新娘时的衣服，詹氏即向乃武笑道：“相公，生姑要做新媳妇了，我们同她同居了好久，也应送些礼物，送什么东西，相公以为怎样？”乃武听得詹氏提起生姑圆房的事情，不禁把前数天的事情，提上心头，微微地喟了一口道：“娘子你去预备就是，总之稍重一些，她们也很贫苦，帮她一些，也是好事。”詹氏瞧见乃武这般神色，知道尚未忘情，暗道不如在这时探探他的口风，对于生姑究竟是怎样心肠？便又笑道：“正是，生姑也可怜，生得这花一般的相貌，配了个蠢丑不堪的葛小大，怎不叫她伤心呢。”乃武听得，不觉又长叹一声道：“怎说不是呢，可是事已如此，妇人家究以名节为重，既对定了亲，自然也没法更变的了。这也是她的命运，别人也无能为力，又不能助她打破这环境，倘其是去帮了她不嫁给小大，事实上虽好，名节上却不堪问了，旁人的闲话可畏，别说是生姑不得好处，便是帮助她的人，也不免被人说话，是见色起意，看想生姑，才出这个主意。而且生姑倘是不嫁给小大，非悔婚不可，悔婚也不是容易事情，在仓前的人，谁不知生姑是小大的妻子；又童养在小大家中，必须要经官动众。一个闺女，闹到这个地步，名誉上还用说得吗？无端悔婚，又是触犯刑章的事情，也未必拿得稳。到了这时，倒变了弄巧成拙了。因此这事，竟是无法可想，只得瞧她这样一块羊肉，落在狗嘴里了。”詹氏听了乃武这番言语，知道乃武对于生姑，虽是怜惜，可是也不愿使她同小大悔婚，忙趁势挑乃武道：“语虽这般说啊，生姑心中不免难过，倘是做出了不端之事，小大如何办法呢？”乃武笑道：“论理呢，生姑配小大，实是冤枉。但是既然业已成事，也不能反悔的了，若然做下不端之事，不要说名节丧尽，便是被小大知道闹将起来，终是奸夫淫妇，犯了刑法，有谁说因了生姑生得好，小大生得丑，不配做夫妇，应该在外面结合奸夫的呢。少不得都要说生姑同奸夫廉耻丧尽，被万人唾骂。”

詹氏听乃武这般说法，暗想不趁了此时，向乃武规劝几何，使他醒悟，更待何时，忙又笑道：“对咧，一个女子有了丈夫，如何可以再不守妇道，自然要被人家耻笑了。只是我看似生姑这般心人，自己既生得花一般的容貌，配个小大三分像人、七分像鬼的人，心中自然不欢乐了，又没有读过什么闺门女训，对于一个女子的三从四德，也不见得十分明白，立脚便不会怎样的坚牢，只要有一个相貌稍好的男子，觊觎她的姿容，去引逗她，便保不定要弄出事来。所以以后生姑不有这种事情便罢，倘是有了，都是做男子的人，不怕伤阴骘去引逗她的不好。到了身败名裂的时候，方知道上了人家的大当，可是懊悔嫌迟了。这种男子，再真要有报应，我倒看有机会，要规劝生姑，千万别上这种大当，弄得身败名裂之时，懊悔要嫌迟的。一个女子，第一要敬爱丈夫，将来不怕没有好报。相公，你看好吗？”乃武听詹氏如此一说，不由得心中一顿，觉得詹氏的言语一些不差。似生姑这般的女子，被男子引逗之后，方有这般不端之事。若是自己那时，能以正言相劝，便绝不会另有别好。就似前数天生姑要悔婚，被自己一劝之后，立即放下了这条心肠。可见生姑这人，并非淫荡一流人物，原是可与为善的女子，自己去引逗她，真是大伤阴骘。而且生姑既有了丈夫，自己总是奸夫，万一被小大撞破，自己的颜面何在？又连带了生姑身败名裂，想到这时，忍不住心头隐隐作痛，忍不住呆呆地怔住。詹氏见乃武呆着不语，知道乃武有些醒悟，便又笑道：“相公怎的闷住不语呢？难道真的怕生姑不明道理，嫌丈夫丑陋，做出歹事来吗？这也不妨。生姑这人是何等的聪明伶俐，只要把这些要紧道理，提醒她一番，自然可以懂得，一变嫌恶丈夫的心理，易为敬爱丈夫。一个女子，只要明白了敬爱夫君，三从四德，是女子们的要训之后，别说是没犯有不端之后的人，可以立即知道伦常大道，敬爱丈夫，便是已有了不端之事的人，也能知道苦海无边、回头是岸，立即断去奸情，做个贤德媳妇哩。”

乃武听得詹氏说到苦海无边、回头是岸的言语，不禁恍然大悟，暗想自己怎的这般糊涂，一时想不起来。只要自己从今天起，不再与生姑私会，再瞧有机会之时，细细地开导她一番，使生姑对于小大，不生嫌恶之心，夫妻间不致勃豀，即使自己曾经引诱生姑，这般一来，也可将功赎罪，不伤阴骘，自己同生姑的声名，也可以保得住了。这真是苦海无边，回头是岸。却不道被詹氏一说提醒，心中十分欢喜，又暗想，今晚詹氏怎的向自己说到这些事情，不要詹氏昨晚瞧见了自己从生姑处出来，猜透了自己同生姑有奸情，恐弄到身败名裂，触犯刑章，方暗暗规劝自己。这般说来詹氏的贤惠，真是无可比拟。自己瞒着她干下这般歹事，如何对得住她，想到这里，忍不住向詹氏瞧了几眼。詹氏却又望着乃武微微一笑。乃武觉得詹氏的神色，同了方才一番言语，明明是知道了自己和生姑的事情，面上早一阵阵地红晕起来，觉得詹氏既已知道，再瞒着她，使她担心，良心上也说不过去，即把同生姑的事情，原原本本地告知了詹氏，并且立誓不再同生姑往还。詹氏听了，知道乃武已是醒悟，并非虚言，心中大喜，忙安慰了一番。这一夜之后，乃武果然不再同生姑约会。便是生姑相约暗示，也只当不知，并不赴约。又因了小大这时每晚归家安宿，对于生姑守得很严，生姑在这种情形之下，对于小大心中自不免又起了些厌恶之心。对于乃武，却并不知道已由詹氏劝醒，斩断情丝，只以为乃武惧怕小大撞见，因此不敢相会。

这般地过了十几天光景，生姑哪里耐守得住，只恨得茶饭无心。恰巧这一天小大不回家中，生姑大喜，忙暗暗来约乃武幽会。谁知到了晚上，生姑白守了一夜空房，乃武并未到来，却知道乃武住在詹氏房中，心中很是动气。坐在房中，细细思忖，觉得乃武对待自己神情之间，好似冷淡了许多，不似平时见了自己到他们家中，有说有笑，神情中暗暗露出因了自己而发。如今乃武见自己之时，总是默默地走开，一无说笑，这种神情，显见得冷淡不堪，为了什么事情，对待自己如此地冷淡起来，只猜不出内中缘由。这般一想，不禁把以前乃武对自己的温柔怜爱，真算得无微不至，比较了小大的粗犷，不可同日而语，自己倘是有了这种丈夫，于愿已足，无奈被月老错配姻缘，同乃武只结了个露水姻缘，到如今越发连露水姻缘也不周全了，自己怎生得这般命苦，心中一酸，眼泪便似断线珍珠般地滚将下来。又觉得自己对乃武并无开罪之处，便是前晚小大回来，险些儿撞见，也不是自己之故。可是乃武对自己，好似也未表示不满，如何忽地情淡到如此地步？只猜不出什么道理，思前想后，泪如雨下，竟是泣不成声，眼瞧小大这般丑陋，反匹配了做正式丈夫。乃武这样温柔的人，反成了露水夫妻，如今越发成了薄幸郎君，自己好不命苦，将来如何能安然度日？究竟乃武对于自己是怎么的一个心思，若是不过一时受了惊恐，不敢到来相会，好得同住在一个宅子之内，既未忘情，不久自能重行欢聚。只怕乃武已变了心肠，那就恩断情绝的了。生姑一面暗泣，一面胡思乱想，只猜不出乃武因何变了心肠，把昔日恩情，忘一个干干净净。

想了半晌，忽地把长眉一展，星眸一睁，暗想：我真的傻子，他既不会相会，我不是目不识丁的女子，难道不能作一封缠绵悱恻的情书，暗暗给他，一则责他不该恩情断绝，因了什么道理？二则可以把自己的苦处，陈诉一番。倘是他怕以后被小大撞见，好得圆房的日期，当有两个月光景，悔婚也不能算迟，也可以同他商议个办法，使得以后能做一个长久夫妻，岂不是不怕小大撞见了呢，看他取到这封书信之后，如何回答自己。想定主意，一听外面正打着三鼓，忙起身回到自己房中，三姑正仰面酣睡，知道三姑一时不会即刻醒，正好放胆写信。桌上笔墨砚台，倒都现成，这是因了生姑，刺绣绣货须描写花样，所以早已购办。生姑这人，是个绝顶聪明的人，幼时在家中读过几年诗书，住在葛家，空闲时常看看书字，学习一回。到了杨家之后，越发受了乃武熏陶，对于文字一项，虽不能说好，写信等事，却已能够。这时轻轻地磨起墨来，取了一张描花样白纸，提起笔来，写了一封缠绵悱恻的情书，书内把种种事情，叙述个详细，写得哀怨动人。末后又说小大怎样粗犷，如何丑恶，万万不能一处度日，把悔婚的言语，旧事重提，情愿同小大悔婚之后，随乃武安分度日。虽是位列小星，亦是愿意等言语。写了之后，听得更鼓已打五更，知道天色将要明亮。不要被三姑醒来瞧见，忙急急地收拾了桌上纸墨笔砚，把书信藏好，看有机会，投给乃武。收拾好了，即忙解掉外面衣服，悄悄睡下，三姑并未知道，仍是鼾声震耳，十分好睡。生姑因一夜未睡，娇躯十分疲倦，不觉蒙眬睡去，醒时已是日上纱窗。三姑早已起身，生姑忙也起来，收拾了一回，料理家事。直到午后，生姑忍不住到杨家来游玩，欲趁势遇见乃武，或能细诉衷肠。不然，也可以把写好的信，留在乃武书房之中，使乃武瞧见。

到了杨家，见詹氏、叶氏都坐在家堂内闲谈，见生姑，忙一齐起身让座。生姑一面谦逊，一面问了二人的好，方一同坐下。闲谈了一回，方知乃武今天并未出门，在外面书房之中。生姑听得，也不再问，只暗暗欢喜。暗想：乃武既是在书房之中，自己何不悄悄进去，瞧乃武怎样对着自己。想定主意，又敷衍了几句，起身告辞回去。詹氏、叶氏含笑送过，生姑见二人已不在后面，知道这时乃武正独自一人在书房之中，这也是生姑知道乃武的脾气，白天在书房中做事，不许一人进去，连在外面窥探，也是不许。因此生姑料着并无别人在书房之内，便悄悄地走到书房外面，四面一望，却一个人也没有，忙踏进房去，瞧见乃武正坐在椅上写字，生姑不敢高声呼唤，怕被人家听得，只低低地叫了声："二少爷！"乃武正听得有人进来，又听得唤二少爷，忙抬头一看，却见是生姑，只怔得一跳，不由得啊呀道：“你怎么走到这里来呢，被人家瞧见，那还了得。”生姑并不分辩，正待责问昨晚何以不来赴约，忽听得外面隐隐有人高叫小白菜，生姑听得是三姑声音，恐被她撞穿，忙把袖内的书信，丢与乃武，飞也似的出书房而去。欲知后事如何，且看下回分解。

第十三回

一纸寄鸾笺劈开情网
三迁营兔窟割断红丝

话说小白菜毕生姑，因昨晚杨乃武爽约，到书房中去找乃武，正欲诉说，听得三姑一片地叫小白菜声音，恐她撞见，慌忙把昨夜写好的一封书信，掷给乃武，匆匆地出去。三脚两步，赶到自己客堂之外，正迎着三姑。三姑一见，即笑着道："小白菜，哥哥回来了，快去快去!"生姑正奔得气急口喘，听是小大回来，不觉又是一慌，忍不住粉脸飞霞，心头乱跳，随了三姑，走到里面，果然小大已是回来。原来小大因天气炎热，喻氏命他同去看房屋，才回家换穿衣服。小大衣服，都是生姑经手放折，到了家中，不见生姑，一问三姑，知道到杨家去了。小大心头已是打了个疙瘩，忙命三姑去唤，三姑到杨家一看，生姑并不在那里，问詹氏哪里去了，说是已回家，因此三姑一路地叫将回去，见生姑从外面到来，倒也并不查问，到了家中，三姑笑着向小大道："你说小白菜在杨家，她却在外面。"小大听了，又瞧见生姑的面色不定，不由得疑心大起，暗想乃武书房正在外面，不要生姑、乃武二人又在书房中幽会。好得自己不久就得搬出，如今也不必查了，反生出别的枝节，当下只向生姑取了衣服，穿好了出门而去。生姑方吓着三姑说出自己在外面，不要小大疑心，见小大一言不问，倒放下心来。

却说乃武在书房中，瞧生姑进来，心中吓得扑扑乱跳，方欲以正言相劝，却得三姑一片叫唤，招生姑叫去，临行之时，丢下了一封书信，即拾将起来，一看上面写得“二哥亲拆”四字，字迹十分娟秀，正是生姑亲笔，忙拆开一看，只见上面写道：“二哥爱鉴，启者，窃以去岁以还，蒙哥不弃，不以贱躯为辱，誓以百年，妹生不逢辰，荆门不幸，横遭摧迫，孑孑弱弱，茫无所依，母老家贫，无以为生，乃有童养之举。方以为可以出水火而登衽席，而妹命薄天生，夫婿既形如鬼魅，身高不满五尺，目不识丁，胸无片墨之储，又寒若范叔，釜可生尘，衷心之悲，无可伦比。清夜扪思，常泪洗鸳枕。去岁而后，大假良缘，得逢君子，复不以妹微贱使侍床侧，方拟百年相偕。不意罡风陡起，吹折鸳翼，长此以往，情何以堪。丑如厉鬼之葛小大，望且生畏，安能同床共枕。只以哥之相劝，聊忍一时，偷生以侍君子，今彼眈眈虎视，视妹为囚，难越雷池一步，不复能侍哥以遣妹悲哀心怀。永夜迢迢，辗转反侧，只以泪洗面。妹身虽蛰于斗室，心固未尝一日不飞越于哥之左右也。此情此景，安可一日以居。哥素爱妹，义无坐视，只即加援手，拯妹于枯井之底，设法与葛氏解婚，俾得常侍君子，虽位列小星，亦所夙愿。昔日之山誓海约，固言犹在耳，当不致为薄幸李郎，使妹之愿于危殆，昨夜待哥三更，而哥竟爽约。岂微贱之质，不足当君子之一盼，则妹以能仗鼎力，得脱牢笼，将长斋黄卷古佛青灯，了此一生，以报哥之德，葛氏枭鸱，誓不愿偕其永生，妹萍飘弱苦，所仗者只哥而已矣。气怜而一诺，无任感激。生当陨首，死当结草以报，临书涕泣，惶恐待命。伏维赐淦是祷，妹毕生姑叩启。”

乃武看毕，觉得满信的哀怨悱恻，不忍卒读，只是自己自詹氏讽劝之后，已是大彻大悟，决不再沦漩涡，致自取罪戾，有伤阴骘，这封书内，又一味地欲与小大悔婚，倘是不去复她，自己落一个薄幸之名，倒也不必说她。不要生姑，由怨生恨，真是弄出了别的变故，非唯害了生姑，又拆散了小大姻缘，或者竟致把小大好端端的一家人家，弄得妻散家破，罪过不小，不禁大为踌躇起来。好半晌，陡地想起生姑前次，也向自己说要同小大悔婚，被自己反复开导了一番，便知道其中利害，不再提起。生姑这人，原不是个不良女子，只因未知其中道理，方有悔婚的思想。如今也可劝她一番，或者也能使她醒悟，同小大相敬如宾，岂不是好。自己也可将功折罪，但是当面劝他，一则又得被人生疑。二则有些言语，倒不好启口，不如也写一封规劝她的书信，使她见了明白其中利弊，反较为妥当，想定办法，即提起笔来写道：

“贤妹妆次：奉华札诵读未罄，觉如清夜杜鹃，哀怨不忍卒读，兄衣襟为之湿透。妹之所言，固未尝不合于情理。彼伧村俗，何能匹妹之清丽绝艳。唯以兄所知，尚非如妹之思。足以磊落之躯，蒙妹不弃，不以伧夫视之，愿托终身，期以白首，衷心之感，无复言宣。然人生于世，所贵重者，只为名节。若名节已堕，终为人所不齿，尤以女子为最烈，所谓一女不嫁二夫者是也。妹与小大为夫妇，虽未成婚，而有慈母之命，媒妁之言，名正言顺。又复自幼无居，形影未离，尽乡里之人，莫不知之，夫归为人伦之道，嫁夫之得失，非以貌别，自当视丈夫之德行性气，不能以貌丑陋，遽谓遇人不淑，小大虽丑，其心则良，待妹亦未尝一日疾言厉色。妹若能平心相待，必能美满恩爱。若视辨貌色之优劣，而定遇人良恶，则荡妇娘子之所为，非温淑女子所宜。且女子首重三从四德，兄与妹之遇合，终属苟且，幸而未为乡人所知，否则，人言啧啧，非唯兄之不能立足于故乡，即妹亦不免受万人之唾骂。故悔婚之举，断乎不可。兄于日前，已当面陈其中利弊，妹秀慧异常，当能明达，还祈三思。小大面丑，其心则善，必能体贴妹怀，琴瑟和谐。顾小大一家，所仗者只妹一人，一旦悔婚，贫苦之家，安能得娶妻，遂致家破人亡，于心何忍。乡人知之，亦必詈妹之无良，尚有何面目，偷生人世。此中利害，可洞若观火，无待兄之哓哓，妹自能知之也。夫妇之间，相敬如宾，梁鸿孟光，世所称道。为女子者，宜敬其夫君，方称贤妇，妹如能敬爱小大，无忤无违，自有至乐。孟梁不能专美于前，而兄与妹之声誉，亦能因此而保全。兄于去年，以爱妹之深，情不自持，致堕情网。冥冥之中，阴骘已伤。迄今以思，疚愧无似，若不亟图自救，天道好善，自古已然，恐报应之速，即在目前，前日小大归来，聊以示警，苦海无边，回头是岸，失之东隅，尚能收之桑榆，此所以前晚之约不得不爽，自救亦即为拯妹。区区苦衷，伏乞原宥。妹如不以兄言为忤，敬事小大，名节既保，后福无穷。不然一旦东窗事发，法网难逃，终且沦于万劫不复之中。自此而后，兄当尽其所能，助妹伉俪，以赎前愆。惠书所言，不敢承命。以妹之明，必不以兄言为河汉，憬然恍悟，力保名节，兄感且无量，伏维三思是幸。专复妆安。”

写好之后，密封在信封之内，上面双写了“生妹亲启”四字，暗想生姑非是个淫荡妇，瞧了这封书信之后，若是能得憬然而悟，倒也是一件功德，可以保住葛家血脉，虽是去年自己去勾生姑，丧尽阴骘，这么一来，或者能得将功折罪，心中倒是欢乐。把信藏在身上，瞧有机会，即交给生姑。这夜乃武仍宿在詹氏房中，悄悄地把生姑书信，同了自己怎样写下回信，劝导生姑的话，细细地向詹氏说了。詹氏听了，很是欢喜，知道乃武自被自己劝后，已悬崖勒马，苦海回头，经此不会出什么岔子的了。

一宿无话。到了明天午后，生姑又到杨家来游玩，暗探消息，乃武怎样对答。恰巧乃武在客堂之中，詹氏、叶氏都在里面房内。乃武趁势把自己写好的书信，悄悄交给生姑道：“贤妹回去细看，自能知道一概情由。”说毕，自出到书房中去，生姑忙把信藏好，怕就此回去，詹氏等起了疑心，又到詹氏房中谈了一回，方告辞回去。三姑这时，巧是不在房内，生姑忙取出乃武书信，拆开细观。生姑为人，本不是个淫娃荡妇，这一回只因了小大监视甚严，不能同乃武会面，由爱生怨，方把悔婚心念，再提上心头。

不然，早经乃武把其中利害，解说明白，生姑也知道悔婚之后，非唯没有利益，反而弄到身败名裂。如今瞧了乃武相劝的书信，言正义严，把女子应当三从四德，方算得一个贤惠妇人，说得十分明了，不禁恍然大悟，觉得以前同乃武的苟且，真是丧名败节的事情，若不及早回头，将来不免被小大撞破，弄得万人唾骂。不要说是自己无颜偷生于世，便连乃武也难于立足的了，岂不成了爱之适以害之了呢，不如赶速回头，可以保住名节。好得同乃武的苟且，旁人一无所知，小大便有疑心，也不能说定，何况别人。自此之后，不再同乃武往来，小大哪里能得说定自己同乃武有了奸情，岂不是名誉无碍，有谁敢说自己不贞节呢。真所谓苦海无边，回头是岸。心中不觉十分欢喜，并不以为乃武薄幸，反觉感激乃武。自这一天之后，乃武同生姑虽仍不时见面，却以礼自守，绝未幽会过一次。也亏得如此，不然覆点难雪；乃武也险些儿冤沉海底，此是后话。

却说生姑自被乃武劝导之后，对待小大越发地比前敬爱，并不以小大丑陋憎嫌。不过生姑生就花一般的容貌，嫁这么一个丑八怪的人物，心中不免有红颜薄命的感叹，这也是人情之常，不足以责生姑。过了几天，小大同喻氏已定好了房屋，在本镇太平街，是一进楼房，租金等都很便宜。喻氏因了那天小大说起生姑同乃武有了奸情，即一同商议搬出乃武家中居住，打听得太平街内有一进空屋，同小大去一瞧，倒很合意，租金又少，正合小大居住，便付了定洋，同敬天商议，何日搬进。敬天把日历翻开，一面观看，一面向喻氏笑道："姊姊，你瞧，拣得离吉期远些，还是近些的好呢?"喻氏沉吟了一下道："我看还是离吉期近些，可以到了搬家的前数天，再命小大告知生姑，免得又生什么变故。"敬天点头道："正是，我也是这般想。我们这一次的搬家，都为了生姑同杨乃武不要有了奸情，才要搬出杨家，以免以后的风波。生姑如今未必知道我们正瞧房子搬家，若是她是同了乃武不做好事，知道了要搬出杨家，不能再同乃武随意幽会，心中自然是不乐意了，不免又得生枝生节。不如拣一个离婚期近一些的日子，使生姑知道，也来不及生出枝节来了。”喻氏道：“正是正是，我也是这个主意。”敬天即翻了一回黄历，见六月十一日，正是黄道吉日的好日子，最宜迁居，便向喻氏说了。喻氏觉得很好，离六月十八日的圆房，只有七天，生姑要生变故，也万万来不及的。当下即告知了小大，命他在六月初六七光景，告诉生姑，教她向杨家退租，瞧她怎样的神色，小大答应回去，也不向生姑说起。

流光驹隙，不觉已到了六月初旬。那一天，小大从店中回来，向生姑道：“妹妹，妈说这里的房屋虽是不差，终究同人家合一个宅子，不大便当，因此要搬到太平街居住，房屋已由妈同舅舅看过，一切都好，已定了十一搬去，明天请你向杨家说明，还把东西收拾收拾，免得临时慌忙，明天妈还亲自来同你商议咧。”生姑听得，陡地吃了一惊。只是生姑自从乃武写信劝导了一番，已把乃武的事情完全断绝。对于小大抱着敬爱之心，因此听得搬家，虽有些不乐，倒也无可无不可的，随口应了一声，只觉得小大平时，并未谈及搬家，如今突然要搬到太平街居住，而且日期很是仓促，心中不免怀疑起来。细细一想，不由得心中大悟，已知道定是小大疑心自己同乃武苟且，所以悄悄地同喻氏等商议，搬出杨家，另行居住。忍不住叫了惭愧，亏得乃武先期见及，果然小大已生了疑心。好得如今我们二人已斩断情丝，不然，岂不要恋恋不舍，弄到身败名裂呢。这晚小大只嘱咐生姑把东西收拾收拾，倒也没有别话。到了明天，喻氏到来，向生姑说了要搬家另住，请生姑去向杨家说明，是因了圆房之后不便，要另行居住。生姑一口答应，午饭过了，即到杨家，恰巧乃武也在里面，生姑把小大要迁居的话，向詹氏等三人说了。詹氏听了，正中心怀，暗认自此以后，可以把乃武、生姑二人完全断绝，便满口应诺。乃武亦知道小大所以迁居的缘由，好得自己已是醒悟，便答应了一声。生姑见杨家并无说话，兴冲冲地回去告知喻氏。喻氏瞧生姑对于搬家绝无不欢之色，心中很是纳罕，以为小大的疑心完全虚事，也很欢乐地吩咐了生姑、三姑二人收拾东西。到了十一日，自己再来相助，说毕，自回家中，欲知后事如何，且看下回分解。

第十四回

度佳期花灯双双偕老
重瘟疫鸳鸯故故分飞

话说葛小大因了那一天在自己床上，取得了生姑的香囊、乃武所用的手帕，起了疑心，即同喻氏、敬天二人悄悄商议，搬出杨家居住。喻氏找到了太平街内有一幢空屋，租金十分廉少，正合小大居住，即向小大、敬天说知，同去瞧过，都很合意。由敬天拣定六月十一日黄道吉日，搬出杨家，迁入新屋。又怕被生姑先行知道，发生了别的变故，因此到了初七的那天，方向生姑说明，托生姑向杨家退租。恰巧生姑已被乃武劝醒，对待小大非比往日，听得小大同喻氏来说十一日要迁居到太平街去，明知因了疑心自己有了不端之事，便一口应允，到杨家退租。一切说好，喻氏即回转沈家，吩咐生姑收拾家具，自己到了十一日再来相助。生姑答应之后，送过喻氏回到里面，屈指一算，离十一日只有四天，忙同了三姑，慢慢地收拾起来。到了十一日，生姑已把一切家具东西收拾就绪，喻氏、敬天都来相助，小大也忙得汗下如雨。葛家虽是贫苦，东西倒也不少，足足地搬了一天，方才完毕。乃武却送了一份厚礼。进了太平街新屋，布置洒扫，又忙了一回，方都就绪。

生姑一看，这所房屋，楼上也有两个房间，楼下客堂灶披，房子半新不旧，还觉不差。喻氏知道小大、生姑尚未圆房，绝不能住在一个房中，把楼上两个房间，一个给生姑居住，一个小大同三姑安宿。到十八日圆房之后，生姑、小大自然住在一个房中，三姑却另房居住。安排稳妥，方回转家中。敬天因小大圆房，离这天只有七天，一切圆房时所用物件，喻氏在购办时候，已安放在太平街新屋之中，只须她来整理一番，床桌木橱等物，都放在生姑房中，将来便是新房。敬天瞧一应事务，都已差不多了，也自回去。到了明天，喻氏、敬天又到小大家中，预备喜事。小大心中欣喜，自不必说，便是生姑，也觉得很是乐意，帮着喻氏等料理，并没有一些不悦。喻氏见了，先放了心，觉得生姑对于乃武，并没有恋恋不舍意思，不知有什么奸情，当下也不再放在心头，只忙着预备小大喜事。葛家虽是贫困，小大圆房，也是件要紧大事，总得办些酒席，请请亲友。其余如布置新房，购办应用物件，添置几件拜堂时用的新衣，同了生姑做了新媳妇穿的衣服种种事情，已是把喻氏、敬天二人忙一个手脚不停。小大这几天，因了家中有事，便不再到店，帮着喻氏办理。便是生姑，也忙碌了多日，接着发喜帖，办酒席，又预备了一下，不觉已到了十七日，明天即是好日子了。喻氏细细一算，所预备的钱除了购办东西，制办衣服，用去四十余元之外，还剩了四十五元光景，明天的用度，已差不多了。只因并不是娶亲，只是圆房，用不着花轿执事等费用，只须叫一个掌礼，拜堂送天地和合，到了新房之中，坐回花烛，外面请亲友热闹一天，即就成功的了。圆房礼物，亦就完毕。小大、生姑二位小夫妻即可以同住一房，实行周公之礼。一切费用省下不少。要紧的只有酒席一项，早由敬天雇了一个厨子，杀下两头肥猪，连酒菜算来，有了二十元，是足够的了，其余花烛使用人等的货用，用去了十五元，很觉舒齐，不算枯薄，还可余下十元，留给小大，作为日常之需，心中便是欢喜。当夜宿在葛家。

到了明日吉期，小大、生姑、喻氏、三姑四人绝早起身，敬天也清早到来。这一天的客人，来得倒也不少。喻氏的丈夫沈体仁、杨乃武、小大的堂弟葛文卿、爱仁堂药店小老板钱宝生，都到小大家中贺喜。生姑的母亲，因已老病在床，正在南京，没有到来。生姑这天是新媳妇，自然不便出来招呼亲友，只坐在新娘房中。这天的吉时，是在午后未初，敬天一面料理事务，一面瞧着时刻，见已是未初模样，忙吩咐掌礼伴娘，准备拜堂。伴娘把生姑在新房中掇了出来，同小大并肩立了，一齐拜过了堂。接着便是见礼，第一个自然是沈体仁同喻氏，然后敬天夫妇，诸亲友都见过了礼，方回房休息。生姑这时，穿着新媳妇装束，头上珠珞纷垂，越显得珠圆玉润，艳绝人寰，诸亲友没一个不啧啧称赞。小大、喻氏、敬天等几个，又招呼了亲友坐席，一个个欢呼畅饮直闹得灯阑酒罄，方各自回去。沈体仁、喻氏，又吩咐了小大、生姑一回，喻氏又把所余的钱交给了小大，方同沈体仁回去。敬天夫妇俟客人散后，把一切事务，料理清楚，也回家中。小大同生姑，便在这一夜内，成就了百年大事的周公之礼。生姑心中，早知道自己已非完璧，战战兢兢地怕是要漏出了破绽，虽在预先一天，悄悄备下了一方鸡冠血洒的绸帕，到了这时，仍怕小大知道了破花残柳，担了一夜忧心。可是小大还是破题儿第一遭的事情，哪里识得其中玄妙。又加着如生姑般的美人儿，软玉温香，早把魂灵儿飞上了半天，有什么工夫去细辨真伪，狼吞虎咽，恨不得立刻把生姑和水吞下，不由得使生姑曾经沧海之感，越发觉得小大的粗犷可厌，乃武的温存体贴。要不是经了乃武的一番劝导，又得生意外变故。

好梦易过，明天早上，小大、生姑都绝早起身，小大因了圆房，向店请假三天，这天便不再出门。贫苦人家，不如富家豪门，新媳妇可以香闺晚起，享画眉之乐，必须自己经纪，料理家中。生姑起身之后，依旧如平日一般操作。转瞬间三朝已过，小大仍每天到店，生姑自然仍如未圆房时一般，事事须自己经纪。三姑又是个呆傻不堪的女子，除了帮着煮饭洗衣，学做一些粗针线之外，竟是一事不能。同生姑谈话，只除了呆话，一些没有。因此生姑觉得寂寞非凡，小大的心情，又不甚温和，对待生姑虽还算好，可是白天到店，晚上回来，倒头便睡，有时把生姑蹂躏一阵，什么轻怜蜜爱，万种温柔，款款情话，小大哪里懂得，把生姑这般一个美人儿，磨得悲哀不堪，心中委屈万分。一个人的时候，常是以泪洗面。便抽个空闲，又写了封信给乃武，诉说自己苦况。乃武对于生姑，未尝不知道她的苦楚，只是事已如此，无法挽救。倘是再续情丝，被人家知道，名誉扫地，岂不是爱之反而害之，只得硬了心肠，把慧剑斩断情丝，复了一封信给生姑，劝她好好厮守，以礼相勉。又把名节大道，婉转地说了一回。将来生下孩子，教子成名自有好日。所谓吃得苦中苦，方为人上人。以后若是需自己帮助之处，只要不越乎礼，自己能力所及，无不应命。暗中又关切詹氏，照顾生姑，詹氏很是贤惠，知道乃武能断绝生姑，心中已十二分的欢喜，听得乃武命自己照顾生姑，便一口应诺，詹氏也知道生姑红颜薄命，生成这副天仙般的容貌，却嫁一个丑如鬼怪的葛小大，算是可怜至极，理宜照顾，便不时地送些银米。生姑得了乃武书信，也稍觉安慰。又常是得到詹氏周济，知道是乃武的主使，越发感激乃武。小大家中，本是贫苦非常，仗着小大做一个豆腐伙计，哪里能得养家活妻。也亏得詹氏有些银米送来，生姑做些活计。三姑这时，粗的针线，也勉强做得，赚些小钱才可以支持度日。

这般地过了半年光景，有一天，也是合当有事。乃武因接到生姑一封书信，道是生姑的亲母，老病身故，死后萧条非凡，无钱为殓，南京家中，有信来借贷，无奈小大平时连过度日子还有些勉强，如何有钱寄去，恳求乃武看在昔日情分之上，周济一些。自己因了经济困难，实在连盘费都没有，生身母亲死了，也不能回去，命苦已到极点。乃武见了，便回了一信给生姑，一口应允，已代寄了十块洋钱到南京，又劝生姑不必悲伤，至损玉体，尔我的情分，这区区十元，不必挂在心怀。不料这一封书信，生姑一不留意，被小大取着，细细一看，认得下面的署名是“杨乃武”三字，信上的言语，小大并没有多识字理，不甚明白，心中不由得大疑起来，忙把书信藏好，到敬天家中，给敬天观看，敬天一看，早明白生姑同乃武，果然以前有了不端之事，即向小大说了，小大哪里忍耐得住，立刻要回去同生姑吵闹。还是敬天明白其中事理，忙止住了小大。一面把喻氏请来，一同商议。喻氏倒也旷达，吩咐小大不必同生姑吵闹，一则闹将出来，声名难听。二则生姑同乃武的奸情在住在乃武家中之时，如今却已断绝往来。吵了起来，不要生姑一横了心，托了乃武出头，小大这种人家，哪里敌得过乃武的势力，倒弄巧成拙。好得他们二人已断了关系，不如暗中监视，使他们不能会面，自然不能成奸的了。反可以有时借着乃武，帮助小大，岂不是好。敬天小大听了，觉得一些不差，小大便不同生姑说起，只在暗中注意。可是生姑同乃武，同住在杨家之时，有过奸情，已被小大、敬天、喻氏等知道，生姑见了乃武书信之后，心中十分欢喜，又很感激乃武，因想念已死的母亲，心乱如麻，随手把信放在抽屉之中。过了一天，想着了这封书信，不要给小大瞧见，忙去一找，哪里还有影踪，心内很是惶急，怕小大见了吵闹。到了晚上，小大回来，生姑心头好似小鹿乱撞，以为小大定得同自己大闹。谁知小大一言不响，好似并未见着乃武的书信一般，方放下了心。

光阴匆匆，不觉又是一年，正是同治十二年份。小大赚钱仍然如此，生姑倒也惯度清贫生活，不再觉得难堪。而且因了生姑善于治家，把家事整理得有条不紊。生姑又聪明非凡，不论什么精细活计，一瞧便会，一会便好，仓前镇的人，多喜欢生姑的针线，赚的钱便稍稍增加。生姑又甚精细，常有余蓄，生活便比较了去年好些。到了三月下旬，小大店中一个大伙计死掉，小大即顶了这缺，赚钱虽是多些，事情却是忙了。不论是店中的什么事情，如买豆子、送豆腐、制豆腐等一切事务，都得小大受理，因此须宿在店内，不能天天回家，这也因了豆腐生涯，必须在三更天光景起身操作，方能应付早市。若是天天回家，自然不能每天三更到店。好在生意人家，只以赚钱为主，怎能够因了享闺房艳福，废了店务。所以生姑知道之后，十分欢喜，忙忙地置办了一副被褥，送到店中，作为小大住在店中之用。小大自这天起，一个月内，回来安宿不到十天。生姑在家中，同三姑料理家务，做些活计，倒也不觉什么。

匆匆地又过了三四个月，已过了暑伏，正是秋凉七月天气。仓前镇上，赛行极盛的盂兰会。七月中的盂兰会，这时候年年举行，却没有一年来得盛大。只为这年的夏天，痧疾盛行，死于疫病的人很多。便惹出了一班巫师僧道，畅言休咎，说是上天降罚，若不亟求天悯，不知要闹到如何地步的瘟疫。听得的人也不管是真是假，一唱百和，仿佛真的大祸临头，全镇的人，都吓得战战兢兢，街头巷口，常聚着许多人窃窃私议。茶坊酒肆，更有许多人造谣生非，说得千真万确，什么天上降下了五部瘟神，地间放出了五煞恶鬼，专布疫气，听得的人，越是人心惶惶。当下便有人创议赛会打醮等事务，向上天解禳，散掉瘟疫。这时候的人心，对于赛会打醮等事，都十分的信任，顿时写愿簿相助，预备会事的预备会事，忙一个不亦乐乎。又因了有放出五煞恶鬼的言语，特别注意于七月中的盂兰会，这也是相传下来说七月是鬼月，盂兰会专超度阴魂。如今既有五煞恶鬼，非得超度不可，便举行一个盛大的盂兰会，先由镇上绅耆出面会商出会的经费，同盂兰会中所需物件，自然有一班热心的人，分头前去预备。又因了取媚鬼神起见，把会中景致，要弄得盛极非凡。盂兰会本是年年举行的赛会，不过这一年异常的盛大。一切会务，由年年举行赛会的人去担任，分头到各处去借应的物件，招人练各种功夫，什么高抬阁高跷肉臂灯等，自六月初直准备到七月二十日光景，方渐渐办理完善。早有人传到外面，知道这一年的盂兰会，不比往年，盛极一时。内中有除了全副执事、旗伞等应用物件之外，尚有茶箱、玉銮旗、架角端等物，最珍贵的有珍宝扎成的种种物件，功夫方面抬阁、高跷、肉香炉等，其多自不必说。只是高抬阁一项，共有十八座之多，都是高有三丈光景，这种盛会，已足有二三十年没有举行过了。这个风声，别说是仓前镇余杭县中都已传遍，便是杭州省城之内，也都知道。仓前镇到了七月底，有这么一个盛大的盂兰会。欲知后事如何，且看下回分解。

第十五回

看盛会万人聚小镇
缺妆奁一女泣空房

话说仓前镇上因了六月三伏，瘟疫重大，罹疫而死的镇上人民，不知多少，家家都吓得战战兢兢地，以为触怒了神祇，犯了天嗔，因此上天降灾。便有几个巫师，同了几家专于敛钱的道院僧庙，趁着时机，倡言祸福，说什么五部瘟神下界，都为了平时人民不敬天地，不惜五谷，所以上天降灾。若要消灾去祸，必须举行赛会。那些无智愚民，却不思不敬天地，不惜五谷，所以天上降灾。应该快些改恶为善，倒附和了这些巫师僧道，筹备起赛会事宜。在六月已出过几种，如瘟将军会、姜太公会等，又因说是这次的瘟疫，由五部瘟神放出了五煞恶鬼，已震动阴司，非举行一个盛大的盂兰会不能解禳，镇上的人忙急急筹备，要讨五煞恶鬼等欢喜，预备得非常盛大。好得清朝赛会一事，并不有违禁例，官府反严行保护。一年中的会期本有许多，盂兰会也是年年举行，不过没有这一次的大动干戈。镇上的绅士出头主持，捐款的捐款，出力的出力，预备赛会应用物件的预备赛会应用物件，练抬阁高跷等功夫的练抬阁高跷等功夫，忙一个不亦乐乎，早有人传播出去，仓前镇这一年举行这么一个大盂兰会，自有兴致的人，四处赶来看会。会期是七月底。不到二十五六日的光景，四处来看会的人已不知有了多少。仓前镇上，家家门首，都搭起了看会高台，准备赛会过时，可以坐在看台上细细观看。又怕街上的看客挤到家中，岂不把看台挤毁，又各在门首拦起了挡木，来看会的人，有的宿在亲戚人家，有的临时租了人家的房屋居住。镇上所有的几处小小客店，都早挤得水泄不通。又有几个投机的人，临时备下客店，专招看会的人居宿。饭店酒铺，终日座无隙地。说不尽的形形色色，热闹非常。这一次的盂兰会，直预备到二十六日，方才就绪。看会的人，早把一个仓前小镇，挤一个人山人海。自有会中人出来维持秩序，又先期到外面来量地步，看形势，只因会中抬阁高跷很多，怕不够地步通过。一切就绪，差不多已将到会期，看会人都伸长着头颈，只待七月底，看这个盛极一时的盂兰大会。

却说到仓前镇来看会的人之中，有一个姓刘名子和，年方二十五岁，乃是余杭知县刘锡彤的儿子。刘锡彤年过半百，只有子和一个儿子，因此把子和爱如夜明宝珠一般。刘锡彤是维扬人氏，年轻时也是个浮滑少年，家中并不富有，不过是个中人之产。娶妻之后，得了一大注的妻财，登时暴发，抖将起来。只因这位刘太太，母家姓林，同刘锡彤同籍，父亲是个维扬富翁，膝下无儿，所生一个女儿，嫁给刘锡彤。刘太太别的不懂，对于“帮夫运”三字，却熟悉非凡，到了刘家之后，尽把家中值钱的东西，向着夫家摆去，帮着丈夫刘锡彤发财。好得刘太太既没有弟兄，自然没人同她争夺。刘太太的父母，一则爱女儿心切，连带爱女婿。二则自己并无儿子，将来百年之后，只是继承一个族中子弟，承续香烟而已。自己有这么大的数百家私，终究要给别人，不如给了女儿，究属是自己的亲骨血。而且女婿也有半子之份，比了承继过来的儿子，总亲热一些。便尽着女儿搬运，只要女儿开口，没有不应之理。嫁给刘锡彤的时候，老夫妇怕女儿嫌夫家贫困，不能称心如意，早允许把存在钱庄金号大商家的存款，由女儿带一半到夫家，已足足的有了七八十万。其余妆奁首饰，自然是丰富极顶。只是压箱底用的金条，已用了五百两。金叶金器，也有五百余两。首饰中的珠项件珠花等件，珠子粒粒有黄豆大小。这并不是作书的有意相凑，却是的确的事情。刘太太因了杨乃武的案子，所用去贿赂，足有数十万光景。这都是刘太太娘家的产业，大都谈杨乃武奇案的人，都能知道。

闲话少说，且归正传。刘太太出嫁的时候，带去的财产，差不多已将百万，无论何人，总可以满足她的欲望的了。可是刘太太到了临上花轿时，还是一百二十个不愿意，在闺房中只是痛哭，不肯上轿，把个老太爷急得手足无措，怕错过了吉时，将来夫妇不能和睦。自己只有这一个女儿，怎生舍得。总得夫妇之间，相敬如宾，女儿过去称心如意，方好放下心肠。这一次的所以配一个中人资产的刘锡彤，也因了要使女儿快活舒适。刘家上无尊长，一进门就是当家太太。又加着女儿带去了七八十万家私，自然有财必有势，谁敢不服，岂不是女儿过去，仍如在家中一般。而且女儿的脾气，在家中娇养已惯，绝不能受人管束。有翁姑的人家，万万不成，因此配给刘家。如今要错过了吉时，冲犯了喜煞，夫妇闺房之内，时起勃谿，终日吵闹，岂不是反害了女儿呢。因而愁眉不展，还是老太太明白，知道女儿的不肯上轿，绝不是不愿意出阁嫁给刘锡彤，内中必有一个缘由。忙走到闺房之内，悄悄地向着女儿问道："宝贝女儿，怎的你还不称心呢？你爸爸嫁你，也把一半家财交给了你咧，只因刘家没钱，才这般地给你带去，我同你配刘家这头亲事，也为的是你。刘家一无尊长，二无弟兄，你一进了门，即是个当家太太，做现成主母。又加着你带去了这般多的家财，财多势厚，有谁敢不服你的调度。便是女婿凭空添了七八十万家产，都是因了娶着你这般一个好老婆而来，自然哪里敢违背你一言半语，怕不当你做玉皇大帝看待。这样的家庭，嫁过去再舒服也没有的了。所以我拣了刘家，把你配了。他家虽穷困一些，好得我们有的是钱，还怕着什么来，怎的你只是哭，不肯上轿，不要错过了喜时，可不是玩的，你究竟是什么不如意呢？快说给做娘的知道。只是做娘的可以办到，无有不应许你的，还少什么东西，只要是家中有的，也没有不肯给你带去的呀。”

宝贝女儿听了母亲说了这一大篇安慰的言语，问她因了什么不肯上轿，方把一块绢帕，拭干了眼泪，徐徐地道：“不是女儿不愿意嫁给刘家，这是母亲做主的事情，做女儿的怎能违背。可是女儿嫁了过去，钱虽不算多，也总算有一些了，势却一些也没有，可不是就得受人家的欺侮了吗？”老太太听了，以为女儿的不愿上轿，因了刘家无财无势，嫁了过去，有了七八十万财，自然再不能说是没有的了，势却依然无着，所以不愿，便不由得笑道：“女儿，你怎么聪明一世，懵懂一时起来了呢？有了钱不是可以去捐上个官做，岂不是有了势了。如今女婿虽没有势力，只须你过了门之后，取三五万银子，替女婿捐一个现任官员，便不是有财有势了吗？”老太太心中，以为这般地一开导女儿，自然不再哭泣，欢天喜地地出去上轿，谁知这位小姐，听得老太太的一番言语，点头说道：“正是呢，女儿也因了过去之后，必须捐一个官做，方心中发愁咧。”老太太听得女儿说是也因了要捐官才在那里发愁，不禁一呆道：“你不是方才说要女婿有财有势呀，捐了官便可以有财有势，那是最妙的事情了，怎说为了要捐官才发愁了呢？”刘太太见母亲听了自己的言语，奇怪起来，倒不觉微微一笑，又点着头道：“谁说不是呢。母亲你怎的还不明白，你想要做官有势，自然要捐一个大官方好，捐大官岂不是要多花一些钱了。女儿所带过去的一些，虽不算少，究属也不能说多，万一捐官的时候，花钱一多，带过去的现钱不够，不是要把珠宝金子等去折变了吗？那些折变珠宝金子的当店，哪一家不要赚钱生利，到了那时，女儿自己没有这么一家赚钱生利的店家，这个亏，不是吃得大了，岂不使女儿因了捐官发愁呢？”老太太听毕了女儿一大篇的发愁缘由，早倒抽了一口凉气，方是明白女儿的不愿上轿，只为了再要一家当店，这些赠嫁的七八十万家私，还没有趁女儿的心愿，不禁暗暗佩服女儿的见识远大，还没嫁到刘家，已在那里替女婿不吃大亏，这般看来，女儿没有一家当店赠嫁过去，绝不肯轻易上轿，人家嫁女儿不肯上轿，都是嫌着夫家的聘礼不好，自己女儿出嫁，却一味地帮着女婿挣家产。好得自己老夫妇二人，并无儿子，只有这个女儿，倘是不给女儿带去，将来仍不免被他人得去，究竟女儿是自己的亲骨血，来得亲近，不如应许了女儿，讨她欢喜，便笑着道："我道是什么大事，原来是这么一些些的事情，为何不早说呢，你怕将来吃亏，这个容易，只须把你爸爸开的当店，带一家过去，可不是就不吃了亏了呢。我去向你爸爸说吧。"

刘太太的父亲，自然是无可无不可的，只要女儿不错过吉时，嫁了过去，小夫妇和好，别说是一家当店，便是把自己所有的店家一齐变了姓刘，也是愿意。这般一来，刘锡彤又凭空添了一家十余万两银子本钱的当店，刘太太才欢欢喜喜地嫁给了刘锡彤。刘锡彤凭空得了这么多的妻财，心中得意，自不必说，因了妻子手中有百万家私，怎敢有半点违反，自然言听计从，刘太太说东，刘锡彤不敢说西，刘家一切的事情，都由着刘太太做主。家中婢仆有的是刘太太赠嫁过来，当然唯刘太太之命是听，其余刘家原有的仆人，同了新雇过门的婢仆，知道刘太太是个大财主，不论什么事情，都由刘太太手中发放，哪一个敢不奉承听从。便是刘锡彤自己知道所过的快活日子，都仗着妻子的家私而来，也不敢不听妻子的指挥。又加着刘太太自幼在家中，度惯如意日子，娇养已惯，稍不称心，即大呼大骂，好得刘锡彤却是奴隶生性，只要日子过得快活，一切都肯，对于这种妆台奴隶，越发心甘情愿，终日侍候着太太，讨太太欢喜，因此把个刘太太，捧上了三十三天。家中一概事务，不要说是内里一切，便是刘锡彤到外去的事情，也非得太太应许，不能乱走一步。刘锡彤起初，因了妻子是个财主，要讨她欢喜，自己方可度得快活日子，自不免事事请示，讨妻子的欢心。渐渐地把刘太太的气焰，步步高升，自己的主意，件件压低，到了后来，竟把妻子真个视若玉皇大帝，不敢稍有违背。无论是外面家内的事务，刘太太说怎么办理，便得怎么办理，刘锡彤哪里敢说半个不字。都是由刘太太发令，刘锡彤如捧着圣旨般地前去承办，在扬州一地，哪一个不知道刘锡彤是个挂名主人，惧内大王，刘太太大权在握，一呼百诺，好不称心如意。

可是刘太太到了这个地步，心中还有一件事情，放心不下，心中觉得不快。只因刘太太嫁到刘家，虽是带着七八十万家产，一家典当，只是母家还有一大半的家财，留在家中，没有带到刘家。自己父母年纪已老，将来百年之后，若是自己不赶紧设法把剩下的家私，搬到刘家，岂不是白白便宜了继承的兄弟，而且自己父母应嗣的儿子，是族中很穷的一房，自己从小便瞧不起这穷小子，如何愿意，非得趁着父母未死之时，全部搬运过来，方趁了心头之愿。想定主意，即天天借着探望记念父母，到自己家中，计算这一大半的家财，刘太太的父母，对于这个女儿向来钟爱非凡，临嫁的一天，还被女儿两点清泪，哭掉了一家典当。自古道美人一笑值千金，刘太太的一哭，竟值了十余万金。老夫妇俩对这个宝贝女儿，可算是疼爱得至矣尽矣。如今见女儿嫁了刘锡彤，小夫妇恩恩爱爱，女儿的气势，高涨无比，心中自甚欢乐。见女儿仍旧想到老夫妇俩，不忘孝道，朝夕同着女婿，承欢膝下，觉得总算没白疼了女儿。哪里知道女儿女婿的到来，乃是探望这一大半的家私，老夫妇二人心中一欢喜，越发地疼爱起女儿来，连着女婿刘锡彤，也一同疼爱起来，只要女儿开口，没有不应之理。好得老夫妇俩也抱了情愿传给女儿女婿，不愿传给不是亲骨血的嗣子的想法。事有凑巧，这个应嗣的族子年纪尚只有八九岁光景，人事不知，他的父亲却是个古道正气的秀才，家中虽贫，绝不到外面来借贷一两半钱，只仗了教读过那清苦生涯，明知道自己儿子应嗣给刘太太的父亲，有着百万家私，倘是不加顾问，不免被刘太太夺去。可是此时，读书人只尚气节，不以金钱为重，不肯自坠志气，倒便宜了个刘锡彤。欲知刘太太究竟得到家财没有，且看下回分解。

第十六回

贫儿暴富纳粟走邪途
贪夫殉财具呈持正义

话说刘太太怕自己父母百年之后，所剩下来的大半家私，便宜了继承过来的兄弟，忙打定了主意，要设法把家产运到刘家。因此同了刘锡彤二人，天天在老夫妇俩落打诨，千方百计，哄骗得老夫妇俩快活，可以把家财容容易易地骗到手中。刘太太的父母，哪里知道自己女儿不是记念亲爷亲娘，才天天来承欢膝下，乃是为着自己未曾给女儿带去的大半家财。只道是女儿女婿对于自己，十分孝顺，因知道自己没有亲生儿子，怕着寂寞，天天到来同自己解闷，越发地把女儿爱得如掌上明珠。带着女婿刘锡彤，也视如亲生儿子一般，只要女儿女婿开口，要自己所有的东西，没一件不立即应诺。好得没有亲生儿子，给了女儿，总算是自己骨血。刘太太趁此时机，即同刘锡彤二人，今天要珠宝明天要现银，尽是把老夫妇俩所有家财，向刘家搬运，到了后来，老夫妇俩越发免得劳心劳力，把自己所有家产，一应账目，都交给了女儿掌管。渐渐地刘锡彤的产业，一天一天地多将起来，虽也有几个族中的人，看了不平，可是刘太太是亲生女儿，女儿到娘家去侍奉父母，名正言顺，谁也不能说一句闲话，应嗣的嗣子方面不出来说话，旁人越是不该出来问讯。

又过了三四个年头，老夫妇二人相继去世，刘太太这时自然不再客气，把父母所有的产业，全部运到刘家，总算还怕族中说话，住的一所房屋，并没改作刘姓，直到继承的儿子继承进去，已是一无所有的了，偌大的一份产业，亏得刘太太的满腹经纶，方被刘锡彤完全享受。自此之后，刘太太对于娘家，即断绝往来，不通信使。刘锡彤自娶了妻子，先得百万妻财，又平白发了这一大宗的横财，成了维扬地方数一数二的富翁，心满意足，自不必说。只是对刘太太越发要头低三寸。只为所有家财，完全由刘太太一人之力到手。刘太太得了父母的遗产之后，一件心事算是放了下去。所有的经济权，当然是由刘太太操手，只是刘太太心中，又觉得有一件事情，还不能称心。只因这时的刘锡彤财固然是有了，势却依然没有。一个人须得有财有势，方能称心如意，办事得心应手。刘太太在嫁刘锡彤的时候，不是早已说过，须得使刘锡彤有财有势，方了心愿。如今财已有了，自然须在势的一方面着手。好得这时不论要什么官做，只要有钱，都可以出钱捐买，好似目下的运动费一般。不过彼时是明的，目下是暗中花费而已。刘太太既打了捐官念头，即花了三万两银子，捐了一个厘金，分发在浙江省内。有了钱什么都容易，刘锡彤捐好了官，忙到浙江去候补，又花了几个钱在省内，即挂出牌来。刘锡彤得了个现任乍浦厘金局长，自然同刘太太等大小家人，走马上任，心中十分得意。这时刘太太只生了一个女儿，嫁给杭州知府陈鲁的儿子做媳妇。一个儿子，便是刘子和。刘家有的是钱，缺少的是儿子，既生了子和，疼爱自出乎寻常，浑如天上掉了颗夜明珠下来，尤其是刘太太，对于这位宝贝儿子，溺爱得不知所云，百依百顺，比了孝顺父母，还要来得周到。不论什么东西，只要儿子中意，尽是尽千上万地花钱，心中也都乐意。便是刘锡彤，有时说了一言半语，刘太太便大发雷霆，把子和的性情，弄到骄贵不堪，无所不为，刘太太从没有听从人家半句言语，都是独断独行，她爱怎么办理便是依着她怎么办理。唯有这位宝贝儿子刘子和，所说的言语，刘太太没一句不点头应允。刘太太说东，刘子和说了西，便依着是西。这般地钟爱，可称为天下少有，世上无双。

这一次刘锡彤到乍浦上任，刘子和也相随同去，在乍浦闹得乌烟瘴气，不亦乐乎。刘锡彤也不去管他，刘太太有时还帮着儿子，因此谁都不敢碰动子和。可是刘锡彤的到乍浦办厘金，是花了银子捐买来的，好歹下了本钱，当然要捞回成本，还得加上些利息。刘太太又不是肯蚀本的人，替刘锡彤花了几万两银子，捐得了这厘卡，早吩咐刘锡彤，要加料出哨，刘锡彤奉了刘太太的令，比了圣旨为厉害。要加料捞回成本，自己在厘金上设法了，对于捐收一项，真算是无孔不入，一心只想搜利，谁知过了几月，碰到了对头，原来有一帮木客，采办了大批木材，路过乍浦，应纳的税，也已完纳过了。不过清朝厘卡，有什么货物经过，不管已纳过了什么税项，总得照例完一种厘金，其中弊窦，便不一而足，只须向卡上贿赂，即能以多报少，少完厘金。大部采办了大批货物经过厘卡的客商，总得纳贿给卡上，卡上即少报税金，合下来还是客商便宜。因此客商都愿意纳贿给卡上。管厘金的人，因客商少缴的是国家公款，纳的贿赂却可以进自己腰包，也愿客商如此，便宜些客商。在清朝厘卡算作肥缺，便是这个缘故，刘锡彤做了乍浦厘卡，越发只是收受贿赂，全不以国税为意，如今见有数万的木材经过，心中欢喜得痒痒的，以为是好买卖到来，即示意于木商，要一万两银子。谁知木商听得一开口要这般大的数目，不肯应承，即闹翻起来。刘锡彤逞着官威，竟把木材扣留在乍浦，不放过卡。这些木商见刘锡彤这般作为，也不肯认输，取出银子了结，到杭州省城设法，听得仓前镇上杨乃武有一手的好刀笔文章，便厚礼相聘，请乃武帮忙，乃武即做了一张禀单，托了省内士绅，命木商将刘锡彤告了一状，果然乃武刀笔厉害，省内抚台下命放了木材。刘锡彤竟因了这件事情撤差。刘锡彤细细打探，方知是仓前杨乃武做的手脚，自己吃了个大亏。便把乃武恨之入骨，只想报仇，可是总找不到乃武的错处。乃武在杭州省内，又很有权势，刘锡彤无奈之何，也只好罢了。

刘太太见丈夫厘卡失掉，索性劝刘锡彤再捐个正印官，停了几年，果然钱可通神，又捐了个正印知县官员，而且是现任，省内挂牌，选了余杭县，令刘锡彤赴任。刘锡彤上任之后，倒成了乃武父母官了。只因仓前镇恰巧是归入余杭管辖，刘锡彤对于乃武，虽是十分痛恨，只是乃武是地方绅士，清朝时候官府向例要结纳绅士，互相利用，刘锡彤做了余杭县知县，自不免结纳地方士绅，同乃武也见过几次。心中虽是因了木材的事情，耿耿于心，面上却不能不敷衍和气。乃武心中，却早已忘怀，因当时只知道乍浦厘捐，是个姓刘的人，却不知道便是刘锡彤，如今已做了自己的父母官余杭知县。刘锡彤选任了余杭县，这位掌经济大权的刘氏太太，疼爱得如心肝活宝般的刘公子刘子和，自然是随同上任。住在县衙门内。这时刘子和已是二十一岁，刘太太因了抱孙心切，早同子和娶了一房媳妇，是李家的女儿，生性很是贤淑，熟读闺门女训，对于三从四德，十分明白。敬夫事姑，事事周到。只是面貌却只有中人之姿，并不美貌，而且稳重非凡，品性温淑，大有非礼弗视非礼勿听的气概，不肯乱走一步，同刘子和恰是相反，子和的面貌，生得唇红齿白，姣好得浑如个美貌女子，自幼受了刘太太的滋爱娇养，手中有的是钱，又生成这副容貌，便自以为风流绝顶，对于女色浑如苍蝇见了血一般。成人之后，便终日在外面寻花问柳，诱引良家妇女，好得刘锡彤有财有势，即是闹出事情，也有刘太太逼着刘锡彤去担当。这时刘锡彤任了余杭县，子和越发胆大心乱，仗着自己这副面貌，刘锡彤的势力，刘太太的金钱，只在外面胡闹，自有几个趋炎附势、觊觎子和金钱的浪子篾片，怂恿着子和，替子和设法诱骗妇女，对于李氏，早因了面貌不佳，体态毫无风流之处，循规蹈矩，满面正经之色，视同陌路，李氏见自己丈夫在外面狂花滥用，浪费虚掷金钱，终日诱引良家妇女闺阁淑媛，甚至寻花问柳，勾结荡妇，越闹越不成样子，怕弄出了事情，便忠言规劝过几次，无如子和胸无点墨，目不识丁，哪里知道什么礼义廉耻，不应在外面诱淫人妇，自坠名誉。只知道追欢取乐，在女色之内寻快活。听了李氏的良言规劝，自然忠言逆耳，愈觉得李氏讨厌。这般的几次以后，子和把李氏竟视若眼中之钉，平日不进李氏房门一步，在外面停眠整宿，在娼妓淘内厮混。见了李氏，非但不理，即是逐骂一顿，有时竟把李氏打上几下。刘太太只听这位宝贝儿子的言语，见儿子同了媳妇不洽，仿佛如冤家一般，便也把李氏作践起来，一不合意，即大叱大骂，将李氏詈个不休。李氏遭遇了这般景况，苦不胜言，但是仍然逆来顺受，一些没有怨言，只是暗中不免落泪悲伤遇人不淑。反是刘锡彤觉得李氏很是可怜，人也贤惠，不时劝刘太太好生照顾李氏，不可作践于她，因此李氏尚能偷生人世。

这一次仓前举行盛大的盂兰会，怎样的盛况，早传到了余杭县中，被刘子和听了。子和这人最欢喜胡闹，这种赛会，岂有不看之理。本来刘子和不论到什么地方游玩，只向得太太要钱，也不说明到何处走，何时回来，一年之中，住在家中的日期，十分有限，不是在外面狂嫖滥赌，便是姘识外好，自有一班仰仗子和鼻息生活的狐群狗党，把子和如众星拱月地保护，终日追随在一处。所以刘太太倒也放心，绝然不问他的行踪，李氏更是不敢动问。还是刘锡彤有时还得问及子和可在外边胡闹，却有刘太太在那里承当。这次仓前镇举行盂兰盛会，早有子和的一班爪牙，先同子和设法，怎的到仓前去看会游玩。子和心中知道仓前这次的盂兰会不比往年，盛大非凡，四面各地去看会的人，一定很多，自然妇女也是不少，可有绝色女，在那里看会，自己到仓前去，一则看会，二则还能乘此机会猎艳，便兴冲冲地准备到仓前去，命手下的人，先几天到仓前镇上，关照爱仁堂药铺小老板钱宝生，说自己要到仓前看会，设法住处。

子和同钱宝生本很熟悉，只因钱宝生这人，最喜趋炎附势，可以仗势欺人，生性又很阴险，奸计百出，在仓前镇上，真是无恶不作。见了高贵一些的人，即趋承奉迎，极尽献媚之能事。瞧见贫苦乏势的人，便鱼肉作践，威势十足，是一个上等地痞。面貌又生得獐头鼠目，塌鼻阔嘴，自幼也欢喜嫖妓宿娼，在女色上乱钻。恰巧老天有眼，遇着了一个淫荡娼妓，暗生梅毒，钱宝生哪里知道，因爱上了这娼妓的一股浪劲，打得火一般热，不上十天，已把梅毒传到身上，过了几时，竟毒发起来，内钉之上，起了许多恶疮，脓血淋漓，疼痛非凡。宝生心中着急，只是还不知道是由这个荡而且淫的娼妓身上传来的梅毒，只认是湿毒，把自己药店内的药料，配了些去消湿毒的几味，暗暗地服了下去，哪里有什么用处，越发地厉害起来，头上已溃烂不堪。又为了怕人家知道了耻笑，不敢向人言明，只暗中留心打听治法。日子一拖延下来，非唯下部溃烂得不成模样，渐渐地往上攻钻，全身发出了毒疮，连面部也有了红点。鼻孔之内，慢慢地也烂了起来。宝生至此，方明白是传来梅毒，已到了开天窗地步，心中着慌忙延医服药。还亏得自己开着药铺，一切药材都容易办到，方不致送了性命。直到梅毒除掉，面上鼻子，已烂塌的了。鼻孔中又多了一块塞肉，说起话来，便成了个模糊不清，非得用心静听，不能听出他说的什么言语。

刘子和在余杭县内，早已声名狼藉，没一个不知道刘锡彤的儿子刘子和是个花花太岁。钱宝生有时到余杭县去，听得了刘子和的名声，知道是余杭县正堂的爱子，便倾心侍奉，一味趋承，可以仗势欺人。恰巧有一个朋友，也是以前钱宝生在窑子内认识，这时在刘子和身旁，专同刘子和跑腿。钱宝生即由着这个朋友同刘子和认得。刘子和见钱宝生奸计百出，狡谋多端，恰恰是个狗头军师。而且对于引诱妇女的计谋，十分厉害，便引为知己。钱宝生又把自己昔年引诱妇女的春丹媚药，送给刘子和使用。刘子和得了，如获至宝，把钱宝生视为第一个好友。钱宝生见刘子和已入了自己彀中，便放出手段，骗刘子和的金钱。刘子和有的是钱，只要趋承得快活，大把价的花钱，满不在乎，钱宝生便得其所哉，着实得了些刘子和的好处。欲知后事如何，且看下回分解。

第十七回

投声气论交仗有多金
乏兴味偕游惜无美色

话说钱宝生同刘子和二人，一个欢喜刘子和的金钱，一个佩服钱宝生的计谋，互相利用，倒成了莫逆之交。所谓物以类聚，刘子和这般的浪荡子弟，自然同了奸诈刁枭的钱宝生交得甚好，而且钱宝生对于趋承人家，乃是特长，见了刘子和的面，只是少爷长、小子短地奉承，把个刘子和拍得骨酥筋软，觉得再没有比钱宝生知趣的人了。钱宝生便于中取利，着实得了些刘子和的好处。这一回仓前镇上出盂兰会，钱宝生早料到刘子和定到仓前看会，因此把自己的爱仁堂药铺楼上，收拾起一间卧室来，准备刘子和到来安歇。钱宝生的父母，对于钱宝生素来不能管理。钱宝生的父亲，却不似钱宝生一般的奸刁，倒是个正人。平日瞧见了钱宝生的作恶行非，行为不端，很不赞成，常训斥儿子。无奈钱宝生的母亲同儿子是一鼻孔出气，把宝生溺爱非常，见了宝生这般行为，非唯不训斥宝生，反以为宝生能干，会赚大钱，不以丈夫的言语为然，只帮着儿子说话。又加着钱宝生向来不把父母放在眼内，连一个“孝”字怎样写法都不知道，叫他如何知道在父母面前要行孝道。听了父亲的良言相劝，便反唇相讥，有时竟把父亲痛骂一顿。宝生的母亲，也附着儿子，把丈夫数说一回。钱宝生的妻子，虽觉得宝生不对，不应向着生身父亲这般无事，只是哪里敢说一言半语，尽着宝生同母亲向老头子吵闹，把个钱宝生的父亲，气得瑟瑟发抖，知道母子二人无可理喻，从此不再管宝生的行为，宝生倒觉得耳边清净，父子间的感情，可算坏到极顶的了，常是不同儿子会面，住在后面。宝生却住在药铺楼上。这次料到刘子和要来看会，忙把自己住的一间卧室收拾清楚，准备给子和居住。自己同妻子，搬在药铺后面一间披内安歇。

果然到了赛会的前几天，刘子和派人到仓前，关照钱宝生，要到仓前看会，托宝生安排住处，宝生听得，知道刘子和到来，自己有利可图，忙连连答应，兴高采烈地准备起来，浑如得了圣旨一般。把卧室收拾得清清楚楚，只等待刘子和到来。一面便托这个来关照自己安排住处的人，回复刘子和，请他早几天到仓前，可以盘桓几日，这人听得，自去回复。刘子和听得钱宝生已替自己预备了住处，在他店中，很是欢喜。又听得宝生请自己早几天去，可以多玩几天，正中下怀。只因子和这几日在余杭县中，正觉得玩得腻烦，到仓前去游玩几天，倒也未为不可，而且知道仓前举行盂兰盛会，四面去游玩看会的人，一定很多。仓前镇上，必是热闹非凡。妇女们去看会的人，也不在少数。或者有几个绝色女子，自己此去，既可以饱饱眼福，或是又有什么艳遇，也未可知，便匆匆地预备行装，一面又怕在仓前一有了奇遇，必定以金钱为第一要务，这次前去，须得多带一些钱在身旁，以备不时之需。即回到家中，向母亲刘太太要钱，刘太太听得儿子要到仓前去看会，向自己取钱，立即吩咐账房，替子和备下了二百洋钱带去。可是子和听得母亲给自己二百洋钱，觉得这二百元，倘是安安分分地看会游玩，哪里用得掉这许多钱，倘是要猎艳嫖娼，不免稍稍不足一些，不如多带一些为妙，好得知道母亲对于自己，只要开口，没有不应之理，便笑着向刘太太道：“亲娘，二百块钱叫儿子用什么好呢？你想我们这般人家，爹爹又是余杭县官，儿子出去，总不能现出寒酸相来，被人家笑话呀。”刘太太听了点头笑道：“宝贝的话，一些不差。你娘倒没想到，你究竟要多少呢？可命账房去预备好呀。宝贝别先发急，你要用的一些，你娘总可替你办到。只是你是个脆生生的文弱公子，带许多现钱，怕不要坏了你，如何好呢？”刘子和一想，倒也不错，倘是多带了现洋，岂不累赘，不如带些金器金条，要用的时候，可以折变，岂不是便当下呢。当下打定主意，即笑着道：“亲娘说得不错，多带了现银，重得讨厌，不如带些金子去吧。这一次儿子到仓前去，总得叫一只船去，便带在船上，着差人看守了，岂不是万无一失了吗？”刘太太点头答应，忙又命婢女去招呼账房，替子和叫一只大船，把行装发下船去，自己到房内大红皮箱之内，取出十条金条，一包金叶，共是二十两金子，交给子和。这时账房预备的二百块钱，也捧了进来。子和收好，这天子和不再出去，宿在衙内，准备明天动身。

到了明天早上，一只大船已叫端整。子和的行装，也发了下去。自有一班狐群狗党，在船中伺候。子和带了两个仆人，辞了母亲，带了金子现洋，一同下船，开船向仓前进发。从余杭县到仓前镇，路程不远。船开了两点钟光景，已是到了。早有人上岸到爱仁堂药铺内，去通知钱宝生。宝生这两天内，知道子和将要到来，已把卧室预备就绪，又安排下了丰盛酒菜，天天望着子和到来。听得子和的船已到了仓前，忙跟了这报信的人，三脚两步赶到河边，望着子和的大船，正在那里系缆。子和同了两个朋友立在船舱门内，宝生一眼瞧见，即高叫道：“大少爷，怎的今天方才到来？我已候了几天了。”子和听得，抬头一看，见是宝生，心中欢喜，忙点头答道：“钱兄，有劳大驾，快先请上船来吧。”便有船夫搭上扶手，放下跳板，钱宝生走上大船。子和回到舱内，一同坐下。宝生笑道：“大少爷，这次敝处的会，真是盛极非凡，四方来看会的人，实是不少。我知道大少爷定得到来，怕没有住处，在舍间收拾了一间斗室，请大少爷安歇，不知大少爷可肯赏光？”钱宝生本是个塌鼻子，鼻孔中生了一块多肉，塞得满了的不通，又加着鼻子生梅毒烂掉了一些，两个鼻孔，并成了一个，说起话来，哼哼哈哈的再也说不清楚。如今说了这许多言语，早面红盘筋赤，闹成一片模糊。一旁几个家人，忍不住暗笑，亏得刘子和同宝生常在一处，还听得清楚，便笑道："多谢多谢，住在船上，可不是一样的呢。"宝生听得子和要住在船上，这一急非同小可，暗想倘是子和不住到自己家中，非唯自己这几天的收拾房屋，预备东西，完全白忙，便是要想得刘子和的好处，也有限的了。即眉头一皱，计上心来，向子和笑道："大少爷，话虽不差，住在船上总比舍间来得舒服一些，不过怕有些事情不便当呀?"子和听宝生言中有因，暗道："对咧，自己倒没有想到。这一回来看会，原是因了来年看会的人，必定多众，或者有标致妇女，到此看会，所以也来趁热闹饱饱眼福，可有艳遇。若是住在船上，究竟不便。别说是猎艳，绝不方便。便是嫖妓宿娼，也不便当。听宝生的说话，也有这个意思，说不定宝生已知道自己心思，早有预备，也未可知。觉得宝生这人，实是知趣。"忙点头笑道："好，只是打搅钱兄。"宝生忙道："大少爷说什么话来，宝生承大少爷看得起，光降舍间，已是脸上增光，如何倒说打搅的话呢?"子和笑道："好好，我就住到钱兄府上，他们便住在船上就是。"

宝生见子和已答应住到自己家中，心中大喜，忙连声应诺，又笑着道："大少爷既肯光降舍间，就请大少爷命贵管家把应用的行装，发到舍间去吧。别的不要紧，舍间的被褥，怕不干净，熏坏了大少爷，不是儿戏的。大少爷早上下船，想此时已是饿了，舍间已备下几色粗肴，一杯水酒，越发请大少爷赏光，充一充饥可好?"子和听说，即命家人将自己应用行李，发上岸去，搬到宝生家中，又吩咐几个门客，同了差人，好好住在船上。宝生便向众人笑道："诸位放心，大少爷在小弟舍间，决不会出什么岔子，凡事都有小弟承当。"说着，又向子和道："大少爷，倘船上没有什么事情，就到舍下如何?"子和应了一声，命一个长随，带了自己应用随身物件、金条现洋等东西，跟了自己，一司到宝生家中。不多时早已就绪，宝生即先上岸去。子和同了长随，也上了岸，一齐走到宝生家中。

进了爱仁堂药铺，上了楼梯，直到宝生同子和收拾的房内。子和抬头一看，见收拾得虽不精致，却也干净敞亮。这时宝生早忙一个手足无措，安排东西。不一刻，子和的行李也搬到楼上，一切舒齐。宝生又命摆上酒肴，请子和享用。子和很是乐意，晚上便住在楼上，只留了一个家人侍候。其余的人，都住在船上。

这一天，正是七月二十七日，离出会的月底，还有两天。刘子和到仓前看会本是其次，要最紧的，却是瞧到仓前来看会的人之中，可有绝色女子。同了仓前镇上，有否漂亮妇人。因此到了仓前，钱宝生早猜透了子和的脾胃，终日陪伴了子和，到镇上各处去闲逛，四面留意可有标致女子，仓前镇上，这几天来看会的人，真不在少数，把一个平时冷清清的小镇，挤得人山人海，茶坊酒肆之内，也热闹非凡。镇上店家，没一家不利市三倍。妇女们到来看会的也不少，每天街上店中，总有许多女子在那里闲逛，子和同宝生二人，天天上街去游玩，细细留意观看，齐整一些的女子虽有时遇见，真是标致的却未曾见着。镇上也有几家私窝子，宝生知道子和是一刻离不开女子的人，到了晚间，即唤来侑酒。其中虽也有一两个娇小玲珑、活泼可喜的妓女，总觉得有些土头土脑，面貌又不十分可人。亏得刘子和这个抱着有妓即嫖主意，又有的是钱，花几个满不在乎，每晚常留着妓女侍寝，倒也不觉得十分寂寞。只是这一回的目的，以为来看会的人必多，定有几个绝色女子，自己仗着钱可通神，大致可以达到目的，如今并未有这般艳遇，连一个真正绝色女子，看也没有看见，心中不免不十分乐意。

过了一天，这天已是二十九日了。宝生同子和到镇上游玩了一回，见这天来看会的人，越发来得多了，妇女也很不少，依旧没有一个十分可人的姿色。到了晚上，回到宝生爱仁堂药铺之内。这天宝生又备下了几色精致菜肴，一小罐女贞陈酒，唤了两个仓前著名的私娼，一个唤作雅云，一个叫瑞香，到家内陪伴子和，侑酒取乐。子和同雅云、瑞香已在前二晚上，嫖过一次，因此很见厮熟，一面说笑浪谑，一面同宝生饮酒。饮了几杯，子和有些酒意，想到这一回来看会，瞧见这许多看会的女子，一个也没有真是绝色。雅云、瑞香二人，只是玲珑一些，面貌不过中人之姿。同二人相交，聊胜于无罢了。究竟这里本地人家，不论良民娼妓，有否好的女子，便笑着向宝生道："钱兄，这几天来看会的人，真是不少呀。"宝生笑道："正是，这也是因敝处今年的会况端的是盛极非凡，什么抬阁、高跷、臂炉、角端、执事、马牌，无一不多，差不多在这二十年来，别说是敝处，就是省内，也未曾有过。所以来看会的人，如此的多了。我知道大少爷爱热闹了，即忙忙地来请大少爷观看。"子和笑道："老钱，你可知道我这一回到仓前，看会却在其次。最要紧的，老钱，你且猜上一猜，是什么事情？"宝生这人最是喜于趋承，刘子和的性情，早被他探得明明白白，知道子和是个好色之徒，两天来在镇上游玩，只要瞧见一个稍稍平整一些的女子，一双色眼，即盯住了不放。如今听得子和叫他猜这一回到仓前来的目的，早料到因了女色，可是两天工夫，并没有见着绝顶姿色的女子，不称子和的心意，因此问着自己，便假作不知道："大少爷的心意，我如何猜得出来呢？还是请大少爷说明了吧，倘是能得效劳，无有不承命之理。"子和笑道："老钱，你自以为聪明绝顶的人，怎的这一些些也猜不出来呢？除了刀巴之外，还有什么大事呢。"宝生笑道："大少爷，雅云、瑞香不是刀巴不成？"子和叹道："老钱，不要再假疾痴呆，究竟这里有没有好的？倘能大少爷的中意，成功之后，自当重重相谢。"宝生听了，觉得这一回确是没见好的女子，若能得着一个，替子和牵马成就，这个好处，何有说得。便一言不发，暗暗思想镇上可有绝色女子，可以使子和花掉一笔大钱，自己从中取利，想了一回，猛然被他想起了一人，暗想子和若是瞧见了这个女子，管教他魂灵儿飞上了半天，怕不使他神魂颠倒，求教自己，自己即能在里面大得其利，骗子和的大把金钱。想定主意，先哼哼唧唧的一笑，子和见了，忙问道：“老钱，笑些什么？难道我的脾胃，你还不知道吗？”宝生忙道：“大少爷的心思，我早已知道，方才因想起了一人，所以笑起来了。”不知想起何人，且看下回分解。

第十八回

斗室中密语谈佳丽
茶寮地踞坐品清泉

话说钱宝生，因想起了一人，所以笑将起来。子和听说，忙问宝生道：“想起了谁呢，这般地好笑起来?”宝生道：“方才大少爷不是问镇上可有绝色女子吗？我倒想起了一个，这人大少爷见了，定得酥掉了身躯，飞去了魂灵。这个女子的面貌，真可说是绝色，雪也似白，水一般嫩的皮肤，花一样娇，月一般亮的脸庞，不短不长，不瘦不肥，两条春山般的眉毛，弯弯细细，宛比两片柳叶。一双秋水般的眼珠，又明又亮，黑白分明，樱桃小口，鲜红欲滴。衬着一对三寸金莲，浑如两支水红菱儿。任凭是铁石人儿，禁不起她秋波一转，便得魂灵飞上半天，三魂渺渺，六魄荡荡。不要说仓前镇上，算得是头儿脑儿尖儿顶儿，便在大少爷住的余杭县内，杭州府内，怕也找不出第二个来。这人大少爷见了，定必中意的了。”

子和听宝生说了这一大套，早酥麻了半边，忍不住笑着道：“老钱，别乱说胡话骗人，哪里有这般标致的女人，怎的我这两天没瞧见呢?”宝生忙道：“我怎敢骗大少爷，真是有这么一个绝色女子。”子和笑道：“既是真的，这人在哪里呢？快说出来吧，别闷在肚里，叫人难过。”宝生笑道：“是的，大少爷且别心急，待慢慢地告诉就是。这人母家姓毕，名唤生姑，镇上的人因她生得又白又嫩，宛比小白菜一棵，即送了她一个外号，便唤作小白菜。大少爷，你听了这个外号，已可以想到她的漂亮标致了。”子和听得，只是呆呆地发怔，忍不住问道：“老钱，小白菜是什么样的人呢?”宝生笑道：“大少爷别先心急，待我细细地告诉就是。”子和自己也觉得太过猴急，禁不住扑哧一笑道：“不是我心急，实是这个女子大约真是个绝色，叫我如何忍耐得住呢?”宝生知道子和若瞧见了小白菜，定得神魂颠倒，一心要想到手中。便是一个私娼，也得说到千难万难，方能骗他的金钱，如水一般花用。何况小白菜，又是个良家妇女，自然要说得难上加难，好叫他请自己设法，其中利益，那就难说的了。想定主意，便向子和笑道：“大少爷心急也用不着，得意却亦不成功。人家是个正道的良家妇女，已嫁着丈夫，我们只是说她的标致罢咧。若说是到邪路上去，那就不对了。”子和听了浑如一盆冷水浇头，浑身冰冷，呆呆地道：“老钱，你如何知道她是正经妇女呢？她嫁的又是何人？是一个有财有势的人吧?”宝生道：“这怕不是。小白菜嫁的丈夫，说也可笑，却是个丑陋不堪，身不满五尺的三尺短命丁，同了小白菜的绝丽清雅，真是极端不配，两个人在一起，真是个潘金莲同武大郎。而且家中贫苦非常，差不多吃了朝饭没晚饭的样子。她的丈夫，做一个豆腐店中的伙计，每月收入，哪里够养家活口。还亏得小白菜做得一手好针线，替人家做些活计，才可以勉强度日，似这般娇的一美人儿，倘是生长在大家闺阁，怕不是个闺阁千金，偏偏落在贫苦人家，做一个豆腐伙计的妻子，红颜薄命；说小白菜的景况，可算是一些不错的了。”

刘子和听到这里，早笑逐颜开地道：“老钱，如此说来，小白菜嫁的丈夫，面貌既丑，家况又穷，不过是个下等商人的妻子，怎说是难上加难，不容易设法到手呢？一个女人，没有不爱金钱和漂亮的丈夫的人，小白菜生就这般闭月羞花的容貌，嫁得了一个丑陋不堪的丈夫，又无财少势，心中未必乐意，难免怨老天无眼，巧女常伴拙夫眠，不得意可想而知的了。

别说是别的，就是到了晚上睡觉，高兴之时，瞧见了如此一位丑八怪似的宝贝，兴致先得丢了大半，又是个三尺短命丁似的矮子，凑了头不凑脚，把一时兴头，都扫得干干净净，这般的苦况哪里忍耐得住。倘是有一个漂亮年轻男子，手头又松，劲力又足，去勾搭上去，自然容容易易地到手了。小白菜怕不也是这般，我倒真的以为怎样的困难，原来都是你胡言乱语，有意哄骗我的。”宝生忙道：“大少爷，你别得意。话虽不差，一个女子，没有不贪富贵荣华，同了标致丈夫，小白菜这个女人，却不大相同。母家是个书香门后，父亲也进过黄门，自幼熟读诗书，对于一个女子的闺门女训，三从四德，最是知道，从不肯越轨失礼一步。只因父亲死后，家中遭了水灾兵变，一贫如洗，方到夫家做童养媳妇，自小就同她丈夫在一处，直到了去年，方才圆房。对于丈夫，虽是这般的似丑八怪短命丁般的人，绝未有过半句怨言，夫妻恩爱非凡。家中贫苦，每天忙着女红，作为日常用度，也很愿意。不论是谁，同她谈起丈夫，绝对没说过不好。平常日子，遇见了面生男子，别说是说话，连看都没看过一次，可以知道她的贞节不同寻常了。她丈夫每月住在家中，也不过五六天光景，其余的日子，要住在店中。小白菜在家中，除了一个傻姑娘之外，只有一人，也不寂寞，连大门都不轻易走出一步，只在家中料理家事。仓前镇上的人，哪一个不说小白菜的贤惠温淑。似这般的女人，岂是金钱可以打动于她。要想她到手，岂不难上加难，再难也没有的事情呢。”这一大篇言语，倒把子和说得目瞪口呆，好半晌，方迟迟地道：“这般说来，想她是不成功的了。老钱，你怎的知道得这么详细？”宝生笑道：“小白菜的丈夫，姓葛名品连，因他的父亲，镇上人为他排行第一，都唤他作葛大，品连即都叫作葛小大，同我却些认识。葛大在世生病，都是我去看病，如今还是这样。小大同小白菜圆房，我还去吃过喜酒。听说圆房的费用，有一半却是小白菜平日做了活计积下来的呢。葛家的事情，我怎么不知道呢？”

子和听得宝生认得小白菜的丈夫葛小大，平时又常去看病，葛家的事情，又知道得这般详细，宝生同葛家自然是很熟的了，同小白菜也必认识。这事托了宝生，请他设法，或者有些希望，不觉把方才死掉的一颗心，又活了起来。方待开口，托宝生设法拉马，不禁又想到宝生所说的言语，小白菜标致得天仙化人，真是地下少有，世间无双，想仓前是一个区区小镇，哪里有这般美貌的女子，不要宝生怕自己这次看会没瞧见绝色女子，心中不乐，有意胡言乱语，提自己兴致，实则并没有这般一个美丽女子。如今听得之后，即去托他设法，岂不被他取笑，非得待自己瞧见之后，若是同宝生说得一般无二，确是个美貌佳人，那时再重托宝生，尚不要紧。便是多花几个钱，心中也是愿意。想定主意，即向宝生道："老钱，你的话可是当真？我总有些不信。世间也没有这般漂亮的女子，既有了这般面貌，却嫁给一个豆腐店伙计，相貌又丑，家中又穷，却是十分恩爱，这般情形，谁都不能相信。"宝生也知道子和没有瞧见小白菜，不肯相信，非得叫他瞧见之后，方可以使他花上几个。似小白菜这般的娇模样儿，子和看见，怕不魂灵出窍。到了那时，尽自己开口，把金钱如水一般用去，亦然愿意。自己的利益，便不用说是大得其利的了。便笑道："大少爷，不用不信，只须明天同我去看她一看，方知道我老钱不是说谎，欺骗你大少爷哩。好得明天看会，总得出门，大少爷只要跟着我走，自然能得瞧见咧。"子和听得，很是欢喜。这时雅云、瑞香二人，呆呆地坐在一旁，听二人谈讲，只因了钱宝生说起话来，被鼻孔所碍，哼哼唧唧地说不清楚，也没听了二人讲的究竟什么事情，只知道在那里讲小白菜，心中也知道是个绝顶标致的女子，只是怕说了人家标致，把自己落了下去，子和不喜欢她们，便一言不发。如今听二人谈毕，方笑着道："大少爷说些什么呀？这般的欢乐，酒都冷咧。"这一句话才把宝生唤醒，忙唤人添酒换肴，同子和再行畅饮几杯。这晚子和因知道了明天可以瞧见绝色美人，心中甚喜，不觉多饮了几杯，有些醉意。宝生仍命雅云、瑞香留住，陪伴子和，宝生自回房去，各自安歇。

到了明天，正是七月底的一天会期。宝生绝早起身，走到楼上，在房门上侧耳一听，里面子和却醒了同雅云谈话，宝生恐子和起得晚了，错过了会时，又不能瞧见小白菜，忙高声叫道："大少爷，醒了没有？出会的时辰虽是下午，去瞧昨天说的美人儿却得早些前去。不然，看会的人一多，便不能瞧仔细咧。"子和在房中听得，忙一壁披衣起身，一壁笑应道："老钱，房里来吧，我已在这里起来了。"宝生即一推房门，却没有上门，咿呀一声地开了，走进房去，子和已跨下床来。雅云、瑞香二人也都起身。宝生唤过仆人，安排面水早点，一切就绪。子和因今天晚上，倘是看见了小白菜真是天仙一般，少不得要托宝生设法，总有一些机密话商议，免得被雅云等听去，不大稳当，即取出了二十块洋钱，悄悄交给宝生，命宝生打发二人回去。宝生接过了钱，把雅云、瑞香二人叫到外面，每人给了五元，命她们回去。二人谢了一声，进房来辞了子和，方各自回去。仓前镇上这种土娼，很是价廉，每夜有了两三块钱，已很丰富，如今得了五元，心内都很喜悦，不知宝生已除了十元了。子和见二人已去，便催着宝生，到外面去探看小白菜，宝生点头道："葛家住在太平巷地方，我们只须到太平巷中一家茶馆见面去品茗守候，自然能得瞧见。葛家的大门，恰巧对着茶馆，小白菜若是出来，逃不出我们的眼睛。大少爷，只依着我的暗号观看就是。"子和点头应诺，宝生即穿好衣服，子和因今天要见天仙般的美人儿，着意地修饰了一番，方一同下楼，走出店门，一径望着太平巷走去。

不多一刻，早到了太平巷。宝生回头向子和笑道："这条小街在这桥下，便是太平巷了。"子和一望，只见这条太平巷，既小又狭，真是陋巷，巷内房屋都是低小非凡，住在这种小屋内的人，景况可想而知不好的了。一壁思想，一壁已走进了太平巷，觉得脚下高低不平，俯首一瞧，却是泥地。子和也不管他，随着宝生，高一脚，低一步地走了一回。宝生又回头道：“到咧。”接着把手一指左边，有一幢矮屋，墙上沙土，已剥落不堪，正是小大家中，子和看了，不由得一呆，暗想小白菜倘若是同宝生所说的一般标致，怎的住在这般简陋破圮的房屋，岂不可怜。这时宝生已转进葛家对面的一家小茶馆内，子和也忙跟了进去，一看这家茶馆小虽小，地方倒还干净。茶馆内这天因看会的人多，早挤得满满的。有几个认得钱宝生的，早站起身来招呼。宝生也一一点头招呼过了，同了子和，走进里面的一间，布置得稍稍雅致一些的雅座，四面一望，也满桌子坐了茶客。茶博士已走过来向宝生张罗，宝生一找，恰巧在沿街的窗槛之旁，有一张桌子，只坐着一个茶客。这桌子一边，靠着两扇短窗。开窗之后，恰可瞧见街上。瞧葛家也很清楚，便笑着向子和道：“大少爷，沿窗桌子上好吗?”子和一望，觉得在桌子边瞧街上，很是容易，看葛家也是恰好，心中甚喜，点头道好，忙一齐过去坐下。茶博士泡上一壶雨前，宝生早把两面短窗开了，子和即爬在窗栏上瞧着街上，见往来的人，十分热闹。这天正是会期，看会的人，都已到来。仓前镇上，平时冷清清地，今天已成了个热闹市镇，人头攒动，盛极非常。每一家人家的门前，都拦着挡木，里面排着几双椅子长凳，预备看会时坐用。子和一瞧葛家，也是如此，心中暗暗欢喜。暗想停一回看会之时，小白菜自然也得出来看会，坐在那里，自己可以细细评品，小白菜究竟是怎样的标致，当然可以一目了然，看得清楚了，心中十分欢喜，即面朝着短窗坐下。宝生已筛了一杯香茗，授给子和。子和一壁饮茶，一壁举目四望，瞧见茶馆内的茶客，已挤得桌上坐满，都在那里谈天说地，高谈阔论。这时候天将午初，到了午饭时期，子和暗想，茶馆内的茶客，总须回去吃饭，便是自己同宝生，也得午餐，餐后再来，说不定这处座位被人家捷足先登，岂不可惜。小白菜出来，不能细看。正欲向宝生暗暗说知，却见宝生向子和笑道：“大少爷，这时离出会时候还早，肚中想亦饿了，倘是回去吃饭，怕再来时人越发的多了，这个座位被人家得去，不如就在这里吃饭，命人把酒菜送来，大少爷慢慢饮酒等会出来如何?”子和听得，正中心怀，忙连声应好。宝生即唤过一个跑堂的吩咐道：“快到我店中，吩咐伙计，把预备的酒菜送来。我同这位大少爷，就在这里吃饭咧。会过之后，多赏你几个酒钱就是。”跑堂的忙答应自去。欲知后事如何，且看下回分解。

第十九回

鬼蜮为心快饮醇酒
娇莺吐语初现桃花

话说钱宝生在茶馆内，因刘子和要看小白菜，怕回去午饭之后，沿窗的座位，被人家抢去，即命跑堂的到宝生家中，关照把预备下的酒菜送到茶馆之内，一面饮酒，一面等候。跑堂的答应一声，自去遣人到爱仁堂药铺关照，不一刻，早见爱仁堂的一个学徒，一个伙计，提了两只食篮，一大瓶的女贞酒到来。跑堂的见了，忙取来了两双竹筷，两份杯匙，安放在桌上。爱仁堂的学徒，先把酒瓶放在台上，又开了食篮，取出了五色菜肴，两盘冷碟，一一排在桌上。子和一看，却是一盘金华火腿，一盘冷炝活虾。五色菜肴，也都出色。是一碗醋熘西湖步鱼，一碗竹笋川火蹄，一盆清炒虾仁，一只红烧肥鸭，一碗栗子八宝鸡。烧得都是清香扑鼻，十分可口，这是钱宝生因了刘子和到来，特地预备下的，可以使子和欢喜，花大把价的钱钞。学徒伙计把菜肴摆好，正待回去，宝生又问道："还有什么吗?"伙计道："还有一样菜，四色点心，因装不下了，没有带来，还得回去取哩。"宝生点头道："好，快些取来。"学徒二人，答应自去。

宝生一摸酒瓶，却已连瓶炖热，即拔去塞子，向子和杯中注了一杯，自己杯中也斟满一杯，向子和笑道："大少爷，这几色粗肴，是我特地命家中做的，还可以尝尝，请趁热吃一些吧。"子和见了，心中很是欢喜，一面谦逊，一面饮了一口，夹了一块醋鱼吃了，不禁赞不绝口，同宝生畅饮起来。饮了几杯，那个爱仁堂的学徒，又提了一只食篮，一小桶饭来，宝生即亲自去揭开食篮，一瞧里面，正是一样菜肴，四色点心。菜是烧的红烩鼋裙，块块肥烂。点心也做得很是精妙，乃是一盆火腿猪油合酥，一盆虾仁鲜肉包子，一碗豆沙夹心八宝蒸饭，两小碗翡翠馄饨，学徒把来一一放在桌上，把一张桌子排得满面，子和见了，忍不住向宝生笑道："老钱，怎的办下了这许多菜点，两个人又吃不下?"宝生笑道："大少爷来了，也没有好吃一顿酒饭，今天是看会正日，理应陪大少爷多饮几杯。这些粗肴，怕不中胃口，怎说是多了呢？如今离看会的时候尚早，大少爷慢慢地饮起酒来，停一会儿还有好看的在后面。倘是只摆了二三色下酒东西，岂不失落了大少爷的身价，被人家耻笑了呢。因此稍稍多办了一二样，一则聊表寸心敬意，二则也因了大少爷的身份，大少爷以为如何?"这几句话，把个刘子和说得满心欢喜，暗暗佩服钱宝生的用意，想得周到。停一会儿小白菜出来，看见了这般的排场，自然可以知道自己不是寻常人物，心内很是感激宝生。暗想倘是真的小白菜是绝色，事成之后，可得重重酬谢宝生。便向宝生微微一笑，不再言语。一面慢慢饮酒，一面看茶馆内的茶客。这一天都是坐定身躯，不再回家。有的也似宝生般在家搬了些菜肴，在茶馆内慢慢饮酒。有的在附近饭馆内唤了些酒饭果品，有的便嚼着干点权充午餐。有几个越发连点心也不吃，饿腹清坐，都是怕一立起来，座位被人家抢掉，失落了看会的地盘。这时候虽是已到了午饭时光，每桌上的茶客，仍是有增无减，拥挤不堪，真是人声喧杂，热闹异常。可是茶客在那里饮酒吃饭的人，哪一个比得上宝生桌上，排得满台精致菜点。子和看了，不禁暗暗得意。

同宝生且饮且谈，已消磨了一个时辰，差不多已过了两点钟模样。出会的时候，是在申时三刻，大约是四点钟不到，街上趁热闹的人，已是渐渐众多，人头攒动，摩肩接踵地拥将过去。便是人家，也渐渐有人坐定，等盂兰会看。宝生这时笑着向子和道：“差不多咧，人家看会的人，都在那里出来了，这个妙人儿，总也得出来看会了。”子和听得，忙抬着头，定着眼，瞧定了小大家中。不一刻，听得门内有人高叫道：“会要来了，快些到门前去看会吧。”这声音儿，究如打了一面破锣，既响又阔，而且好似又带着些大舌刁嘴，怪声怪气，十分难听，把子和吓得一跳，暗想这说话的人，不要就是小白菜了。听了这个口音，如此难听，不像如宝生所说的一般，难道人相这般十全，声音却这样可怕不成？忙仔细一看，只见大门开处，走出了一个女子，生得歪嘴塌鼻，凹眼突唇，面如黑灰带黄，发比黄毛而刚，身不满四尺，腹如五石之袍，足长有尺二，手摇芭蕉之扇，走路嘭嘭如打鼓，说话当当胜敲锣，真是罗刹女尚胜三分，无盐氏差相仿佛，说不尽的丑态百声，怪状千种，把刘子和看得倒抽了一口凉气，忙悄悄地向宝生道：“老钱，这个怪物，可是你说的小白菜呀？怎说是标致绝色，分明是嫫母妖怪呀。”宝生听得，知道子和认差了人了，把这个丑女当作了小白菜，忍不住咯咯一笑道：“我怎敢骗大少爷，小白菜哪里变成了这个嘴脸了。这是小白菜的姑娘葛三姑，诨名儿却唤作塌枯菜，大少爷你看她这副丑脸形容，可不是又矮又黑，似一枯塌枯菜吗？”子和听了，把三姑一看，忍不住也笑了起来，果然这塌枯菜的外号，一些不差。宝生也向三姑望着，见三姑走到门前，四面乱望，口中不住地乱嚷道：“看会哉，会要快来咧！”又回头高叫道：“小白菜，可以出来看会了，不要错过啦！”宝生即向子和笑道：“如何，塌枯菜在那里叫她嫂子小白菜咧。停一回，这位妙人儿便得出来咧，大少爷看仔细了，便知道我老钱的话，一些不错，不是欺骗大少爷的。”

子和也没工夫搭话，匆匆唤过跑堂的，取过饭来，吃了一碗。吃的时候，不住地把眼珠儿向外面瞟着，却再不见小白菜出来，只有这个丑陋无比的塌枯菜，倚在拦木之上，四面乱看伸头缩脑，神情儿十分好笑。子和把饭吃毕，自有跑堂的送上面布擦了脸，即面对窗外，定睛瞧住了葛家大门，把两只色眼，睁得足有龙眼大小，呆呆地怔住。宝生却因要使小白菜看见自己桌上，排满了一桌菜点，可以现出豪华，便不先吃饭，依旧慢慢饮酒。又停了一刻工夫，听得三姑又在那里高叫道："小白菜，快些来呀，会怕要过了。"接着门内有一个黄莺儿般的口声，笑答道："三妹，你怎的这般发急，时光还早着哩！"这一种的呖呖莺声，又清又脆，又柔又媚，好似百灵儿般的好听，早把个好色的刘子和，魂灵儿飞上半天，心中发痒，越发把一双色眼睁圆，死盯住不放。早听得门声响处，隐隐露出一双似水红菱儿的三寸金莲，穿着大红绣着满帮绿花的纱鞋，月白罗袜，真是小只三寸，尖如菱角。是一双追魂夺命迷人动心的金莲。只这一钩莲瓣，已把刘子和看得目眩神驰，心猿意马，怦怦地动个不住，忙依着这瓣莲钩，瞧将上去。早现出一个如花如玉，沉鱼落雁，闭月羞花的美人儿，体态轻盈，腰肢袅娜，静悄悄地迈动金莲，走将出来。只见生成的一个鹅蛋美丽面庞，两道春山细眉，斜挑入鬓，不点而翠，一双秋水媚眼，闪动生光，湛澄而明，琼瑶直鼻如悬胆，樱桃小口比明珠，牙排碎玉，整整齐齐，唇点胭脂，鲜鲜艳艳，细腰如杨柳摆水，金莲如莲瓣贴地，说不尽的风流，话不尽的妩媚，宛如西子洛神再世，飞燕合德重生，非唯这几天在仓前镇上，没有瞧见，便是余杭县杭州府，也从未见过这般一个绝色的女子，把个刘子和看得三魂渺渺，七魄茫茫，呆呆如怔住。

宝生笑道："大少爷，如何？我老钱可曾说谎来？"子和也不答言，只是笑。一双色眼，死盯住了小白菜不放。宝生知道子和已着了魔了，便不去叫他，只唤过跑堂，取饭吃了一些，收去残肴，吃茶等会。却见小白菜同了三姑二人，并坐在椅上，也在那里等会。茶馆内的人，见了小白菜这般的标致，哪一个不看她几眼，只是都知道是葛小大的妻子，便不十分盯着。唯有刘子和，因钱宝生在家中时细细说过，又欲勾搭上手，因此两双色眼只望小白菜瞟来，小白菜这时，也四面观看。瞧见了对门茶馆之内，钱宝生同着一个漂亮少年，生得十分标致，有二十余岁光景，身上穿得很是华丽，手上戴着一个玻璃翠的戒指，绿得似碧水一般，胸前挂着一条黄光灿烂的金镳练，垂着两颗红宝石的镳垂，瞧这神色，自是个富家子弟，又见桌上排着满桌精肴，宝生口内又叫着大少爷，这人的来历，可是不小。宝生这人，很是势利，肯这般敷衍，来历便不在小处，只是觉得这人，两只眼珠，只端详着自己，便别转头去，不向着前面。子和见小白菜起初向着自己看了几眼，正觉得骨软筋酥，忽地见她回头过去，不再向着前面，知道小白菜定发现了自己在那里偷瞧，不愿给人细看，所以回头过去，心中很是担心。知道小白菜连看都不愿令人细看，要着手自更困难的了。回去之后，却得重托宝生，方能有些希望。

正在乱想，听得街上有人大叫道："会过来咧，会已出来了!"顿时街上人家，茶馆内的人，忙着向一边观望，果然见前面远远的几只开导马儿，在那里缓缓过来。一刹那时，万头攒动，人声喧闹，街上来往游玩的人，都站定脚步，立在边上看望，把街上挤得密密匝匝，拥挤不堪。各家门内，也都坐得实足，坐不下的，便立在拦木之内，齐齐地望着外面。这一种热闹情景，别说是余杭县内近年来未曾有过，即是杭州府内，这十年来也没有如这一回仓前镇的热闹。险不把一个整壁的仓前小镇，挤一个坍平。刘子和这时，只得且放下了看小白菜的心肠，先看盂兰盛会，不一刻，已到了面前，先是开导马两只过后，便是马执事、马鼓手、马六冲、马八标四种，共是三十四只马匹，这些马都是预先在杭州运来，仓前镇上，哪里找得出这许多马来。马队过去，即有全副锡凿架、木凿架、十番锣鼓、旗伞之类，后面便有十八罗汉，都是扮得十分相像，是依着画上十八尊罗汉像装扮，真是惟妙惟肖。接着又是细乐角端、大罗挡、茶箱，抬的人都穿着一色白绸长袍，十分整齐。后面便是肉臂香炉，炉内燃着沉檀速降各种妙香，烟气氤氲，奇香馥黛，挂的人都是赤袒上身，穿一条湖绿绸裤，束一条沉香色绣花长腰带，垂下足有二尺光景，伸直的肉臂，用细铜钩十双，钩住了臂肉，下垂铜链上，挂着各种香炉，小的也有二三十斤，大的却竟百余斤模样。有一臂挂一炉的，有一臂挂两炉的，有两臂挂两炉，挂四炉的，种种不同，约有三十对光景。只见臂肉被香炉垂下了一二寸，铜钩吊住了皮肤，好不惊人。过去了又有万民伞、鼓手，纸扎的各种鬼魅，什么大头鬼王、小头鬼、黑白无常，等等。押着一个人扮的判官，满面红色，虬髯绕颊很是庄严。后边却是高跷，足有五六尺高下，扮着八仙、王母、寿星、武松、哪吒、托塔天王、水漫金山等种种式样。沿路又做出了奇巧功夫，也有四十余个。高跷之后，有许多杂耍，什么荡湖船、武松打虎、唐明皇游月宫、童子拜观音、许真君斩蛟，有十余样花色。又接了几班乐手顶马黄杏伞、百花亭之类，都是最轰动看会的抬阁。有的扮着两层，有的扮了三层，高的竟有五层，都用了彩绸扎起，缀着各种鲜花，有的还把珠宝排扎，越发的珠光宝气。阁上都用了七八岁的童子，装就古事戏剧，每一层按了一出，什么诸葛亮借东风、霸王别虞姬、韩信拜将、关公斩颜良、观世音得道、文殊普贤、鲁智深大闹五台山、天门阵、杨宗保招亲、刘智远捉狐精、李三娘挑水等热闹戏文，足足有了三十余个，方才完毕。结末便是符节黄伞旗牌，引着土地、城隍、姜太公等神像，这一就盂兰，足过了一点钟多些，方是完毕。看的人没一个不称赞是空前盛会，十分热闹。

会过之后，街上的人也纷纷回去。一霎时挤得前拥后拽，摩肩接踵，约有二刻光景，方才散去。人家大门内看会的人也都回进家中，便是茶馆内的茶客，都是抢着座位看会，如今会也过了，一时间也散去了大半，各回家中，这也不必细表。只说刘子和看毕了会，忙忙抬头一望葛家，却见门前已剩了个奇丑无比的塌枯菜葛三姑，那个艳丽绝伦的小白菜毕生姑，已不知在什么时候进了门去，心中很是失望，觉得宝生的话，一些不虚，小白菜的行为品性果然不差。看过了会，即忙回进门去，绝不在外搔首弄姿，便是方才瞧见了自己，也有些知道自己不怀好意，因此不愿多看。这般看来，要勾搭小白菜，倒是一件困难事情，忍不住眉头紧皱，心中忧愁起来。欲知后事如何，且看下回分解。

第二十回

求计划浪掷金钱
诱美色先遣夫没

话说刘子和瞧见小白菜果然是个国色天香，世间无双，不由得怦怦心动。谁知盂兰会过后，抬头一望，小白菜早回进门去，不见了影迹，知道宝生所说小白菜不是淫荡女子，怕难以上手，心中很是踌躇。原来小白菜在看会之前，早瞧出刘子和不怀好意，一双色眼，死盯住自己，便俟会一过，即便进去。这也是小白菜经杨乃武谆谆相劝之后，已是改邪归正，确守妇道，不再心猿意马。瞧见了刘子和这般神色，凭刘子和的面貌，怎样漂亮，如何豪华，也绝不动心，忙忙地走进了门，不愿意再在门外，被人细看，饱餐秀色，刘子和因了钱宝生说过小白菜是个正道妇女，起初还有些不甚相信，如今见了这般式样，方知宝生并非虚言，心中倒不免着急起来，呆呆地瞧定葛家，一言不发，钱宝生在一旁，早猜破了其中缘由，不禁微微一笑，知道刘子和瞧见了小白菜，已如中了魔一般地怔住，自己只须略施小计，把小白菜牵住，不怕刘子和不花大钱，自己腰包便能装得满了，瞧刘子和这般失魂丧魄的样儿，又忍不住暗暗发笑，即向子和笑道："大少爷，会已过了，怕有些力乏了吧，我们回去，有话慢慢地说吧?"

子和听得宝生话中有因，知道宝生认得小白菜的丈夫葛小大，自己若是重托宝生，或者尚有希望，好得宝生这人最贪金钱，若能许他重重酬谢，宝生定必尽力相助。想到这里，把方才懊恼的心理渐渐丢掉，反有些兴致起来，忙点头答道：“好，我们快些回去，我正有话同你谈哩。”宝生即会了茶钞，又赏了跑堂的一千大钱。跑堂的笑容满面地谢了二人，宝生又吩咐把碗碟留好，停一回命店内学徒来取，跑堂的忙连声答应自去收拾，宝生同了子和，立起身来，走出了茶馆。子和一望葛家，这时连塌枯菜三姑也都进去，不在门前，即随了宝生，一径回到爱仁堂药铺，并不在下面逗留，一直向楼上走去。到了房中，一同坐下，自有仆人泡上香茗。宝生又走到楼梯边叫下面伙计，到茶馆内去收了碗盏，伙计答应自去。宝生重复回进房内，在沿窗的一张椅子上坐下，一看子和，正坐在床沿之上，侧着头呆呆地思想，猜是在那里想那小白菜了，不觉暗暗好笑，暗想这一回可着了迷了，便笑着道：“大少爷，你在那里想些什么呢?”子和却没有听得，依旧低头呆想，宝生见子和并未听得，暗想小白菜实是可爱，无怪刘子和要这般地痴想了，便高声叫着子和道：“大少爷，想些什么呀？连说话都听不得咧。”这一声方把子和唤醒，也自觉好笑起来，即微微含笑道：“老钱，不必打闷葫芦了，我想的事情，你自然知道的呀。”钱宝生不由得哼哈一笑，微微地道：“那不用说咧，自然是想这个雌儿了哪。我老钱的话，可是不打诳语，可算得是头儿脑儿尖儿顶儿的标致人物，似这般的人才，怕杭州府城之内，也找不出第二个来吧?”刘子和听得，越发的心中痒将起来，呆呆地道：“话虽不差，人是个绝色，可惜一朵鲜花，插在牛粪上去了。”说着，不觉长长地叹了一口气。宝生笑道：“叹气可惜，有什么用处呢？插在牛粪上，究竟还是一朵花呀。”子和听得宝生言中有意，知道这事非得重托宝生不可，因宝生同葛小大相熟，小白菜自然常见，容易进言拉马。二则宝生这人是个门角落里的诸葛亮，必有好的计较。只须自己许下重酬，不怕宝生不贪，替自己设法。想定主意，即吩咐一个侍候的家人下楼，那家人即退出房去，下了楼梯。子和见家人已去，便笑着向宝生道："老钱，我的脾胃，你都知道的了。见了这般的人才，怎肯丢掉手呢？这件事情，倘能办就，我自当重重相谢。"宝生见子和已是上钩，一壁暗笑，一壁又沉吟道："大少爷，不是我老钱说为难的话，只因小白菜这人，不是寻常女子可比，贞节非凡，从未见过她有过不轨行动。这般的女子要凭空拉马，如何成功？"子和听了，忙又笑道："我也知道是难事，可是你是个有计较的人，而且同葛小大认识，总容易一些，倘是可以成功，不论多少金钱，我都愿意。便是你替我出力我也明白，自当重重相谢。好得这一回来，带的钱还不少，若是不够，我可以命人回去向母亲索取，似小白菜般的容貌，别说是我相知的许多女子之中没有，便是见也没有见过。只要是事情成就，多花些钱，那不算什么，老钱你总得使个计较才好。"

宝生听了子和这一番言语，知道子和已着了小白菜的迷了。其中有大利可图，即笑着道："论小白菜这般的容貌，多花几个也还值得，不过下手实是个不容易的事情，我老钱一向受着大少爷的恩典，没有报答，这一回当然要尽力设法，图报大少爷往日的恩典。至于谢意的话，那也不必谈起，我老钱受大少爷恩也不少了，只是似小白菜般的人，生在贫苦家庭，别的既不能动她的心，金钱或者有些效力，也未可知。如今大少爷既是多花几个不在乎，那就好办了一些。且待我老钱细细思量一回，如何下手，方能有些希望。"说毕，不住地沉吟起来。

子和见宝生已一口应诺，心中很是欢喜，听得宝生说是小白菜是贫苦人家，金钱或者可以使她动心，有道是财物动人心，一些不错，忙取出了一百两银子，向宝生道："老钱，这一百块洋钱，先交给了你，尽你去怎样办理，我只听好音就是。"宝生见了这白花花的一百块洋钱，堆在台上，险些儿两眼中发火，便假作皱眉道："有了钱也得想法怎样用，才可以使小白菜动心。如此也好，且放在我身旁，免得临时受累。"说着，早把一百块大洋收在手中，向子和笑道：“大少爷，今天总不成功的了，明天再想计较吧。”子和心中，恨不得立时立刻把小白菜搂在怀中，同圆好梦，共效于飞，可是觉得无论如何是办不到的事情，也只得应诺。当下宝生见天色已晚，忙命人开上晚饭，仍旧是许多精美菜肴，同子和二人，饮酒细谈。这晚子和因瞧见了小白菜的美貌，觉得前两晚侍寝的土娼，变了无盐嫫母，丑陋不堪，不愿再唤来相伴。宝生也知道子和的心理，亦不相强，只同子和对饮闲谈，无非把小白菜的事情，谈了一回。饮毕，宝生下楼安歇，子和独自归寝。

到了明天，子和绝早起身，一面梳洗，一面即唤宝生商议。宝生见子和这般着迷，暗暗发笑，即到楼上，同子和吃了些早点。子和早把家人遣开，问宝生计较。宝生于昨晚床上，已想定了主意，便笑着道：“大少爷这般的难事，绝不是一天两天所能成功。做这些事情的人，必须要十分秘密，绝不是公开大张晓谕的事情。如今大少爷到镇上来，乃是乘了大号官船，带了仆役家丁，谁不知道大少爷是余杭县正堂的公子，做出了这种事情，引诱民妇，被人家知道，岂不有关大少爷的名声。便是老太爷的官箴，似乎也有妨碍，而且似小白菜般的人，很明白三从四德，虽是说金钱或者可以引动她的心，也得做得秘密，才有一线希望。若是如现在的样子，河下停着一只大号官船，满船的仆役，川流不息来侍奉大少爷，如何可以秘密做出事业，少不得弄得满镇皆知。别说是小白菜这等人不愿，即是不如小白菜般贞节德行的女子，平时不免有些不规不矩，这时也不愿意了。大少爷以为如何？”子和听毕宝生所说的话，一些不差，忙笑道：“老钱，话却说得是，做这些事情，自然是要秘密的好，只是如何办法，就可以秘密了呢？”宝生笑道：“这却容易，只怕大少爷不称心些，受不了苦楚。”子和忙道：“只要事情成功，即使不舒服一些，也不要紧。老钱，快些说吧，别再闷个疙瘩哩。”宝生道：“事情要干得秘密，除非大少爷先把这只大船命他们回去，那些仆役清客，也都请他们回转余杭县去。大少爷独自一个，住在舍下，才能慢慢设法，又做得秘密，事情成功，也就比较容易一些。”子和听得，忙忙地立起身来，向楼下走去。宝生忙道：“大少爷到哪里去呀？”子和回头道：“你不是叫我把船同仆人都赶回去吗？”宝生笑道：“也不必如是慌忙，何不就命在舍下的仆人，到船上去吩咐呢。大少爷就说是要住在镇上，游玩几天，停数天自会回来，不必遣人来接，这里侍奉的人很多，不用记挂。这才做得秘密，不致被人猜破。”子和听得，觉得自己做事，过于鲁莽，这几天被小白菜弄得昏了，不禁暗暗发笑，即依了宝生言语，仍坐定身躯，把仆人唤到楼下，吩咐他到船上来，命众人先自回去，自己住在这里，要游玩几天，游毕自能归家，禀明父母，不必记挂，住在这里，一切都很舒服。

仆人领命，忙忙回到船上，向众人说知，众人都知道刘子和的脾气，到一处地方，常是如此，例先自开船回余杭去了。刘锡彤、刘太太听得儿子仍在仓前游玩，知道儿子不论到什么地方，只要合意，不定住个十天半月，方才回来，住在余杭本地的日子，也不常归家安歇，因此并不记挂。却说刘子和见仆人已去，知道今天自己坐来这只大船，同了船上人，定必开回余杭。停了一回，忙又问着宝生，怎样小白菜方可到手，宝生一面沉吟，一面笑道：“大少爷，这种事情，不是性急得来的，且待大船开后，人都走了，方能慢慢进行。”子和听得，也无可奈何，只得耐心守候。原来宝生对于小白菜怎样下手，早已在昨晚想定计较，因怕刘子和以为容易，不能畅所欲为地骗子和金钱，又因了跟随刘子和的很多，做事不便，不能秘密实行，难以成功，所以有这一番言语，先把大船遣走，留子和独自一人在仓前镇上，即以尽着自己调派。不觉已是午饭时候，宝生同子和二人，即在房内吃饭，子和因尚不知宝生对于小白菜的事情，有否把握，心中忐忑不安，竟致茶饭无心，坐立不安。宝生见子和这般神色，知是急了。便一壁饮酒，一壁向子和笑道：“大少爷，且多饮一杯，我已想得了一个下手小白菜的妙法，且说将出来，成功不成，虽不可定，却总有几分希望，大少爷且宽饮一杯热酒，待我慢慢地告知大少爷如何?”子和正是心烦，听得宝生有了计较，不由得笑逐颜开，举起酒杯，一饮而尽，催着宝生道：“老钱，快说出来，你的计策，自然是不错什么的咧。”

宝生提起酒壶，在子和杯内斟了一杯，又在自己杯内也斟满了。放下酒壶，饮了一口酒，夹了一箸菜，方向子和笑道：“小白菜这人，虽是生在贫苦家中，自幼儿即童养在葛家，可是做的针线活计，却是精致玲珑，惹人欢喜，不论什么绣花戳纱等东西，都做得精妙非凡，别说是小户人家没有这般人才，即是深闺名门，也不见有这般精细的活计。因此我便想得了一个借事上门的妙计，只为我同葛家是素来认识，你却是从未见面，如何可以一同到葛家去，与小白菜相见呢？岂不被人家说话。”说着又饮了一杯酒，斟满了一杯，向子和杯中一望，却仍是满满一杯，不禁笑道：“大少爷，酒冷了啊。”子和正呆呆地听宝生说话，听得宝生说自己杯中酒已冷，忍不住催着宝生道：“别打岔咧，快说下去呀。”宝生道：“大少爷一面饮上几杯，一面听我的计较方觉得有趣咧。”子和笑道：“好好，你快说下去是正经。”便举起酒杯，又饮了一杯。宝生仍把酒斟满，方道：“大少爷，方才我不是说过的吧，小白菜要她动心，除非是把金钱去引诱，或者有些希望。用金钱去引，便得先摆阔绰，便得使她看见，不然岂不是白费心思，一无所用了吗？要她瞧见大少爷的阔绰，便得到她的家中，同她见面才好。倘是只有我老钱一人，到小白菜家中去说大少爷是怎样的有财有势，人品又好，又温柔漂亮，非但要被小白菜骂滚蛋，不怀好意，人家听得，我钱宝生做人家的拉马，成何体统。我钱宝生也休想在仓前镇上，开这家爱仁堂药铺混饭吃了。因此非得请大少爷亲自到小白菜家中同小白菜见面，使小白菜见大少爷这般的豪阔，有财有势，人又漂亮出众，心悦诚服地同大少爷安好，事情方可以成功，而且又秘密，不会使人家知道。大少爷，这话对是不对?”子和听了，不禁连连点头道：“正是正是！你的话一些不错。只是如何可以到小白菜家中去呢?”欲知钱宝生说出什么话来，且看下回分解。

第二十一回

谋士巧施狡计暗室有亏
贤妇错认良心黄金虚掷

话说刘子和在钱宝生开的爱仁堂药铺楼上，一壁饮酒，一壁听钱宝生的下手小白菜的妙计，听得钱宝生说是要自己到小白菜家中，忙忙问道："怎的可以到小白菜家中去呢?"宝生又饮了一杯酒，微微笑道："这一端便得我老钱的计较哩。方才我不是说小白菜做得一手好针线，有许多富家豪族，都来请她绣制活计的吗？如今我因了这一点上，想得了个绝妙的计较，大少爷你便能同着我到小白菜家中，又可以同小白菜亲自谈话哩。"说毕，只是瞧着子和微笑，子和听得钱宝生有了妙计，可以使自己同小白菜对面谈话，只喜得满面是笑，直跳起来，催着宝生道："老钱，怎样的计较呢？快些说呀，别吞吞吐吐的，使人听得难过。"宝生又饮了一口酒，夹了些虾仁，放在口内细嚼，方微微一笑道："大少爷，这不是心急的事。便是见面之后，也不曾立刻成功的呀。"子和忙道："老钱，别打哈哈哩，我恨不得立即瞧见这美人儿，说几句话，总比不瞧见好些。"宝生笑道："好，我就把妙法儿说将出来，小白菜既做得好针线，大户人家多有去找她做绣。难道我们便不能请小白菜绣东西不成？如今大少爷既到仓前来游玩，知道小白菜做得好绣花，家中正因办喜事，用得着绣货，托我老钱做介绍的人，引大少爷到小白菜家中，托她绣花。这般一来，岂不是大少爷可以同我到小白菜家中，同小白菜讲话，光明正大，谁都不能说半句闲话。而且定做绣货，价钱数目，没有一定，尽大少爷摆阔。大少爷的富豪华贵，岂不是小白菜可以亲眼瞧见的了。到了那时，凭着大少爷的人才，金钱的阔绰，手段又高明，不怕小白菜不动芳心，成功便有五分希望了。"

子和听毕，只喜得口都合不下来，不住地点头称好。宝生笑道："大少爷称妙计，不是我老钱，有谁想得出来。事成之后，怎样谢我才好?"子和情不自禁地拍着宝生肩膀笑道："老钱，事情成功，自然重重相谢。"当下商议已毕，约定饭后到小白菜家中，按计行事。子和恨不得立时同了宝生，赶到小白菜家中，同小白菜见面，把小白菜搂在怀中，只是怕宝生笑他猴急，又要宝生引导，不得不捺住了心，慢慢等候。直等到午饭完毕，又停了一回，宝生知道子和已是心焦，一看天色，已将二点钟模样，即向子和笑道："我去唤佣人取面水上来。大少爷，今天格外打扮得漂亮一些，可以叫小白菜看见了动心。我想佳人爱少年，大少爷这副红白分明的漂亮脸蛋子，谁都见了心爱。小白菜难道欢喜这三尺短命丁似的葛小大不成?"把子和说得也笑了起来。宝生忙走到楼边，唤人打来了面水，子和便着意地梳洗了一番。梳洗完后，穿一件月白秋罗长衫，罩一件玄青平纱马褂，手上戴着一个祖母绿的戒指，一个平指玉的扳指。又取了一串伽楠罗汉香珠，挂着玻璃翠的珠垂，真是富贵非常。宝生看了，笑道："大少爷，定绣货要付定钱，最好有金子带些。一则轻些，二则使小白菜见了，知道大少爷常用的竟是金子，不是银子，家中有钱，不用说得的了，越发容易功成圆满，大少爷以为如何?"子和一想，这话不差，忙带了一两一锭的金锭五锭。宝生之所以要叫子和带金子出去，却并不是真的去打动小白菜的心，乃是怕带银子出去，昨晚子和交给他的一百两银子，便得取将出来。如今带了金子，岂不是用不着这一百两银子。子和哪里知道，只道是宝生替他设法，可以使小白菜眼红。宝生见子和收拾就绪，也穿了一件夏布长衫，同子和一前一后，走下楼梯。宝生又向子和笑道："到了那里，可得见机行事。若是不对颜色，只说定货，下一次再去，另想妙法，切不可露出破绽，致小白菜防备。"子和点头答应。

二人出了爱仁堂药铺，转过了一条街道，进了太平巷，走到葛家门前，站定身躯一望，却见大门紧闭，并没有人在门前。宝生悄悄地向子和道："大少爷，瞧我的眼色行事。"子和应诺，宝生即走上前去敲门，只听得里面一个轻而且响的口音叫道："有人来哉，可是阿哥转了？"正是葛三姑，接着大门咿的一声开了，早见诨名塌枯菜的葛三姑，立在门后，见了钱宝生同了刘子和二人，不禁一呆。三姑对钱宝生本来认得，子和却不相厮熟，忙向宝生道："原来是钱宝生，什么事情呀？走进来了好关门。"子和见三姑说话，这般傻头傻脑，不觉好笑起来。宝生却已走进门去，子和忙也跟了进去。三姑一壁关门，一壁向宝生笑道："钱宝生，这个标致小伙子带来做什么呀？"宝生忙道："塌枯菜，你嫂嫂小白菜可在里面？这位大少爷是来托你嫂嫂做活计的。"三姑听得，笑着道："原来是钱宝生，嫂嫂在里面，进来吧。"说毕，早一溜烟奔将进去，且行且叫道："小白菜，钱宝生领了一个标致小官人来定生意了。"宝生、子和即跟将进去，小白菜毕生姑正在楼下做绣门帘，三姑开门，是钱宝生，早已听得，只因葛家只有一上一下的房屋，大门之后，一个天井，即是客堂，又加着小白菜因天气炎热，搬在楼下过夏，日间晚上，除了煮饭之外，常在客堂内起坐，同大门只隔了一个天井。钱宝生同刘子和进来，岂有不听得之理。正欲招呼到里面请坐，已听得三姑叫将起来，小白菜听得宝生到来，是介绍人来定做自己的活计的，心中很是欢喜，忙整整衣衫，立起身来，向天井内一望，却见来了两人，一个是钱宝生，一个却不认识，生得十分风流俊俏，满身纱绫，瞧上去是个有钱人家的公子，知道定是要定做活计的人了，忙向宝生笑道："钱先生，请里面坐吧。"这两句话，如出谷黄莺，清脆高雅，险些儿个把子和酥麻了半边，忙抬头一看，见小白菜穿一件白夏布短衫，十分清雅，越发比了那一天看会时来得漂亮，把子和看得魂飞魄散，恨不得立即赶将上去，一把搂到怀中。只是钱宝生再三关照，要见机行事，不可造次，只得把定了心猿意马，随着钱宝生走到里面，一同在椅子上坐下。小白菜即去斟了两杯凉茶，送给宝生、子和，二人接在手中，一面道谢，一面饮毕。

小白菜即问宝生道："这一位少爷尊姓?"宝生忙道："这位乃是城内的刘家少爷，这一次因了要办喜事，要一个做活计精细的人，适巧前天到镇上来看会，对我说起，我想嫂嫂做得一手好针线，正合刘少爷的用处，所以忙着地介绍到这里，来见见嫂嫂，接洽一次，嫂嫂你可合意?"小白菜听得宝生言中有刺，不禁粉面一红，只是人家是来定活计来的，不能得罪怠慢，宝生的说话，究竟是有意无意，也不可知，不能就此存心宝生的来意不善，便笑谢道："多谢钱先生照顾，不知刘少爷要做些什么呢?"宝生即向子和道："大少爷要做什么，说了好做哪。"子和这时，见了小白菜这副绝代花容，早已魂飞天外，哪里说得出什么来，只得瞧小白菜正言厉色，循规蹈矩，一些没有机会可乘，不得不也装作正经，怕第一次即露出破绽，以后被小白菜拒绝见面，那就越发难了，忙瞧着宝生道："钱兄，你瞧做些什么好呢?"宝生也知道子和心不在焉，恐被小白菜看出破绽，即想了一想道："这样吧，先做些绣花的东西，如床花合欢被等，再做别的如何?"子和原是无可无不可的，只要宝生说什么好，便是什么，即点头道好。小白菜道："刘少爷，床花做多少呢?"宝生忙接着道："做十对吧。"小白菜："什么花色呢?"宝生道："你瞧什么好看，就做什么，而且一切料子，都请费心代办，我们男人家办出来的，总没有你们女子细心。"小白菜听得点头道好。宝生便回头向子和道："大少爷，你付些料子的钱吧。"子和会意，忙把藏的五锭金子，取将出来，把两锭交给宝生道："这一些好吗？不够再找吧。"小白菜瞧见刘子和取出了两锭黄澄澄的金锭，作为买料子的钱，吓得一跳，暗想这人怎的如此豪阔，买些料子，用不了五两银子，如何取出了这些金子，究竟这人是什么人物，便向宝生道：“钱先生，买些料子，哪里用得了这些金子，只有几两银子，即便够了。”子和一听，早接口道：“这一些金子，算些什么，我向来不带银子，用的都是金子，如今既用不了，留在这里，作为工料酬劳就是。”宝生接了两锭金子，听得子和的言语，忙接着道：“正是，嫂嫂先留着就是。”说着，放在桌上，小白菜见这般式样，觉得有些奇怪，接又不好，不接又不对，很是为难，呆呆地怔住。宝生见这般神气，以为小白菜已猜着了自己心意，暗想不好，不要反起面来，当时拒绝以后倒不好再来，不如趁此走了，使她受了下去，过一天推托再要做东西前来，另想诱引好的妙法。想定主意，即向小白菜笑道：“嫂嫂先收下定钱，以后再算吧。我们还有别事，过一天再会吧。”说着立起身来，向子和道：“我们走吧，东西已定下了。”子和心中，最好多坐一刻，可以饱餐秀色，无奈方才宝生说过，要依他眼色行事，方有希望。宝生说走，只得懒洋洋地立起身来，应道：“好，我们去吧。”二人便向小白菜告辞。

小白菜见宝生、子和要去，以为二人倒是真的来定做活计，并没歹意，自己猜疑了他们。不过这位刘少爷是个富家子弟阔绰罢咧，忙起身相送，三姑这时早把大门开了，小白菜直送到大门之后，见宝生、子和出门，方把门关好，回进里面。正见桌上两锭黄澄澄的真金，一股黄光，直耀进眼帘，不由得又呆将起来。暗想今天真是财神进门，凭空接得这般一注活计生意。这位刘少爷，如何这般的豪华？平时不用银子，常带着金条，阔绰便可想而知了。做些床花等物，花不了十几两银子，几十块钱，怎的付了二两金锭，一两金子听说是可以换三十两银子，二两岂不是六十两了，是有八十多块钱，如何花得了呢？将来床花做好之后，还是要照价计算，还是两锭金子即作为货价呢？倘说是作为货价，这一注生意，倒实是不差。

只是这位刘少爷或是出手阔绰，不知道床花等东西的价目，难道钱宝生也不知道吗？怎样不告知了这个刘少爷，内中不要有别的作用？不过瞧他们方才的情形，却很正气，毫无有什么邪心的表示，这真有些百思不得其解。小白菜独自一个思前想后，只思索不出宝生同了子和，究属是否真的来定活计，还是另有心计？不觉向着两锭金子呆看。三姑在一旁，瞧见小白菜发呆，早忍不住笑道：“小白菜，钱宝生同了那个漂亮少爷来定床花，哪一天做起呀？”小白菜听得，方如梦初醒，暗暗啐道：“自己真成了个傻子了，且莫忧他是什么意思，我只算他们定下了活计，去购办了料子动工，做好之后，瞧他们如何。倘说是照价计算，就照价收钱，不然，也不必提起如何算法。便是他们有什么歹念，我只不理会就是。”这般一想，倒不再把这事挂在心怀，便向三姑笑道：“明天去买了料子，后天动工。”三姑也很欢喜，小白菜把两锭金子收了，只准备明天去购办应用物件可以动工。

却说刘子和随了钱宝生走出了葛家，走了几步，见小白菜同葛三姑都已关门进去，即向宝生道：“老钱，因何你走得这般匆忙呢？”宝生笑道：“街上说话不便，被人家听去了不好。我们且回到家中，细细地商议吧。”子和听了，即不再相问，直到爱仁堂药铺门口。宝生在前，子和在后，走进了店。宝生回头向子和道：“大少爷，楼上去说吧。”子和点头说好，二人即上了楼梯，进了卧房坐下，子和早又忍不住问宝生道：“你怎的走得如此要紧呀？丢出两锭金子，以后怎么样呢？”宝生笑道：“大少爷，且别心急。我老钱自有妙法，可以使这雌儿到手。方才匆匆忙忙走出葛家，自然也有缘故。且饮了一杯茶，再细细告知大少爷吧。”子和听说宝生一肩承当小白菜可以到手，心中大喜，忙笑着道：“老钱，这事若是成功，定得重重谢你。”宝生笑道：“我老钱一向叨了大少爷的光，没有报答，这一回玉成了这件美事，也算报答了大少爷的恩典，说什么谢与不谢呢。大少爷若是真的照应我老钱，别的也不必，只是我这家爱仁堂药铺，因了本钱太小，又爱仁堂不致关店，那就感恩不浅了。”子和忙道：“这个容易，事成之后，我添一千两股本如何?”宝生听了，不禁笑逐颜开，说出一番话来。欲知后事如何，且看下回分解。

第二十二回

乱贞心一包春药
划计策两字秋瘟

话说刘子和听得钱宝生说是小白菜的事情，可以一肩承当，包可成功，不觉喜动颜色，许下了宝生重谢，宝生却要请子和添些爱仁堂的股本。其实宝生不好意思取子和的谢仪，只说是添股本，使子和取出钱来，名为添股，实则进了宝生腰包，子和这时，只要小白菜可以到手，别说是叫他添些股本，就是要他开一家药铺，也肯答应，即应下了一千两银子。宝生大喜，忙笑道："大少爷可是真的？我老钱定得想个妙法，把小白菜弄到手内。"子和道："谁骗着你呢？只要小白菜到手，我立即交一千两银子给你。"宝生笑得嘴张齿露，欢喜非凡。忙一面到楼梯边去，唤伙计们泡上一壶好雨前茶，一面吩咐妻子，预备整齐晚饭。吩咐已毕，重复回到房中，依旧坐下，沉吟了一回，伙计早泡上茶来。宝生即斟了两杯向子和道："大少爷，请喝一杯茶，待我细细奉告。"子和便取了一杯，饮了一口，宝生如牛饮般饮了两杯，方才放下茶杯。笑了一笑，向子和道："大少爷，你以为方才在葛家，怎的丢下了两锭金子就走，不知道小白菜的人何等的聪明伶俐，定一些床花，即付了二两金子，谁都要起疑心，小白菜是个贞节妇女，倘是被她疑心，当场拒绝，岂不是以后大少爷便难到小白菜的家中去了。人不能去，如何可以成就好事？不如付下了钱，即行出来，使小白菜知道我们不是含着邪意，不过大少爷是个富家子弟，用钱阔绰罢咧。就是小白菜初时有了疑心，我们如此一走，小白菜也必以为自己猜疑，我们并无歹意，岂不是以后到她家中，她当作一个大主顾看待，殷勤招接，便容易接近，事情也容易成功了呢。大少爷，此话对也不对？”子和听毕，觉得宝生见地，实是胜过自己，忍不住连连点头。宝生又道：“似小白菜般的人，绝不能一次见面，即能成就美事之理。就是三年五载常常见面，她又不是个淫荡妇女，如何可以勾搭上手呢？因此非略施小计，使她把持不定，方能上手。第一次作为介绍相见，不露出破绽，自然以后，她容易见面，便可以趁机会下手了。”子和听了，不禁迟疑起来道：“老钱，你的话虽是不差，可是如你所说的，小白菜既不是淫妇荡女，便说是我到她家中，把做活计见面之后，也只能谈些正经事务，不能挑以游词，哪里有什么下手机会呢？即使以后，见面得多了，可以设法挑引，成功与否，也未能一定。就是可以成就，其中时间，也绝非短时间所能功成圆满，或者竟得一年两载，叫我如何等得及呢？”

宝生笑道：“大少爷，且别发急，我老钱即是应许了成功，自然有下文瞧的，决不请大少爷等候一年半载。我老钱也不是不知道大少爷脾胃的人，最好是今天瞧见，明天即同圆好梦，方称了大少爷的心意。对于小白菜，虽不能说立即成功，却不是三月半年，我老钱自有妙法。”子和听得宝生早定妙法，可以小白菜到手，心中越发得意，忍不住催着问宝生，什么妙法，可以于短时间内，勾引小白菜成就好事？宝生知道刘子和的心中，十分急忙，恨不得今天晚上，立即把小白菜拖到床上，真个销魂。但是怕他事就之后，把自己的一番功劳，丢诸脑后，方才应许的一千两银子，也得滑脚。暗想不如先把子和的一千两银子引了出来，再使他们成功，方是上算。如今只须推托一下，不怕子和不把一千两银子取出。想定主意，有意沉吟道：“事情成功，却是不难，只须我老钱略施小计，即能说定今天成就好事，不能到了明天。可惜这几天来，我伴着大少爷游玩，把店内的正经事务，都搁了起来。倘是明天再不干店中事务，那就糟了，因此不得不请大少爷等上几天，待我把店中要紧大事完毕，立即同大少爷设法吧。”子和听得宝生忽地推诿起来，也猜不透宝生究竟是什么心思，急忙问道：“老钱，你有什么要紧的事呢，值得这般发急，要先办妥之后，再同我想法小白菜的事情。这般一来，又得过几天成功，叫我如何耐得住呢？你办什么事情，可以向我说明白吗？我或者能得帮忙，把事情缓办着呢？”宝生听得，又迟疑了一下，笑道：“事情却真是紧要，也不能向旁人细说，只是大少爷不是外人，知道了也不妨事。我老钱的景况，表面看，似乎还好，实则真是说不尽言的拮据。开这家爱仁堂药铺，不过做个幌子，可以在外面借着店的名义借钱，所以一径下来，亏空了千两光景。直到如今，竟是支持不下。前数天便到了难关，我即欲到外面去设法借款，移东补西。不想大少爷到来，不得不陪着大少爷游几天，把正事搁下。到今天实是不能再搁，倘再有三天没钱支持，爱仁堂便开不成了。大少爷虽答应了我一千两股本，俟小白菜的事情成功之后交付，究属远水不救近火，不能不出去先张罗些款项，应付难关。因此只得把小白菜的事情，停上几天，待我筹到款，自然能得大少爷办到的。”

子和听得，暗想宝生为了爱仁堂少了银子，要把小白菜的事情搁起。倘是自己能给宝生一千两银子，岂不是宝生不必再去筹款，立即可以同自己办事了，想毕之后，忙笑问宝生道：“我道是什么大事，原来是缺少了一些些的钱，那不妨事，我不是早已应许你一千两银子的股本吗？我先付给你四百两，余下六百两，我取下个表记，你遣人去余杭县衙中，问母亲取去。有了一千两银子，爱仁堂才不妨事哩，你可以不去筹款了，赶快把小白菜的事情办好如何？”宝生听得子和说出这一番话来，不禁暗暗得意，暗想果然不出自己所料，这一激，不怕子和不拿出钱来，便假作沉吟道：“大少爷如肯这般帮忙，那自然最好的了。只怕令堂太太，不见着大少爷自己本人不放心付银子，不是又得蹉跎了日期呢。”子和笑道：“老钱，这倒放心，母亲见了我的表记，没有不肯之理。”说着，忙取出了八锭金子，交给宝生道：“这八锭金子，作为四百两银子，你且收了。再有六百两银子，可快命人去府内取吧。”即在身旁取出一块白玉扇垂，交给宝生，笑道：“这便是我取钱的表记。母亲见了之后，没有不付钱的，你可遣一个伙计去取。便说我要一千两银子。”宝生大喜，口中虽是谦逊，手内却已收进，又取了扇垂，笑道：“既是承少爷这般照顾，我老钱自当感恩图报。且待我到下面命人进城去取了银子，再到楼上同大少爷商议小白菜的事情。若是凑巧，明天即能成就好事，也未可知。”说毕，立起身来，走下楼去。子和在楼上等候。

不一会儿，宝生上楼，向子和笑道：“我已命一个老实伙计到城里去了，明天便能回来。”子和道：“这倒不甚紧要，只是小白菜的事情如何？”宝生微微一笑，低着头，沉吟了一会儿，笑道：“大少爷，小白菜的事情我老钱已想得了个妙计，倘是成就，非但可以使大少爷不必去勾引，而且可以使小白菜自己迁就上手。”子和忙道：“老钱，可是真的，不骗我吗？”宝生道：“怎敢欺骗大少爷呢。且听我细细说给大少爷知道吧，只因小白菜这人不是水性杨花的淫荡妇女，尽是大少爷想尽了千方百计去勾引她，也未必定可到手。而且时期非得一年半载，大少爷哪里等候得来呢。所以非想一个妙计，使她见了大少爷，便忍不住春心发动，欲火上升，自己迁就，凑合上来不可，方能立即成就了好事。大少爷，此话可是不差的吗？”子和点头道：“话虽不差，要小白菜发动春心，如何可以办得到呢？”宝生笑道：“我老钱自然有个妙计，可以使小白菜掀起春心，大少爷如愿以偿哪。”子和忙问道：“老钱，怎样的妙法呢，快些说呀！”宝生在身旁取出一纸包，解将开来，是淡黄色的药末，宝生指着药末，向子和笑道："这种药末，名唤藏春散，乃是一种最厉害的媚药，却又是专用于女子的妙药。不论什么贞节的女子，只须把这藏春散三分，和入茶水之中，使女子饮入腹中，不到半点钟的光景，便春心大起，春意透骨，只要见有男子，都得俯就，并且没有不验之理。这种妙药，都是由种种兴阳起阴的贵重药品配合而成，我配这些药末，也不知费了多少工夫精神，用了许多的金钱，方于今年四月中配就，一向不肯给人试用。如今是大少爷的事情，小白菜实是难于勾引，不得不借这种妙药了，设法使小白菜饮下肚去。不怕她不俯就着大少爷成就好事。大少爷事成之后，却不要把我老钱这件大功，忘掉个干干净净呀。"

子和听了宝生这一番言语，知道宝生这包药末，是上好春药，欲把这春药给小白菜服下，不能自主，同自己成就美事，不禁佩服宝生的手段厉害。又知道宝生的春药很是厉害，从没有不灵验的时候，这一次小白菜若是一不小心，服下了这藏春散，稳稳可以成功，心中很是欢喜。只是如何可以使小白菜把春药服下肚去呢？忍不住向宝生道："老钱，计确是好计，不论是怎样的女子，服下了春药，必然把持不定，百依百顺，只是如何可以使小白菜不知不觉地服下肚去呢？"宝生笑道："这却不难，我们不是已一同到过小白菜的家中去吗？如今我同大少爷二人，仍可到小白菜家中，只说是看她的活计做得如何，小白菜自然要殷勤招呼，趁这时候便乘隙下手，把春药下在茶内，小白菜饮了下去，事情便成功了九分。那时我只须略施小计，即能功成圆满了。"子和问道："小白菜家中，不是还有个葛三姑吗？若是她在旁边，叫我如何可以下手呢？"宝生微微一笑，说道："这便是我说的略施小计了。"说着，凑在子和耳边，细细地说一回，子和听得，心中大喜，不觉连称好计。宝生笑道："大少爷事情成就之后，便得大少爷自己放些手段出来了，只因这春药的药性，只保到春风一度之后，便得消失。那时小白菜或者要醒悟起来，那便须大少爷自己的温存功夫，同了金钱的魔力哩。但是一个女子，第一次勾搭上手，固然是难的。只要一次到手，以后便不成问题了。”子和听得，觉得很是合理，连连称赞宝生的计谋佳妙。当下二人商议就绪，说定了明天下午，暗带藏春散到小白菜家中，瞧机会下手。可怜小白菜哪里知道钱宝生同刘子和二人正在计算着她呢。

一宵已过，到了明天，子和起身，在房中同宝生闲谈了一回。这天子和因晚上小白菜可以到手了，兴高采烈欢喜非凡。到了午饭时候，宝生遣的到余杭城中去取银子的伙计已是回来，宝生一问，知道子和的母亲交伙计带来了一千四百块现洋，作为一千两，作爱仁堂的股本。宝生一壁谦谢，一壁收去。午饭过后，宝生一瞧日色，已是申刻模样，子和把挂的一只打簧金表取出一看，已是四点多钟，忙着催宝生出去到小白菜家中。宝生知道已到时候，点头答应，这天子和越发打扮得漂亮，带了五十块现洋，四条金子，同宝生走出了爱仁堂，向太平巷走去。不多时，进了太平巷，到小白菜家中，打门进去。小白菜见是钱宝生同了刘少爷因昨天自已以为猜差了来意，今天很是殷勤，忙忙泡上茶来。宝生笑道：“葛家嫂嫂，这位刘少爷昨天来定了活计，因没有见过嫂嫂的绣花，今天特地再来一趟，细细地谈上一谈，嫂嫂可有做好的东西，给刘少爷看上一看。”小白菜这时正斟了三杯茶，把两杯送给宝生、子和，一杯留着自己，听得宝生的言语，即把自已的一杯香茗，放在桌上，笑道：“有有，待我去取来，给刘少爷看就是。”说毕立起身来，走上楼去取自己做的活计。宝生一望，见三姑正在天井中捉蟋蟀玩，暗道，此时不下手，更待何时，忙把藏在身旁一包藏春散取在手中，抖在小白菜的一杯茶内，仍回身坐定。小白菜已在楼上下来，手中取了一件活计，走到客堂中，给子和观看。子和、宝生都不住地赞好，小白菜听得二人都称赞活计做得精妙，心中很是得意，不觉把宝生下过春药的一杯茶，举在手中，一饮而尽。觉得口中微微有些辛香，当下也不以为意，哪里想到宝生计算自己杯内已下了春药呢。子和一眼瞧见小白菜已服了藏春散，心中大乐，宝生也暗暗得意，知道这药下肚之后，一刻钟即要发作药性，忙向子和看了一看。子和会意立即喊将起来，欲知后事如何，且看下回分解。

第二十三回

急色儿覆雨翻云
痴婆子大惊小怪

话说小白菜哪里料得到钱宝生勾通了刘子和，起下不良之心，到家中来，以定做活计为由，暗用藏春散，趁小白菜到楼上去的时候，悄悄下在茶内。小白菜饮下肚去，宝生、子和二人见了，都很欢喜。宝生知道这春药下肚，停了一刻钟模样，使得药性发作，自己在这里不便，忙使个眼色给子和。子和在宝生家中，早得了宝生密计，如今见小白菜春药下肚，宝生向自己使个眼色，心中会意，陡地呵唷一声，双手捧了肚皮，不住地叫腹痛，把个小白菜吓得一跳，忙问道："刘少爷，做什么呀？"子和呻吟着道："不知怎的肚中绞痛非常，不要是什么痧症吧，却不是耍的，如何是好呢？"宝生忙道："待我诊着脉如何？"小白菜知道宝生懂些医理，不禁点头道："正是，钱先生懂得医道，快诊一诊吧。倘真是痧症，那不就危险哩。"宝生也不言语，把着子和的脉息，子和却呼痛不止。宝生诊了一会儿，又看了看子和舌苔，摇头道："痧虽不是，却也须快些吃药方好。我身旁虽有一些丹药，可是不济事的，只可先止前痛。"说着取出了一小瓶卧虎丹，倒了一些，给子和闻了又向小白菜道："这样吧，刘少爷在这里坐一回，命三姑随着我到店中去取药，大少爷可好？"小白菜这时，春药下肚，已改变了常态，并不讨厌子和，又加着若是真的急病，岂非糟了，忙点头道好，即高叫三姑道：“妹妹，快跟了钱先生去取药。”三姑听得，却摇头道：“不去，不高兴。”宝生见了，暗想三姑这人虽是傻子，对于赚钱，却不傻的，只要有钱可赚，立即愿意，便向子和道：“大少爷，你快些交些钱给三姑，有一味药，却得到外面去买，我店中可没有的。”子和忙取了三块钱，交给三姑，三姑见有洋钱去购东西，知道用不了三块，内中定有钱可赚，不由得笑逐颜开。宝生知道三姑已肯走了，即立起身来，叫三姑道：“三姑，快随我去取药吧。”说着先自走出了客堂，三姑已跟了宝生同行。宝生带了三姑，出了大门。

小白菜见二人已去，一望子和，已不是方才一般的愁眉不展，忍不住问道：“刘少爷，腹痛怎样了呢？”子和道：“闻了些药，好一些了。嫂嫂，可有热茶饮一杯，那便好了。”小白菜即斟了一杯，授给子和。子和接了，一面饮茶，一面瞧着小白菜面上。却见小白菜的一双剪水秋瞳，水汪汪的明媚非常，面上已微微地飞起了两朵桃花，分外的娇艳可人。知道药性已渐渐发作起来，有意挑着道：“嫂嫂，真是抱歉得很，如今却不痛了。方才嫂嫂取下来的活计呢？”小白菜忙授给子和，子和不住地称好，笑道：“这般的针线，别说是镇上没有第二，便是城内省垣，怕也不见比得上的吧。”小白菜这时已被春药迷住了本性，听子和如此称赞自己，觉得子和人既漂亮，说话又中听，又有钱财，比了小大，真是天远地隔，这人究是何等样的人物，自己只知道他姓刘，定这许多的活计，是否是娶媳妇所用？想到这里，忍不住问道：“刘少爷府上哪里？定活计可是娶亲用吗？”子和见小白菜这时满面春风，远不如方才的正言厉色，知道这药有些功用，只是怕药性未到，不敢造次，便笑着道：“我住在余杭城内，籍贯是维扬，因随父亲上任，到余杭县。”小白菜听得子和说是随任到来，暗想余杭知县姓刘，难道他即是知县的儿子吗？便又问道：“刘少爷的老太爷，官居何职呢？”子和笑道：“余杭七品县令，便是家严。”小白菜暗道：“怪不得钱宝生唤他作大少爷，原来是知县的儿子。”笑着道：“啊呀，不知大少爷是一位公子，多多有慢，这一回怎的定了许多的活计，可是要大喜了吗？”子和忙点头道：“再也不要说起，我被父母做主，娶过亲了，却是个母夜叉，所以我未曾一夜回到家中住宿。母亲见了这般情形，便许我外面自己找上一个，这一回的活计，却不是娶亲所用。”小白菜听得子和娶妻不和，不禁感动了自己身世，暗想如子和般的人物，偏娶一个母夜叉般的妻子，似自己这般花样的容貌，却嫁一个短命丁的丈夫，真算得天道不公，造化弄人，不觉长吁了一口。子和见了，知道小白菜已感动身世，暗想不如把她的丈夫提上一提，可以使她越发地感动起来，便容易成就好事。想罢笑道：“嫂嫂，尚没有请教尊姓？”小白菜道：“母家姓毕，夫家姓葛。”子和道：“我来了两次，怎么不见嫂嫂的先生呢？”小白菜听得问起小大，忍不住又长长叹了一口气道：“他不在家中。”子和笑道：“似嫂嫂般的相貌，先生定必也是个风流少年，不然，如何配得过嫂嫂呢？”小白菜忙摇头道：“不要说起，真可算得同少爷同病相怜。他的相貌，三分像人，七分像鬼，镇上谁不知道葛小大是个三尺短命丁呀。”说着双目之中，微微流下泪来。

这时小白菜服下的藏春散药性已是发作，把个小白菜闹得坐立不宁，双目如火，心痒难熬。子和见了，知道已是时候，即笑道：“嫂嫂，可有茶再赐我一杯。”小白菜斟了一杯茶，授给子和，子和借着接茶，伸手把小白菜的一只柔荑握住，小白菜这时，方寸已乱，绝不动怒，反微微一笑，把一双水汪汪的媚眼，睃了子和一下。子和见了，早把一颗心怦怦跳起，一刹那间，欲火上升。趁势把小白菜一扯，小白菜的三寸金莲，怎立得定，早倒向子和怀中。子和一把搂住，把茶杯放在桌上，柔声道：“好嫂嫂，救我一救。”也不待小白菜回答，只听得啧啧两声，小白菜只咯咯娇笑，依在子和怀中，把眼珠儿注定子和，杏靥飞霞，樱口含春，这一股迷人光景，险些儿把子和的魂灵儿勾掉，躯壳儿化烊。子和一手抱定了小白菜的娇躯，一手却在下面四面乱摸，只摸得小白菜娇喘微微，星眼惺忪。两只似水红菱般的小金莲，在地上伸缩不住。一只玉笋般的纤手，勾定了子和头颈，把一个桃腮，在子和面上摩擦个不停。子和哪里坐得定身躯，忍不住把小白菜颊上啮了一口。小白菜又咯咯一笑，子和再也忍耐不住，把小白菜抱起，立下椅来。走到床边，把小白菜放在床上，一个身躯，直扑下去。小白菜呵唷一声，一个螓首，在床上滚了几滚，口中只是娇喘。子和连喘带笑，把小白菜闹得钗横鬓乱，目闭口张，好一段腻人光景，是有半点钟之久。

正待向小白菜温存几句，谁知小白菜方才被藏春散乱了真性，如渴马奔泉，口枯饮浆，任子和蹂躏个爽快。这时渴意都解，百骸俱酥，已是药性全消，春意皆失，猛地醒悟转来。暗想，啊呀，我怎的这般的失魂丧魄，迷了意志，竟干起这般事来，如何对得住小大？便是乃武劝自己的一番好意，都付诸流水。我平时怎样地尚气节，自乃武相劝之后，一心一意，做一个贞节妇女，从未起过一次邪心，动过一次欲念，不要说干这丧耻寡廉的真实羞事，连淫邪言行，都未曾有过。仓前镇上，谁不知道，今天怎样这般动起邪心来了，竟犯下这等羞耻之事，是什么缘故？小白菜是个聪明绝顶的女子，暗暗想到方才形状，自己的心志模糊，好似一刻不能等挨的光景，平时绝不是这般情景，定是受了宝生同子和的诡计，服下了什么动心的春药，因此不能自主，被子和欺侮，使自己见不得人。想到这里，不禁把子和恨得牙痒痒的，恨不得将子和一刀两断，也不能出自己这股怨气。子和又俯身下来，想来温存，早咬紧牙关，嗳的一声，把子和双手一推，子和正是魂飞魄散、乐极情浓之时，哪里防到小白菜醒悟过来，这般的怨恨，狠命地一推，早立不住脚，踉踉跄跄地向后退出了五六步远处，脚下一软，跌下地去，闹了个后坐儿，一个臀光，砰的一响，同泥地碰一个着，只跌得子和疼痛非凡，眼前金星乱冒，忍不住也叫起喔唷来。

子和跌得爬不起来，坐在地上，一壁叫痛，一壁不觉呆呆地望着小白菜。只见小白菜一面哭泣，一面把衣服束好，坐起娇躯，指着子和连哭带骂道：“好，你这淫棍，串通了钱宝生，趁着我丈夫不在家中，欺侮我一个女子，坏人名节，你该当何罪？我与你到外面去，向镇上众人讲上一讲，我拼着性命不要，同你这淫棍拼掉了吧。”说着，哭泣不止，浑如一枝带雨梨花，着水海棠，越发的娇媚可爱。子和又是怜爱，又是惊慌。正欲求小白菜饶恕，想法平这风波，却听得外面一声门响，三姑早在天井内叫道：“吃力为一块洋钱不要赚的。”子和听得，恐三姑进来，瞧破玄虚，不便稳当，忙向小白菜双手乱摇，自己也忍住着痛，慌忙立起身来，仍坐在方才坐的椅上，呆呆地望着小白菜，一言不发。小白菜听是三姑回来，怕她知道，弄得声名狼藉，忙停住悲声，抹去眼泪，坐在床沿之上，满面怒容，也不言语。三姑却已走进客堂，手中托着一碗汤药，举得四平八稳，口中不住叫道：“肚里痛的人吃药。”原来三姑随了钱宝生到爱仁堂药铺，宝生命三姑坐在店内，吩咐她安心等候自己配药，把三姑手中的三块钱取了两块，作为药资，一块钱却算作三姑的赚头。三姑知道有一块钱赚，心中很是欢喜，便静心坐在店内等候。过了约有三刻钟光景，方见宝生捧出一碗药来，命三姑托在手中，取回家去，路上不能洒翻。三姑信以为真，托在手中回来，路上战战兢兢的，恐怕泼出，因此越发走得慢了。直到这时候方走到家中，踏进客堂，却不听得子和唤腹痛，一看子和坐在椅上，已变了样式，又露着惊慌颜色。小白菜坐在床上，满面怒容，心中狐疑起来。即把药放在桌上，向子和道：“对不起呀。”子和听得这一句不对，好似焦雷轰顶，以为三姑或是瞧见，忙双手乱摇道：“不要声张。”小白菜见了，早羞得满面飞红。三姑越发知道二人定做下了不端之事。

可是三姑人虽傻呆，最是贪钱，暗想子和是个有钱的人，如今同小白菜勾搭上手，自己必能得些好处，倒也不甚动怒，笑嘻嘻地向子和道："好的，我出去了你就不规矩，立起来，跪了听审。"子和见三姑并不动怒，先心上放下了一块石头，如今听得要他跪了听审，不禁既诧且笑，忙摇头道："你如何能审事情呢，除非是我爹爹可以问官司咧。"三姑道："你的爷是谁呢？可以审官司。"子和笑道："佘杭县知县，自然能审问人家。"三姑笑道："呸，那是官衙，这里是私衙，你是佘杭县的少爷吗？"子和点头道："正是。"三姑道："是知县官的少爷，越发要跪了，别人跪你的爷，如今你跪我，我做大老爷。"子和听得，忍不住扑哧一笑，暗想这傻子的主意倒不差。三姑见子和不跪，叫道："跪不跪？不跪我叫起来了。"子和吓得一跳，暗想：不要这傻子竟叫了起来，不便当的。忙笑道："就跪，向谁跪呢？"三姑道："向嫂嫂跪。"子和便向小白菜跪下。小白菜见了这般式样，倒也爱将起来。三姑道："我且问你，你要官休，还是私休？"子和道："怎样讲呢？"三姑道："官休，扯你去见官。私休，叫我一声。"子和忙道："私休私休，叫你什么呢？"三姑道："好听些的。"子和想了一想道："三小姐。"三姑道："呸，不要你拍马屁。"子和忙道："三姑娘如何？"三姑笑道："要亲热点。"子和想道："要亲热，除非是三妹妹了。"三姑哈哈大笑道："对了，好阿哥，你同嫂嫂睡觉，自然是阿哥了。"原来三姑一则知道子和有钱，二则又听得是佘杭县的儿子，觉得有这么一个阿哥，总比了小大好些。小白菜见三姑做出这一大套滑稽把戏，心中很是奇怪，只呆呆地望着二人。只见三姑把子和一推道："嫂嫂在那里动气，快去苏气。"子和巴不得这一声，忙立了起来，走到小白菜面前，双膝跪下，先陈述了一番相思之苦，又誓了个血淋淋的重誓，永不变心。小大的生活，同了小白菜、三姑等的吃用需要，都在自己身上。说着取出了四条金条，一百块洋钱，双手呈给小白菜。三姑见了，早一把接将过去。欲知后事如何，且看下回分解。

第二十四回

卖风流黄金买美
受贿赂白镪结交

话说刘子和用了钱宝生的计划，以春药迷住了小白菜，被三姑看穿，却并不动怒，反认了哥哥。子和又跪在小白菜面前，甘言蜜语地哄小白菜息怒，又取了金条、洋钱，三姑见了，一把接将过去，笑道：“嫂嫂，收了吧，认了这位阿哥吧。”即将金条、洋钱放在小白菜身上。小白菜起初一腔怒气，恨不得立即把子和一刀两段。及至三姑回来，一场鬼闹，又见子和这般小心哀求，取出了许多金银，不觉渐渐把心活了起来。暗想子和是个知县儿子，家中又如此富豪，比了小大真要强过万倍，人也俊俏，倘是没人知道，生米已煮成熟饭，便是声扬出去，反不好听。告到官府，知县是子和的父亲，绝不能办子和的罪。而且这些金银，自己辛苦一世，也赚不来。如今只一刹那间，已到了自己手中，只要不亏待小大，自己心上，也说得过去了。这般一想，面色便缓和了许多。子和一见，知道不妨事了，方站起身来，数了十块钱给三姑道：“好妹妹，你不能声张出去，这十块钱是送你的，以后如果没有人知道，我来的时候，便给你钱买东西。”三姑笑道：“我又不是傻子，决不说出去的，阿哥放心。”小白菜见三姑叫得阿哥十分亲热，不禁叹了一口气，暗想这真是前世冤孽，这个傻子，同子和亲热起来，眼中不觉又滚下泪来。子和忙又叠起万斛温存，劝慰小白菜，又取出了一只打簧表，给小白菜作为纪念。这时的打簧表，要售三百余元，市上不常得见，小白菜哪里懂得，顺手收过，三姑见了，却诧为奇事。听得里面有唧唧表声，以为是件活的东西。

当下子和问小白菜，今晚小大可要回来？三姑早摇头道："不回来了，阿哥住在这里吧。"小白菜不禁把面一红，低头不语。子和大喜，便取了钱，命三姑去买酒菜，同小白菜饮酒。三姑接了钱欢天喜地地去了，子和又勾住了小白菜粉头，着实温存了一番。不一刻，三姑已把酒菜买来，子和拉了小白菜，同坐饮酒，三姑也在旁饮啖。子和心中怕三姑傻头呆脑，在一旁不识趣，阻止了自己同小白菜的欢娱，有心欲将三姑灌醉，便连斟了几杯给三姑。三姑哪知就里，只知道今天赚到了钱，又吃到了酒菜，欢喜非凡。也不待子和劝饮，酒到杯干，饮了四五杯酒，已是舌僵眼涩，先去睡了。子和见三姑已醉了睡去，不由得笑逐颜开，一壁斟酒，一壁移了座位，同小白菜坐在一个椅上，把小白菜一把抱起，放在膝上，举了酒杯，凑在小白菜口边。小白菜饮了一口，子和即一饮而尽。有道酒为色之媒，何况小白菜这般花似的容貌，一双勾魂摄魄的媚眼，只在子和面上一转，已将子和的灵魂勾掉了一半。又加着并肩叠股，这一股似兰非兰，似麝非麝的香，熏人欲醉。子和哪里忍耐得住，一把将小白菜搂得死紧，一手只在乱摸。小白菜这时，也入了迷魂阵中，引得阵阵红云，自耳边满起，一个吹弹得破的俏面庞儿，在子和腮上，研擦个不住。子和越发地忍不得了，真是乐极情浓，享尽人间艳福，子和已是如愿以偿。可是乐不可极，乐为祸之根苗。子和淫人妻女，以春药为蛊，偿了心愿，今天快活得百骸皆融，将来报应之时，后悔莫及。

闲话少说。却说子和同小白菜二人，在椅上且敛且乐，闹得小白菜花困柳焦，春意缭乱。这一段旖旎风光，把刘子和引得兴发如狂。小白菜已是娇颜失色，花枝柔弱，倚在子和怀中，一双秋水，时睁时闭，说不尽的腻人勾魂光景。子和忙把小白菜扶起，走到床边，抱在床上睡下，自己也匆匆睡下。好梦易短，不觉到了明天，早上小白菜怕小大回来，忙忙地催着子和回去，子和没法，只得下床，梳洗了一回，悄悄回去。三姑这时，已是起身，仍同子和很是亲热，方才进来，小白菜却因昨夜被子和蹂躏了一夜，觉得腰酸体软，不能起身，忍不住又想到和乃武相好的时候是怎等光景，乃武如何劝勉自己，不想如今受了人家春药迷住本性，污了身躯，是鲢鲤不分，有口难辩，便是跳在黄河之中，也说不清了。没奈何，只得忍辱偷安，究竟不是自己心愿，将来万一被小大知道，自己如何分辩呢？想到这里，又不禁饮泣起来。

三姑哪里知道小白菜的心思，以为是子和去了，所以哭泣，即笑道："小白菜，哭什么呀，晚上就要来的。"小白菜听了，越发悲泣不已。三姑莫名其妙，只劝着小白菜，又拿出子和送的打簧表来，看了一回道："如何是活的呢？小白菜，你听里面是活的呀。"小白菜见三姑连表也不识，倒不觉笑了一笑，望到枕边，却是子和留下的金子、银钱，正放出了黄澄澄白亮亮的光华，直照入小白菜的眼中。不觉呆了一呆，想到子和这般阔绰，已送了这许多的金银给自己，小大一世也赚不到这些，这般一想，便把悲哀减去了几分。暗想只要事情不破露出来，今已是木已成舟的事情，也只得将就下去。究竟这么多的金银滚了进来，一个人在床上，胡思乱想一回，困倦起来，便蒙眬睡去。直到醒来，已是差不多午时光景。一看打簧表上，已十一点半了，忙起身梳洗，知道这些金子银洋，若是被小大看见，定要查根究底，反为不美，不如藏了起来，暗中贴着家用，只说是做活计赚的，也好使小大轻些负担。自己既干着这种不端之事，自应体恤些丈夫了。即将金银金表，都悄悄藏好。又怕三姑不知轻重，说了出来，唤了三姑过来，关照了一回。谁知三姑别的虽傻，这件事情都一些不傻，明白子和是个知县的儿子，家中有钱，若同小白菜常常往来，自己好处甚多。说穿之后，子和若不能来，自己却没处赚钱了，因此一口应诺，绝不说向外面。小白菜知道三姑最贪的是钱，又取了十块钱给三姑，三姑欢天喜地地答应不向小大说知。小白菜见诸事妥当，仍安心照常做事。

却说子和一夜宿在小白菜家中，享尽了人间艳福，夜间淫乐无度。到了明天早上，怕被人撞见，绝早起身回去。到了爱仁堂药铺，走到楼上，觉得身躯疲倦异常，忙向床上一横。又睡了一回，到了正午，方才醒来。起身之后，宝生听得，忙忙上楼，见了子和，先双手作揖道："恭贺大喜，我老钱的本领如何？大少爷怎样谢我？昨夜快活得怎样？"子和只是笑，宝生便细细问子和昨天自己走后的光景，子和也不相瞒，把如何勾搭上手，如何小白菜发怒，如何三姑看破，到小白菜息怒，宿了一夜，一一向宝生悄悄说了。宝生听得事情妥当，方才放心。又说了些凑趣的言语，同子和一同吃了午饭。到了晚上，子和独自一人，又悄悄地到小白菜家中，公然奸宿。自此之后，除了小大回家的日期，子和不到，其余的日子，子和竟做了小大的替身。

不觉过了十余天工夫，这时天气已渐渐秋凉，小白菜把床搬上楼去，三姑却住在楼下客堂后面。子和因好久没有回去，手头的钱也用得差不多了，欲回去一次，隔夜又回到小白菜家中，宿了一夜，百般淫戏，自不必说。可是小白菜的心中，对于这事，总有些不乐意。只因事已至此，也只得且度目前。子和到了明天，即回转了余杭县衙门，这位林氏太太见了，顿时似天上掉下一件宝贝仿佛，问长问短地亲热不了。子和妻子李氏，也来相见。子和已有了小白菜般的标致人物，颠鸾倒凤，把李氏越发看得如眼中之钉，一不如意，非打即骂。李氏却很贤淑，并不口出怨言，只暗中饮泣，自觉命苦罢咧。

过了两天，子和向刘太太取了些钱，兑了些首饰，又忙忙地到仓前镇来。打探得小大并不在家中，即到小白菜家中，把首饰送给小白菜。三姑也得些东西，把个三姑喜得无可无不可的，只赶着子和叫阿哥。这晚子和自然是不再回去，住在小白菜家中。一夜之间，何尝好生眠熟，沉浸在风流阵里。到了明天早上，子和依旧到钱宝生家中，这般地又过了两天，小大也曾回到家中，瞧见小白菜白日思睡，精神有些异样。又见小白菜手头却不似以前一般苦楚。问起小白菜时，却说是做活计得来。暗中留意小白菜日间夜中，都没有瞧见在那里手不停针地做什么东西，心中不觉起了疑心。暗想看小白菜的情景，白日思睡，精神疲倦，好似晚上不睡的一般，不要自己不在家中，又同杨乃武往来起来，那就糟了。自己一顶绿头巾，稳稳戴定。乃武这人，怎的如此可恶？起初住在他的家中，因瞧透了同小白菜鬼鬼祟祟，有了奸情，自己息事忍耐，怕他刀笔厉害，便搬了出来，把乃武同小白菜拆开，并不追究此事，也就是了。如今他竟又来胡缠，自己好好一家人家，被他闹得不亦乐乎，自己同乃武，真如七世冤家，何以只缠着我胡闹呢？不由得把乃武恨得牙痒痒地，哪里知道此时的奸夫，不是杨乃武，乃是刘子和呢。小大对于小白菜，因小白菜的面貌实是标致非凡，世间少有，似小大般的贫苦，相貌又是不堪，别说是娶小白菜般的人才困难，就是娶一个无盐嫫母般的黄面婆子，也得瞧缘分如何。娶到这般美貌媳妇，真是心满意足，喜出望外，哪里敢开罪小白菜，弄巧成拙，失掉了一个天仙般的妻子，虽是心上有了狐疑，口中也不敢言明，只暗中留意。

这一天，正是八月二十四的一天。子和又到小白菜家中来续欢梦，天色尚未黑暗，三姑见了，忙把门闭紧，一同到了楼上房中，向子和笑道：“阿哥，今天送些什么东西给我？不然，我坐在小白菜床上，不放你们写意。”子和笑道：“别恶作剧，今天没有什么东西送你，再给你五块洋钱如何？”三姑忙把手一伸道：“好好，快些拿来，我立刻下楼去了。”子和即取出了五个银圆，给了三姑，三姑欢欢喜喜地接了，一壁在手中敲得叮叮当当地怪响，一壁走下楼去了。小白菜见三姑只知要钱，傻虽是傻，却也会索诈，不觉微微一笑。子和见小白菜坐在临窗的一个竹榻之上，只这一笑，真是百媚横生，倾城倾国，子和的魂灵儿早飞出九霄云外，忙在小白菜肩下，坐在竹榻上面，一把将小白菜的香肩一勾，着着实实亲了一口，笑道："我年纪虽轻，遇见的女子也有四五十人，从未有瞧见如你一般的标致，见了你之后，别的女子给你拾鞋也觉得不配，好人，你如何生得这样的迷人荡魄呀？"小白菜听了又是微微一笑，把一双媚眼，向子和面上斜注了一眼，子和顿时浑身不自在起来，险些儿不酥掉了半身，越发搂住了小白菜，亲热起来。小白菜忙把子和一把推开道："快放手，被三姑瞧见，像什么式样，你用过晚饭没有？我还得去煮晚饭咧。"说毕，即立起身来。欲知后事如何，且看下回分解。

第二十五回

明月清风魂销一刻
尤云殢雨胆怯终宵

话说刘子和到了小白菜家中，在楼上房中，把五块钱打发三姑下楼，同小白菜并肩坐在竹榻子上，叠起了万斛温柔，同小白菜亲热个不住。小白菜却怕三姑瞧见，一把将子和推开，问子和可曾晚饭，自己尚得下楼煮饭。说着立起身来，意欲下楼。谁知子和将小白菜一只纤纤玉手，用力向怀中一扯，小白菜的三寸金莲，哪里站立得定，早一个娇躯，向子和身上扑下，子和即伸开双手，拦腰抱住，亲住了小白菜的香颊笑道："腹中还不饿咧，只是口枯舌干，满身发燥，要借些水浇上一浇方好。好得三姑，我已花下了运动的钱，这个傻子倒还知趣，绝不上楼，我们正可放大了胆，乐上一乐。春宵一刻值千金，岂能虚度光阴。好人，别为难人咧。"说着，一手抱住小白菜纤腰，一手却不安分起来。房中顿时寂静无声，只听得啧啧的响，同了小白菜微微的吁气。子和本是个急色儿，似这般的温香满握，美玉在抱，哪里还得什么，早把小白菜移向一边，虎跃而起，便听得小白菜咯咯娇笑，约有半个钟头，方才渐渐安静起来。又停了一回，小白菜笑道："来了总是这般发急，连晚上都等不到咧，把人闹得这个样子，头发也乱了，如何是好?"子和笑道："那有什么要紧，好得又没人到来，谁叫你生得这般标致呢，叫我如何耐得住呢?"小白菜听了，不禁扑哧一笑，一面起身结束，一面把蓬松云鬓抿了上去，又向子和笑道："你吃些什么，叫三姑去买。"子和道："没有叫你花钱之理。"即取了一块钱，交给小白菜，自己睡在竹榻上休息。小白菜怕子和受了凉气，不是儿戏，忙扯一条薄被盖在子和身上，方下楼去命三姑购办酒菜，自己煮晚饭。不一刻，三姑已将酒肴买来，小白菜也把晚饭煮就，搬到楼上，同子和饮酒。子和自勾搭了小白菜之后，真是享尽了艳福。子和自出世以来，从未遇见过这般似天仙的女子，与如此的享受快活，心中欢喜，已到了绝顶。恨不得把小白菜在眼皮上供养，娶回家去，方心满意足。三人饮了几杯。三姑先去安睡。小白菜同子和晚饭完毕，小白菜把残肴收拾下楼，仍回楼上。子和已有了些酒意，睡在床上，只是催小白菜上床欢娱。小白菜一瞧时候，已有了八点多钟，便宽了衣衫，穿一件粉红色的小衣，下面湖绿单裤，换了双大红绣翠绿花的睡鞋，越发觉得身材袅娜，满面娇俏，端的是个宜喜宜嗔的春风脸，倾国倾城的可喜娘儿。子和看得眼中火出，心头又怦怦动起，忙着唤小白菜睡下。小白菜笑盈盈地，走到床边坐下，跷起了一只金莲，向子和身上一搁笑道："这双鞋儿可好？"子和早如狼如虎，把小白菜如小鸡般抓在手中，狂荡起来。子和这时已是两眼如火，一身炭炙。小白菜也引得杏腮飞赤，秋水神荡。

正是欲仙欲死，神迷魂荡，得意非凡的时候，猛然间听得外面砰砰的打门，有人在门外高叫道："三妹，快些开门。"小白菜听得，正是葛小大的口音。不要说子和想不到葛小大忽地在这时候回转家来，便是小白菜本人也意料不到丈夫葛小大，这时还得由店中回家，不由得面如土色，哪里再有什么闲情逸致，寻欢取乐。浑如小鹿心头乱撞，惊慌失措，死命地把子和推下身来，悄悄嗔道："快走，快走！小大回来咧！怎样好呢？"子和见了小白菜这般惊慌，也料到是小大回转，如今听得真是小大，心中不禁也吓得怦怦乱跳，面色大变。方才的一股兴致，已飞向爪哇国去了。小白菜也顾不得子和受病，忙一把推下了身躯，不住地发抖。子和吓得昏了，只伏在床上，一动也不敢乱动。还是小白菜有些主意，忙叫着子和道："快些起来，躲一躲再说吧。"这时外面，越是打得厉害，子和听了小白菜的言语，猛然惊醒，慌忙穿了小衣起身，一把将自己的衣服，抓在手中，悄悄问道："躲在哪里去呢?"小白菜一想，暗想小大这时归来，定必知道了什么风声，倘把子和蒙在楼上，不大稳生，不如将子和藏在三姑床上，小大虽是疑心，绝想不到在三姑床上，即向子和道："快藏在三姑床上，切莫声张。等小大上楼，立即出去吧。"子和点头，慌忙放轻脚步，走下楼去。

小大在门外，连嚷带敲，叫了一回，心头火起，提起脚来，连踢了两脚。小白菜在楼上，装作惊醒模样，高声叫道："三妹，快起来开门呀。"自己忙穿好衣服，仍睡在床上。楼下三姑此时方才惊醒，正欲起身开门，却见子和蹑手蹑脚下来，向自己床上一缩，悄悄向三姑道："妹妹，快莫声张，去开门放进了你哥哥，待他上楼，放我出去，我给你十块钱，千万莫要被你哥哥知道。"说罢，在身旁取出了十块钱，放在三姑枕边，自己缩在三姑床上，慢慢穿起衣服。三姑虽傻，对于子和同小白菜通奸一件事情，却也知道不能给哥哥小大知晓。又加着子和到来，常有银钱东西送她，若是一旦撞破，子和便不能到来，自己东西即无从到手，因此不肯向小大言讲。今晚忽地听得小大敲门，也很惊慌，听得子和这般说话，又有十块钱到手，早连连点头，一面下床，答应着小大，出去开门。小大敲了一回，方听得小白菜在楼上叫醒三姑，三姑懒洋洋地答应，心头越发狐疑起来。及至三姑咿的一声把门打开了，小大也不同三姑搭话，飞也似的向内直奔，迈上楼去，把三姑看得暗暗发笑。正待去唤子和出去，却见子和蹑手蹑脚悄悄走来，原来子和在床上已把衣履穿好，听小大奔上楼去，暗暗道了声侥幸，忙忙地偷走出来。见三姑尚没把门关闭，慌忙一溜烟地出了葛家大门，回爱仁堂药铺去了。三姑见子和这般地慌张，不由得扑哧一笑，便将门关了，自去床上安睡。子和的十块钱，仍白亮亮地放在枕边。三姑心本欢喜，取来藏好，也不管小大上楼怎样。一合上眼，早酣然入睡。

却说小大一鼓作势飞奔上楼，走进房中，一望小白菜，盖一条薄被，安安稳稳睡在床上。可是双睛虽合，满面春色。两颊飞起了两朵红云直红到耳边，好不娇艳，分明是春意正浓，浪态初起的光景。小大一见，暗想瞧这神色，小白菜方才不甚妥当，不要杨乃武趁着自己住在店中，到家中来奸宿，今晚不料到自己回来，正在好梦乍圆之时，被自己惊散。因此小白菜面现春色，体有浪态，想到这一层，忍不住把小白菜愈看愈像，欲把奸夫找将出来。以为小白菜既同杨乃武在房中干不端之事，被自己冲破，杨乃武定仍在房内，不知藏在何处，万不料到奸夫，却是刘子和，已出了大门。小大这时也不同小白菜说话，把一双眼睛，四面乱看，陡地见旁边竹榻之上，有一条薄被抖乱，地上又有些食品骨觳，知道情形定是不妥，自己的意料，一些不差，忙在房中各处乱找。小白菜在床上，只做不知。小大找了半天，哪里有什么影踪，虽是满腹狐疑，只是找不到奸夫。有道是捉奸捉双，找不到奸夫，不能作真实事情，只得闷气吞声，不向小白菜说话，小大心中，只知道小白菜奸夫是杨乃武，因此把杨乃武恨如刺骨。但是惧怕杨乃武的势力，又没有真凭实据，不敢找乃武说话。当夜小大即宿在家中，小白菜对于小大的盛情，自从被乃武正言规劝之后，很是和睦。这一回的失足，实是被子和用了春药，一时失措，无奈允从。瞧见小大这般心神不安的式样，不觉良心上很是不安，眼中忍不住掉下了两点清泪，怕小大看见，忙忙地把头向被内一蹿，小大未曾瞧见。这夜小白菜，一则对于小大万分抱歉，二则方才被子和引起了一团烈火未曾消灭，在小大身上发泄起来。这一种的温和柔媚，娇浪艳荡，自小大圆房之后，小大尚是第一次尝到。小大虽蠢，这般异样艳福，哪有不知之理。觉得今夜的小白菜风情媚态远非往日可比。也猜到小白菜怕自己怀疑，所以如此，不禁万分怜惜。把方才的恚怒，赶一个干净，还觉得小白菜很是可怜，被乃武勾引逼迫，要不是被他威迫，小白菜绝不致干出这般不端之事。从此之后，非得常回家中住宿，才能杜绝乃武到来。打定主意，安然熟睡，便不再去查问根由。

却说子和溜出了葛家，回爱仁堂去。在路上把小大已十分痛恨，暗想亏得天气还不寒冷，不然，竟得犯下阴症，方才在小白菜床上，正是得趣之时，想不到小大竟是回来，把自己一吓。这都是小大早不归家，晚不归来，在自己得意的时候，忽地打门，真是可恶。且想且走，已到了爱仁堂门口，即敲门进去。钱宝生这时尚未熟睡，听得子和在这时候回来，知道定发生了什么变故，慌忙起身。子和已到了楼上，宝生即跟随上楼，走到房中，见子和横在床上，呆呆地望着帐顶。宝生叫道："大少爷，怎的这时候回来了呢？不要出了什么变故了吧？"子和坐起身来，点头道："正是，险些儿被小大撞见。"即将在小白菜家中，小大忽然回来的事情，一一向宝生说了。宝生在沿窗的一张椅上坐下，不住地沉吟道："如此看来，葛小大已有了什么风声听得了不成？不然，哪里会这时候回来呢？"子和道："我也是这般的想，倘真的有了风声，特地回来捉奸，这一次虽未捉到，以后防范起来，那就糟咧。"说着，把眉头紧紧蹙起，连连长叹。宝生道："大少爷，且别发愁，究竟小大是有意回家捉奸，还是无心凑巧，尚不能知道，明天且打探个明白，再设法补救就是。今夜先安睡了一夜，方才大少爷被小大吓了一跳，自不必说，回来在街上，可受了寒气呢？那倒不是玩的。小白菜的事情，凭着大少爷的财势，总有办法，不必心焦。"子和道："的确被小大吓上一下，寒气倒还好，不曾受到。这一回的事情，又得重仗你了。事情妥当，自得重重相谢。"宝生笑道："大少爷说什么话呢，有我老钱在这里，总不致使这般一个美人儿，从此绝望，不能相会，大少爷放心就是。今夜快些安歇吧，我也得去睡了。"说毕，立起身来，下楼去了。子和没法，知道今夜绝不能再同小白菜取乐，只得睡下，心中只把葛小大恨恨不止。

到了明天，宝生、子和见面之后，子和便请宝生出去打探，昨晚小大回家之后，怎样情景？宝生应诺，即出了药铺，到小白菜家中，借着看小大为名，这也是怕小大仍在家中，没有到店。进了葛家，一瞧小大并不在家中，只有三姑同小白菜二人。三姑见了宝生，先笑道："钱宝生，今天叫这位有铜钱阿哥不要来了，阿哥要回来的。"宝生听得三姑叫子和有铜钱阿哥，不觉笑了一笑，暗想亏这个傻子想出，一个有钱，便唤作有钱阿哥，小大自然是无钱阿哥了。小白菜对于钱宝生，因自己受子和蹂躏，是宝生暗用春药，自己方一个失足，同以前与杨乃武大不相同，心中很恨着宝生。见宝生到来，知道是替子和做暗探，哪里有好颜色给宝生，只顾着做活计，似理非理地答了一句道："险啊，亏得没被他捉到。"宝生见小白菜这般神色，岂有不明白小白菜恨着自己，听得小白菜说险，虽不明了小大的怀疑，自免不掉了，便装着不知，问三姑道："昨天你哥哥说些什么呀？"三姑在今天早上，小白菜也曾向她说过几句，昨晚小大生疑，今天小大特地关照晚上回家，这也是小大体贴小白菜，怕奸夫再来，说明了回家，可以使小白菜拒绝。因此三姑知道小大晚上回家，听得宝生相问，即大约说了一遍。宝生听了，已知道小大从此之后，或将常住家中，显见是起了疑心。当下也不再问，告辞走了。回到爱仁堂药铺，同子和相见。子和忙着问宝生怎样？宝生把小大如何疑心，如何向小白菜说明今晚要回家中，一一说了。又向子和道："大少爷，这两天小白菜家中，你可不能去咧，非过了这风头再说。"子和听得，不禁连声叹气道："老钱，这般一个美人儿，叫我如何丢得掉呢？你总得给我想些办法呀。"宝生沉吟一刻，说出一番言语。欲知后事如何，且看下回分解。

第二十六回

返家庭荆妻成宿孽
应考试村夫结冤仇

却说刘子和听得钱宝生回来，说是小大对于小白菜，已起了疑心，今天晚上说明要回家住宿，知道事情弄糟，请宝生设法挽回。宝生也眉心紧皱，沉吟了一回道：“办法是有，只是这件事情，倘是闹穿起来，彼此都有不便。小白菜难以见人，自不必说。我老钱在镇上的声名不好，也不必去说他。便是大少爷，老太爷是本地太爷，大少爷勾引良家妇女成奸，于官箴上不大稳当。被作对的人参到上司，怕不好吧。”子和忙道：“如此说来，难道叫我生生地把个美人儿断了不成？”宝生笑道：“话不是这般讲的，好歹且避过这一时的风头，小大防备得疏了，我再替大少爷设法就是。好得大少爷自到了仓前来，也有一个月光景了。其中虽回去一趟，没有住了三天，又到这里，老太爷同太太岂不记念。趁此时期可以回去住个半月，一则可以安慰老太爷同太太，二则大少爷也好换换口味。同小白菜相好，有二十多天了，回去换一次口味，未必无味。天天吃着熊掌，也得讨厌。停一回再吃，分外觉得滋味足些。大少爷如今且回家去，停得半月十天，再到仓前，那时同小白菜取乐，自然越发情浓意惬了。而且那时的葛小大，防范必是松疏的了。若仍然如此，我老钱自有妙法，使小白菜同大少爷相会，大少爷以为如何？”

子和点头道："话是不差，换一回口味也好。只是我在小白菜口中，有时听得说起，她同小大本是很好，要不是第一次用了春药，至今不能成就好事。我曾经因了这事，想到小白菜如此标致得如天仙一般，葛小大丑陋得似丑八怪一样，又是个三尺短命丁，不要说别事，便是床上功夫，也未必可以满小白菜的心意，如何倒和睦非凡，小白菜一些没有怨言呢？取笑过她一回，她却很老实地告诉过我，说是同小大未圆房之时，同杨乃武相好，也嫌着小大丑陋，配不上自己，却经了乃武几番相劝，方同小大圆房。又听了乃武的正言规劝，感动醒悟，小大又待她不差，因此很是和好。自从被春药所迷，失足之后，不得不同我相交。听小白菜的口气，对于我这件事情，不是出于心愿，只为一次失足，又瞧着我年轻钱多，才肯交好。可是对于小大的感情，却依旧如此，没有变动。又说一个女子，做下这般不端之事，对待丈夫应该万分体贴，不该再作践丈夫。这般看来，小白菜对于小大，自然是十分体贴和睦非凡的了。不要这一次小大起了疑心，小白菜因做下了不端之事，心中抱歉，也变起心来，那就糟哩。"宝生听了，不禁把方才小白菜的冷淡态度，提上了心头，暗暗点头，子和说的话一些不差，便点头道："大少爷，这话却是不差。小白菜的心意，真有些古怪，似葛小大般的丑八怪，反以为如香饽饽似的，对待大少爷这般的风流少年，却不过如此。只是这一点虽不可不防，却也无法可施。除非是小大死掉，方能免掉，如今且别顾到，俟过了风头再看如何？随机应变就是。有我老钱在镇上一天，总得使小白菜同大少爷相好一天，此时且请宽心。"子和听毕，便不再言，可是心上终不免闷成了个疙瘩似的，当下没法，知道倘是闹破了反为不美，只能先回余杭。当天即收拾了行李，向宝生作别。临行之时，又重重嘱托了宝生。宝生答应，替子和雇了一只小舟，又派了一个伙计，跟随子和回去，路上可以照应，不致出什么岔子。一切就绪，子和快快下舟，自回余杭。这个伙计，送子和到了余杭，仍回仓前。

却说葛小大自那一天生了疑心，怕奸夫仍到家中缠绕不清，特地向店内说明，自己须住几天家中，每晚回去，小白菜也欢喜，夫妇二人，依然很是恩爱。只有三姑，因子和不来，没有进款，心内大不乐意，又不敢说穿。光阴迅速，又过了几天。这一天小大正在家中，听得外面有人叫门，三姑把门开了，一瞧却是杨乃武，不禁一呆。乃武见了三姑，笑道："你哥哥在家吗?"三姑点头道："阿哥没有出去。"乃武即走进门来。原来乃武自作书劝了小白菜归正，见小白菜果然一心归正，一些没有淫邪之念，心中十分欢喜。乃武妻子詹氏，知道乃武同小白菜断绝关系，小白菜也归了正，心中也甚乐意，便劝乃武攻书。只因这一年恰是乡试的一年，乃武是个秀士，尚没中举人，詹氏劝乃武攻书，可以去赴试。若能中了举人，就能进京会试，将来一帆风顺，做了大官，岂不是可以名扬四海光大门楣。乃武听了詹氏一番言语，觉得一些不差，便闭门攻书，一意上进，准备进省乡试。乃武本是个聪明绝顶的人儿，这一用功，不觉文艺大进，屈指计算乡试的日期已近，仓前离杭州省垣虽近，也得早些前去预备。詹氏同乃武姊姊叶氏，听得乃武要进省去乡试，都很是起劲，忙着替乃武预备应考物件，什么文房四宝一切书籍，同了场内点心食物，都预备就绪。这几天内不要说是叶氏、詹氏，把一个手脚不停，连叶氏的儿子，也忙着同乃武收拾东西。乃武这几天，却只是去辞别亲友，便有许多亲友，同乃武饯行，热闹了几天。看看试期将近，乃武独自一人，在书房之中，正想着所有亲友，都已辞别，尚有什么人没有辞别，不觉想到了小白菜毕生姑，自搬出了自己家中，到太平巷居住，同葛小大圆房之后，听了自己的良言规劝，果然收住了心猿意马，一些也没有再生什么邪淫不端心念，已是去邪归正，真是难得。对待小大，又是曲尽妇道。仓前镇上，哪一个不称赞贤惠。似小白菜般漂亮标致得如天上嫦娥的女子，匹配了个丑八怪似的三尺短命丁葛小大，哪一个不替她冤屈。小白菜却听了自己规劝，处之泰然，一些没有厌鄙丈夫的心意，越发不容易瞧见。而且小大家中既穷，只做了个豆腐店伙计，每月所入有限，要不是小白菜仗着十指所入，如何可以支持门庭。这般女子，虽是以前曾经失足一次，如今这样规矩，端的是可敬可爱。自己同她，若是没有过以前的相好，也得周济一些，何况曾经有了一度恩爱。越应该尽能力所及，周济于她。自己因了避嫌疑起见，一向没有去瞧她，也不知道她景况如何，于良心上很觉不安。不如趁这一回自己进省去赴试，只说到她家中，向他们夫妇辞行，顺便可以瞧瞧他们的现况可好。若有机会，又可以周济一些给小大，岂不是一得两便。

想定主意，到了明天，因过了这天，便得动身到杭州去了，即把一切事务整理了一回，且到下午，取了些钱，出了大门，径向太平巷走去。不一刻，到了葛家门口，站定了脚步，暗想不知小大可在家中，倘是不在家中，倒有些不便，被人家知道了不好。最好小大恰是在家中未到店去，不然，很不方便，只是既是来了，自然要进去一敲，即起手敲门，却见了三姑出来开门，一问三姑，说是小大并未到店，正在家中，心中大喜，忙走将进去，立在天井之中。三姑闭了大门，随着乃武走来。乃武向三姑道："快去告诉你哥哥，说我来瞧他。"三姑一面点头答应，一面早飞也似的奔将进去，口中又不住地叫道："阿哥，杨家二少爷来了。"小大在里面听得，心内已吓得一跳，暗道："乃武这胆子，可算得如天一般大小，前两天来勾引了小白菜，险些儿被自己捉着，被他逃掉，今天竟再敢白天到来，同我会面，不要是因了自己住在家中，不能到来奸宿，仗着他的绅士威势，来欺负于我。"想到这里，忍不住望了望小白菜，却见小白菜并不惊慌，反而欢喜，面上笑盈盈地说道："是杨家二少爷吗？快请里面坐吧。"小大听了小白菜请乃武进来，虽是满腹狐疑，一时也不敢放在面上，只得也叫道："二少爷请屋里坐吧。"即把门帘揭起，乃武走将进去，同小大、小白菜见过，分宾主坐下。小白菜早倒了一杯茶，授给乃武，一面笑道："二少爷，好久没有光临了，今天怎样一阵好风，把二少爷吹来了？”小大听得，暗想：“这定是小白菜说谎，几天前明明白白到来奸宿，险得被自己撞破，怎说是好久没来呢？小白菜对于自己的感情，本来很好，要不是乃武来勾引，绝不致做出什么歹事，这一回好不容易将小白菜的心勾了回来，乃武越发好了，因晚上被自己监视，索性白天到来诱动小白菜的心了，真是可恨。”听得小白菜向乃武寒暄，便默然无言，呆呆地望着乃武，面上不免露出不欢之色。乃武是何等样的聪明人物，见了小大这般面色，岂有瞧不出来之理，以为小大定是知道了以前自己同小白菜的事情，对于自己依旧怀恨，这一次定想差了心思，以为自己到来，又是想起旧情，来诱引小白菜。不知道自己有一番好心，这真是以小人之心度君子之腹了，哪里知道小大因了刘子和的事情，认差了乃武，因此心中大大地不悦起来。可是乃武这一次到来，本是一则辞行，二则探望小白菜同小大的光景，三则意欲周济他们一些，瞧见了小大这般恨恨不绝的颜色，也不理论，忙一面接茶，一面谦逊了几句，又把自己将要上省乡试，告知了二人，自己特来辞行。

小大听乃武要到省城中去赴试，知道一去之后，不是十天八天可以回去，自己家中不致再来胡闹，不觉心头一宽，面色便和缓了一些。方待答话，小白菜早笑道：“好呀，二少爷这一回赴乡试，定必高中。似二少爷的才学，将来连中三元，鳌头独占，是意中事。我先同二少爷贺喜。中了之后，做了大官大府，可不要忘掉了我们以前的穷乡亲啊。”小大便也凑了两句，乃武便道：“好，准依嫂嫂的利话，将来我杨乃武倘是得意，自不能忘记贤伉俪的。”小大听了这话，却大不以为然，暗道：“你若做了大官，我就糟了。小白菜可不做我的妻子，要变作你的小老婆了。”不禁嗯的一声，不再言语。小白菜却笑盈盈地道：“但愿如此便好。”乃武知道自己坐得久了，小大很不欢迎，只是自己此来，意欲周济他们一些，尽自己的良心，便问小大道：“小大哥，你如今生意好做吗？不日即将赴省城赶考，素来照顾不周，特来看望你们。”说着，拿出十两银子，送到小大手中，即走将出来。小大因十两银子面上，不得不送乃武到门口。小白菜也直送到大门，见乃武去了，方才进来。小大已把十两银子收好，也不向小白菜说些什么，只快活得满面是笑。当晚命三姑买了些酒菜，吃得醺醺大醉，方酣然入梦，欲知后事如何，且看下回分解。

第二十七回

求鱼水一夕定计谋
说风情片言明心迹

话说杨乃武出了小白菜家中，回到自己家中，见叶氏、詹氏等众人正忙着收拾应试物件，乃武自己即到书房之中，把场内应用书籍，装着一只考篮，又把准备下的文房四宝，一齐装入篮中。一切就绪，天色已是不早，即命人去定下一只小舟，明日启程。不多时，去定船的人回来，说已定下了张好老的小船，言明仓前镇到杭州，船价一元二角，饮食在内，酒钱另赏。乃武便先把铺盖被褥、考篮书籍等应用物件，发下船去。自己明天早上下船，安排就绪，已是晚饭时候。这时詹氏特地亲自煮了几色精美菜肴，沽了一瓶真女贞陈绍，请乃武小饮几杯，作为话别饯行。乃武见了，心中很是欢喜，暗想自己亏得听了詹氏的话，同小白菜断绝往来，詹氏方如此欢悦，不然，哪里享得到这样的家庭之乐，便欣然就座。詹氏、叶氏也都坐了，连詹氏的儿子亦坐在下面，一家人且饮且谈，十分欢乐。詹氏、叶氏又说了些吉利的话，这一顿小饮，直到了十点钟模样，方才吃饭完毕，乃武因明天即要动身，先去睡了。叶氏、詹氏收拾了一回，又瞧了瞧乃武的赴试物件，可有缺少，收拾好了，也各各归房安歇。到了明天，詹氏、叶氏绝早起身，忙着命人把东西运下船。船夫张好老也到了杨家，詹氏知道张好老是个老实的人，年纪也有五十余岁了，从仓前到杭州的路，最是熟悉，心中很是放心，即把一切应用物件，同了船上的路菜点心，一一点交给张好老。张好老即装做一提，挑下船去。这时乃武起身梳洗，詹氏将早点煮好，给乃武充饥，乃武吃毕，又收拾了一些随身应用的东西，做一包包了，一面吩咐了詹氏几句，又托叶氏照顾，二人都一一应命，也嘱咐乃武，一切当心，诸事已毕，乃武带了小包，兴冲冲地同詹氏、叶氏告别，径自出门上船。詹氏、叶氏送到了门口，方才回转里面。乃武走下了船，张好老在船上，殷勤招待，乃武即先付了一块的船钱，其余的到了杭州结算。张好老收了，回到船艄上，翻开了一本皱烂不堪的账簿，上了一笔，收乃武一元的账，方解缆开船，径向杭州而去。一路很是平安。到了杭州，先找了住址，住了几天，然后进场应试。且按下不提。

再说小白菜自从乃武到了家中，赠了十两银子之后，顿把前后事情，一概提上了心头。暗想似乃武这般的人，真可算得正人君子，非唯不趁着自己厌恶小大之时，自私自利，诱哄自己同小大悔婚，以达自己淫欲之念，反力劝自己归正。这一回去赴试，怕自己贫困，没人周济，特来送十两纹银，比了刘子和以金钱春药来迷惑通奸，其间道德，相去不可以道里计了。从此之后，自己须勉励做人，再不理会子和，否则，哪里对得住乃武的一片苦口婆心呢。小大心中，却不是这般想。以为乃武上了自己的当，以金钱来诱引小白菜，无奈自己已瞧破机关，越发看守得严密，瞧乃武怎样可以逞他心意。因此仍每晚宿在家中，同小白菜不离开一天。这般一来，乃武却毫无关系，把个刘子和却弄得无可奈何起来，把小大恨得牙痒痒的。最妙将小大一刀两段，方出了心头这一口恶气，可以同小白菜停眠整宿，趁了心愿。原来刘子和回到了余杭县之后，林氏太太见了儿子回来，好似天上掉下一件宝贝似的，不住地叫乖乖心肝。子和的妻子李氏，虽知道子和厌恶自己，也不得不出来相见。谁知子和自有了小白菜般的标致人物，瞧了李氏，越发的似无盐嫫母、罗刹女、母夜叉仿佛，暗恨怎的不把李氏配给了葛小大，自己娶了小白菜呢，岂不是一双两好。各各真可说是姻缘错配，月下老人恶作剧咧，便连李氏的面都不愿意看见，别说是同床共枕了，子和在家中住了两天，哪里把小白菜放得下心去，终日长吁短叹，心中闷闷不乐。把这位孝顺母亲林氏太太，弄得莫名其妙，如何舍得这位宝贝儿子终日愁闷，向以为在家中因了同李氏不合，所以无甚乐趣，心中烦闷，忙取了些钱，命子和到外面去寻欢乐。子和回家之后，因想念小白菜，没有到外面去冶游。如今听得母亲命他出动游玩，知道一时仓前恐不能去，不如在本地冶游几天，陶情作乐，寻花问柳。譬如听了宝生换一次口味，也未为不可。即同了几个狐群狗党，出衙去嫖妓窠娼。可是哪里有比得上小白菜的十一，真是曾经沧海难为水，终觉得远没有同小白菜在一处的快活。子和也没奈何，只得聊胜于无，闹了几天。

那一天，子和回到衙内，屈指计算，离仓前已有十余天了，暗想这时葛小大或者已是防范松懈，宝生在那里替自己设法挽回，不知怎么样了？在家内也没甚趣味，不如再走一趟，打探个下落，岂不是好。当下即向母亲林氏取了些钱，叫了一只小船。恐怕到了仓前，小白菜的事情被衙内的人知道，笑坏了好事，即独自一人，并不带仆役一人，下舟直到仓前，打发了船，上岸到了钱宝生店内。宝生一见，忙请子和上楼坐定。楼上这房间，本来是宝生的卧室，自看盂兰会的一次，腾给子和作为卧室之后，宝生知道子和有了小白菜的事情，要常来居住，便不再住在里面，留着给子和来的时候安宿，子和见了宝生，忙着问宝生这几天小大可住在家中？监视可曾松懈？宝生听得，早把眉头紧皱道：“这事情可有些糟了，葛小大自从这一天撞到家中之后，从未离开住过一夜。瞧他的情形，分明是监视得十分严密，我老钱因了大少爷的事情，也不知探过几次，却没有一回有好消息听得，小大白天出门到店，总留着言语，说是晚间要回家住宿。有几天竟回去吃午饭咧。这事情可有些难应付哩。”子和听了宝生的言语，不由得面色懊丧，长长叹了一口气道：“如此说来，这么一个娇的美人儿，便罢了不成？老钱，你总得给我想一妙法才好。事情办妥，我再重重谢你就是。”宝生道：“大少爷，话不是这样说的。我老钱若不希望大少爷同小白菜相好，也不把藏春散给大少爷了。如今葛小大监视得这般严密，不肯放松一步，这倒还不要说他。我瞧小白菜的心，也有些变了，我有几回到她家中，总是似理不理，对我很不欢迎。便是提起了大少爷来，从未有一言半语问起。以我老钱想来，小白菜对于葛小大，本很是和谐，大少爷要不是有了我的藏春散，到今天还没有成就美事。小白菜这件事情，不是出于心愿：不过已经有过了一次，失过了足，不得不应酬罢咧。如今趁着小大有些防范，便趁势同大少爷断绝往来。所以这事，实是有些难办咧。总之，葛小大在一天，小白菜的心便一天不会向着大少爷，除非是小大死掉。小大又怎样即能死呢？”

子和听了，不禁默然不语，低着头发愁。又想到了那一天自己到了小白菜家中，以藏春散诱引起奸之后，小白菜十分动怒，亏得自己以金钱为饵，方才平了风波。一个女子，没一个不爱着金钱和虚荣心的，依着宝生所说，小白菜如此不愿意同自己相好，也因了金钱，换一副面色，如今忽地又变将起来，或者再设法将金钱为饵去诱引小白菜一次，再骗她可以娶回家中，做一个知县的儿媳，好得自己同李氏性情不合，便是弄僵，也可以把李氏退去，将小白菜娶了。只要有钱，事情总可以办到。宝生这人，最贪的是钱，我何不再许他一些，使他再想个妙法呢？想得不差，即向宝生道：“老钱，话虽如此，我想小白菜是个贫困人家的女子，没有不爱金钱之理，何不再把金钱去引她一引呢？你替我想个办法，使我到她家中，同小白菜会面，我再设法去诱动她回心转意如何？倘是可以成就，你店中我加五百块的股本好吗？”宝生听子和又许下五百块钱，不由得喜得眉开眼笑，向子和笑道："大少爷主意是不错，只怕小白菜同小大的感情，不是金钱可以移得动的，那就糟了。大少爷要小白菜会面，只得看小大不在家，中午饭的日子，白天悄悄前去好咧。这倒容易，待我老钱去打探就是。"子和听得觉得这事尚有希望，倒放宽了些心。自这天起，宝生即每天早上出去打探小大可在家中，可要回家午饭。子和耐着性儿，在宝生家中等候。

事有凑巧。那天宝生打探得小大明天要到母亲喻氏家中去游玩，只因小大晚爹沈体仁明天是生日，小大前去吃面，须吃过晚饭回来。宝生知道之后，兴冲冲地回去，告知子和。子和大喜，忙着准备明天候小大出门，同宝生到小白菜家中，同小白菜会面。宝生即同子和约好，明天早上一同在葛家对门的小茶馆内等候。瞧见小大出门，即悄悄进去。一夜过后，明天清早，子和同宝生起身，梳洗毕了，子和因这天要以金钱同虚荣心，诱动小白菜的芳心，便带了十两金条，又藏了些贵重饰物，这都是子和在余杭带来，一切就绪，即同宝生出了药店，走到太平巷茶馆之内，怕小大出来看见，坐在后面，对着短窗，小大出来，可以瞧见。小大若不留意，却不知道宝生、子和坐在里面。自有跑堂的过来，泡上香茗。宝生又吩咐买了点心，同子和吃了。子和只注意着对面葛家，不多时，小大早换了一件干净衣服，走出门来。本来小大天尚未明，便得到店，这天因到沈家，不到店中，因此到这时候刚走出家中。宝生、子和见小大已去，心中欢喜，宝生忙会了茶账，待小大走远，即出了茶馆，一溜烟似的进了葛家大门。恰巧小大出门，三姑没有把门关上，子和、宝生推门进去。三姑见了，早笑着道："有铜钱阿哥来了。"小白菜在楼上听得，吓得一跳，只是也无可奈何，不好拒绝子和、宝生，一径地往楼上走去。到了楼上，见小白菜坐在床上发呆，子和忙笑着道："嫂嫂好呀，今天起得早。"宝生知趣，嘱咐了一声子和，早早回来，即下楼回去。三姑在楼下，即也不上楼来。子和四顾无人，早坐在床上，同小白菜并肩坐定，笑道："好人，你发狠心，把我丢掉了，害得我想得好苦。”小白菜倒也不能不理，微微笑道：“教人也没法呀，他天天回来，我如何可以找你呢?”子和即把带的金条一包，解将开来，一股黄澄澄的光华，直射到小白菜的眼中，小白菜不由得心中乱跳，子和即取了五条，向小白菜笑道：“这两天我没有到来，你的钱想是完了。这一些些，留着用吧。”又在手上取下了两个戒指，一个是玻璃翠镶嵌的，一个却是玫瑰红宝石面的，带在小白菜手上道：“这两个好吗?”小白菜见子和这般的豪阔，不禁一笑，也不好推辞，便不言语，只低着头呆呆地思想。子和趁势勾住了小白菜粉颈，温存起来，一面又甘言蜜语，只说自己同李氏性情不合，欲将小白菜娶回家去，退掉李氏，母亲最欢喜自己，没有不依之理。父亲又听母亲的言语，只要自己说话，没有不成的事。这般言语，把个小白菜的芳心，引得心猿意马，动将起来。暗想若其能如此，自己何尝不想，当然是好，做知县老爷的儿媳妇，自然比了做一个豆腐店伙计的妻子，强似万倍。可是自己已嫁了小大，如何可以把小大丢掉呢?而且若是嫁了子和，怎样可以见杨乃武呢?这一回的事情，已是自己的失足之处，真是要同小大离掉，早已应该在未圆房时悔婚了。你虽有这般心思，怎奈迟了啊。不禁长长地叹了口气，双目之中忍不住流下泪来道：“大少爷虽是好心，我可没这福分，今生今世，可不能的了。而且小大待我，很是不差，我做下了这等不规矩的事情，已不应该，怎说是另嫁别人呢?小大活一天，我只得厮守一天了。大少爷如是爱我，请不必再提这话，最妙能顾全到我的名节，不被人知道丑事，那我真是感激不尽，来生再报答大少爷的大恩。”

子和听了，万不想小白菜说出这一番话来，浑如焦雷轰顶，知道小白菜不是可以移动她心意的人，只得且图目前，忙将言语岔了开来。子和这人，本是个浪荡子弟，对于小白菜初时也不过只图淫欲欢乐，实是小白菜生得过于美丽，把子和的心勾住了，放不下来，才有这般心思，前几天没有见面，早已心痒难熬，今天好不容易得了机会到来，哪里忍耐得住，不管是青天白日，勾紧了小白菜，不住地亲热起来。小白菜也无可奈何，只得任着子和调弄。一刹那就地兴云布雨，双鬼飞肩。欲知后事如何，且看下回分解。

第二十八回

妒恨起毒心祸根隐伏
殷勤调汤药恶意难销

话说刘子和在小白菜房内，一度春风。小白菜不禁又想到了乃武谆谆相劝之时，忍不住呜咽起来。子和见了，忙着意地温存一番，方收住了悲泪。一瞧时候，已是辰末午时，慌忙把衣服整理好了，下楼煮饭。知道小大今天在沈体仁家中，一时不能回来，便留子和午餐。子和答应，在楼上等候。横在床上，不由得想起方才小白菜的一番言语，说得很是明白。小大一天活在世上，小白菜的心一天不会向着自己，尽是甘言蜜语，毫无用处。自己为了小白菜身上，也不知用了多少心机，钱也花得不少，连宝生的一千两银子昨天又许上了五百块，足足过三千。东西连自己最心爱的打簧表，也送给了小白菜，可算得至矣尽矣，只是仍不如一个穷的豆腐店伙计葛小大，而且丑陋不堪，倒得到了小白菜的真心，自己岂不是白用心机。今天这一次相会，不知又得到何年何月，方能再行相会。这般的美人儿，叫我如何舍得呢？就眼睁睁地瞧小大快活不成？听小白菜的言语，并不是真的不愿嫁给自己，做知县老爷的儿媳妇，无奈小大活着，小白菜不忍另嫁他人，便是交往，也是没法，因了已经失足方才允诺。不然，小大活着连交往都有些不甚愿意。如此看来，要把小白菜夺到手中，永远相好，除非小大死掉，才能得如愿以偿。停一回回去之时，却得同宝生商议一下，可有妙法，使小白菜一世同自己相好，便是多花些钱，做出些事情，也说不得了。好得父亲做着本地知县，都可以担待，家中有的是钱，用几个也不要紧。

正在乱思胡想，却见三姑走上楼来，向子和笑道：“阿哥，你好久没有来了，可有什么东西送给我呀？”子和听得，暗暗发笑，这个傻子，别的事情都不知道，钱却知道要的。也亏得自己有钱给她，保住了她的言语，不肯说给别人知道。不是有钱，怕不待到今天，小大早已听得的了。自己也早已知道这傻子贪些小利，便在身上取出一个钱多重的金线戒，笑道：“我早知道你要好东西咧，带一个金戒指在此，送给你吧。”三姑笑容满面地接过手去，又笑着唤子和下去吃饭。子和即随三姑下楼，同小白菜、三姑二人一齐吃饭。饭毕之后，小白菜收拾了残肴，子和到楼上，欲待小白菜上楼，再寻欢取乐，谁知停了一回，小白菜到了楼上，忙着推子和回去，怕小大回来撞见。子和见小白菜这般慌忙，没奈何只得懒洋洋地立起身来，一步一回头地走下楼去，自回家去。小白菜却横在床上，只是想方才的事情，子和的言语，不禁流下泪来，可是也无法可想，只得罢了。

却说子和回到宝生店中，只是闷闷不乐。宝生见了，忙问子和因何这般烦闷？子和即把方才在小白菜家中的事情，同了小白菜的言语，小大活一天，自己便没希望同小白菜相好，细细地说了一遍。宝生听了不禁沉吟道：“如此说来，小大这人，同大少爷势不两立的了。若要小白菜向着大少爷，非小大死掉不可。”子和点头道：“正是。”宝生道：“这般一说，大少爷只得丢了同小白菜相好的一条心罢，除非……”说到“除非”两字，便缩住了口，不说下去。子和忙问道：“除非怎样呢？”宝生道：“除非小大死掉。”子和道：“怎样可以使他死呢？”宝生忍不住笑道：“好端端的人，如何能死呢？除非要设法把他害了，方能使他死掉咧。”子和听了，不觉心中一动，低下头去，不住地呆想，想起了小白菜这副花容月貌，如何舍得丢掉？只是小大不死，眼见得事情糟了，倘是真的把小大害死，岂不是犯了因奸谋命的大罪，穿破下来，如何得了。小大活着不死，小白菜便一天不能依从了自己。绝没有两全其美的妙法。想到了这一层，心内不住将小大死掉，同了丢掉小白菜的两事，咕噜噜地打转，究属走哪一条好。大凡一个人做下一件万恶不赦的大事，起初也不过一念之差。今天刘子和也是如此，弄到后来，有杀身大祸。

闲话少说，却说子和把两件事情，在心中盘算了一回，觉得倘是去掉小白菜，如此一个美人儿，永远不能相会，害得自己失魂落魄，一个不好，性命也得送掉，想小白菜害下了相思之症。若是把小大害了，虽是因奸谋命，犯了大罪，可是告得官府，定得经过爹爹手下，自然可以设法弥补。而且地大的官司，只要天大的银子，没有不称平的。又加着小大家中，小白菜自不必说，到了那时，定能变了心思。三姑是在自己一路，只须多花一些钱，其余的亲戚们，有了钱谁都愿意不声不响，自己只须做得秘密，使人家不知道是自己做的，何人再能说着自己，确定是谁做的手脚呢？这般一想，顿觉得害死了葛小大，比了丢掉小白菜来得轻而有利。子和想到这里，暗道这事须得同宝生商议，他计较量多，如何可以做得干净，人不知鬼不觉地使小大死掉。便向宝生道：“老钱，你不能不帮我的忙呀？这般一个美人儿，倘是丢掉，我便得想死了。”宝生道：“叫我也没法呀，除非把小大害了才好议法咧。”子和忙悄悄地道：“老钱，害了小大，也得做得干净，不被人知道才妙。不然，却不是儿戏的。”宝生道：“原是这般地讲，也不是容易的事。”子和知道宝生贪钱，送些钱给他，或者可以有绝妙的计较出来，即把带的金条金叶，有十二三两光景，取了出来，向宝生笑道：“老钱，你倘是有法把小白菜弄到我的手中，永远相好，这些金子先送给你，日后再重重相谢。”宝生见了黄澄澄的一大堆金子，心早怦怦地乱跳，沉吟了一回，向子和道：“大少爷，计却有一个在此，可惜狠些。只是小大不死，大少爷是得犯相思病死了，还下如使小大死掉得好。”子和听得，正中心怀，忙问道：“怎么妙计呢?”宝生移了一移座位，凑到子和耳边，悄悄地道：“大少爷，小白菜既是说小大不死，她的心便不能向着大少爷了，却不得不设法把小大除掉。我想小大有病的时候，配药总是到我店中来配的，我只须等小大生病来抓药之时，悄悄地配一味毒药下去，小白菜同三姑、小大，哪里识得药理，自然放心煎了给小大饮下，那小大岂不是人不知鬼不觉地一命呜呼，不知道的人，还只说是生病死掉，哪里猜得透是这样死的呢？又没有对证，如何可以疑心到大少爷身上。便是有人疑心，告到官府，那时只要大少爷通知了老太爷，把状子驳斥了便就完了，而且官府也绝疑不到大少爷咧，岂不是绝妙的计较。小大死后，小白菜嫁给大少爷，当然不成问题。大少爷是知县老爷的公子，谁敢来说半句言语呢？大少爷以为如何?”

子和这时，只知道小白菜的美丽热情，恨不得天天搂在怀中，哪里管得到伤天害理，听了宝生的一番言语，觉得小大一死，小白菜稳稳到手，早心花怒放，连连点头道：“好，老钱，这事却得托你了。这些金子，你且先收下，日后成功，我再谢你五百块洋钱。”宝生欢乐，一面把金子收进，一面笑道：“大少爷，这事却不能心焦，非得俟小大先生了病，前来配药方能下手，不然，却得露出破绽，那就糟咧。”子和不住点头称是，觉得宝生这个计较，真是不差，算得是人不知鬼不觉了。宝生又道：“大少爷，这几天你却不能再到小白菜家中去了，被人瞧见了不好。最好倘是小大生病来配药之时，我把毒药配将进去，你却离开此地，也别回转余杭，不论到哪里游玩个十天八日，等事情完毕之后，再行到来，一则可以避人耳目，二则小白菜、三姑二人，也可不疑到大少爷身上，免得将来小白菜怀恨，又生了什么变故。”子和连声答应道：“好，我就到杭州去玩一趟如何。一切事情，都请你办理就是。”当下二人商议已毕，便不再多说，因恐被他人听得。当夜子和宿在店中，过了一宵，明天正是十月初九，子和同宝生二人，一天未曾出门，只在家中计议这件事情。

到了下午，宝生正在店中，却见葛三姑手中取了一包东西，一张纸头，走到爱仁堂店内，见了钱宝生叫道："钱宝生，快配药来。"宝生见了，心中一动，忙问道："谁服药呀？"三姑道："阿哥肚子痛，买了一千钱的桂圆去煎桂圆汤给阿哥吃。再有一张肚子痛的方子，快些配来。"宝生听得小大生病，心中大喜，一面接了方子，一面问三姑，小大生了什么肚子痛病，三姑即说了一遍，原来小大昨天到沈体仁家中，吃过了晚饭方才回来，今天因了喻氏吩咐小大仍到沈家吃饭，因有几个亲戚到来，小大答应。到了今天，即仍到沈家去午饭，谁知饭方吃毕，小大腹中忽地痛得如绞的一般，不住地捧住肚子哼唧，喻氏、体仁等一见，都慌张起来，正待问小大怎样，小大一个恶心，顿时呕将起来，腹中又痛得眼前金星乱冒，头上的冷汗，足有黄豆般大小。喻氏见了，以为是痧症，忙取了痧药，给小大服下，又泡了姜汤灌下肚去。只觉得好些，仍疼痛不止。小大知道不好，忙忙回转家中，在路上又呕了一回，走到家中，一个人已痛得发昏，倒在床上。小白菜、三姑见了，也都慌了，小白菜慌替小大盖了一床被头，一面泡着药茶给小大饮下，腹中方觉得好些。只是又加着寒热，身上又发冷，小白菜忙命三姑买一千文的桂圆预备熬汤给小大饮，因知道小大定是受了寒气，一面又请了镇上一个医生，开了几味药方，交给三姑带到爱仁堂抓药。三姑便出门买了桂圆，又到爱仁堂来，宝生听得，心中大喜，知道小大的病很重。死了之后，或者人家不致疑心毒死，即通知子和催他立即动身，离开仓前，一面把药方上的药配了，除去一味，加进了一包砒末，交给三姑。三姑哪知就里，兴冲冲取了回去。子和在楼上早已得信，心中不免有些发慌，知道留在这里不便，忙带了些钱，辞了宝生，离开了仓前，径向杭州去了。临行之时，又重重地托了宝生，宝生一口应诺，子和自去不提。

却说三姑捧了桂圆同药回去，小白菜接了慌忙生起炭炉，先煎了桂圆汤，再煎了药，也不识药内有了砒末，煎好之后，同桂圆调和，端给小大，小大昂起头来，一气饮下，小白菜放了药碗，三姑即接去洗了干净，仍回房中，同小白菜坐在椅上，瞧着小大。约有一刻钟光景，却见小大不住地捧着肚皮唤痛，又连连恶心，却又吐不出来，瞧下去好不难过。小白菜见了，吓得手足无措，呆呆地望着小大，小大这时越发地不好了，只痛得在床上乱滚，口中喷出一口血，吐得棉袄上鲜红可怕，小白菜已急得满面泪痕，只道是小大病体有变，哪里猜得到子和托了宝生，在药内下了砒末，要毒死小大。看看不好，忙命三姑到沈家去请喻氏到来，三姑慌忙奔出门去，小大在床上滚了多时，口中的血喷个不住，把一件棉袄染得满袖满襟，两眼发直，形状儿好不难看。这时葛家除了小大之外，只剩下小白菜一人，只有哭泣的份儿，哪里还想得到什么。

一刹那间小大大叫一声，那血从七窍流出，双眼突出，只流鲜血，面色变了青幽幽的怕人非常，已是气绝身亡。小白菜见小大已死，只哭得死去活来。瞧小大这般死法，也有些疑心中毒，只是自己既未下毒，只有在沈家服下毒物，沈家是小大的晚爷，喻氏又是小大的亲生母亲，总无害死小大之理，万不想到宝生把毒药下在药中，自己没有瞧出。

哭了一回，听得门响，三姑、喻氏、体仁三人奔将进来，见小白菜悲声大放，小大已死在床上，忍不住都大哭起来。便是体仁，也流泪不止。喻氏一瞧小大，七窍流血，青面突睛，分明是中了毒死的，心下怀疑，即查问小白菜同三姑，小大怎的忽然生变，小白菜便把一切事情，细细说了一遍。喻氏暗想：这事有些蹊跷，这般形状，定是中毒而亡。不要小白菜有了奸夫，嫌小大碍眼，下了毒手。本来这几天，小大不住在店中，住在家内，便有些知道了风声，方是如此。如今小大忽地中毒而死，小白菜谋死亲夫的嫌疑，可逃不脱了。只是听小白菜的言语这般悲哀，又是不像，而且这时也不便声张，且料理了后事再说，停一回回转家去把小大的堂弟葛文卿找来，同他商议再作道理。想定主意，即含泪向小白菜道：“生姑，如今且忍住了悲伤，料理后事要紧。”小白菜听得，一壁哭泣，一壁取出了二十块钱来，交给喻氏道：“妈妈，我如何料理得来呢，请妈妈做主吧。”喻氏以为小大一定没钱，如今见小白菜毫不困难地取出二十块钱，越发生了疑心，即接了钱，向沈体仁说出一番话来。欲知后事如何，且看下回分解。

第二十九回

毒亲夫血棉袄做证
哭兄长白孝衣见官

却说小大死后，小白菜取出了二十块钱，交给喻氏，托喻氏做主，承办后事，喻氏因了小大做一个豆腐店伙计，哪里有如许之多的存积，虽说是小白菜做些活计，也不能积来如此容易，不觉对于小白菜的怀疑，又深了一层，只是不便明言。又加小大死在床上，办后事要紧，便接过了钱，向体仁道："这事得烦你晚爹哩，去购棺材衣裳吧。"体仁答应，把钱取了，自去购办东西，喻氏又吩咐三姑，请了杨乃武邻居王心培同王顺山来，可以照顾一些。原来心培、顺山二人，是敬天的堂妻弟，同小大也挂着亲戚。三姑也忙忙地去了。不一时，心培到来，顺山却不在仓前。心培听得小大已死，不禁很是悲伤，过去一看，却见小大尸身浑身发青，只因这时喻氏同小白菜二人，已把小大面上血迹抹干净了，一件鲜血吐满的棉袄亦脱去藏在一边，只是身上却满布青色。心培虽是有些怀疑，只是也不好相问，便问了喻氏几句，小大是什么病症死的？喻氏约略说了一遍，又托心培写报条报丧约敬天堂弟葛文卿知道。葛文卿是小大堂弟，平时在余杭县中，教蒙为生。自小大圆房之后，尚没来过。心培听得即照样写了。喻氏又命三姑丈唤了五个僧人，做系念经忏，又忙着做孝幔麻衣，忙得手脚无措。停了一回，体仁已购了一口棺材，同了衣裳等物回来，又叫了三个鼓手。共用去了十八块多钱。三姑唤的僧人，也到了葛家，立即念起经忏，打起法器。小白菜忍不住又放声大哭，哭得喻氏、心培、体仁都伤心不止。直到了申末酉初，方才把小大殓入了棺木，一切座台牌位，也都就绪。小白菜哭得个死去活来，喻氏见事情完毕，即安慰了小白菜、三姑几句，同体仁回去，心培也自归家。鼓手僧人都由小白菜打发回去。又命三姑出去买银箔纸锭烧化，自在小大柩旁守灵。

却说喻氏临行之时，因怀疑小大是被小白菜毒死，欲查一个水落石出，恐没有证据，即把小大临死穿的一件棉袄，吐得鲜血淋漓的带回家去。小白菜这时已是哀哀欲绝，哪里顾得到这些。喻氏回到家中细细思想，觉得小大死后的形状，实是中毒，方七窍流血，面色发青。小大在自己家中吃饭之时，还是好端端的，饭后只是腹痛呕吐，如何回得家去，不上几个钟头，竟这般死掉，越想越觉得不对，即暗暗打定主意，待小大堂弟文卿到来，同他商议。文卿是个读书的人，总能知道是否毒死。文卿同小大虽是堂弟兄，平日不常往还，感情却很不差。听得小大被人毒死，定得打抱不平，总有些主张。当下也不明言，只命人去打探文卿可曾到来。知道方才的报条，已托人带到余杭，说不定便得到来。一瞧钟上，刚是六点过些。正在呆想，却见体仁的儿子沈大走到里面，说是外面有一个姓葛的到来，喻氏听得，知道定是文卿，忙唤了进来。不多时早走进了一人，喻氏一看，不是文卿，还有何人。即问文卿："如何来得这般地快?"文卿道："我见了报条，立即动身。路上急得什么似的，到这时方到。"原来文卿在余杭县内处馆，教十余个童子为生。今天起身之时，觉得有些心惊肉跳，心中很是奇怪，直到了下午四点多钟，外面送进一张纸条，取着一看，却是小大的报丧条儿，不由得吃了一惊，暗想从没有听得小大有病，自己同小大虽不常在一处，可是音信却常常通问，如何一向没有知道呢?忙放了学堂，带了些夜用什物，忙忙动身。雇了一只小船，到仓前镇上。余杭到仓前，只须一点钟多些，不多时已到仓前镇上，急匆匆地上了岸，三脚两步地赶到小大家中。只见门口已是麻幡高挂，不由得一阵心酸，流下泪来。走进门去，见正中放着小大的灵台，忍不住放声大哭起来。小白菜在幔内，早也大放悲声。文卿即在灵前上香拜过，进幔同小白菜相见。问起小大得的什么病症，小白菜说了一遍，文卿听了，心中也有些怀疑。只是觉得小白菜依实相告，不似有了虚心。可是七窍流血，不是中毒，不为如此，这事倒有些蹊跷，倒得问过明白。暗想这事须得去问喻氏，定能知道究竟小大得的什么病症。即回出孝幔，恰巧沈二奉了喻氏之命，来瞧文卿可曾到来，文卿听说，忙同了沈二来到沈家，沈大方在门口，听沈二说是姓葛的到了，要见喻氏，忙进来告知。喻氏见了文卿，又想起了小大，双目之中，眼泪如珍珠般滚将下来，文卿也十分悲伤。呜咽道："婶母，究竟如何，是得的什么病症？死得这般可惨？"喻氏听了，即命文卿到自己房内，悄悄地说："小大死状，似是中毒，同了以前小大住在乃武家中，曾经猜破了小白菜同乃武有了奸情，所以搬至太平巷居住，临死的前半月，小大忽地不住在店中，每晚回去，怕不要又有什么风声听了，所以防范，今天在这里午饭，还是好端端的，饭后唤着腹痛，又呕了一回，回到家中，吃了什么桂圆汤同了肚痛汤药，服下之后，不到半点钟的时候，即行七窍流血死掉，面色周身，都变了青色，这分明是服毒而死的神色。我心中很是疑心，因此待你到来商议。"又取出了那件血染的棉袄，给文卿看了道："这便是小大临死所穿的衣服，喷得这般的鲜红，好不凄惨。倘真是被人害死，你可得给他申冤呢。"说着痛哭不止。

文卿听了，把棉袄瞧了一回，知道这事甚是奇怪，小大定是服了毒物，方有这般现象，忍不住心中火发，呜咽道："婶婶放心，我定得给哥哥报仇。依侄儿看来，哥哥的死，定是服了毒药，被人家害死。不是，哪里能七窍流血，满身发青呢？侄儿今晚，立即回余杭去，写下状子，上县内告去，自能替哥哥报仇雪恨。可是哥哥的身后如何办理呢?”喻氏道：“这事我越发有些疑心生姑。你哥哥每月的进款有限，便是日常生活也有些困难，如何积得起钱呢？就是生姑做些针线，也不过助些开支罢咧，绝不能积下钱的，这一回生姑很轻易地取出二十块钱来，又请了鼓手和尚，都得要钱，当然不止这些。生姑怎的有了这许多的钱呢？上一回圆房之时，曾经取出过二十五块钱，当时我以为她的私蓄，后来方明白是奸夫给的，这次不要也是这样，那就越发可疑了。”文卿听得，越觉得小大的死，定然被人害死，即向喻氏道：“既是如此，有侄儿在此，决不使哥哥冤沉海底，定得替哥哥报仇。事不宜迟，侄儿即便回转余杭，明天可以向衙门申冤。这血棉袄，给侄儿带去做个见证。”喻氏答应，即把棉袄交给文卿，吩咐文卿，一切小心，文卿答应一声，即辞了喻氏，出了沈家，也不再回葛家，径上船回余杭去，连夜写下状子，准备告状。

到了明天，文卿绝早起身，带了血棉袄同状子，走到余杭县衙门，在衙前等待。不一会儿余杭县知县刘锡彤击鼓坐堂，文卿忙进衙叫冤，自有人将文卿带到堂上，跪在下面。刘锡彤向下面一望，见叫冤的是个二十余岁的少年，便把醒堂木一拍，喝问了文卿姓名，又喝道：“葛文卿，有什么冤枉，当堂诉来。”文卿忙将小大的事情，自圆房起，怎的瞧破同人家通奸，搬到太平巷居住起，直到昨天小大生病服毒身死，被嫂嫂葛毕氏串同奸夫，谋死丈夫一一地诉说了一回。”刘知县听得，却是件因奸谋命毒毙亲夫的人命重案，便问文卿可有状子证物？文卿忙把状子同血棉袄呈上。这也是天意如此，杨乃武合受这场冤枉，葛小大不致冤沉海底，因此文卿前文告状。恰是刘子和不在衙中，到杭州游玩去了。不然，刘锡彤知道了这事的缘由，绝不会收受文卿的诉状，也不会到仓前去相验了。如今刘锡彤哪里知道，小大的死掉，是自己儿子串同了钱宝生，暗下毒砒，把小大毒死。只道是寻常谋死亲夫的案件，即收了状子，命差人先将文卿押在监中，待捉到了小白菜，再行对质。自有差人们答应，把文卿押下。锡彤便在朱签筒内，批下火签，遣差人阮德、李禁，立即到仓前镇去，提小白菜到案。阮、李二人领了火签，飞也似的去了。刘知县见并无别的案件，即便退堂休息。

却说阮、李二人趁了航舟，直到仓前，即到太平巷小白菜家中。这时小白菜正坐在灵台之旁折锭，见走进两个差人，手捧签票链条，不禁一怔，只见那差人走到小白菜面前，一抖铁链，向小白菜头上一套锁了，叫道："快走，快走，有人告你咧。"这一来，把个小白菜吓得花容失色，只是莫名其妙，自己犯了什么大罪，是谁把自己告了？可是平日听得乃武说过，县中差人最贪的是钱，没有得到钱的时候，铁青着脸，谁都不能说一言半语，只要有了好处，便是叫你晚爹都愿意。今天既有人告了自己，不如花几个钱，在差人口中探听些影踪，便向二人笑道："二位大叔，且请放松一步，待我收拾了一些家私，吩咐家中的人几句，也可放心。二位的好处，我总明白。"阮、李二人听小白菜说话在行，便也笑着答应。小白菜忙叫三姑，到楼上取十块钱下来。三姑这时早已吓得如筛糠般乱抖，听小白菜命她上楼取钱，忙奔到楼上，在小白菜抽屉内取了十元，走下楼来，交给小白菜。小白菜即分给阮、李二人道："这一些钱，送给二位买碗酒喝。"二人欢天喜地地收了，小白菜便吩咐三姑，好生看守门户，又悄悄命三姑再取了些钱，藏在身旁，预备官司使用。又问阮、李二人，究竟是谁告下了自己？阮德便把葛文卿告她因奸谋死亲夫葛小大，有血衣为证，细细地说了一遍。小白菜听得，不觉呆了一呆，知道定是喻氏起下疑心，把血棉袄取去，命文卿在县内告状。只是自己于心无愧，并未毒死小大，便是到官也不妨事，总有水落石出的一天，因此倒放下了心。当下吩咐了三姑一番，命她当心家内一切物件，别被人家偷去，自己即要回来。吩咐已毕，随了两个差人，竟投余杭县来。

到了县衙门之内，差人进去通知。刘锡彤立好坐堂，把小白菜押将进去。阮德上去消了火签，小白菜跪在下面。刘锡彤把醒堂木拍得怪响，喝道：“葛毕氏，你堂弟葛文卿，告你因奸谋死亲夫葛小大，快些从实招来，免得皮肉受苦。”小白菜听了这几句言语，暗想小大的死，本是很不明白，自己已是冤苦非凡，葛文卿竟把自己告了因奸谋命，不禁悲从中来，呜咽道：“大老爷，冤枉呀，小妇人同丈夫，一向十分恩爱，如何能下毒害死他呢？况且小妇人虽则贫苦，也颇识三从四德，从未有过不端之事，镇上人哪个不知，怎说是小妇人因奸谋死亲夫了呢？”刘锡彤听得，冷笑一声，把血衣掼下堂来，喝道：“你既不是谋毙亲夫，那血衣是从哪里来的？”小白菜知道便是小大临死穿的棉袄，确是吐得满面血迹，可是小大的吐血，连自己也不知道怎样吐的，忙哭着道：“这件血衣，是丈夫小大临死时穿的，丈夫临死喷了许多鲜血，连小妇人也不知怎样吐的。倘真是谋死亲夫，落下了痕迹，岂能落在他人手中，不先藏好之理？病人临死吐血也不足为奇，如何能将一件血衣，便咬定小妇人谋死亲夫呢？请大老爷明察，替小妇人申这不白之冤。”刘锡彤听得，觉得小白菜的言语，很合情理，又没有真凭实据，怎能说她这定是谋毙丈夫呢？这事却非细细查明不可，即吩咐差人，先把小白菜带下收监，差人们答应，把小白菜带了下去。刘锡彤却命提文卿到堂上，把小白菜的言语，一一说给文卿听了，血衣不能作为谋死亲夫的真凭实据。文卿不禁沉吟一回，暗想小大的死状，准是服毒无疑，只是凭空说小白菜谋毙亲夫，非但小白菜是不肯承认，便是官府也不相信，非得开棺相验不可。倘是验明是服毒而亡，那时小白菜还有什么言语？倘是验出病故，那时自己很不方便。可是这已是势成骑虎，就是不开棺试验，自己诬告之罪，也不能逃掉，不如开棺相验之后，若是并非服毒，自己坐了反坐，也是因了要替哥哥申冤。方才至此，倒可以于心无愧，打定主意，便跪着道：“大老爷既说血衣不能为凭，小的情愿开棺相验一个明白，可以替兄长申冤。”刘锡彤听得文卿愿意相验，不禁点头道：“好，可是验出并非服毒而死，如何办法呢?”文卿把牙关一咬道：“倘是没有中毒，小的愿意反坐，定必看个明白，方才安心。”刘锡彤听得，即命差人把文卿押下，随着自己到仓前去开棺相验。差人等应命，忙传了仵作，随着刘锡彤，出了衙门，向仓前去相验。欲知后事如何，且看下回分解。

第三十回

验尸身美小娘受冤
报家信好儿子求救

话说余杭知县刘锡彤，答应了葛文卿下乡开棺相验，即传集了仵作差人，押了葛文卿，一齐到仓前去。这时喻氏、喻敬天、钱宝生等都已得信，忙都齐集在葛家。三姑已吓得躲在楼上，不敢见面。刘知县到了葛家，摆下公案坐下。又问文卿，开棺之后，若是无毒病死，该当如何？文卿咬定牙关，说是验出无毒，情愿反坐，按律抵罪。若真是服毒而亡，请大老爷申冤。刘知县点头应道："那是自然，你先去开棺。"只因清律不论何人请求开棺相验，都得自己先行动手。文卿取了一柄利斧，走到小大棺旁，忍不住泪如雨下，即一咬牙关，砍将下去，一刹那差人、仵作等把棺开了。刘知县命仵作好生验明。仵作验了一回，早验出是中毒而死。便报道："验得男尸一名，头部无伤，胸腹无伤，两手无伤，两足无伤，服毒而亡。"刘知县听得葛小大果然服毒而亡，不禁吃了一惊，暗想倒瞧不出来，似小白菜的标致女子，竟会谋死亲夫。文卿听得果然小大是中毒而死，早跪下道："请大老爷替哥哥申雪。"刘知县答应，一面命人把小大尸身放入棺内，用封条封好，即打道回衙。不一时，到了衙内，即升堂坐定，吩咐带小白菜上来。不多时小白菜当堂跪下。刘知县把惊堂木一拍，喝道："葛毕氏，本县下乡验明你丈夫确是服毒而亡，你还有何说，快将奸夫是谁，因何谋死亲夫，从实招来，免得皮肉受苦。”

小白菜听得小大果然是服毒而亡，好似青天下个霹雳，暗想这事糟了，无论如何自己难以辩白，便是跳在黄河之中，也不能洗清自己杀夫之名。可是自己实是没有下毒，如何能得招出什么来呢？忙连声呼冤，哭泣不止。刘知县这时因验明了小大是中毒而死，认定小白菜是个谋死亲夫的正犯，见小白菜不肯招认，即把脸一沉，掷下一支签来，喝道：“不用刑具，想你也不肯招认，快将拶子将这淫妇上了，看她招也不招？”两旁差人早如虎如狼地一声呐喊，套在小白菜手上。正待收紧，忽地大堂后面走出了一人，向差人喝道：“快些放手。”阮德抬头一看，不禁倒抽一口凉气，原来这人正是刘锡彤的夫人知县太太林氏。刘锡彤在余杭，哪一个不知道最怕太太，便是坐堂审官司，也得太太做一半儿主。如今林氏出来，喝声住手，哪里敢不听吩咐，忙将拶子一松。刘锡彤坐在堂上，见太太忽地出来，吩咐松了小白菜的拶子，不知何故，忙下了座位，向林氏笑道：“太太，做怎样呀？”林氏道：“这女子是谁？犯了什么刑法？”锡彤道：“这便是仓前镇上出名标致的小白菜，犯了谋死亲夫的大罪，因此审她的口供。”林氏听得，即把小白菜端详了一回，见果然标致，暗道，怪不得子和迷得失魂落魄，果然是十分人才，便回头向锡彤道：“老爷，且别审官司，家中死了人咧，快进去看看。”锡彤听得，大大地吃了一吓，忙吩咐差人，先把葛文卿、小白菜收监，明天再审。差人们答应自押了小白菜等下去，刘锡彤随了林氏忙忙进去，问林氏死的是谁？林氏道：“媳妇上吊死了。”锡彤听了李氏自尽，又是大为吃惊。

李氏好端端地住在衙中，怎样会上吊自尽的啊？内中却有个缘由。只因刘子和同钱宝生在仓前商定毒死小大之后，见宝生已把砒末付给三姑，知道小大服下定得死掉，恐在镇上不便，忙忙地动身到杭州去。当天到了杭州，住了一夜，心头只觉得不定。到了明天，在西湖内唤了一只小船，荡了半天，也是闷闷不乐，百无聊赖。到了下午，坐在湖边游玩，不由得想起了仓前的事情，知道小大服了毒药，生命不保，小大死了，将来小白菜不怕不到手中，猛地又想起了一个人服下毒药，要七孔流血而死，不要被人家瞧破，说小白菜是谋死亲夫，告到官府，小白菜岂不是要受苦楚，心上不免猛地一惊，暗急倘是告状说小白菜谋死亲夫，自然在自己爹爹之手，原可以驳斥不准。只是自己父亲没有知道这事，如何会知道凶手恰恰是自己儿子，不准状子。这般一想，觉得非立即回去，向母亲说明，托母亲阻止父亲不收状子，方才妥当。忙起身匆匆回转余杭县来，谁知刚进了余杭县城，即听得城内有人谈说，葛文卿告状小白菜谋死亲夫，知县老爷已下乡相验去了。子和听得，只叫得一声，暗暗顿足道："啊呀，迟了，父亲已准了状子，少不得要审问小白菜了。不要供出了自己是个奸夫，那就糟了。皇子犯法，与庶民同罪，自己如何活得成呢?"不由得心乱如麻，连连叹息。沉吟了一回，知道这事非得与母亲商议，不能挽回。好得母亲素来疼爱自己，总不忍置自己于死地，不肯想法，有道是天大的官司，只要地大的银子，或者有些办法，也未可知。趁着如今小白菜尚未供出口供，急急去同母亲商议，还不要紧。

想定主意，忙赶到衙内。一问太太正在客堂之内，同妻子李氏谈话。子和忙奔到客堂之内，见林氏正中坐定，在那里同李氏闲谈。见子和到来，不由得满面含笑道："子和回来了，这几天在哪里玩呀?"李氏也忙站起身来迎接。子和见了李氏，顿时在惶急中提起了一腔怒气，暗想要不是你生得似丑八怪，我也不致到外面寻欢乐咧，也不会闹出这般的乱子。便理也不理，走到林氏面前，叫了声妈，正待向下诉说，觉得这事，被李氏听了不便，即向李氏骂道："快滚进去，别立在面前，使人生气。"李氏不禁泪流满面地向内走进，只是也看出了今天子和有了什么重大事情，满面惶急，怕自己听得，不要子和在外面闹出大事，如何得了?便依旧悄悄回来，隐在门后，窃听子和说些什么。只见子和进去，在林氏面前跪下道："儿子闯下了大祸，要妈救救。不然，儿子便是个死。"林氏见了，心中哪里舍得，忙扶了起来道："好儿子，你放心，天大的事情，有你妈担，别惊慌的，什么事情，这般地惶恐呢?"子和立在一边，细细地把自仓前看会，瞧见小白菜起，直到下毒毒死葛小大，如今葛文卿告状，刘锡彤准了状子，下乡验尸去了止，一一地向林氏说了。林氏听毕，也不由得吃一大惊，沉吟道："这事可大咧，你怎的这般的吵闹呀?"子和忙又跪下道："这事非得妈同爹爹设法相救，不然，儿子要抵葛小大的命了。"说毕，抱着林氏双腿，痛哭不止。林氏对于子和本是溺爱，如今见子和如此发急，心中早疼痛非凡，忙扶起子和道："好儿子，放心，有你妈在此，大不了的事，花几万银子就完咧。好得小白菜还没供出你来，还可以想法，停一回你爹爹回来，我叫他进来，今天先把案子搁起来，一同请了师爷来设法救你就是。你别急坏了身子，可不是玩的。"一面又命丫鬟到外面去打探老爷可曾回来，丫鬟答应去了。子和听母亲做主，方放宽了心，坐在一旁，只待刘锡彤回来。

却说李氏在门后把子和的言语，听得清清楚楚，只吓得浑身发抖，忙走到房中，坐在床上，呆呆地思想，知这事已闹下了大乱子了。说不定子和要抵葛小大的性命，自己是子和妻子，子和虽则无良，自己却不是不端妇子，颇知礼义，将来如何得了。又想到自己嫁给子和之后，从未有一天称心，子和在日，尚且如此，子和倘是犯法抵罪，那时这位婆婆林氏，不知要把自己怎样蹂躏，如何活得下去。想到这里，不禁把银牙一咬道："人生百岁，总是一死，何必活在世上受苦，不如早早寻个自尽，一死了事，将来子和如何结果，自己不再瞧见，倒是干净。"这般一想，眼泪早忍不住流了下来，左思右想，活在世上反是受苦，死了倒好，即把仆妇遣开，闭了房门，解了五条汗巾，系在床柱之上，把牙关紧咬，竟自缢而死。直到仆妇回来，见房门紧闭，打了几声不应，知道不好，忙唤人打将进去，见李氏已是自缢在床台之上。吓得仆妇三魂出窍，慌忙奔去告知了林氏、子和。林氏、子和听得，忙奔到房内一看，李氏已死得停当。这时子和急着自己事情，哪里有什么心思怜惜李氏。林氏见人也死了，便命人去预备棺木安殓。

正在手慌脚乱之时，丫鬟已进来报知林氏，刘锡彤已回衙中，在堂上审问小白菜。子和听得，慌得手足无措。林氏一面安慰了子和，一面忙忙出来，恰巧小白菜套上拶子，林氏恐小白菜受刑之后，招出子和，忙赶出堂来，把刘锡彤掇了进去。当下刘锡彤听得李氏自尽，很是惋惜，只是事已至此，也是没法，只得命人预备上好棺木，好好安殓。林氏却又把小白菜的事情，细细向刘锡彤说了一遍，刘锡彤听得，不禁吓得目瞪口呆，不想到小白菜的奸夫，却是自己这位最疼爱的独养儿子，而且是个凶手，毒死葛小大，连小白菜自己也不知道，怪不得小白菜要喊冤枉了。便呆呆地看着子和道："这如何是好呢？皇子犯法，与庶民同罪，何况又是这般的大案呢？葛文卿的状子也准了，葛小大的尸也验了，都是千真万确的事情，如何能得想法呢？这般重大刑事，怎的可以不理，被上司知道查问，我也身家不保。"说着连连摇头叹息，忍不住也流下泪来。子和听得，早哭得倒在椅上。林氏见了，忙向刘锡彤道："你真是越老越糊涂，难道我们二人，年过半百，只有一个根苗，就眼睁睁瞧他抵罪不成？总得想个办法才好。如今小白菜又没招出口供，有谁知道定是我们儿子干的呢？"刘锡彤道："太太，你说哪里话来，我岂有不想救儿子之理。可是叫我也没法想呀，虽说是小白菜没有供出，万一供将出来，我怎能包庇得下？"林氏道："小白菜不供出来，可能想法子呢。"刘锡彤道："谋死亲夫，总有一个奸夫，怎能使小白菜不供出来呢。太太若有办法使小白菜不供出来，方不要紧。我如今心乱如麻，哪里想得出来呢？"林氏听了道："好，既是如此，把师爷请来，一同商议，多花几个钱，却不妨事，只要可以救儿子好咧！"

说着，一面命人到外面去请师爷，一面止住子和，不许哭泣，好歹总有办法，子和即止住了悲声。不多时余杭县衙中的刑事幕府师爷何春芳踱将进来。这位师爷也是绍兴人氏，为人最是精灵多计，又是贪钱，同刘锡彤在余杭县衙内，狼狈为奸，刘锡彤很是信任。不论什么事情，都得同他商议。今天知道刘锡彤接到一件谋死亲夫的大案，淫妇是仓前镇上有名的标致女子葛毕氏，外号唤作小白菜，尚未供出口供，知道晚上刘锡彤定得同他商议，便行暗暗思想，停一会儿刘锡彤同自己商议如何办理。正呆呆地出神，听得刘锡彤命人来请，忙答应一声，捧了旱烟袋，踱将进来。到了里面，见刘锡彤满面愁容，刘子和泪痕未干，林氏太太神色慌张，都坐着不言不语，以为是有了口舌，再想不到子和即是小白菜的奸夫。便上前见刘锡彤同林氏，分宾主坐下。

刘锡彤早忍不住向何春芳道："师爷，方才的案件，已知道了吗？"何春芳暗道："着咧！"自己早料到刘锡彤要问起自己，即呷了一口旱烟，皱眉道："东翁，这种案件，也不用说得，自然是奸夫淫妇，通同了谋毙亲夫，非得三敲六问，严刑拷讯，方能把口供拷出，将奸夫淫妇正法，替死鬼申冤咧。"刘锡彤知道师爷不知其中详情，所以有这一番言语，更默然不语。子和又吃了一吓，林氏早忍耐不住，把何春芳一把拖住问道："师爷，你且慢说这般不中听的言语。可知奸夫是谁？"这一来，把何春芳给吓怔了，知道林氏是个雌老虎，自己不知怎样得罪了她，只吓得颜色更变，嗫嚅地道："太太放手，什么事情这般发怒呢？我如何能得知奸夫是谁呢？"林氏见何春芳吓得这般，不禁好笑，便指着子和道："师爷，你且看来，便是他呀。"何春芳一听奸夫是子和，也不禁把头一缩道："啊呀，那可糟咧，这怎么办呢？"林氏知道他贪钱，忙笑着说："师爷，这件事情，却得仰仗大力咧，总得想个妙法，把我那儿子救下方好，若能成功，我自得重重相谢。"说着，又伸了两个指头道："这个整数，给师爷酬劳如何？"何春芳瞧了，知道林氏许下两千块钱，心中一动，暗道：这事两千块太便宜了。他即假作摇头道：“这事可难得很咧!”这时子和早走到何春芳面前，哀求道：“师爷，你总得救我一救。”又伸了一指道：“我自当另给这数，作为谢意。”何春芳又见是一千，心中虽有些愿意，只是不知刘锡彤心中如何，即向刘锡彤道：“东翁，不是我不肯想法，实是这事有些棘手。”刘锡彤听得何春芳已是活动，忙向何春芳作了一个揖道：“全仗师爷大力，我自当重重相谢。”说毕，也伸了一指。何春芳一见，已是足足四千，心里欢喜，便说出一番话来。欲知后事如何，且看下回分解。

第三十一回

刁师爷移花接木害书生
老虔婆口蜜腹剑骗难女

话说刘锡彤因了刘子和的事情，把师爷请到商议，许了他一千谢意，林氏许了两千，子和自己也许了一千，共是足足的四千元，托师爷设法救子和一命。这位幕府师爷何春芳，听得四千块钱滚进腰包，暗想这倒不差，自己随了刘锡彤许多年头，也只赚到四千块这巨数，今天只要设法把子和的罪名脱去，便能赚这么多的好处，自己又何乐而不为呢。而且万一这事以后有什么破绽露出，四千块已到手，回家去享福，也不妨事了，不必再在衙中辛苦。刘锡彤即使因了这事丢官，于自己却不妨事咧。又加着这事起头之后，以后定有别的事务，从了这事发生，少不得也要自己想法，其中好处那不说得，想得欢喜，只把只旱烟袋吸个不停，那股辛辣烟气满布在室中，熏得客堂内烟气迷漫，白雾雾的。林氏见了，早不耐烦起来，即叫着春芳道："师爷，怎么样呀，能想法不能呢?"

春芳把旱烟筒放下，微微含笑道："太太，别慌，这般大事，为何能草草将就呢，非得想一个万全之策才好。我承东翁这般垂爱，自得救大少爷的急难，以为报答。"林氏听得春芳答应，方放下了心，子和也心上一块石头落地。春芳沉吟了一回，向子和道："大少爷，你且过来。"子和即走到春芳身旁，春芳道："大少爷，你可要实说，不能隐瞒一言半语，同小白菜的事情从头至尾，细细说个明白，我方能救你性命。”林氏忙道：“好儿子，你老实说吧，要活命可不能害臊了。”子和听得，忙把到仓前看会，见小白菜起，用春药成好，一径说到毒死葛小大止，一一说了。春芳便沉吟一回道：“如此说来，你同小白菜相好，除了小白菜自己，葛三姑、钱宝生外，并无一人知道的了。”子和点头道：“正是。”春芳道：“下毒药是钱宝生下的，连小白菜自己也未知道吗?”子和又点了点头。春芳笑道：“小白菜生得既是这般标致，葛小大又如此丑怪，自然心中不合意的了，怕奸夫不只是你一人吧？可再有第二个人呢?”子和道：“这倒不对。小白菜同小大很是和睦，除了我之外，在未同葛小大圆房之前，却有一个。圆房之后，即断绝往来。而且小白菜的同葛小大和睦，都是这人从中劝化之力。小白菜不嫌小大难看，也因了这人苦口相劝，方是醒悟。”春芳点头道：“如此说来，小白菜以前还有一个奸夫，这人名唤什么呢?”子和道：“说起这人，倒也很是有名，是仓前第一位绅士，在余杭县也很有声名，便是杨乃武。只是自从小白菜同葛小大拜过了堂，便断绝往还，师爷问他作甚呢?”春芳微微一笑，把烟吸了一口，笑道：“你怎的这般傻呢？我如今想得一个办法，把你的罪名，移到别人身上去，便是将奸夫换上了一个，岂不是你完全可以脱身了吗？只是杨乃武却又是个扎手货，如何是好呢?”说着又问刘锡彤道：“东翁，昨天来拜会的新举人杨乃武，可是他吗?”锡彤点头道：“正是。”春芳道：“哟呀，又是个新中举人，怎么可以代着你呢?”锡彤在一旁听得何春芳的一番言语，早已明白，要设法把奸夫弄到别人身上，这人也得与小白菜有过关系，如今恰巧是个刀笔非凡、新中举人、余杭绅士杨乃武，怕又有些扎手。

正在沉吟不语，猛然间想起以前乍浦税局的事情，自己同乃武本有旧恨，一向没有报得，如今正好公报私仇，借此弄到乃武身上，出口怨气。忙向春芳道：“师爷，这杨乃武同我本有一重私怨，我至今耿耿于怀，没有报得，倘能借此报我一口怨气，最妙的了，请师爷帮我一帮，自当重重相谢。”春芳听得，不禁连连点头，一双溜溜的眼珠儿，望着上面，一面又不住地吸旱烟管儿，好半晌，低下头来，向子和、林氏等笑道：“办法是想得了一个，可是得太太亲自出马，方能成事。”林氏忙道：“师爷，你且说将出来，怎样的办法呢？要我去办呀？”春芳道：“我方才不是说过了吗？将大少爷的罪名，移到另一个奸夫身上去吗？如今小白菜既有一个杨乃武，曾经相好，就把这死罪，给了杨乃武承当了去，一则救了大少爷的性命，二则又替东翁报了私怨，岂不是一得而两便呢。”锡彤笑道：“师爷，话虽不差，可是怎样才能把罪名给杨乃武顶去呢。”春芳道：“就因了这个，要太太出马了。东翁，今天虽已准了葛文卿的状子，验明了葛小大是服毒身死，可是小白菜尚没有招出谁是奸夫，只须小白菜当堂供出，是杨乃武买的毒药，托她下在药内，给小大服下，这般的一攀一咬，杨乃武满身是口，遍体排牙，也脱不清楚了。只要东翁把杨乃武三拷四问，似杨乃武般的瘦怯怯书生，难道挨得起种种刑具不成？那时节，把他屈打成招，岂不完了。”锡彤听得，忍不住点头笑道：“计倒是条好计，不过如何可以使小白菜攀供杨乃武，同了如何把杨乃武拿解上堂，都须斟酌一下。而且将来详文上府，怕也要驳下，这些事情，都得想得妥当，不是儿戏的事情咧。”

春芳笑道：“我已想得停当，只须依着我的言语办理，自然妥当，只是多花几个钱。要救大少爷的性命，也说不得了。”林氏忙道：“花钱不要紧，只要把我的好儿子救下就好。”春芳道：“既是如此，那就容易咧。大少爷既说小白菜并非不想嫁他，都为了小大活着，如今小大已死，又加大少奶奶也死了，小白菜倘能出狱，嫁给大少爷，心中必很愿意，因此要请太太出马，今天夜间悄悄同大少爷到监中去看小白菜，将种种甘言蜜语，引动了她的心，说是以后事情完毕，大少爷娶到家中，请她做正式的大少奶奶，小白菜听了，必然欢喜。那时只说明大堂上，只须说奸夫是杨乃武，她的罪便可轻了。并且命她一口咬定，哄她倘不咬定，她的性命可要不保。小白菜要保性命，不怕不咬定杨乃武了。若是小白菜怕害了杨乃武性命，可说杨乃武新中举人，不能犯罪，似这般的一个乡下女子，哪里知道什么法律，自然信了，她想说了别人，自己性命不保，咬了杨乃武，非但杨乃武不甚要紧，自己保了性命，将来出狱，又能嫁给大少爷，做现任的知县少爷的少奶奶，何等威风。到了那时，便是叫她另说别人，也怕不见得肯了。太太前去，可以坚小白菜的心思，以为是太太亲口应许了她做将来的少奶奶咧。因此非得太太亲去不可，这便是紧咬杨乃武的妙法。”

这一番言语，说得刘锡彤连连点头称善。林氏早笑逐颜开，子和也放下愁容，锡彤又问道：“师爷，这是使小白菜攀供杨乃武的计较，只是供出之后，怎能把杨乃武拿解到案呢？他是个本地绅士，又是新中举人，为何可以因了小白菜一面之词，即差着差人去拿问呢？”春芳又想了一回，笑道：“事情到了这般地步，还能顾前瞻后了吗？去提拿杨乃武到案，那自然不好，怕本县绅士学府内都要出来打抱不平，却先得用个小计，使他到了衙内，当堂把小白菜提出对口，那时他要分辩，东翁便由得你哩。”锡彤道：“如何可以使他到衙中来呢？”春芳道：“这却不难，前天不是他到衙中来拜会东翁的吗，明天早上，东翁先把小白菜审下一堂，等小白菜咬定了杨乃武，即便退堂。到了下午，用名帖去请杨乃武，只说设宴接风，他自然不会怀疑，俟杨乃武到了，便同他反脸，立即把他监住升堂审问，哪怕他逃上天去，到了罪已定下，详文上司，这样便得多花一些钱了。有了钱运动过后，自然不会翻供，即使杨乃武翻供，上司已受了东翁的好处，怕不依旧如此，不过杨乃武多受些刑罚而已。而且杭州府是东翁的亲家，总有照顾，先详了上去。倘是风声不好，便花钱运动，待过了会审，铁案如山，再要翻，也翻不过来了，东翁以为如何？”

刘锡彤这时只喜得直跳起来道：“好好，真亏了老夫子想得如此周到，就依着办吧。”春芳却摇手道：“且慢！”锡彤不觉一呆道：“怎样，还不妥当吗？”春芳道：“还有一件事情，东翁却也得花一些钱，便是衙内的衙役差人监内的人，都得给他们一些好处，不然，在他们口中露出了风声，可不是玩的。”锡彤不由得笑道：“正是，不是师爷说起，我险些儿忘了，我却不便向他们去说，如何好呢？”春芳笑道：“这个容易，我同东翁效劳好咧。而且在堂上用刑的人，最是要紧，对于小白菜，却不能给苦头她吃，使她可以相信太太的言语。太太见了小白菜，即可把这一点说给她知道，使她越发相信感激，咬定杨乃武。”锡彤道：“好，准这般办呢。”春芳道：“事不宜迟，东翁即把钱交给了我，待我去向他们说好，太太同大少爷也快些预备瞧小白菜去。”林氏听得，一面立将起来，一面问道：“要多少钱呢？”春芳算了算衙中人役，便笑道：“给衙役们的钱一千块钱差不多了，可是许我的四千也得给我才对呀。”林氏笑道：“不差，正要给师爷的。”说着即到里面，取出了四千块钱的存折，一千块现款，命两个丫鬟拣了走到外面先向子和道：“这都是为了你这夜明珠才花这么多的钱。”便交给了何春芳，春芳欢天喜地地收了存折，先叫过一个衙役，把一千块钱送到外面房中，又叮嘱了林氏，立即进监，方回到外面。叫进了几个衙役头儿，把事说明，分掉了八百块钱，赚了二百，把事情办好，即进去通知了锡彤。这时林氏已准备就绪，听得衙役们都已安妥，即带了子和同了一个丫鬟，悄悄地到女监中来。锡彤去横在灶榻上抽烟，锡彤的鸦片烟瘾本是很大，便一面吸烟，一面等候林氏等的回旨。

却说林氏带了子和、丫鬟直到女监门口，女监内的监卒，早已得了银钱，知道林氏要来，在门口等候，见林氏到来，忙上前迎接。林氏吩咐众人，不要声张，开了监门，走到里面，守监的早把小白菜移在一间干净一些的房内，同别的女犯隔绝。便是刑具，也只得一条细链。林氏到了里面，见小白菜正坐在床上，子和一见，早想起了枕边风情，忍不住上前一把执着小白菜的柔荑，呜咽道：“好人，我妈来瞧你哩。”小白菜见是子和，忍不住眼泪如线一般落下。又见林氏一同到来，不知何事，忙起身拜见。林氏四顾无人，忙一面叫小白菜坐了，一面甘言蜜语说子和怎样爱她，自已也很欢喜，将来事情完毕，由自己做主，把她娶回家去，算正式的媳妇。好得如今子和妻子李氏已经死掉，名分上可以一定。所有官司已同几个师爷商议好了，可以使她出监，毫无问题，只须当堂认定杨乃武是奸夫下的毒药，便不要紧，只因杨乃武新中举人，这些事情到了他身上，没有多大罪的。倘是不说杨乃武，事情便糟了。如今衙中监内都由子和花钱说好，明天上堂虽说用刑，必定不受苦处，不然你不信。子和又把如何爱慕，如何想得茶饭无心，现在同妈妈说好，将来娶她做媳妇，这是自己的一片苦心，才下这个计较，不然说自己也不要紧，可惜自己是个白丁，因此要说杨乃武，他是个举人。这般一来，都可以出罪了。即能一同白首偕老，共享安乐富贵。

这一番言语，把小白菜说得信以为真，又因了初进监时，监内的人一个个如狼如虎，好不可怕，如今换了一副面目，把自己十分优待，显见得子和花了钱，打通了关节，而且将来有做知县少奶奶的福气，知县太太亲口许下，自然不会欺骗自己，心中也不免大大活动，即随口应诺。林氏见小白菜答应，欢喜非凡，又取出了一个蓝宝石鱼胆青金镶戒指，套在小白菜手上道：“这个戒指，便作为将来同子和结婚的信物吧，可见得我不是骗你咧。”小白菜越发相信，忙谢了林氏，林氏即把小白菜叫起媳妇来，子和也逼着小白菜叫林氏婆婆。小白菜到了这时，真是六神无主，认定林氏同子和是自己第一个恩人，救自己性命，把子和毒死小大杀夫之仇忘了一个干干净净，便含羞带愧唤林氏一声婆婆。林氏笑着答应道：“我有了你这般一个媳妇，真是称心愿意。只要你依着我的吩咐，到堂上说是杨乃武，将来自有好日子在后面。”小白菜唯唯领命。林氏见计策成功，便一面安慰了小白菜一回，一面又取出三十块钱，唤进监婆，交给她道：“这里你得好好看顾，每天将好菜侍候，要什么东西，只管买了，到我那里取钱，这些些留着使用。”守监婆满面是笑，接了谢过，小白菜见林氏这般相待，倒安了一半心，以为明天堂上只说了杨乃武，事情便完毕了，哪里知道都是何春芳的诡计呢？林氏见事情就绪，即出监而去。子和也安慰了小白菜几句，随着林氏、丫鬟去了。小白菜却安心在监内依着林氏言语，准备明天攀供杨乃武。欲知后事如何，且看下回分解。

第三十二回

布牢笼即席填供状
工罗织行文革衣冠

话说林氏、子和到女监中见过了小白菜，把小白菜甘言诱劝，果然小白菜不知是计。以为真是子和爱她，设法相救，心中感激，依允了林氏，到明天攀供乃武，顿时把乃武以前待她的种种恩义，忘在九霄云外。林氏、子和回到衙内，向锡彤、春芳说了，二人听得小白菜已是受骗，第一步计划已经成功，只待明天，俟小白菜供出乃武，再实行第二步妙计。

一宵过后，到了明天，锡彤起身，过足了瘾，一瞧时候已将十点钟光景，忙吩咐坐堂，一时衙役人等，站立两边，锡彤正中坐定，即命吊葛文卿上堂。文卿到了大堂。即跪在下面，只叫请大老爷替哥哥申冤。锡彤点头道："葛文卿，本县自得与你做主，替你哥哥申冤。"便命人把小白菜提上堂来。不一刻，小白菜跪在堂下，心中却很镇定，以为只要说是乃武，就可无事。锡彤把惊堂木一拍，喝道："葛毕氏，快把谋死葛小大的事情，从实招来，奸夫究竟是谁？免得皮肉受苦。"小白菜昨晚得了林氏教导，便叫着冤枉。锡彤喝道："不动刑具，谅你也不肯招认。"命差人上了拶子，小白菜心中怕林氏说的言语不确，不免有些惊慌，那些差人，早把拶子套上，锡彤叫一声收，两旁差人便答应一声，齐齐呐喊，向两旁紧收。可是小白菜一些没有疼痛，只因何春芳早已吩咐过，拶子虽收，却不在指上，尽是收得屑屑作响，受刑的人一些受不到指上。本来清朝官府的刑具，只要花钱给行刑的人，受刑人便一些不痛，非但看的人瞧不出破绽，便是堂上官府也不会看破。这也是一种黑幕，何况今天。刘锡彤心中明白非凡，不过遮掩人家耳目罢咧。小白菜到了这时已把林氏的言事相信到了十二分了。便假作疼痛，放声大哭。锡彤暗暗欢喜，暗想小白菜倒也做得甚像，便喝叫松刑。两旁把绳松下，锡彤又喝道："葛毕氏，快些招来。倘再刁赖，本县要动大刑了。"小白菜仍推不知，锡彤即命差人把天平架取来，放在当堂。这东西非同小可，受着便得晕去，连文卿瞧了，也很寒心。小白菜哪里愿招，这都是昨夜林氏所教。锡彤便吩咐差人把小白菜上了天平，只向上一收，小白菜趁势口称愿招，锡彤便命放下，喝问口供。小白菜哭道："这都是杨乃武的主意，与小妇人无干的呀。"锡彤道怎么是杨乃武的主意呢？小白菜即把杨乃武攀供上去道："小妇人同杨乃武自前年四月起首通奸，那时候小妇人住在杨家。有一天，小大晚上回来，险些撞破奸情，小大便起下疑心，即搬出了杨家，住在太平街内。杨乃武仍常来行动，前一月光景，又被小大险些撞着。自此之后，小大每晚住在家中，杨乃武无隙可乘，不能到来，便心中怀恨。那一天，小大到店中去了，杨乃武悄悄走来，把一包砒末交给小妇人，下在食物之中，可以毒死小大，做长久夫妻。小妇人一时糊涂，依了他的言语，把药接过，恰巧这天小大到沈家去午饭，腹痛回来，命医生开了药方，又买了桂圆熬桂圆汤，小妇人便把砒末下在药中，小大服下，即便死了。这都是杨乃武教唆小妇人。小妇人也是一时糊涂，求大老爷笔下超生。"

这一番言语，有枝有叶，把杨乃武攀供个着实。说毕之后，小白菜心中总觉得有些对不住杨乃武，不禁哀哀痛哭起来。文卿听得，也信以为真，把杨乃武恨如刺骨。这时堂上早录下口供，命小白菜画了供，锡彤即吩咐把小白菜收监，俟提到了杨乃武，再行审问，又命文卿不许多言，也收了监，便一面命差人到仓前去，提沈喻氏、喻敬天、王心培等众听审，一面退堂，回到里面，林氏早已得信，很是欢喜，何春芳也到里面，同锡彤商议，写下了名帖，命一个伶俐家人，到乃武寓所，去请杨乃武。原来杨乃武自那一天辞了叶氏、詹氏，到杭州去乡试进场之后，三场很是得意，做下了三篇锦绣文章，交卷也很早，出了考场，在寓所中把所做的几篇文章，又细细地看了一遍，觉得字字斟酌妥帖，可算得经纶佳作，心中得意，自不必说，便不再回去，即在杭州住下等候放榜。到了九月十五日，放下榜来，杨乃武已中了第一百零四名举人，心中欢喜。当下在杭州拜同年，会亲友，忙个不了。又有许多凑趣的人，同杨乃武设宴贺喜，直闹到十月初方才完毕，即动身到了余杭。因余杭县中也有许多亲友、同年须去拜会，又要到衙门中去拜会本地官府，便住将下来。又有亲友们知道了杨乃武得中，都来拜贺，有的摆酒同他接风贺喜，闹了几天，直到初九，方才去拜会了刘锡彤，本待再过两三天，即回转仓前，恰巧听得了小白菜犯下了谋杀亲夫的大罪，心中很是奇怪。暗想小白菜自自己劝化之后，已是归正，如何有了这般大事发生，怕是冤枉，倒得稍稍打探信息，因此仍留在余杭。这天却有一位同事，请他午饭，没有到衙前打探，饭后回到寓所。觉得放心不下小白菜的案件，欲出去探听。却见仆人取来了一个名帖，说是本县刘知县请杨乃武赴席，杨乃武听得本县请酒，自然答应前去。把帖子一看，上面写着未刻入席，心中觉得奇怪，暗想这位刘知县怎的请在未刻，不早不晚，算的什么呢？当下也不怀疑，即回复了来人，准时前来。下帖人自回衙中，回复了刘锡彤。锡彤忙请到了师爷，一同商议，设下了天罗地网，只待杨乃武到来。

杨乃武哪里知道，在寓所中一瞧时候，已是二点多了。知道若去打探了小白菜的事情，要错过了刘知县的酒席，似不好看，便不再出去。停了一回。见是未末光景，忙整理了衣服，穿了箭衣外套，赴宴礼服，又戴了举人的冠戴，出了寓所，径向刘锡彤衙中。不一刻，早到门前，即着人通报。不多时，刘锡彤亲自出来，迎到里面，在书房内分宾主坐下。两旁差人，却排得齐齐整整，十分严肃。杨乃武四面一瞧，不禁奇怪起来，暗道："今天刘锡彤宴客，难道只有自己一人不成？不然，自己来得太早，别的客人尚没到来吧。"回头一瞧刘锡彤，神色之间，却也有些不对，满面含着一股肃杀之气，好似罩了一重严霜，毫无一丝笑容，心中越发不解起来。正待说话，却见一个衙役走到里面禀道："酒筵齐备了。"刘锡彤即向杨乃武拱了拱手道："杨兄，便请入席吧。"杨乃武见了，以为是只请自己一人，忙一面谦逊，一面随了刘锡彤，走到一间侧室之内，里面摆着一席酒筵。锡彤即请杨乃武上座，自己在下座相陪。何春芳这时也来与杨乃武相见，坐在一旁。一席酒筵，只有这三人。坐定之后，即有一个衙役上来斟酒，刘锡彤便道了声请，便不再言语。何春芳却同杨乃武寒暄了几句，杨乃武见了这般情形，知道锡彤今天宴请自己定有事情，只是也猜不到是小白菜攀了自己。

不一刻，酒过三巡，菜上四道，锡彤忽地开起口来，正色向杨乃武道："杨兄，小弟有一事不明，欲请教高见，不知可能见教否？"杨乃武不知是什么事情，忙道："老公祖有什么见教，晚生自当领教。"锡彤却目视春芳，春芳即在身旁，取出了一张东西，授给锡彤。锡彤接过手中，交给杨乃武道："杨兄且瞧这一纸诉状如何？"杨乃武接过一看，却是葛文卿告小白菜因奸谋命，毒死小大的状子。杨乃武看了，也不知道锡彤的目的何在，便沉吟道："这般谋死亲夫，自得真凭实证，方能有效呀。"锡彤冷笑一声道："正是正是，本县已下乡验明，确是服毒身亡咧。"乃武不禁愕然道："这般说来，葛毕氏实有可疑了。可是因奸谋命，有了淫妇，必有奸夫，公祖可曾问出口供，奸夫是谁呢？"锡彤冷冷地道："不差哪，奸夫倒也供出来了。"杨乃武听得小白菜已供出了奸夫，不觉面色一变，暗暗痛恨小白菜，怎的果然干出这般泼天大事，倒瞧她不出，如此狠辣，即正色道："老公祖，这般大事，自应按法严办。既供出了奸夫，即可将奸夫拿到，使他对口，供出实情，方能替死者申冤哩。"刘锡彤听得杨乃武这几句言语，立即把面色一沉道："好，既是如此，杨兄，你可知道奸夫是谁?"杨乃武正待答言，刘锡彤已立起身来，向何春芳道："师爷，你把小白菜的口供，高声念上一遍。"春芳听得，忙在袖中取出小白菜的口供，高声念了一遍。杨乃武听毕，暗暗吃了一惊，暗想再不想到小白菜这般忘恩负义，竟把自己咬了上去，只是无凭无据，凭着一个妇人的话，也不能便把自己怎样。方欲分辩，早见锡彤喝道："杨乃武，本县一向以为你是读书君子，谁知你是这般的人面兽心，竟干出这般丑事，皇子犯法，与庶民同罪，今天可由不得你咧。"说毕，向两旁差人道："快把杨乃武押将起来，本县即刻升堂审问，替死者申冤。"说了，便一抖衣服，径自出去。两旁衙役，早把杨乃武一把在座上扯起，喝着快走。

杨乃武见这般情形，知道今天刘锡彤因了平日同自己不和，要公报私仇，可是自己究竟是个绅士，又是新中举人，不能因了奸妇一言，便把自己怎样，便哈哈大笑："好个刘锡彤，原来今天你请我赴筵，存着这般歹心。好得我杨乃武并未犯下这般歹事，看你将我怎样？将来自有水落石出之时，瞧你怎样得了?"何春芳也不答言，只命差人将杨乃武押将下去。差人们听得，也不容杨乃武再言，如狼如虎的将杨乃武押将出去。春芳即回到里面，见刘锡彤正横在烟榻上过瘾，坐在一旁。刘锡彤商议了一回如何审问杨乃武，过了半个时辰，锡彤的烟瘾过足，方伸了伸腰，吩咐升堂。一刹那鼓声响亮，两旁差人立得齐齐整整，虽说是七品县令的大堂，职分细小，也十分威严。刘锡彤拈着八字胡须，踱将出来，在正中坐定，一边有刑名师翁，一边有录供幕府，刘锡彤坐定之后，便命人先把沈喻氏带上堂来。原来到仓前去提的听审人，都已提到。不一时，喻氏当堂跪下。喻氏这时也得了信，说奸夫是杨乃武，把杨乃武也恨如刺骨。刘锡彤问了喻氏年岁籍贯，喻氏一一答了。又问了一回小大死的情形，同了平时同小白菜的情形，喻氏即把小大住在杨家，看破奸情，搬到太平巷居住，后来又如何看出小白菜不对，怎样毒死小大，自己生疑，命葛文卿前来告状，细细说了一遍。

锡彤听毕，便命跪在一边。将文卿带上，也问了一遍，同喻氏所供，一般无二。文卿供毕，锡彤又把敬天、王心培等，一一问过。便命将三姑带上。这时三姑已由子和关照，命她供出小白菜奸夫，只有杨乃武一人，又许下了二十块钱。三姑便依着子和吩咐，供了杨乃武。锡彤暗暗点头，春芳的计较高妙，当下即把小白菜带上堂来，又假意喝问了一回。小白菜依旧咬定是杨乃武交的毒药。锡彤把众人问过，都命跪在一旁，方把杨乃武带了上堂。杨乃武这时是个新中举人，照例不跪，立在下面。刘锡彤把惊堂木拍得山响，喝道："杨乃武，你尚有何说，快些从实说来，怎的起意，因奸谋毙葛小大的性命。"杨乃武听得，哈哈大笑："公祖，我毒死葛小大，可是你亲眼得见的吗？有什么凭据呢？"锡彤听得，早忿火中烧，喝道："杨乃武，葛毕氏已招得明明白白，是你亲手授给她的砒药，还容你刁赖不成？还是好好招出，本县存你体面，不招恐有些不便咧。"杨乃武早横定了心，不招什么，瞧你把自己怎样，便把牙一咬道："晚生又没有做过这事，说些什么出来。"锡彤也料定杨乃武不肯认在身上，即把小白菜提在堂下，喝道："葛毕氏，你把杨乃武怎样命你毒死丈夫，同杨乃武对来。"小白菜见了杨乃武，本有些内愧，只是信了林氏的言语，要救自己的性命，又可做知县媳妇，不得不把天良泯绝，向杨乃武道："二少爷，事已至此，便说了吧。"杨乃武听得小白菜果然攀了自己，忍不住火高千丈，向小白菜骂道："好一个没良心的淫妇，我当初怎样看顾于你，今天不思报答，反将这般事情攀供于我，你的良心何在？"小白菜被杨乃武说了这几句言语，心中究属惭愧，低头不语。锡彤见了，暗道不好，不要小白菜良心发现，说出了根由，那还了得，忙把惊堂木一拍道：“好，杨乃武，竟敢仗着科举威势，咆哮公堂。我也知道你是个新科举人，不把我小小县令放在眼中。可知你如今犯下重法，皇子犯法，与庶民同罪，本县也顾不得体面。”说着，即命幕府下一角文书到学府中，将乃武科举革掉。这种文书，春芳早已办就，立就命人去到学府。不一时，回文到来，把乃武数载辛苦得下的科举前程，在这一角文书之上，生生断送。刘锡彤即命差人把杨乃武衣冠剥下。杨乃武到了这时，知道刘锡彤已同自己做定了对头，要公报私仇，也只得跪下。欲知后事如何，且看下回分解。

第三十三回

熬刑具酷吏存恶念
探监狱义仆报凶音

话说杨乃武在余杭县被小白菜攀供作奸夫，当堂被知县刘锡彤行文到学府，将杨乃武科举革掉。本来清朝的学府老师很是昏庸，革去衣衿，只须县中行文到来，立即除命，并不问明事由，是非冤屈。因此杨乃武一刹那间，已将千辛万苦得来的科举，被刘锡彤断送个干净，只得跪下。刘锡彤知道倘是小白菜在堂上，难免不改口供，便命差人把一干人犯，都带了下去，只留杨乃武一人。差人应命，将小白菜等众人都带了下堂，锡彤即拍着惊堂木喝道："杨乃武，快把谋死葛小大的实情，从速招来，免得皮肉受苦。"杨乃武这时咬定牙关，暗想只须我不说什么，拼着挨刑，看你如何办法，即厉声答道："没有什么可招。"锡彤喝道："不上刑具，谅你也不肯招出。"即喝命差人把杨乃武推翻，打了三十大板，可怜杨乃武哪里受过这般苦痛，只打得皮开肉绽，鲜血横飞，横在地上，爬不起来。锡彤喝道："快把毒死葛小大的情由，从实招出，倘再刁赖，莫怪本县要动大刑咧。"杨乃武忍着疼痛，呻吟着道："这事影踪全无，叫我招出些什么来呢?"锡彤也知道杨乃武绝不肯即时认在身上，自取死罪，非将他屈打成招不可，即吩咐将大刑伺候。顿时堂下呛啷一声，掷上一副三木夹棍，锡彤喝道："杨乃武，招也不招?"两旁差人，早受了锡彤银子，便也和着叫道："杨乃武，快些招吧，免得受这些零碎苦处。”杨乃武这时已横定了心，索性不言不语。锡彤见了，把惊堂木连连拍得怪响，将朱签掷了一把下来，喝道：“快将这厮夹将起来，看他招也不招?”两旁差人顿时走将上来，把杨乃武靴袜扯去，双足套在夹棍之中，只一收，只痛得杨乃武两目昏花，眼前金星乱迸，大叫一声，已昏了过去。锡彤一见，忙吩咐松去夹棍，便有一个差人，把水将杨乃武喷醒。杨乃武已是面如金纸，气息昏昏。春芳一见，知道不能再行用刑，怕杨乃武死了，与本官不便，忙以目止住锡彤。锡彤会意，即命差人把杨乃武先行收监，自己退堂。

这一来，已闹得刘锡彤烟瘾大发，忙横在榻上。林氏早过来替锡彤烧烟，锡彤一面吸烟，一面暗想：杨乃武这般熬刑，不肯招认，如何是好?忙命人去请了师爷到来商议。不一刻，何春芳到来，林氏先向春芳笑道：“师爷好计，辛苦了，快躺一回吧。”春芳即同锡彤对面横下，锡彤皱着眉头道：“师爷，瞧不出杨乃武这般的一个书生，竟耐得起如此大刑，不肯招认，如何是好呢?”春芳笑道：“东翁，杨乃武如何能就招呢，一招便是个死罪咧。非得三敲六问，使他耐不住刑具的苦处，方能屈打成招。如今就要他招，可不成功呀。”锡彤道：“师爷，你想个办法，什么刑具他才挨不住了，又不伤他性命才好。”春芳闭着双眼，思想了一回，笑道：“东翁，杨乃武也不怕他不招，可是小白菜那里，可又得请太太去一趟咧。方才我瞧她有些口软，别良心发现，说出了根由，那可糟了。”锡彤猛地惊悟，点头道：“对咧，不是师爷说起，我险些儿忘了。”林氏听得，即笑道：“为了好儿子的事情，也说不得了。”即带了个丫鬟去了。春芳又同锡彤商议了一回，准备怎样用刑，逼出杨乃武口供。直到林氏自监内回来，说是小白菜已答应不再翻供，十分信任自己的哄骗，春芳、锡彤等方才安心。锡彤又请春芳在里面饮酒，都饮得醉醺醺的，方回房安歇。

却说乃武押到监中，两足已不能行走，躺在囚床上不住地呻吟，心中暗想：小白菜怎的咬定了自己，内中定有缘由，哪里想得到奸夫即是锡彤的儿子子和。杨乃武本是个好刀笔，时于监内一切，岂有不知道之理，知道要些使用，方不致在监中受苦，幸亏出来之时，身旁尚带有二十余块钱，即留了十元，其余都用在监内。牢卒见了，顿时眉开目笑，立时换了副面目。杨乃武又想到自己家中，听得自己得中，不知如何快活，再不道自己已被人攀害，受刑下监，家中又没人知道，如何是好？正是为难，欲设法命人去通一个情给自己寓所内的仆人王廷南。

原来这王廷南是杨乃武家中的老家人，虽不常在杨乃武家中，已是在仓前另立门户。逢到杨乃武有事，仍相随侍奉杨乃武。这次赴试，杨乃武本独自一人到杭州去，后来王廷南知道，即追踪到杭州，随着杨乃武。到了余杭，王廷南也在那里。杨乃武便欲通信给王廷南，使他报给家中叶氏、詹氏知道。一则在监中有事，也便当些。二则还可设法让她们到别处去求救。正在呆想，耳畔听得有人呜咽着道："二少爷，这是从哪里说起？为何遭了这飞来横祸呢？"接着又呜咽不止。杨乃武睁眼一看，却正是王廷南。只因王廷南自杨乃武到衙中赴宴，觉得寂寞，便横着静候。到了晚上，尚不见回来，心中越发闷得慌了，即踱上街去散步，忽地听得有人谈说，杨乃武遭了人命官司，已禁在监中，心中吓得一跳，忙忙奔到衙前打探，果然听得杨乃武犯下了人命重案，被刘知县下在监内。只吓得王廷南热泪双流，暗想究竟是否真的，不如到监中去探看一番，便知道真假。王廷南平日随了杨乃武，对于衙门知识，也很知道，忙回去取了些钱，奔到监门一问，果是杨乃武已在监内。即花了些使用，到监内来瞧杨乃武。杨乃武见是王廷南，也悲泣不止，即把事情说了一遍，命王廷南速即回仓前，报给奶奶、大娘娘知道，快去快去。王廷南听得，知道不能迟缓，忙一面呜咽道："二少爷放心，我就回去报信，二少爷自己保重，吉人自有天相，二少爷又没干这般伤天害理的事情，将来自有水落石出昭雪的一天。"一面把身旁带的几十块钱交给杨乃武，作为监内使用，方匆匆地去了。杨乃武却因了棒疮疼痛不住地呻吟，知道一时要出监是不容易，只得耐下性儿在监中守候。

却说王廷南奉了杨乃武之命，匆匆回转仓前，这时杨乃武的姊姊叶氏、妻子詹氏哪里知道杨乃武遭了冤枉官司，只知道杨乃武在省垣三场得意，中了一百零四名举人，都是欢天喜地。只待杨乃武回来，同他贺喜，祝告天地祖先。那一天晚上，叶氏、詹氏都觉得有些心神不安，坐立不停。叶氏觉得奇怪，便向詹氏道："妹妹，怎的我今天觉得心飞肉跳，要有什么祸事临门不成?"詹氏道："姊姊，我也觉得心神不定。只是二少爷中了举人，乃是喜事，有什么祸事呢，不要这两天因纪念了他，所以有些心神不定哩。"这般一说，叶氏即不以为意了。停了一回，见天色已是不早，便一同吃了晚饭，回房安睡。詹氏自杨乃武赴试之后，虽有一个儿子相伴，年纪尚轻，一个人觉得寂寞冷静，即拖了叶氏同床安歇，可以免去惊惧寂寞。这晚二人睡在床上，都是翻来覆去，睡不安稳。叶氏便道："今天怎的都睡不着呢？倒不如说一会儿闲话，免得心焦。"即同詹氏闲话了一回，不觉说到了小白菜的案件。詹氏即把杨乃武同小白菜的一番事情向叶氏说了，亏得听了自己与小白菜断绝往还，不然，这一回的事情，岂不是要牵涉下去了。叶氏听得，暗暗点头，也笑着道："正是，亏得贤妹早已把二弟劝得断绝，不然，真的大不方便哩。"

正在闲谈，忽地听得外面有人打门，敲得一片怪响，把二人吓得一跳。詹氏的儿子，即起身喝问："谁呀?"只听得门外连喘带促地答道："我哪，快开门呀!"叶氏听出是王廷南口音，暗想王廷南随着杨乃武在余杭，如何昏夜回来，听他的口声，又是慌迫非凡，不要杨乃武有了什么变故？心内早怦怦乱跳，詹氏越发吓得手足乱抖，还是叶氏镇定，忙命侄子去开了大门，只见王廷南忙忙地奔到里面，也不管叶氏等已睡在床上，一脚踏进房门，只叫了声："少奶奶、大娘娘，事情糟咧！"便喘作一团。叶氏、詹氏虽知道定是杨乃武有了什么变故，却猜不透是因了小白菜的事情。詹氏的儿子已关门进来，见众人都慌作一团，也不知是什么事情，忙问道："廷南，什么事情呀？"王廷南俟定了一定气喘，方把杨乃武在余杭县的事情细细地说了一遍。叶氏、詹氏听得，早都哭一个气噎声竭，詹氏的儿子、王廷南也呜咽不止。好半晌，王廷南方道："二少爷命我来报给少奶奶同大娘娘知道，快些前去，一同想法咧。"叶氏便定了定心道："廷南，为今二少爷在监怎样呢，可曾屈打成招了吗？"王廷南道："二少爷自被小白菜攀供之后，审过一堂尚未招认。只是听得二少爷说，刘知县同二少爷有些私怨，怕要公报私仇，在余杭县恐不能昭雪的了，因此请少奶奶、大娘娘快去，可以另想法子。"叶氏、詹氏听了，齐齐地道："明天我们就去。"叶氏虽是心乱如麻，比了詹氏，略稍稍有些主见，即一面吩咐王廷南，外面去休息，一面向詹氏道："妹妹，如今最要紧的是银子。公门之中，哪一处不需要钱，有了钱便到处不受苦楚，可是家中除了家用的几十块钱之外，一些没有，如何是好呢？这样呢，把我们二人有的一些首饰，明天先变一些钱来做急用呢。"詹氏连声应是。二人便不再睡，忙都起身，各各预备。又把杨乃武的衣服聚了一些，准备明天带给杨乃武，慌乱了一夜，都是以泪洗面。詹氏已哭得双目红肿。到了明天早上，詹氏即把几件首饰，交给王廷南，到当铺中去当了些钱。可怜杨乃武家中，本不富裕，这般一来，连詹氏、叶氏的几件金银饰物，也都断送掉了。不一时，王廷南回来，却只当得五十多块钱，连家中所有的，不足百元。詹氏带了，忙命王廷南去唤了一只小船，同叶氏匆匆下船望余杭县去，临行之时，叶氏吩咐侄子，好生看守门户，自己晚上便得回来。这也是詹氏商议好的，家中也不能无人照顾。廷南须带到余杭，叶氏只可朝去夜回。好得仓前离余杭不远，詹氏的儿子答应之后，自回进去。詹氏、叶氏、廷南三人，心急如的，恨不得一步跨到余杭，同杨乃武相见。

一路上倒也平安。到了余杭，即由王廷南引了二人，到杨乃武寓所之内，詹氏忙命王廷南先到衙前去打探，今天可曾升堂审问？不一刻，王廷南回来，说是今天尚未升堂。二人听得，即带了东西，同王廷南一齐到监中来见杨乃武。谁知到了监中，守监的监卒早受了刘锡彤吩咐，无论是谁，不许进监探望杨乃武，又得了好处，因此詹氏等三人到了监门，竟被监卒拒绝进去，急得詹氏一面哭泣，一面跪着哀求，放自己进去一见。还是叶氏有些主见，即取出了二十块钱给了守监监卒，悄悄哀求道："我们便进去见杨乃武一面，即便出来，决不连累。"监卒方点了点头，放三人进去。监卒又在一旁监视，詹氏、叶氏见了杨乃武，只剩下呜咽的份儿，哪里还说得出半句言语。还是杨乃武忍着疼痛，向詹氏道："贤妻，你且别悲伤。这一回的事情，也是命中注定。这位刘知县，竟以奸出妇人口，陷害于我，我想这里不过是个知县衙门，也做不得主，将来到了别地，谅来也不致如此糊涂，总有水落石出的一天。现在这里，我也知道已布下了天罗地网，你们今天进来很不容易，以后或者便不能进来，也未可知。你们也不必多来，今天便可回去，可命王廷南在此，随时听着信息，可以替我申冤。孩儿年纪尚轻，要好好当心。"说着，也流泪不止。詹氏已是哭不成声。杨乃武又向叶氏道："姊姊，你比了弟媳能干得多，诸事要请你照应。就是我万一冤沉海底，家中各事，都得仰仗姊姊了。"叶氏含泪呜咽道："二弟，你放心好哩。倘是这里同二弟做定了对头，你姊姊总得给你申冤，便是进京呼冤，也说不得了。这里我们不能多来，你也知道，家中的事，都有你姊姊在此，可以放心。"说着，一面拭泪，一面命詹氏将带来的钱，交给杨乃武，作为监中使用。又把衣服也放在监内。正待细问杨乃武的原因，因何小白菜一口咬定，却见监卒急忙忙地走来，向众人道："快些走吧，四老爷来咧。"杨乃武知道詹氏等多留不便，即挥手道："你们去吧，记好了把王廷南留在这里，可以随时探听音信，等我解进了省，审过之后，倘是仍不能明白，你们再作别个计较，到别个衙内去申诉，如今却还说不定咧。”三人听了，不住地哭泣，禁不住禁卒再三催促，只得硬着心肠，同杨乃武告辞，回转了寓所。叶氏同詹氏二人，一同商议之后，觉得留在余杭也没有什么意思，不如听了杨乃武回去，只留王廷南在这里听信。好得知县衙门，这些大事，不能做主，刘知县尽是作对还不要紧，将来解省之后，听是如何结果，再设法到那里去诉冤好咧。定下主意，即把王廷南留在余杭，詹氏、叶氏仍回家中。可是心中终不放心，也是无可奈何，只得静候王廷南音信。欲知后事如何，且看下回分解。

第三十四回

骨肉聚囚牢良言付托
炮烙定冤狱屈打成招

却说杨乃武被小白菜攀供之后，在堂上受了三十大板一夹棍，痛得死去活来，下在监内。起初命王廷南去报知家中，使妻子、姊姊到来设法相救。直待王廷南去后，猛然醒悟，暗想自己尚未定罪，如何可以到别地去鸣冤呢？而且刘知县要陷害自己，究竟是个知县，不能有大权，将来势必解省，经过许多衙门，难道也似锡彤般糊涂，同自己作对不成？自可平反，何必使詹氏、叶氏发急呢。两个女子也不见得有什么计较，又加着刘知县既要害自己，少不得吩咐禁卒，不许有人前来探视。即使她们到来，也不见得可以进监相会。就是可以进来，也得花着大钱，何不留着徐为将来诉冤之用呢，这时岂不白白地掷诸虚牝？这般一想，觉得方才命王廷南回去唤詹氏等来多事，因此今天见了詹氏、叶氏即吩咐她们回去，只留王廷南在余杭打探音信。詹氏等出了监后，杨乃武因足踝昨天被夹，很是疼痛，不能立起，便睡着静静思想计较。

不觉到了下午，已是申末光景，方有差人下来，把杨乃武提上堂去。到了堂上，见刘锡彤高坐大堂，小白菜、喻氏等众人，都跪在下面。杨乃武也只得跪下。刘锡彤把面一整，喝道："杨乃武，我劝你还是把毒死葛小大的情由，好好招认，免得皮肉受苦，本县替你笔下超生。"杨乃武暗想：

凭你软劝硬吓，我总不认在身上，瞧你有什么办法？便摇头道："太爷，怎能听了葛毕氏一面之词，即以奸出妇人口'莫须有'三字，认定了我是个凶手呢？"锡彤冷笑道："本县知道你不肯招认。你说莫须有之事，怎的葛毕氏不供了旁人，定得供了你杨乃武呢？何以原告见证，都不说葛毕氏同别人通奸，说是你杨乃武呢？如今葛毕氏也在下面，你可同她对来。"说毕，又向小白菜道："葛毕氏，那时杨乃武怎的交付毒药，害死葛小大，细细同杨乃武对来。"

小白菜昨天对杨乃武，究竟有些内愧，可是昨晚又听了林氏的甘言蜜语，说是倘不咬定杨乃武，非唯不能做知县媳妇，而且性命不保，要受凌迟剐刑。倘是说了杨乃武，可以脱罪，同刘子和结为花烛。小白菜信以为真，怕着要受剐刑，便昧定天良，咬定了杨乃武，听得刘锡彤命自己同杨乃武对证，即咬定牙关，向乃武道："二少爷，事已至此，也不必再瞒了。那一天你交一包毒药给我，说是下在小大吃的东西之中，毒死了小大，便可以白首偕老。衙门之中，都有二少爷承担。我一时糊涂，听了二少爷的言语，弄出事来，二少爷如何反不承认起来，要害我坐一个谋毙亲夫的大罪呢？"这几句话，把杨乃武气得浑身立抖，忍不住骂道："好个淫妇，我杨乃武何等待你，今天不思知恩报德，反攀咬于我，你的天良何在？"正再欲诉骂，刘锡彤早用惊堂木一拍，喝道："好，杨乃武竟敢在大堂之上，耀武扬威，目中无人，不给你些厉害知道，谅你也不肯就招。"即一面把小白菜提下堂去，一面命差人把天平踏杠取上堂来，喝道："杨乃武，你招也不招？本县要用大刑咧。"两旁差人，都齐声吓着杨乃武道："快些招吧，天平可不是玩的。终究是个要招，何必受零碎的苦痛呢？"无如杨乃武咬定牙关，不肯认在身上，只叫着冤枉。刘锡彤顿时把签筒都掷下地来，连连喝道："快将他上了大刑，看他可再刁赖？"差人听得，立即把杨乃武架上天平，下了踏杠。这天平踏杠，非同小可，便是江洋大盗也禁不起，何况杨乃武是个瘦怯怯书生，早大叫一声，立时昏死过去。何春芳一见，忙目视锡彤，锡彤即吩咐松了刑具，差人又取过一盏冷水，向杨乃武一喷，却仍不见醒转，锡彤见了，恐杨乃武死掉于自己大为不便，心中慌了起来，忙命差人们取了醋灰，在杨乃武头边一泼，一股焦辣辣的酸味，直冲进了杨乃武五官，杨乃武方悠悠醒转，只是已气息奄奄，眼见得不能再问，便仍命带进监去。

锡彤退堂，到里面横在烟榻之上，心中发怒，暗想：杨乃武不肯认在身上，如何是好？定得想一件刑具，十分难受，又不致命，方好屈打成招。倘是要致命的，不要如今天一般的险些儿死掉，没有招出口供，便刑讯毙命，自己罪有应得，如何是好？忙命人把师爷请到里面，把个心思，说了一遍。何春芳一面拈着几根鼠须，一面笑道："东翁，杨乃武是何等样的人物，哪里肯随便把个死罪认在身上，自然不是两三堂可以完毕的事情，非得把他逼得受不了刑讯，方能屈打成招，东翁不须心焦，明天也不能再审杨乃武。今天上了天平，险些死掉，明天身体自未复乏，不要又一用刑，真的送了性命，那就糟了。不如停着几天，再审一堂，将不致命的刑具，用一个看，瞧他如何？若仍然不招，再过几天，我有个主意，将一个大盆烧红了炭，把一寸长的小烙铁，炙得红了，在他不致命的地方，烙将下去。这个刑具，既不送他性命，却痛得难受，任他是铜筋铁骨，也受不得，就不怕他不唯唯招认了。"锡彤听得，早连称好计，即吩咐春芳前去预备，准备应用。春芳答应出去。

却说杨乃武回到监中，只是呻吟。禁卒们早奉着锡彤命令，把杨乃武好好休养，免得杨乃武受刑不起，死在监内，不能逼得口供。过了一天，杨乃武伤势稍稍好了一些，以为今天又得出去审问，候到晚间，却不见来提，心中很是奇怪。一连几天，并不升堂。杨乃武两次受的刑伤，倒也渐渐好了一些。又过了一天，锡彤依着春芳的言语，升堂把杨乃武吊出监来。

这一次却并不把小白菜提出，一同审问，只把葛文卿、喻氏等又问了一遍。葛文卿哪里知道缘由，都认作杨乃武正凶，便都叫着冤枉、求大老爷申雪，将奸夫杨乃武抵葛小大的性命。锡彤即向杨乃武冷笑道："杨乃武，可曾听得，你难道还刁赖不成?"杨乃武即也冷笑道："请问太爷，他们都瞧见我同葛毕氏通奸的吗?"锡彤把脸一红，喝道："好一张利口。"即吩咐差役，将杨乃武打了二十皮掌，打得杨乃武口中喷血，牙齿落下两个，两腮肿起，锡彤又冷笑道："杨乃武，在本县面前，也不容你刁赖，快些招来。"杨乃武也不理会，只是喊冤。锡彤大怒，又把杨乃武打了四十大板，夹了一夹棍，痛得杨乃武躺在地上不住地乱哼，面如黄蜡，又昏了过去。便有差人仍把杨乃武喷醒，锡彤知道杨乃武不肯招认，便依旧命人将杨乃武收在监内，待养息好些再审。葛文卿等，也暂时收监，又过了几天，将杨乃武又提出监去刑讯了一番，可称谓遍尝刑具、备受荼毒，仍没有审得杨乃武半句口供。再停了几天，锡彤已同春芳商定，倘是长此不决，上司知道，很不方便，今天非得用了炮烙酷刑，使杨乃武禁受不起，屈打成招，方能把事情了结，便起鼓升堂，将杨乃武提上堂来。春芳早把火炭烙铁准备就绪。锡彤即把惊堂木一拍，喝道："杨乃武，瞧你不出，如此熬得起疼痛，刁赖不招，今天倘再不招认，本县自有处置你的法则，快些招来。"杨乃武这几天，被锡彤打得遍体伤痕，虽说总得休养几天，哪里能得平复，听得锡彤如此说话，并不理会，只叫着冤枉道："叫我招出些什么来呢?"锡彤冷笑连连，喝一声来，把火炭抬上堂来。杨乃武一见，早打了一个冷噤，暗想今天不知又得用什么酷刑?只见几个差人，上来把杨乃武衣服剥去，一个指着一块长寸余，阔有五分的烙铁，已烧得如火炭般通红。锡彤喝道："杨乃武，招是不招?"杨乃武不住地叫冤，锡彤即把手一指，喝一声用刑，顿时一个差人，将烙铁在杨乃武背上一落。只听得吱的一声，一股焦臭，直冲上来，杨乃武哪里受得起这般疼痛，惨叫一声，眼前金星乱迸，只痛得心如油煎，好不难忍，断断昏去。锡彤见了，忙命取去烙铁。

杨乃武悠悠醒转，觉得炙的一块肉上，好似针刺一般。只听得锡彤又大声喝道："快些招来。"杨乃武还未答言，第二方烙铁，又在杨乃武背胁之间落下。这一来，任是铁石人也忍耐不住。杨乃武到此地步，知道招也是个死，不招也是个死，不如招了，将来解到省内，或者尚有清官，可以平反冤狱，倒强似在余杭县衙内受这般非刑，便咬紧牙关，忍着疼痛叫道："好，我就招了吧。"差人听得杨乃武口称愿招，即松去烙铁，锡彤见杨乃武果然受不住非刑，愿意认在身上，心中大喜，忙又问道："杨乃武，快些招来，你怎样毒死葛小大呢?"乃武知道不招不成，便信口乱言，只说是因贪了小白菜的美貌，同她通奸，后来险些儿被葛小大撞见，心中怀恨。便起下毒心买了砒末，交给小白菜，要把葛小大毒死。后来小白菜听信了自己，便将葛小大毒死了。这都是自己一时见色起意，因奸谋命，才犯下了这般大罪，这般的胡乱招了一回，锡彤又道："你的砒末哪里买来的呢?"杨乃武听得，不禁踌躇起来，这一句话叫自己如何回答呢?只是别的已是招了，这一些些，不如也胡说了吧，免得再受非刑，即随意地道："砒末乃是在仓前镇上的爱仁堂药铺中买的。"又恐连累了钱宝生，只因杨乃武并未知道这事都是宝生一人弄出来的，怕害了宝生，即说自己假作买砒末毒鼠，买了十四文的砒末，交给了小白菜毒死葛小大。这般一说，却可以脱去宝生的罪名。锡彤听乃武供毕，即命杨乃武画了供。杨乃武执笔在手，暗想自己乃是屈打成招，画供之后，死罪已定，将来如何可以昭雪。便是上司是个清官，似这般的有枝有叶，也不知道是冤屈，如何是好呢?杨乃武究竟是个有计较的人，又是个好刀笔，眉头一皱，计上心来，暗道："自己能写一手蝌蚪文字，谅刘锡彤是个捐班出身，绝不识得。这些幕府，同刘锡彤气味相投，也不是个通才，不会认得。自己何不名为画供，暗中却写着蝌蚪文字，把'屈打成招'四字写上，作为自己的画供。这般一来，将来若有科举出身之清官一见，认出了这供是‘屈打成招’四字，当然要怀疑起来，自己或能因此昭雪，也未可知。”想得不错，即提起笔来，凡是在画供的地方，都写成了四个蝌蚪文“屈打成招”。刘锡彤哪里识得，尚以为杨乃武押的花字，兴冲冲地收过，仍将杨乃武钉镣收禁。又把葛文卿、喻氏、三姑等众人释放回家，静候音信，这般一来，何春芳的大功告成，把子和的一个死罪，使杨乃武顶了上去。

刘锡彤退堂之后，满面含笑，在烟榻上横下，心中很是欢悦。林氏、子和也都知道杨乃武已经招认，不由得喜动颜色。锡彤却知道这不过是第一步的事情完毕，以后尚得详文入省，省内可能不批驳下来。同了将来部文如何，都得细细商酌，方能不出破绽。便吩咐仆人把何春芳请来，一同商议。不多时，何春芳进来，见过锡彤，坐在床上。林氏先向春芳笑道：“师爷，果然是个妙计，杨乃武把事情招认下来，我的好儿子的性命可不妨事哩。”春芳笑道：“话是不差，可惜事情还多着呢。详文到省内，不知能否不遭批驳，这倒不是个问题，我看好歹又得花一些钱哩。”林氏道：“钱花一些不要紧，只要保了儿子的性命就是哩。”锡彤放下烟枪，向春芳道：“正是。师爷的话一些不差。我也因了详文的事，须得同师爷商酌咧。”春芳想了一回道：“东翁，依我看来，这事难保不遭批驳，只是只要有钱，也不怕他批驳什么，如今只得依实提了罪名，详文到府，瞧他们如何。倘是没有什么风声，那也完了。若是府上有些疑虑，当然要把案犯吊上省去，那时东翁赶快上省，设法运动舒齐，那就不妨事咧。”锡彤点头道：“也只好如此。”春芳道：“东翁，尚有一件事件，可得先去办好，杨乃武既说是毒药在仓前爱仁堂钱宝生处买的，那钱宝生可也得使他认下，不然，事情又不对了。”子和在旁听得，点头道：“这却容易，只须我去说好哩，只是可犯什么罪名?”春芳道：“罪自然有的，不过乃武说是假称毒鼠，宝生的罪，便有也有限的了，不过是打几下即完了。其实这打也是假的，是名称罢咧。”子和即答应他去说妥。

明天，锡彤又坐了一堂，把宝生提到，问他可曾卖毒药给乃武，宝生早由子和说妥，自然完全承认。这般一来，总算全案审理完毕。锡彤即命春芳拟定罪名，可以详文上省。本来清朝一概案件，犯人所犯的罪名，知县不过是拟，须由知府定夺，因此锡彤命春芳拟个罪名详省，春芳领命，自去依了大清刑律拟了小白菜谋毙亲夫，问了凌迟大刑。杨乃武依着奸夫起意杀死亲夫，问了斩立决。钱宝生却不应卖砒给杨乃武，照例杖八十，葛文卿也杖四十，葛三姑、喻氏等免议。刑罪拟好，又办下文书，详到杭州知府衙门。只待知府核定，详文上巡抚衙门转了刑部，批了下来，大事方能安定。欲知后事如何，且看下回分解。

第三十五回

知府偏私受贿赂银二万
师爷公正拒昧心钱三千

却说刘锡彤费尽心机，将葛小大的案件攀在杨乃武身上，好不容易，用尽了酷刑，把不应用的炮烙非刑加在乃武身上。乃武方受刑不起，屈打成招，第一步的狡计，方算就绪。即备下文书，拟了罪名，详到知府衙门。这时候正是同治十三年正月初了。这位杭州知府，姓陈名鲁，乃是刘锡彤的儿女亲家，平日为政，倒还清明。幕府中的刑名师爷，也是绍兴人氏。为人却正直不私，从未受过一些贿赂。不论什么案件，总得细细推考，须使案中一无冤屈，心中方是安妥，陈鲁的行政，也都亏得这位幕府师爷，便是陈鲁的清正官箴，也因了这位幕府师爷的正直无私，才有这般声名。这一天，得到了余杭县的详文，翻开一看，便是杨乃武的案件。这位师爷见是谋毙亲夫的大案，忙把文书小白菜、杨乃武、葛文卿等的口供，细细观看，怕内中有了冤枉，又见杨乃武是个新中举人，越发不肯随便。看了一遍，竟被他发现了一个破绽。暗想杨乃武即是个本科举人，自然在省应试，去年科举入榜，是在九月十五日，依详文上看来小白菜的案件发生，乃武恰巧是在余杭，乃武在杭州自放榜之后，直到十月初到的余杭，直到十一日，仍在余杭，瞧上去是没有回到仓前。不然，难道十月初到余杭，即回了一趟仓前，将毒药交给了小白菜，再到余杭自投罗网不成？乃武既中了举人，这几天忙着科举的事情，哪里再有这种谋死人命的心思。便是小白菜受了乃武之托，毒死丈夫，何以竟敢留出血衣、不知灭迹，天下岂有这般愚鲁的妇人？葛小大的死，倘真是小白菜毒死，何不等他死定之后，抹去血痕，再去请喻氏到来，何以小大尚未断气，小白菜即命葛三姑请喻氏呢？难道要人家知道小大是服毒身亡不成？而且钱宝生所供，说是乃武假称毒鼠，向他买砒末，是在九月，九月正是乃武应试科场的时候，如何能向宝生购毒药呢？内中定有冤枉，这般冤枉人命，自己不发现则已，既发现了，岂容坐视。即捧了案卷，来见知府陈鲁。

陈鲁见师爷进来，又是手中捧了案卷，定有事情，忙一同坐下。师爷即把案卷给陈鲁看道："东翁，你瞧这件案子，可有什么冤枉在里面吗？"陈鲁先把详文看了一遍，又把乃武的口供翻开，只见下面的供字，却是四个"屈打成招"的蝌蚪文字，不由得先是一愣。又细细地把口供看过，觉得里面事实很有些不符，便向师爷道："师爷，你瞧如何呢？"师爷微微一笑道："依我看来，这事十分之七是冤枉的，内中很多的可疑之处。"陈鲁听得，忍不住点头道："这话说得是，你瞧杨乃武的画供，不是明明写着'屈打成招'四字吗？"即指给师爷看了，师爷见了，越发认定这事冤枉，向陈鲁道："东翁，我看这事定然冤枉，东翁却得细细地重审一番咧。"便将自己的意思，向陈鲁说了一遍。陈鲁连连点头道："一些不差，这事却须重审一番了。就烦师爷下个公文到余杭县去，把这一案的人犯，吊到省内听审吧。"师爷听得，心中很是欢喜，忙连声答应，自去办理做好了公文，命差人下到余杭县去。

却说刘锡彤自详文上省之后，终日提心吊胆，怕杭州府看出了破绽，只是因了杭州知府陈鲁是自己的儿女亲家，万一出了什么岔子，尚能想法弥补。这天正横在烟榻之上，只见何春芳走将进来，手中取着一个公文，见了刘锡彤，即叫道："东翁，事情有些不好了，我看东翁须上省走一趟咧。”说着，把公文给刘锡彤看了。刘锡彤见了这公文，正是杭州知府来的，心头早怕得一跳，忙细细一看，却是要提杨乃武等一案人犯，进省亲审，说是口供之内，显有不符之处。这般说来，这件案子知府已起了疑心，因此要亲自重审，不由得有些慌忙，向春芳道：“师爷，你看这事怎么好呢?”春芳道：“这事还不要紧，好得陈知府是东翁的儿女亲家，总不致同东翁做定对头。只是这事知府的责任，太于郑重，将来还得上抚上部，万一出了什么事故，别说是东翁，就是知府也不方便。因此只讲情面，虽是儿女亲家，恐也担不了这副千斤重担，怕还得多花一些钱，只要陈知府把钱收下，这副担子便挑在他的身上，事情就不妨咧，东翁以为如何?”林氏在一旁听得，早向锡彤道：“正是。师爷说得一些不错，花几个钱却不要紧，我们有的是钱，儿子却只有一个，去了便没有咧。自然儿子要紧。明天你快些上省去见一趟陈知府吧，只要他要钱，便是一二万也好。你明天上省，把存折带两个去好咧。”锡彤一想，也只得如此，一面托春芳办理公文，将人犯解上省去，一面预备明天自己上省。春芳即又想到了一件事情，向林氏道：“哟呀，险些忘了，小白菜那里却得太太去一回哩，不要她到知府衙倒翻供起来，岂不是前功尽弃了吗?”锡彤道：“正是，这倒最是要紧，太太你快些去吧。”林氏听得，即带了个丫鬟，到女监内来看小白菜。见面之后，又把甘言蜜语，哄骗了小白菜一番，说是如今因了要卸掉小白菜的罪名，设法解到知府衙门，沿途已吩咐差人们照料妥当，只要到了知府衙门，仍咬定杨乃武，便能脱罪出狱，那时即能同子和结婚，自己已命人在那里准备婚事了。说得小白菜心欢意乐，认定林氏是自己的救命恩人，一心一意地依着林氏言语，咬定杨乃武。

林氏见小白菜方面，已经说妥，心中很是放心，即去回复了刘锡彤。锡彤即把余杭县的一切事务，托了何春芳办理，自己到了明天，带了存在杭州钱庄内的两个存折，共有四万两银子，忙忙地到杭州去。临行之时，又吩咐了林氏，俟葛小大的案件所有人犯提解进省之后，林氏也得进省一趟，怕的是小白菜万一有什么变供。林氏答应，锡彤即叫了一只船，向杭州进发。

到了杭州，便先打了公馆，一面横在烟榻上抽烟，一面暗暗思想，见了陈鲁怎的说法。当下先预备了一下，命仆人到庄上去开了二万两银子一张庄票，又开了三千两一张，一千两一张。只因锡彤知道鲁衙中，有一位公正的刑幕，也欲运动一下。这一千两，乃是花在知府衙门的衙役三班，事情可以顺手。一切就绪，到了明天，即到知府衙门，谒见陈鲁之后，先叙了官礼，又见了儿女亲家的私礼。陈鲁心中，也有些明白锡彤这一次到来，定有事故，即同锡彤在书房之内坐下。锡彤即向陈鲁道："大人，这一次吊谋死亲夫的人犯，可是师爷以为内中有不明之处吗？"陈鲁听了，心中早已明白，便笑着道："亲家，这事究竟是怎样的内容呀？"刘锡彤即悄悄地把自己同乃武有宿怨，欲公报私仇，如今小白菜既说定是杨乃武，落得把这谋死葛小大的大罪，加在他的身上，只除了葛小大是子和毒死的一事瞒掉，细细地说了一遍，接着又取出了两张庄票，笑道："这事卑职已办糟的了，万事请大人包涵，依着原判，这一些些，一张整数，请大人添些家用。这一张小数，请大人代交师爷，也请他帮忙，不必苛求。"陈鲁一瞧，见是足足的二万银子，不由得心中不动，暗道："自己做了几载知府也没有赚到几万。如今只须维持原案就到手了二万两银子，自己何乐而不为呢？"即满面含笑道："亲家，说哪里话，你我是儿女亲家，岂有不帮忙之理。只是师爷却有些古怪。这一回的吊取人犯，也是他的主张。"锡彤道："一切都请大人费心，便是师爷作梗，也有大人做主，也不怕他怎样了。"陈鲁点头道："我知道了，你放心就是，快些回去吧，在这里留久了不好，被上面知道不便。"锡彤见陈鲁已允，取了自己的贿赂，知道大事无妨，忙立起身来，深深地打了一躬，告辞出去。又找到了衙役头儿，花了一千两银子，把事情办妥，方回转余杭来。林氏一见，忙忙问事情如何？锡彤即把见陈鲁的事情说了，林氏方才放心。锡彤便把杨乃武等一应人犯，点过了名，解上省去。

却说乃武自那一天屈打成招之后，知道这般一招，一个死罪，已认在身上。虽说是或者详到上面，尚有翻供昭雪之日，总觉得有些讨厌，心中闷闷不乐。在监中细细思量，如何可以申冤。这天恰巧王廷南来探监，便暗暗吩咐王廷南，自省内详文批下如何办法之后，若是已定下死罪，赶快到家中报给詹氏、叶氏知道，命詹氏上省申冤。廷南领命，便只待省内批文。过了新年，听得省内知府要吊全案人犯上省复审，乃武听得，心中一喜，精神不禁一振，知道知府复审，定是查出了案内有了疑点，或者可以从此昭雪，自己也可以翻过口供，生路有一线希望。等王廷南来探监之时，又悄悄地向王廷南说明，命王廷南也到杭州，可以随时探听消息。王廷南听得，也很宽心，自去收拾行李，准备随着乃武进省。过了几天，案中人犯都已提到，知县点过了名，命阮德解进省去，在知府衙门报到，仍把乃武等禁在监内，只待知府提审。知府陈鲁自那一天刘锡彤到来贿赂了二万银子之后，早把要平反杨乃武冤狱的心思丢在九霄云外。又代师爷收下了三千两银子，即打定主意，倘是师爷不肯收受，自己索性并在自己手中，把案子仍依了原审办理，也不怕师爷怎样。

当下即命人把师爷请到里面。这位刑名师爷，这天听得刘锡彤到来，知道刘锡彤定是因了杨乃武案子到来说项，心中很是愤怒，只是不知道陈鲁如何。正欲探听陈鲁的口气，却见仆人来请自己进去，早明白是因了刘锡彤的事情，即随着仆人进来，见了陈鲁，一同坐下。师爷忍不住向陈鲁道：“东翁，有什么事情商议呀？”陈鲁笑道：“并没有什么大事，就因这件谋死亲夫的案件，依我细细想来，怕不见得十分冤枉。刘令也是个老于公事的人，恐不能这般将人作儿戏吧。”师爷一听，不由得诧异起来，觉得今天陈鲁的言语，同那一天大不相同，细细一想，不禁恍然大悟，明白刘锡彤已是来暗通关节，心中把陈鲁鄙厌起来，忙正色道：“东翁，似这般大事，理宜细细详查。刘令难免有不到之处。依我看来，这事十分之九却是冤枉。”陈鲁听得，暗想不如把这三千两银子来打动他的心思，怕他不更变转来，忙在身旁取出了刘锡彤的庄票，放在桌上笑道：“师爷，这三千两银子，乃是刘令送给师爷喝杯酒的，我已代你收下，如今你且收了吧。”师爷听得这几句言语，明白陈鲁已收了刘知县的贿赂，而且刘知县怕自己要彻底清查，也贿赂三千两银子。可是自己一生正直，从未一次取过不义之财，这三千两银子取了，便是冤杀杨乃武同葛毕氏的性命，如何可以做得。忙正色道：“东翁，这种银子我却收不进去。便是东翁身为四品黄堂，应得替百姓申冤，不能被刘令蒙蔽一时，冤杀了人命，还请东翁三思。”这几句话，把陈鲁说得恼羞成怒起来，不禁把面一沉：“师爷，究竟事情是否冤枉，做官办案，得将就处便将就，何必如此认真呢？这事我已定了主意，爱怎么办就怎么办了，请你不必多管。这银子你既不收，我回了刘令就是。只是一个人出外办事，都为的是银子，要凭空赚三千两，谈何容易，师爷，还是收下的好。不收，也不过便宜了刘令。”师爷听陈鲁说出这番话来，知道陈鲁已被银子蒙了良心，自己却收受不下。这般看来，陈鲁为人，也是个贪财赃官，将来少不得有败露的一天，自己身为首席幕府，如何能得瞧着东家失败呢，倒不如不见的好，仍回自己家中苦度光阴，于良心上却安逸得多。想到这里，不禁长叹一声道：“东翁，这般银子，我却收受不了。便是你，也得后悔莫及的咧。我同东翁，相交不是一载两年，平时总言听计从，互相商议，不想今天如此忠言逆耳，将来少不得有想到的一天，我也无颜再留此间，做一个尸位素餐的幕府，不能替人民申冤。从今天起，我再也不愿相见的了。明天我便动身回去，倒落一个身心安泰咧。”说毕，立起身来，径自出去。

陈鲁见师爷一怒而去，正中下怀，暗想这人真是个傻子，三千两银子，竟推出腰包，自己乐得多得了三千两。本来这人留在幕府，自己做事大不便当。如今他既要走，趁此把他打发走，不至在衙内碍眼，因此也不相留，只命人送了五百块钱的酬意，师爷却一钱不收，到了明天，一肩行李，自回原籍去了。陈鲁见师爷已走，心中越发放心，可以放胆干事，依着原案审理。这天听得案内一应人犯俱已提到，忙吩咐升堂。欲知后事如何，且看下回分解。

第三十六回

初翻供又受非刑
诉冤状再提审问

话说杭州知府陈鲁，受了刘锡彤二万银子贿赂，把起初以为杨乃武是冤枉的心思，丢得一个干净。将幕府师爷气走，也不以为意，只图银子到手，一味帮着锡彤，欲把乃武一案，钉成铁案。当下听得一应人犯俱已解到，立即起鼓升堂。差人阮德即上堂报到，领了批文，自回余杭复命。陈鲁吩咐把葛文卿带上堂来，问了一遍。葛文卿便将在余杭县所备的事实，葛小大如何毒死，有血衣为证，细细供明。陈鲁把血棉袄看了一看，又带了喻氏、敬天、王心培等一一问过，供的言语，仍同余杭县一般无二。陈鲁便将小白菜提上堂去，把惊堂木一拍道："葛毕氏，你受了杨乃武嘱托毒死本夫，究是怎样下手，细细供来。倘有一字不对，莫怪本府的刑法厉害。"小白菜已受了林氏所托，咬定乃武，依旧把乃武交付毒药，如何下在桂圆汤同药内，说了一遍。陈鲁即命小白菜再画了供状，方把杨乃武带上大堂，跪在当堂。乃武心中当以为知府生了疑心，因此要重审，却听得陈鲁喝道："杨乃武，你是个科举文人，怎的干出这般没天理的事来，快把毒死葛小大因奸谋命的实事，一一招来。"乃武正认作知府生疑，所以再问，忙叫了声："青天大人，冤枉，小人是屈打成招的呀！"陈鲁听得，忙惊堂木连拍几拍道："好一个刁赖利口，竟又翻供。来呀，给我重重地打四十大板。”把朱签掷下地来，两旁差人，一声吆喝，走过三人，把乃武倒翻，一个揿住双足，一个捺住了头，一个举起大板，将乃武打了四十。打得乃武股上鲜血乱喷，痛得不住呻吟。这一来，把乃武堕入五里雾里，暗暗奇怪。知府这一回的重审，自然因了口供中的疑点，便该细问究竟，如何上得堂来，只叫了声冤枉，不问情由，打了四十大板，这是什么缘由？只听得知府又喝问道：“杨乃武，快些把因奸谋命的详情从实招来，免得皮肉受苦。”乃武知道倘是在知府堂上，依旧认在身上，那时死罪便得十定七八，若能翻过供来，方有希望活命，即咬定牙关，呻吟道：“青天大人，实是冤枉。小人在去年九月中，正在省内，赴试之后等着放榜，如何能得付给葛毕氏毒药呢？”陈鲁听了，觉得这话却是实情，只是自己已受了刘锡彤二万贿赂，乃武就是冤枉，也不得不冤枉的了。即冷笑道：“哪一个犯人到了堂上不叫冤枉的呢？怎的葛毕氏不供别人，定得供出是你呢？钱宝生也供出你向他购的砒药呢？”便向钱宝生道：“钱宝生，你那砒末哪一天卖给杨乃武的？”宝生早已得了子和通知，说是知府已经运动妥帖，今天又见到了堂上，不问情由把乃武打了四十，知是子和的话一些不差，便叩头道：“老爷是青天，小的不知道杨乃武购药去毒死人命，只信他的话是真，是毒死老鼠的，因此卖给他的，是在九月中旬，请青天大人笔下超生。”陈鲁喝道：“杨乃武，你可听得，还刁赖到哪里？再不招认，本府要动大刑哩。”说着，吩咐差人将夹棍掷在堂下。乃武却仍只叫冤枉，陈鲁早喝一声，将乃武上了夹棍，只一夹，乃武又昏了过去。知府见了，命人松了夹棍，用水喷醒。陈鲁知道不能再审，忙命人把一众人犯收监，自己退堂。回到里面，暗暗思量，怎的能迫出乃武同余杭县一般的口供。

乃武回在监内，心中想到堂上的时候，知府也认定是自己毒死葛小大，瞧起来自己万一的希望，又归泡影，心中十分烦闷。恰巧王廷南前来探望，即悄悄吩咐，倘是知府衙中，仍如余杭县一般，快速回去命詹氏准备申冤，王廷南领命，自出监去，每天打探消息，准备去报知詹氏、叶氏。这时刘锡彤同了林氏、子和，因放心不下，也到省内，听得一堂没有终结，怕小白菜变了心思，忙使林氏再到监内哄骗小白菜，小白菜究属是个乡镇女子，哪里知道什么利害，到了这时，只要活命，听得林氏说是只须攀供乃武，非唯可以活命，而且能得做知县媳妇，如何不愿，早把“良心”二字，付之度外，只依着林氏的言语。刘锡彤心中知道陈鲁受了自己二万两银子，绝不会昭雪乃武的了，不放心只有小白菜，怕她翻供，听得林氏已同小白菜说妥，便先回余杭，命林氏、子和在省内听信。过了两天，陈鲁又坐堂审理，一众人犯，都已提到，仍先把小白菜问了一问，小白菜却一口咬定乃武。陈鲁把小白菜带下了大堂，方将乃武提到堂上，喝着命乃武行供。

乃武心中当存着一线希望，或者知府前一堂见自己叫着冤枉，这一堂便细细审问，便仍叫着冤枉道：“大人，叫小人招出些什么来呢？九月中，小人在杭州，可以问小人的几个朋友，是否说谎？”陈鲁陡地面色一沉道：“好一个刁赖奸人，你打算通同了别人，便能卸掉你的大罪不成？”说着，大喝一声：“来哪，把这刁滑小人上了脑箍。”即有两个差人，上来把乃武上了脑箍。陈鲁喝一声收，顿时两边收紧起来，乃武觉得头脑之上，浑如要爆裂一般，眼中金星乱迸，咽喉中隐隐有些血腥气起来，好似要喷血一般，暗想不好，瞧这式样，知府定同刘锡彤一般糊涂，或竟是收到了刘锡彤好处，自己不招不成，如这般下去，竟得在此送了性命，岂不是冤沉海底，不如招认之后，还可以到别处申冤，当有一线希望昭雪，忙口称愿招。陈鲁大喜，即命松了刑具，喝道：“快些从实招来。”乃武知道不招不能，便仍依着在余杭县堂上所招的说了一遍，自有人录下口供，命乃武画供。乃武仍画了“屈打成招”的四个蝌蚪文字。陈鲁虽是认得，可不能说破，只因不能说定乃武是写着这四字，当下仍命禁卒把乃武钉镣收监，小白菜仍收了女监，葛文卿、喻氏、三姑等人，命他们各自回去。一切安排就绪，方才退堂。回到签押房中，同另一个刑名幕府师爷，拟定了详文，又把小白菜定了凌迟大罪，乃武却是斩立决的死罪，宝生杖八十，一切都是依着余杭县所拟的原定罪名。这般一来，乃武同小白菜已定下了两个死罪，只待臬台详到刑部，批复下来，即行施刑。林氏、子和听得之后，都放下了心。只是子和觉得似小白菜般的美人，要受凌迟之罪，十分可惜，可是也无可奈何，自已的性命也花了这许多的钱，方得保住，怎能再管小白菜如何，当下回转余杭，告知了刘锡彤。锡彤心中，很是欢喜，忙请了何春芳进来商议。春芳道："东翁，如今事情，虽说安定，可是只怕杨乃武还得翻供，非得待行刑之后，方得全部就绪，东翁却得命人在外面打探咧。锡彤点头称是。当下即暗暗差了几个心腹，在省内仓前打探，杨乃武可有别的举动。

却说乃武自在知府堂上屈打成招之后，知道死罪难逃，心中暗定主意，俟王廷南到来探视忙悄悄地吩咐廷南，到仓前去报知詹氏、叶氏二人，命詹氏进省呼冤告状。王廷南领命，忙忙地赶回仓前，向詹氏、叶氏报告乃武的言语，詹氏听得，先哭一个死去活来，立即收拾了应用的东西，欲进省诉冤。叶氏却虽也泪下如雨，心中比了詹氏有些主见，即向詹氏道："妹妹，且别心慌。二弟虽是招认，离行刑之时尚远，须得部中批下，方算得罪定冤沉无底。如今却尚有一线希望，你且安定一回，我们得细细商议一个办法才好。"詹氏道："大姊，我这时方寸已乱，如何想得出办法呢?"叶氏沉吟了一回道："妹妹，我想如今办法，自然是须先上省申冤，最是要紧。不过我们上哪一个衙门去申冤呢，也须先预定下了，而且也得做下状子。"詹氏听得，这话一些不差，只点头不语。叶氏想了一回道："我倒想起来了，我以前在京中时，曾经在夏中堂家中做过保姆，如今二弟既遭了这般冤枉，何不去求夏中堂做主呢?"詹氏道："正是，这倒使得。我们这样好咧，我进省到提刑按察使衙门去叫冤。大姊上京师去见夏中堂，求他相救。双方并进如何?”叶氏点头称善，当下即命王廷南设法请人做状子，叶氏也准备进京，面求夏同喜中堂。谁知事不凑巧，叶氏忽地害下了伤寒重症，卧床不起，詹氏也有些身体不适。计算日期，尚不要紧，只得等待几天。

光阴迅速，又过了一月光景，这时已是同治十三年的六月中旬。叶氏、詹氏都渐渐安痊，状子也做得就绪，詹氏知道事情急迫，不能再待，即带了状子，准备进省，向臬台抚台衙门诉冤。临行之时，同叶氏约定，詹氏上省，叶氏进京，乃武的儿子托人照管。叶氏却带着儿子，一同进京，路上可以有些照顾。叶氏又想了乃武有个族叔，名唤杨增生，正在京中。自己进京，可以住在增生家中。增生又做过衙门事务，对于衙门中一切事务，都能熟悉。万一要告部状，可以照应不少。姑嫂二人，商议已定，詹氏立即同了一个表兄姚士法上省诉冤。这姚士法约有四十光景年纪，为人最是有心胆，听得乃武的事情，义愤填膺，这一次詹氏上省控告，自愿一同前去。不一天，到了省内，詹氏即命姚士法出去打探这提刑按察使司放告日期。姚士法出去打探了一回，回来向詹氏说了，明天正是放告之期。詹氏听得，忙忙准备明天同了姚士法前去告状。把状子等预备就绪，只待明天申冤，一夜间也不曾好生睡得。

到了明天一早，詹氏、姚士法二人起身之后，忙忙到按察使司衙门之前，见时光尚早，即在门前等候。停了一回，按察使蒯贺荪起鼓升堂。这位提刑按察使蒯贺荪，审理案件，十分精明强干，官也好，这天升堂理事，高坐大堂，只听得外面高叫一声冤枉，忙命人出去观看。不一刻，带进一男一女，正是詹氏同姚士法二人。蒯贺荪一见，忙喝问了二人姓名，詹氏、姚士法二人都报了姓名。蒯贺荪听了，即喝问道：“有什么冤枉，当堂诉来。”詹氏见问，忍不住双泪交流，禀道：“小妇人的丈夫名唤杨乃武，乃是本科一百零四名举人。中举之后，尚未回到家中，在余杭县拜客，被镇上葛品连的媳妇葛毕氏，因了毒毙亲夫一案，攀供同谋，余杭县不问根由底细，立即把乃武拿问在监。乃武受刑不起，屈打成招。今年杭州知府，把全案吊上省来，审问又未细问缘由，不能昭雪冤枉，依旧屈打招认，定下了死罪。小妇人情极无奈，只得到来叩诉申冤。求青天大老爷明鉴万里，申昭小妇人丈夫杨乃武的泼天冤枉，小妇人便死，也感激大老爷的恩典。”蒯贺荪听得，暗暗一想，杨乃武一案，已由杭州知府陈鲁审结，是因奸谋命，乃武也招认了口供，定下了斩立决的死罪，如何他妻子又来告状呢？不要他妻子有意告着刁状，希图卸掉丈夫的死罪，便喝道：“好一个刁滑妇人，你丈夫既是冤枉，因何不当堂申诉，却自己招认呢？”詹氏即叩首道：“大人是青天，小妇人丈夫实是的冤枉，乃是屈打成招。”蒯贺荪把惊堂木一拍道：“你怎么知道你丈夫的冤枉的呢？”詹氏供道：“大老爷明察万里，小妇人的丈夫，去年进省应试，考中了第一百零四名举人，省内放榜，是九月十五日。小妇人丈夫正在省内看榜，中了之后，便在省内拜客，直到十月初，方回到余杭，从未回家一次，如何能在九月中交给葛毕氏砒末呢？而且小妇人丈夫自从葛毕氏同葛小大成亲之后，从没有往来过一次，何以要害小大的性命？这都是小妇人丈夫被诬的明证，请大老爷详察，替小妇人丈夫昭雪覆盆。大老爷功德无量，公侯万代。”

蒯贺荪听了，觉得这话也有些理由，便问道：“杨詹氏，可有状子吗？”詹氏忙把状子呈了上去，蒯贺荪一看，见状子上写得很是明白，乃武同小白菜以前有过关系，后来经自己劝导之后，即同小白菜断绝关系，而且劝小白菜归正，直到葛小大在沈家吃饭，得病呕吐，回到家中，服药身亡，这时乃武正因中举人，在余杭拜客。余杭县因葛文卿告状，提到了小白菜，小白菜攀供乃武，余杭县不问情由，将种种刑使乃武屈打成招。钱宝生招出乃武买砒，在九月中，这时乃武尚在杭州，如何能得买砒，分明冤枉，一一写得很是明白。蒯贺荪瞧毕，觉得依了詹氏的诉状上，内中疑窦甚多，或者是冤枉，也未可知，且待自己吊到案卷，细看口供，再把人犯吊来，审问一回，细细察看，内中可有冤枉就是。即向詹氏道："你且回去，本院去吊了案卷人犯，再行审理就是。"便收了状子，又命差人将报告姚士法收在监内。原来清朝告状，都有一个报告，乃是负责的人。詹氏报告，便是姚士法。当下詹氏叩头起身，自出衙去听信。蒯贺荪退堂之后，即下文书，将乃武一案的案卷，吊到衙门查阅。欲知后事如何，且看下回分解。

第三十七回

按察得赃瞒天理
巡抚会审昧良心

却说詹氏在提刑按察使司衙门告了冤状，那位余杭知县刘锡彤早已知道了音信。只因刘锡彤怕杨乃武有什么动作，派着心腹在省城打探，果然探得乃武妻子在按察使司衙门告状，替丈夫申冤，忙忙回到余杭，报给刘锡彤。锡彤听得，忙命人请了何春芳到里面商议。春芳也知道了，到了里面坐下，锡彤忙向春芳道："师爷，事情又糟咧，乃武的妻子，已在按察使司衙门告了冤状，怕又得提乃武等去审问了，不要审出了实情，非唯我儿子性命难保，就是我也大不方便咧。"子和这时吓得面如土色，只拖住林氏求救。林氏哪里舍得，忙安慰道："宝贝儿子，夜明珠，别慌，有钱呢，天大的官司，只要地大的银子。再花上几万，也不妨事。"春芳听了林氏这几句话，即点头道："正是。太太说得一些不差，只得多花一些钱了。东翁，你赶快上省，同陈鲁去商议一回，花几万银两给按察使司，好请他批驳下来，不准诉状，那岂不是就了结了呢。倘是事情已僵了，便在审问之时，求他仍维持了原判，那便是了。不过小白菜那里，又得去骗她一骗，只说是大少爷要申雪她的罪名，在按察告状，不说是詹氏所告，小白菜听了自然越发感激太太的吩咐了。"林氏听得要钱，忙道："有有，老爷你明天快上省去，花一些钱不要紧，救儿子性命要紧。"锡彤听得，觉得只有这个办法，即命林氏预备银子，自己明天进省。

过了一天，刘锡彤带了五万银子，同林氏进省，临行之时吩咐春芳，安排衙中各事，自己同林氏到了杭州，下了寓所，即先打探，按察使司蒯贺荪，把这案怎样办理？却打探得蒯贺荪先吊案卷查阅，再定如何办理。暗想还好，尚未吊人犯听审，或者可以把状子驳斥不准。当下忙来见知府陈鲁，陈鲁也知道詹氏在按察使司衙告状，心中很是着急，见刘锡彤到来，心下一松，忙屏去左右，向锡彤道："亲家，这事怎样办呢?"锡彤道："卑职也因了这事，来见大人。如今按察使大人，尚未把人犯调去，只调案卷，卑职想能否设法使按察使大人把状子批驳下来呢?"陈鲁道："这可不是容易办的。亲家，你准备怎样去说呢?"锡彤道："事已至此，说不得仍花一些钱了，所以卑职特来求大人帮忙。"陈鲁想一回道："这事我去见按察使大人，倒觉得不好，不如你自己亲自前去，我先同你去说上一声倒好。"锡彤忙打一躬道："若得如此，卑职感恩匪浅。"陈鲁道："事不宜迟，我今天就上按察使司衙门，把案卷亲自呈上，你明天便自己亲去如何?"锡彤又谢过了陈鲁，退出知府衙门，到钱庄上打了一张四万两银子的庄票，一张二千两的，预备用在按察使司衙内众人。陈鲁却把乃武的一案案卷聚集之后，即到按察使司衙门，见了蒯贺荪，把案卷呈上，一面悄悄地向蒯贺荪说了关节，明天余杭县刘令要面见大人详禀。蒯贺荪听得，知道内中定有缘故，暗想明天刘锡彤瞧他如何说法，再定为意，便点了点头。陈鲁退出，回到衙内，使心腹通知了刘锡彤，命他明天自去见按察使。

锡彤领命，到了明天，备下手禀，将四万两银子庄票，夹在里面，可以呈将上去。一切就绪，即到了按察使司衙中，来见蒯贺荪，先把手禀呈了上去。蒯贺荪接过翻开一看，见里面有一张四万银子的庄票，不由得心中一动，知道定有道理，恐说话不便，便屏退从人，向锡彤道："刘知县，可有什么话说呢?"锡彤趁势向蒯贺荪打了一躬道："请大人体谅卑职的苦心。”蒯贺荪皱眉道：“如何办法呢？你自然为了杨乃武的一案咧。”锡彤道：“正是，请大人做主，可能驳斥了状子。”蒯贺荪听得，暗想只要驳斥一张状子，便有四万银子到手，这种好处哪里去找，自己何乐而不为呢？便点头道：“这倒容易，准这样呢。”锡彤听得蒯贺荪已是答应，心中欢喜，忙又谢过贺荪，方退出按察使司衙门，回去同林氏说了。小白菜也不必去看了，锡彤仍留在省城，听按察使司衙门的消息，命林氏先行回转余杭。蒯贺荪得了刘锡彤四万银子的贿赂，自然依着刘锡彤的请求办理，足足过了十余天光景，方把詹氏提上堂去，姚士法提出监来，喝道：“好一个刁赖妇人，擅敢告这般谎状，本院已打听得明白，你丈夫犯的因奸谋命大罪，已自己招认，乃是真实不虚的事情，怎的来告这刁状？本当重重办你们二人，姑念你们无知，不知底细，从宽办理。”说着，命差人将姚士法打了四十大板，詹氏打了二十背花，一齐赶下大堂，所告的状子不准，当堂将詹氏状子掷了下来。两旁差人，早如狼如虎般把二人赶出。

詹氏只哭得死去活来，到了衙外，便欲寻个自尽。还亏得姚士法有主意，知道内中又出了变故，忙止住詹氏道：“快别如此，这时表弟的性命，都在弟媳手中昭申，你倘是死了，还有谁去申冤呢？我想这里既如此糊涂，内中定有了什么缘由，我们难道不能再到别个衙门中去叫冤吗？今天且回去休息一天，明天我们索性下抚台衙门去叫冤去。杭州城内的官，总不能都是个糊涂官吧？”只这几句话，把詹氏提醒，忍不住连连点头，当下同了姚士法回转寓所。夜间詹氏只是痛哭不止，亏得姚士法在一旁相劝，方能稍杀悲哀，一夜也未曾安睡片刻。到了天方发白，詹氏忙忙催姚士法同到抚台衙门，姚士法知道时光尚早，便又劝詹氏道：“表弟媳妇，你也吃一点东西再去不迟，似这般式样，表弟的冤枉没有昭雪，不要你倒先病倒了，如何是好呢？”詹氏觉得这话不差，方吃了一点东西，同姚士法二人，带了这张按察使司衙门不准的状子，竟奔抚台衙门而来。

这时的浙江巡抚，姓杨名昌睿，为官平平，也没什么劣迹，政声却也平常。这天正升堂理事，忽地听到辕门前有人高叫："冤枉，大老爷申冤救命哪！"杨巡抚听得，心中十分诧异，暗想如何有人到巡抚衙门来叫冤枉呢？难道省内出了什么冤枉大案？在省内各衙门都没有审事清楚，无奈到巡抚衙门来叫冤枉不成？忙命门丁沈彩泉到外面去观看，是谁在那里叫冤，这个门丁沈彩泉，却是个坏蛋，在外面依仗省巡抚衙门势力，包庇控案，无所不为，今天听得有人在辕门外喊冤，暗想不知是什么案件，或竟是有哪一处的官员，把官司糊涂了结，真是如此，自己定可从中取利，即兴冲冲赶到外面，一看却是一男一女，跪在地下喊冤。那个妇人已是泪流满面，泣不成声，沈彩泉见了，便喝问道："你们二人来干吗的?"詹氏哭道："小妇有泼天冤枉，求青天大老爷昭雪覆盆。"沈彩泉听得，即进去报给杨巡抚知道。杨巡抚听了，暗想这妇人既说是泼天冤枉，来巡抚衙门喊告，定有不得已的大事，即命带上堂来。不一时，把詹氏、姚士法带到堂上。巡抚向下一望，见跪着一男一女，男的有三十多年纪，五官端正；女的也有二十出外年纪，十分端庄。二人都是一团正气，不似个不良人民。即问过了二人姓名，二人都依着报了，杨巡抚道："有什么冤枉，当堂诉来。"詹氏便忍住悲声，把乃武的冤枉一一说了。杨巡抚听了，不禁想道："怎的余杭县刘令如此胡闹，一个新科举人，怎能随便革掉呢？这位学府，也是糊涂，怎不细细问一声呢？只是这妇人不到提刑衙门去告，倒到我巡抚衙门，这倒有些奇怪。"忍不住问詹氏道："杨詹氏，你怎的知道你丈夫是冤枉的呢？你要替丈夫昭雪，何不上提刑衙门去告状呢?"詹氏忙叩头回道："小妇人的丈夫，方中了举人，家也未曾回过，如何能有心情毒死葛小大呢？又怎能在九月中交毒药给葛毕氏呢？小妇人也到过提刑衙门替丈夫申冤，怎奈提刑老爷不肯受理，因此没奈何，来求青天大老爷明鉴，替丈夫申雪冤狱。"杨巡抚听得提刑按察使司不肯受理，心中越发奇怪起来，知道定有缘由，便问詹氏道：“可有状子吗？”詹氏把状子呈上，杨巡抚命沈彩泉接过，取到桌上，细细一看，觉得依状子所说，确是有些疑点，如何按察使司不肯受理呢？如今既告到自己衙门，如何可以不管，待我下公事到按察使司衙门，命蒯按察使审理自己监审，自然不能再有什么弊端的了。想定主意，便吩咐詹氏，三日后听审，准了状子。詹氏、姚士法忙叩谢起身，自回寓所等候。

杨巡抚退堂之后，忙命刑幕下了公文，到杭州知府衙门，吊杨乃武一案的人犯，到巡抚衙门听审。又传了按察使司蒯贺荪到来，亲自吩咐在后天，在抚衙审理葛毕氏谋害亲夫一案，命蒯贺荪主审，自己监审，蒯贺荪领命之后，心中十分着急，回到衙门，很觉踌躇。暗道：这如何是好呢？倘是审出里面有弊，刘锡彤已送过自己四万银子，若是不好好审理，却有巡抚监审。正觉得两难，却听得差人来禀道：“余杭县求见。”蒯贺荪听得刘锡彤到来，知道也得了信息，忙请到里面。原来刘锡彤尚没有回转余杭，等待按察使司批示，驳掉詹氏状子。昨天驳斥状子批示出来，锡彤得信，心中很是欣喜，只是怕詹氏再到别处去告状，仍命心腹在各衙门打听。今天早有人报给锡彤，詹氏又在巡抚衙门叫了冤枉，锡彤听得，暗想这事势成骑虎，不如越发设法把钱连巡抚也运动好了，方是妥当。忙命人回去，催林氏取了钱，到杭州来。正欲去见陈鲁，一同议法怎样可以走巡抚的门路，横在烟榻上呆呆地先想了一回，方待起身到杭州知府衙门，只见仆人报道：“巡抚衙门的门丁沈彩泉来见。”锡彤大喜，知道定是因了这案，忙吩咐相请，仆人转身出去，引了沈彩泉进来。原来沈彩泉听得这案起初出在余杭，又听得这几天余杭县在省内，心中有几分明白，按察使的不准状子，或者是余杭县暗通关节，所以不准。这一次告到巡抚衙门，自然余杭县也得前来纳贿，自己何不先去探听一下，竟有整千的好处，亦未可知。因此即悄悄地打听了锡彤寓所，来见锡彤。锡彤因沈彩泉是抚台的亲信门丁，又有这事，并不以沈彩泉是个门丁轻视沈彩泉，忙请沈彩泉坐了，笑道："沈兄下临，有何见教呀？"沈彩泉笑道："大人已知道杨詹氏在抚台大人面前又告了冤状吗？"锡彤听得正是因了这事，忙屏去仆人，悄悄地道："沈兄，我知道的了，可是老大人怎样的主念呢？"沈彩泉见有些意思，微微冷笑一声道："怕有些糟了吧，抚台大人已传了按察使主审，自己监审咧。"锡彤心中一跳，忙向沈彩泉笑道："沈兄，既承下顾，可有什么妙法，教导小弟一回，可以挽回老大人的心意，小弟自当重谢。"沈彩泉听得，顿时露出了笑容，沉吟了一下道："大人准备怎样呢？"锡彤暗暗一想，即笑着道："只要老大人能不细求根源，仍维持原判，小弟情愿花上四万两银子，作为冰炭之敬，小弟今天本来要托人向抚台大人商恳，如今老兄到来，最妙的了，就请老兄转达愚忱如何？老兄是抚台大人亲信，自然必能成功，至于老兄如此照应，也当重酬。"说着伸了三个指头道："这些小数，以为酬劳如何？"沈彩泉听得有三千两银子到手，不由得兴高采烈，笑道："这也得瞧抚台大人的意思怎样，方能说定，大人既这般厚扎，我自当尽心办理。这样吧，我先回去，探探抚台大人的口气，倘是成功，我再来取银子，不过本家衙门口诸位师爷弟兄，大人也得设法办妥，不然，却也不好。按察使那里，大人可也得说好，他是个主审官儿。"锡彤点头道："正是，正是！抚台衙门的事情，一切都托老兄，师爷们等众人，再加上四千之数。总之都请老兄帮忙。按察司处，那不要紧，由小弟自己去说就是。"沈彩泉即义形于色地道："好，都在我身上，明天你静候好音吧。"说着，即行告辞。

锡彤起身送过，心中便安定了一半，忙忙横在烟榻上，过足了烟瘾，到按察使司衙门，来见蒯贺荪。相见之后，蒯贺荪道："刘令，这怎么办呢？"锡彤即把沈彩泉到来的事情，向蒯贺荪说了，蒯贺荪听了，方才定心，便道："这却是好，只是这案你以为怎样办呢？"锡彤忙又打了一躬道："蒙大人恩典，维持了原案，卑职感激不尽了。"蒯贺荪点头道："只要抚台那里说好，方能妥善。明天你再给我个信息吧。"锡彤谢过出来。回到寓所，心中记念着沈彩泉，不知能否向杨巡抚说妥。一夜也未好生安睡。到了明天，去催林氏的人已伴着林氏到来，锡彤一见，忙问："银子可曾带来?"林氏笑道："为着儿子的事，也说不得了，带八万两的存折在此。"锡彤取过，忙忙出去，打了一张四万，一张四千，一张三千的庄票，只待沈彩泉到来。欲知后事如何，且看下回分解。

第三十八回

再翻供公堂成黑暗
复告状大地见光明

话说刘锡彤在寓所，等候沈彩泉。到了午后，果然沈彩泉到了。锡彤一见，忙问道："沈兄，事情怎么样了?"彩泉笑道："不是我夸口，换了别人，怕不是这般容易吧，抚台本来是不肯的，亏得我再三说了，方才答应。大人按察使司衙门，怎样了呢?"锡彤道："也妥当了，老兄的盛意，小弟心感之至。"即取出三张庄票，交给彩泉，彩泉收了自去交给杨昌睿抚台，同了衙内诸人。刘锡彤心上一块石头，方是落地。不觉又想起了小白菜那里，不要临时翻了口供，忙又着林氏到了一趟监，只说是小白菜原来可以不死，都是被乃武攀定，说是小白菜起意，命乃武去买毒药的，所以小白菜也定了死罪。如今刘子和去告状，欲出脱小白菜的死罪，只要说是乃武交给她的，强迫她下的，即能出罪，同子和百年偕老。说得小白菜把乃武恨恶非凡，将子和很是感激，不由得不依着林氏的言语。林氏见小白菜信以为真，心中暗喜，回去告知了锡彤。

不觉三天已过。第四天的早上，一应人犯，俱已提到巡抚衙门。按察使司蒯贺荪，也到了见过抚台，这时蒯贺荪，已由刘锡彤告知杨昌睿也得了贿银四万，心下放宽，便起鼓升堂。杨巡抚正中坐定，蒯按察使在上首摆下公案，先命葛文卿上去，问过一遍。又吊了詹氏、姚士法上去。蒯贺荪喝道："杨詹氏，你怎的知道你丈夫杨乃武是冤枉呢?"詹氏忙叩头道："大老爷明鉴万里，小妇人的丈夫，在省内应试，怎能交毒砒给葛毕氏呢?请大老爷细问小妇人的丈夫，便知道咧。"蒯贺荪冷笑一声道："哪一个犯人到了堂上不喊冤枉，我也不来问你，停一回你丈夫自己招认之后，瞧你还有什么言语。"即命差人把二人带下，又提了三姑、喻氏、心培等众人，一一问过都咬定是杨乃武谋死葛小大。

蒯贺荪点了点头，命差人把小白菜带上堂上，喝道："葛毕氏，奸夫究竟是谁?快些从实招来。"小白菜泣道："小妇人原是不肯下手的，实是被杨乃武逼得没法，说若不下手，他便得说将出来，使小妇人不能做人。他又是个绅士，小妇人怎敢不听他的言语呢，求大老爷明鉴。"蒯贺荪命人录下口供，取下去叫小白菜画了供，吩咐将小白菜带下堂去，方把乃武提到堂上。这时乃武早知道这一次巡抚衙门开审，乃是妻子詹氏告的冤状，难道巡抚也似知府一般糊涂，被刘锡彤通了关节不成?只是也知道詹氏曾经在按察使司告状不准，按察使好似也受了刘知县之好处，这次仍是蒯按察使主审，怕依旧没有什么好的结果，就希望巡抚或能主持公正，自己方有生路。便打定主意，看巡抚的神色如何?倘是可以清正，自己即咬定不供。若是依然如知府等一般，也不必多受零碎苦痛，招了完结，总是个死。到了堂上，听得蒯贺荪喝道："杨乃武，你既已完全招认，如何又命妻子来告这刁状呢?"乃武忙叩头道："大老爷明鉴，小人实是冤枉，屈打成招的呀。"蒯贺荪把惊堂木一拍道："哪一个犯人到了堂上不叫冤枉，葛毕氏招得明白，是你逼着她下的毒药，如何又翻供起来，我先打你个刁赖翻供。"接着喝一声与我重打四十，两旁差人，都得过了锡彤的好处，恨不得乃武立即招认，忙过来了三个，把乃武揿倒，狠命打了四十毛板，可怜乃武以前的棒疮尚未痊愈，又打了四十毛板，打得乃武昏厥过去，好半晌，方才悠悠醒转。蒯贺荪早把堂木拍得山响，喝道："杨乃武，还是好好招认，免得皮肉受苦。”乃武呻吟着道：“大老爷，实是冤枉，小人从没有交过毒药给葛毕氏，小人招出些什么供来呢?”蒯贺荪冷笑连连道：“好一个刁滑小人，既已招供于前，又想翻供，使妻子告了刁状，不动大刑，谅你也不肯就此认罪。”说着吩咐差人将乃武上了夹棍，喝道：“杨乃武，招也不招?”乃武道：“大老爷，小人又没害死人命，招些什么出来呢?”蒯贺荪即喝一声收，两旁差人齐喝一声，齐齐收紧夹棍，只痛得乃武心如油煎，浑身万箭穿胸，不由得大叫一声，两眼一翻，昏了过去。蒯贺荪忙命松了夹棍，将乃武喷醒。停了二回，见乃武神色变转，又喝问道：“杨乃武，还是从实招供，本司笔下超生。不然，便夹死你这刁滑小人，瞧你再怎样翻供?”乃武本来希望杨巡抚主持公正，因此咬定不招，如今见杨巡抚坐上面尽着蒯按察使把自己打夹，浑如没有瞧见一般，知道杨巡抚也被刘知县通了关节，这般看来，不招不成，招了倒免得受许多痛苦，便长叹一声罢了，咬着牙关道：“好，我就招了吧。”两旁差人听说是乃武愿意招认，都齐声吆喝，乃武即瞧着以前在余杭县杭知府所供的，说了一遍。早有人录下口供，取下堂来，命乃武画了供，杨乃武依旧画的四个蝌蚪文字，是“屈打成招”。当下蒯贺荪命差人将乃武、小白菜二人，仍收入监内。钱宝生早在知府衙门杖过八十，便免刑释放。喻氏、文卿、三姑等，各回家去。结束把詹氏、姚士法二人提上堂去，各打了四十，逐下大堂。这也是蒯贺荪觉得将乃武屈打成招，有些不忍，再将詹氏、姚士法重办，良心上说不过去，因此只每人打了四十，逐下大堂了事，这一件天也般的大事，只因蒯贺荪同杨昌睿二人每人收了刘锡彤四万两银子，只这一堂，仍把乃武屈打成招了完结。

詹氏、姚士法二人出了巡抚衙门，詹氏已是泣不成声，又欲自尽，姚士法忙劝止道：“这时千万不能寻死，虽是省内各衙门都暗无天日，好得有大姊进京，求夏中堂设法，二弟的罪名，也得部内批准方能确定，有了夏中堂在内，自然不会批准，尚不要紧。我们且回到家中，再行商议办法，方是正理。”詹氏一听，倒也不差，忙忙回到仓前家中，把儿子也领了回来。命王廷南仍在省内探听一应消息，又可随时报告给乃武知道。詹氏在家中，终日哭泣。在巡抚衙门，又受了棒疮，不觉又有些不适起来。姚士法便安慰道：“表弟媳妇，你且安心在家中养病，等我到省内去打探，可有什么衙门，可以告状兴冤。”詹氏听得，点头称是，姚士法便到省内去了。詹氏的病，直到九月初方才痊愈，姚士法也来告知詹氏，省内尚有步军统领衙门，不在巡抚统辖之下。而且步军统领是个旗人，可以申奏朝廷，我们何不上步军统领衙门去叫冤呢？或者有一线希望。”詹氏听得，忙忙请姚士法做下状子，这一回非唯不将儿子寄掉，并且带了儿子，一同去叫冤告状，同姚士法三人，到了省内，先打探了步军统领可在杭州。士法探得，这位步军统领，正在杭州。本来杭州的步军统领，各省并没有这个名目，乃是统领驻扎在杭州的八旗防军的统领，不属于浙江巡抚。平日只管八旗防军的军事，并不升堂理案，这一回姚士法、詹氏因官司已打到了巡抚衙门，仍不能翻转，没奈何撞到这步军统领衙门里来。

这一天统领正在衙门，忽听得有人在辕门叫冤，心中十分奇怪，暗想叫冤如何到了我步军统领衙门？忙命人去问，却见带进一男一女，便是姚士法、詹氏二人。统领问道：“你们二人，怎的到我步军衙门来叫冤枉呢？可知道我这里，并不审理官司。”詹氏忙叩首道：“小妇人有泼天大冤，没处可以申诉，因此来恳求大爷申冤。知道大老爷是个青天。”统领听得，暗想不知是什么大事，要到我衙门申冤，且问个明白再说，便喝问道：“有什么冤枉？快些诉来。”詹氏忙把乃武一案的事情，自葛小大死，到巡抚衙门止，一一连哭带诉，说了一遍。统领一听，暗想这事倒真是大事，听她所诉，内中已有大大的弊端，而且杨乃武在九月中也拜会过，自己同他也有些认得，如今他遭了冤枉官司，自己倒得替他出一些力。只是在巡抚衙门，也审定了，如何可以再审呢？想了一回，暗想这事除非是申奏朝廷，下旨复审，方能重新审理。打定主意，便向詹氏道：“你们二人且去，待本统领申奏朝廷，再行定夺就是。”詹氏、姚士法二人忙叩头谢了，退出衙去。步军统领即修了文书，星夜命人上京，奏报朝廷：浙江有了这般一件大案，告状告到了自己衙门，如何办理，请旨定夺。这文书到了京师，先下内阁。夏同善中堂先行瞧见，这时叶氏却尚未到达京中，夏中堂尚没有知道这事的究竟情形，只是瞧见了杨乃武的案件，暗想杨乃武乃是以前自己家中的保姆叶氏的兄弟，如何犯下了这般大案。如今既是乃武妻子在步军统领衙门告冤，倒得细细查明，不要正是冤枉，当下即呈进御见。同治皇帝这时已身体违和，由慈禧太后听政，夏中堂怕事情弄糟，忙亲自去谒见醇亲王，因这时醇亲王在慈禧面前，最言听计从。夏中堂即把乃武的根由，向醇亲王说了，醇亲王一口应承，向慈禧太后去说情。过了几天，早批了下来，交刑部双大人查明办理。夏中堂又去瞧了刑部双大人，一同商议，便批了将乃武一案，仍发在浙江命巡抚杨昌睿、提刑按察使蒯贺荪复审，又知道杭州知府陈鲁对这案不甚妥帖，札调了湖州知府锡光主审。因锡光是个旗人，可以一变以前审理的情形。商议已定，即将这拟旨，托醇亲王进呈。过了一天，批准下旨。这个圣旨，直下到浙江巡抚衙门。巡抚杨昌睿吃了一惊，忙忙把蒯贺荪请到，一同商议。蒯贺荪也得了圣旨，大吃一惊。见了杨巡抚，商议一回，觉得这事须先把湖州知府锡光运动好了，再同步军统领说好，不必顶奏，方能无事。蒯贺荪忙辞了巡抚，欲回转衙门通知刘锡彤设法办理。方回到衙内，却见差人来报，刘锡彤在外面候见。蒯贺荪大喜，忙请了进来。

原来刘锡彤自七月间巡抚衙门审毕，回转余杭，心中稍稍安停，只待部批下来，便能完毕，只是暗中仍命人打探詹氏可有动作，隔了一月，却不见詹氏怎样，心中很是奇怪。又过了一月，在九月中却听得詹氏在步军统领衙门告状，暗想步军统领并不审察，如何到他衙门去告状呢？且瞧统领如何办法，再定主意。一面命人打探，不见有什么动作。直到这时，听得圣旨到来，命巡抚按察使监审，札调湖州知府锡光主审，便大吃一惊，暗道：怪不得不见步军统领有什么动作，原来是申奏朝廷，如今怎么好呢？忙请了何春芳一同商议。春芳道："这也没有别法，事情已到了这般骑虎之势，不能罢手，不如再花一些钱币。可是杨乃武的妻子，不监禁起来，终是个祸根，最好东翁越发多花一些，把他们都关了起来，待杨乃武死了，再放他们就是。"锡彤点头道："正是，这事也只得如此办理，事不宜迟，我立即上省就是。"当下即向林氏取了存折，忙忙进省，来见蒯贺荪。见面之后，贺荪忙道："刘令这事怎样办呢？"锡彤即央求道："都得请大人照顾，卑职总是心感，自当重重相谢。"贺荪道："事到如今，也顾不得钱了。我想只得把湖州知府锡光，同了步军统领，都同他们说妥。统领那里，只要他不再顶奏就好。锡光是个主审，却得细细地说上一说。刘令，你准备怎样呢？"锡彤想了一回道："这事都得请大人费神。卑职想锡知府到了省城，总得来见大人。便烦大人向他疏通，卑职情愿花三万两银子，而且须得把杨乃武的妻子，也设法监禁，不然终是个祸根，这也得请大人做主，卑职自当重酬，再添一万两银子。步军统领那里，待卑职自去疏通吧。"贺荪点头道好，锡彤即行辞出。在庄打了一张三万、一张一万、一张二万银子的庄票，先把一张一万、一张三万的送给了蒯贺荪，方来见步军统领。

见面之后，统领道："贵县到来，有何见教呢？"锡彤道："统领大人，不是因了杨乃武的案子，申奏过朝廷吗？"统领听得刘锡彤为了乃武一案到来，早知道定有下文，便点头道："正是，究竟这案怎样的根由呀？"锡彤即把二万一张庄票，取了出来，放在桌上道："这案是杨乃武的刁赖，凡事总求统领大人包涵，这一些些，请大人喝一杯水酒之用的。"统领一看，却是二万银子，本来清朝武将没有什么大的气节，便笑着道："贵县的意思怎样呢？"锡彤道："只求大人不再顶奏，卑职已感激不浅了。"统领听说只要不再顶奏，觉得很是容易，即点头应诺。锡彤见已就绪，方才辞出。又放心不下蒯贺荪那里，可是知道锡光尚未到省，只得待候几天。过了两天，锡光已到了杭州，锡彤打探得锡光已去过按察使司，不知事情怎样，忙到按察使司衙门，见了蒯贺荪，知道事情已经办妥，心下放宽，只等开审。又过了几天，一应人犯，俱已到省，锡光按察司抚台，已定下了开审日期。欲知后事如何，且看下回分解。

第三十九回

世界昏暗夫妇入囹圄
恩义分明母子得佳丽

话说詹氏至步军统领衙门告了冤状，由统领申奏朝廷，下旨复审。一想刘锡彤又上省运动就绪，詹氏、乃武等哪里知道。到了开审时期，巡抚杨昌睿高坐正中，按察使蒯贺荪坐定上首，湖州知府锡光，在下首坐下，两旁衙役差人，排得齐齐整整，好不威严。锡光是个主审，都由锡光审问。当下先把钱宝生传到堂上，喝问了一遍。宝生仍说乃武在九月中假称毒鼠，买去砒末，不想是毒死了葛小大，锡光听了，便命下去，把葛文卿、詹氏、三姑等众人，又问了一回，所供同以前一般无二。又带了下去，将詹氏带上。锡光喝道："你这刁恶妇人前次在巡抚衙门告了刁状，没有重重办你，也因了你丈夫已犯重刑，不忍加罪于你，怎的你又在步军统领衙门告下了刁赖状子呢?"詹氏忙叩头道："青天大老爷，小妇人的丈夫实是冤枉，求青天大老爷详察，得昭覆盆，大老爷功德无量。"说毕，已泣不成声，泪下如雨，锡光却喝道："你怎的知道你丈夫冤枉呢?"詹氏道："小妇人丈夫同葛毕氏早已断绝往来，何以要害葛小大性命，与小妇人丈夫又没好处，怎能以奸出妇人口，要作为犯罪实据呢?"锡光喝道："好一个利口妇人，你丈夫有了外遇，怎能向你实说哪，我也不来问你，停一回瞧你丈夫怎样说话。"便命人将詹氏带下，把小白菜带上堂来，问了一遍，小白菜仍咬定乃武，锡光即命差人，把乃武带上。这时乃武已创痕遍体，步履艰难，当堂跪下。锡光喝道："杨乃武，你怎的这般翻供，又使你妻子告下刁状，如今又有什么话说？"乃武知道是奉旨复审，又含着一线希望，忙叩头道："小人实是冤枉，是屈打成招的呀，并非翻供，实是实情，请大老爷明鉴，小人得雪奇冤。"锡光听得，早把惊堂木一拍道："好个刁恶无赖，几次翻供，还欲强辩，本府先打你个临堂翻供。"便喝道："给我打四十背花。"两旁差人，顿时手执藤鞭，过来将乃武剥去衣服，重打了四十，只打得鲜血四飞，死而复醒。这一来，把一旁的小白菜惊得呆了，不觉有些良心发现，低头不语，锡光却没有知道，喝道："葛毕氏，你同杨乃武对来，怎样毒死你丈夫葛小大。"乃武听得，早把牙关一咬，向小白菜道："毕生姑，我待你夫妇二人，这般恩义，你如何这般攀我，良心何在？"这几句话，只说得小白菜闭口无言，锡光见小白菜不语，喝道："葛毕氏，究竟谁是奸夫？从实招来。"这时小白菜良心发现，哪里再说得出乃武是奸夫来，暗想这种事情，都是钱宝生弄出来的，不如咬了他吧，便哭着道："小妇人不敢说谎，实是钱宝生教我的，求大老爷明鉴。"只这一句，把全堂的人，除了乃武，都吓得一跳，面面相觑，可是已供出了钱宝生，不能不审宝生。蒯贺荪却有些主见，却向锡光说，这事还得调查，停一天再审。锡光会意，即把一应人犯，都下在监内，只将三姑、喻氏、心培、敬天四人，没禁在监中，命他们在省候审。锡光、蒯贺荪、杨巡抚退下堂来，在书房暗暗商议，觉得这事倘不咬定乃武，一则得了刘锡彤的银子，二则要坏许多官员，总须官官相护，虽明知乃武冤枉，也只得牺牲他一人性命的了，蒯贺荪暗想，这事须得问刘锡彤自己的了。便辞了抚台，回到衙中。

正待去传刘锡彤，却见外面来禀，刘锡彤已在外面。贺荪忙传了进来。只因刘锡彤也得了信，知道这一次林氏未来，没有来哄小白菜，以致弄出岔子，忙一面命人去催林氏，一面来见贺荪。见面之后，贺荪细问情形，锡彤一一访问了。贺荪便皱眉道："这事怎么好呢？"锡彤想了一回，想得了个办法，即悄悄向贺荪说了，贺荪觉得很好，锡彤便悄悄到了监内，来看宝生，宝生却并不慌忙，向锡彤道："老爷，只要小白菜不咬出大少爷来，我自有妙法脱罪。"锡彤看宝生，本来问宝生可有脱罪办法。如今听好，放了些心，忙出监回去，等候林氏到来，可以去哄骗小白菜，过了一天，林氏已到了杭州，锡彤即把小白菜咬出宝生的话，说了一遍，命林氏进监去哄小白菜，林氏不敢迟慢，慌忙到监内，见了小白菜，先哟呀道："这事糟咧，你如何说起宝生来呢？这一回子和特地去告了状，要脱掉你的罪名，你这般一说，不要说别的，就是以前几堂咬着乃武，也是个死罪，这如何是好呢？"小白菜信以为真，倒懊悔起来，低头流下泪来。林氏即假作自己替小白菜想的办法，向小白菜道："还好，亏得你公公去通了关节，下一次审，你仍说杨乃武，便不妨事了。不然，堂上的刑罚，你就受不了了。"接着又甘言蜜语地说了一回，小白菜暗想，下一次到堂上，倘自己说了宝生，真的受刑，林氏的言语，一些不差，自己赶快仍咬乃武。当下便一口应诺，仍咬乃武。

林氏回去向锡彤说了，锡彤有了主意，忙来见蒯贺荪，说好了倘小白菜仍咬宝生，先给些痛苦给小白菜受受，使她相信林氏的言语，贺荪答应，锡彤又出来同巡抚衙门的差人说好。蒯贺荪又去向锡光、杨巡抚说了，三人定了计较，过了两天，又开审这案。锡光先提宝生上堂，喝道："钱宝生，你把谋死葛小大的实情，从速招来，免得皮肉受苦。"宝生叩头道："青天大老爷，这是葛毕氏受了杨乃武的指使，攀诬小人，小人既是奸夫，请大老爷唤葛毕氏上堂一对，便可明白。"锡光听得，即把小白菜提到堂上，宝生一见，对小白菜道："葛毕氏，你说我是奸夫，可知道我身上犯的病症是什么呀？"原来宝生早已生了花柳毒症，不能人道，小白菜听了，哪里说得出来，宝生便叩头道："大老爷明鉴，小人早已不能人道，如何能做奸夫呢?”锡光听得，大喝道：“葛毕氏，竟敢胡乱攀供，来，把葛毕氏上了拶子。”顿时差人上来，上了拶子，只一收，这是刘锡彤吩咐，真的用刑，只痛得小白菜心如刀割，不由得相信了林氏的言语，忙哭叫道：“奸夫实在是杨乃武，是他叫我说钱宝生的。”锡光便命松了拶子，命带了乃武上堂，冷笑道：“好个奸猾小人，自己翻供了还不足意，竟敢指使葛毕氏攀供别人，把他夹起来再问。”差人们早把乃武拖翻，上了夹棍，乃武自被小白菜攀诬之后，夹棍已受了多次，尚没好一些些，又受了这一夹棍。哪里忍受得起，大叫一声，顿时昏去，好半歇方才醒转。锡光又喝道：“葛毕氏，快把杨乃武怎的谋死葛小大从实说来。”小白菜这时已是相信了林氏，觉得自己性命要紧，不能再顾乃武，即仍依了以前所供，一一说了。锡光喝道：“杨乃武，你听得没有，还有什么刁赖，快些招来。”乃武听得小白菜又咬了自己，知道内中又变掉的了，不招徒然受苦，即口称愿招，松下夹棍，乃武便把以前认的罪名，依旧认在身上，当下锡光命乃武、小白菜二人画了供状，方钉镣收监。把宝生、文卿等放了，又传了詹氏上堂，办了个诬告罪名，连姚士法、乃武的儿子一同禁在监内，这便是杜绝詹氏再去告状。方退下堂来，仍将知府陈鲁原罪名拟定，呈报复旨上京，一面呈文上刑部。这般一来，乃武的死罪，已十定八九。乃武也不想活命，在监内等死。

恰巧这时，同治皇帝驾崩，光绪接位，慈禧太后垂帘听政。京内各部，都忙着丧事，把一应事情，都搁置下来。乃武的部批，自然也不能下来。乃武便未曾受刑，仍禁监中。詹氏等也没有放出。直到光绪元年四月间，这时乃武的姊姊叶氏，已到了京中。叶氏在去年六月中带了儿子由仓前动身进京，如何到了这时方才到达京师呢？却有个缘由。只因叶氏自仓前启程之后，先由水道，到了南京，方从运河，溯河而上，路上倒也平安。那一天到江北淮安地方相近，叶氏乘的一只大船，正停在河边歇夜，忽地来了一群强盗，上船行劫，把全船客商抢了个一干二净，叶氏自然也不免波及。那些强盗，临行之时又把客商掳去了几个。叶氏的儿子，本来生得眉清目秀，文质彬彬，却被盗首瞧中，也吩咐带上岸去，叶氏见了，拼命地哭泣哀求，无奈这些强盗绝不相怜，呼啸一声，带了叶氏的儿子，上岸而去。这一来，把个叶氏哭得死去活来，只是也无可奈何，一夜没有好生睡得，到了明天，那船上客人因所有米粮钱财都已抢掉，不能再行开船北上，乘船的客人都只得整理了残余行李，上岸各自设法。叶氏孤零零一人，收拾上了几件衣服也只得上岸，一路走去，不觉到了一个村庄，叶氏已走不动一步，只得求一家村庄，歇住一宵。到了晚间，想起了兄弟乃武，遭冤在狱，自己非得到了北京，求夏中堂救援，毫无希望，可是自己既无盘费，又失掉了儿子，如何能得北上。想来思去，总是两难，忍不住万箭穿胸，哀哀痛哭，欲图个自尽。只是乃武遭冤在狱，自己一死，京师方面就难有希望，岂不是不能救援乃武。倘说仍勉强北行，既无盘费，如何可以成行？想了一回，觉得除一死之外，并无别法。只又怕连累了村家，暗想不如明天在荒野之中，寻个自尽，了此一生。夜间便整整哭了一夜，到了天色方明，即辞了村家起行。

走了一回，到了一处荒野之中，叶氏暗想这处正可寻个自尽，不由得一面放声大哭，一面把衣带解下，系在一株大树之上，正待自缢，却听得有人叫道："那位大嫂怎的寻起短见来呢？有什么活不下的事情，可能向我说上一番吗？"叶氏听得，忙抬头一看，只见对面立定一个年五十余岁的老者，生得精神矍铄，双目奕奕，看定自己。叶氏一见，早忍不住哭倒在地。那老者却很是和颜悦色地道："大嫂，有什么事情，值得这般悲伤呢？可能向老朽说呀？"叶氏见老者一团正气，知道不是坏人，便把自己的事情，自兄弟乃武遭冤，自己欲进京设法相救，不想前夜在船上被强盗劫去盘费行李，连自己儿子也劫去了，因此自己欲寻个自尽，可是因想到胞弟冤枉，没人相救，所以痛哭，细细说了一遍。老者听了不由得起敬起来道："原来是一位有义气的大嫂，且别悲伤，前天令郎可是在运河内劫去的吗?”叶氏点头应是，老者笑道：“这个不难，大嫂且随老朽到舍间去安宿一寄，明天老朽设法救回令郎便了，大嫂请放胆随着老者。老朽姓王，就住在离此不远，并非是个歹人。”叶氏听得，觉得这老者一团正气，不是歹人，忙起身拜谢，随着老者转过一个山麓，见前面有几楹茅棚，便是老者家中。老者打门进去，却有一个年方十七八岁的女子，出来开门。叶氏一看，生得十分美貌，心中正是奇怪，老者笑道：“这便是小女兰英，大嫂请里面坐吧。”叶氏听是老者女儿，越发放心，在里坐下，老者即把叶氏的事情，向兰英说了。兰英早蛾眉一扬道：“爹爹快些前去，迟了不要出什么岔子。”老者忙请叶氏坐在家中，自己出门而去。直到午后，老者已是回来，却又带了一人，叶氏一看，正是自己儿子，不禁相抱大哭。兰英便劝了一回，叶氏母子忙向老者父女拜谢，立起身来，即欲动身，老者道：“大嫂，怎的这般要紧呢?”叶氏道：“胞弟方在监中，不容稍迟，出了岔子，如何对得住去世的父母呢?”老者听了，暗暗点头，即请叶氏坐下，自己同兰英到里面去了一回，只见老者出来，向叶氏道：“大嫂，老朽有一事相求，不知可能俯允?”叶氏道：“恩人，有话请说，难妇无不应命。”老者笑道：“老朽膝下无儿，只有一女，便是兰英，尚未配定夫家，因此老朽同住在这里，不能远去。如今见大嫂这般有义，很是钦敬，小女如得大嫂做婆婆，于愿已足，大嫂一路有了小女，也不至再有如前天般事发生。老朽有意将小女匹配令郎，一同入京，老朽也了却一件心愿，小女也可所托有人，大嫂又可平安入京，一得三便，意下如何?”

叶氏听得，不由得怔了，暗暗奇怪，怎的有如此的天外奇缘?瞧见兰英的相貌又好，老者又不似是常人，听说有了兰英路上又可平安，心中如何不愿，忙道：“恩公，可是委屈千金，如何是好?”老者道：“大嫂不必太谦，老朽一言为定。”说着，即命兰英出来，拜见婆婆，同叶氏的儿子对拜了一拜，老者十分欢喜，向叶氏道：“亲家太太，暂请安住一宵，明天便一同进京。他们小夫妻二人，俟大事就绪再行圆房，如今却以兄妹相称如何?”叶氏点头称好，一宵过后，到了明天，叶氏、兰英夫妇一同起程，老者早把盘费行庄，交付了兰英，叶氏十分感激，又向老者拜谢，老者笑道：“亲家太太，前途保重，凡事有兰英照顾，不妨事的。”说毕，自回家去。叶氏等三人便向京师进发，沿途又雇了一只大船，不再步行。叶氏问起儿子，如何救出强盗那里，却说是老者到了强盗窟内，向盗首说是老者的恩人，即便放出。叶氏忙问兰英，兰英笑道：“三年前余杭县有个客人，被监内强人相诬，提起监去。亏得乃武做了状子，方得出罪，这人便是自己的父亲。”叶氏方才明白这一段姻缘的来源。欲知后事如何，且看下回分解。

第四十回

入京师中堂仗义
下浙江钦使糊涂

话说叶氏在路上因祸得福，无意之中得了一个如花似玉的媳妇儿。原来五年之前，乃武正在余杭，瞧见一个客人，被江洋大盗诬供，一捉到衙中，剩下了一个女孩，乃武见了，动了义愤，设法辩明了是非，救了客人性命，不想倒种下了今日姻缘，这客人正是那老者，女孩便是兰英，当下叶氏等三人一路到了直隶省内，尚没有到达天津。叶氏又因了路上受了风寒，害起病来，便不能再行。直到了今年二月下旬，叶氏方好，急急赶进京来，先找了族叔杨增生，把乃武的事情，细细说了一番。增生也很着急。听得叶氏这一回进京，是去求夏同善中堂，相救乃武，便向叶氏道："大娘娘，你且去见了夏中堂，看可有办法，便是告部状，也说不得咧，你们也不必另寻寓所，只在我家里住下吧。"叶氏甚善，即同儿媳同住在增生家中，自己忙忙来见夏中堂，见面之后，叶氏即跪在地上，求夏同善设法搭救乃武。同善一面命叶氏起来，一面问乃武一案的根由底细，叶氏便将乃武起初与小白菜相好，以后听了詹氏相劝，断绝往还二年，这一回又是在省应试，万万不曾害死葛小大，必是另有其人，同了自余杭县案发，直到知府陈鲁审结为止，一一地说了一回，同善听得，暗想这事定是余杭县的诡计，把詹氏几次告状，俱未审明，如今詹氏也禁在监狱的话告诉叶氏，这都是详文所述。叶氏已离了仓前，没有知道，同善却在详文中知道。叶氏一听，越发着急，跪地不起，只求夏同善施救。同善沉吟道："你且起来，这事尚不妨事。部文还没有批准，可以想法，待我细细想个办法就是。"叶氏忙叩首谢过，方回转增生家中。同善听得叶氏的言语，一则乃武是叶氏的胞弟，理宜帮忙。二则觉得这案乃武实是冤枉，应该替乃武雪冤。只是这案审到这般地步，如何是好？要翻过来，却颇不容易，不禁大为踌躇起来。想了半天，方想得了一个办法。暗道："这事除非是同给事中王昕商议，因王昕这人，最铁面无私，听得一个犯人是屈打成招，总得想法平反，而且绝不收受贿赂，同自己、醇亲王等，都意气相投，自己去同他商议必然有些办法，打定主意，即命人去请给事中王昕到家中商议要事。

不一时，王昕早到，见了同善在书房中落座，同善即把杨乃武一案始末，同了乃武冤枉屈打成招，如今他姊姊叶氏特地进京求救，一一细细说明，请王昕想个办法，可以在京中派下大员，专审该案，救乃武性命。王昕听得，沉吟了一回道："这事不难，只须去同醇王爷说好，我来上一奏，只说是省官复审重案，常有意瞻徇，把官官相护之旨，因此百不得一可以清楚，如今杨乃武一案，内中弊窦甚多，历次审询，皆为官官相护所误，非得派下大员，亲审该案，不能释人民疑虑。这本一上，托醇王爷在太后前说一声，派一个清正些的人去，自不难将案反平了。"

同善听得，很是不差，即重托了王昕。王昕答应，告辞回去。过了一天，王昕早向醇亲王说好，上了一本。不一天，早批了下来：所奏已准，派学政胡瑞澜专赴浙江、杭州，亲审杨乃武一案，内中是否有冤枉之处，又批示刑部，在浙江遴选官员陪审。这旨一下，夏中堂忙先去探明了陪审官员是谁，却是宁波知府边葆诚，嘉兴知县罗子森，同了两个分发在浙江的候补知县，名叫顾德恒、龚世潼。同善知道之后，很是放心，因把前几次审案的官员，都换掉了，不致仍加以前一般。隔了几天，钦差胡瑞澜陛辞之后，即行就道，到杭州去。临行之时，夏中堂亲自叮嘱瑞澜，这案十分之八是冤枉的，千万审理清楚，不能再抱官官相护宗旨。又暗暗关切瑞澜，乃武同自己稍稍有些关系，瑞澜一口应诺，不负所托，方才出京。叶氏也由夏中堂告知，以为这一次总能昭雪乃武的罪名，心中安定了一些，住在京中，等候消息。

胡瑞澜出京之后，一路上很是平安，直到杭州，这时巡抚杨昌睿，知府陈鲁，余杭县刘锡彤，都早知道。臬台蒯贺荪却已死掉，湖州知府锡光，他听得有钦差大人到来，亲审杨乃武一案，都吓得手足无措。杨巡抚心中虽已明白乃武冤枉，只是已到如此地步，也不能再行审清的了，如今听得王昕上本，派学政胡瑞澜到省亲自复审，也觉慌忙。第一个是刘锡彤，最是发急，忙仍同何春芳商议。春芳道："东翁，事情到这地步，除了花钱，还有什么办法不成？钦差大人既奉命而来，这事说不得京内有人主动，钦差临行，自然着实相托，事在必清，因此这一回不去运动便罢，若是运动，却不是三五万银子可以了事，必须要使钦差看了动心，方能成事。其余几个陪审官儿，还容易一些。东翁，可先去运动好了。钦差方面，便托杨巡抚设法方好。"锡彤听了，觉得除钱之外，实无别法，即点头称是。春芳又道："小白菜那里又得请太太辛苦一趟，不要又闹出了上一回的事情。"锡彤便命林氏，准备三十万银子。好得林氏把家中的钱，都掷到刘家，带在手边，存在杭州省内足足有百余万光景，忙把钱庄上几个存折，取给了锡彤。锡彤一算，共有二十八万几千，知道不妨事了，即同林氏到杭州来。林氏又去看了小白菜，只说是子和进京设法，因此派下钦差，小白菜仍很相信。锡彤到了杭州，忙先去访了两个候补知县顾德恒、龚世潼，许下了二万银子一个，请他们维持原判。大部候补官儿，大都穷官，哪一个不爱二万银子，便说妥交了银子，锡彤见顾、龚二人说好，暗想最要紧的，自然是钦差大人，托杨巡抚说话，不知肯与不肯。不如先问问门丁沈彩泉再说，忙命人把沈彩泉请到，又许了他二千银子，托他向杨巡抚说情，运动钦差。彩泉听得有二千到手，很是欢喜，问道："大人，你准备花多少呢？少了怕不成呢？"锡彤即伸了双手道："十万如何？"彩泉道："抚台大人呢？"锡彤道："以前用过四万，如今再加二万吧。"彩泉点头答应，回去向杨巡抚说了。杨昌睿一想，这事倘若钦差查明起来，都有不便，如今余杭县既肯这般花钱，若能说好，大家方便，即一口应诺。锡彤见巡抚答应，稍觉放心，即亲自到宁波去见了知府边葆诚，也花了四万银子说妥，又到嘉兴，瞧了知县罗子森，花了三万银子。一切就绪，方仍回到杭州，只待钦差胡瑞澜到来，听杨巡抚的消息，因此胡钦差还没有到杭州，刘锡彤已布置就绪。这也是刘锡彤仗着林氏有钱，不然乃武早已昭雪的了。

胡瑞澜那一天到了杭州，船还未到码头，早有人报知巡抚各官，在码头上迎接，一个个跪请了圣安，方同钦差相见。当下胡瑞澜便在巡抚择定地点，打了公馆。当夜杨巡抚即行来见钦差，悄悄把锡彤所托的事情，向胡钦差说了。瑞澜出京之时，应了夏中堂请托，要查一个水落石出。谁知到了杭州，听说有十万银子到手，暗想自己做一任学台，总算是天字第一号的肥缺，也赚不下十万银子。如今只须仍维持于原案，整整的十万银子滚进腰包，这般美事，如何不做，顿时把夏中堂的言语，丢在脑后，满口应允。杨巡抚大喜，忙通知了刘锡彤将十万银子的庄票送给了钦差。锡彤又花了一万，给胡钦差带来的众人，一切都说妥当，锡彤便在杭州候审。这时一应人证犯人，都已到来，陪审官宁波知府边葆诚，嘉兴知县罗子森，也都到了杭州，见过钦差。瑞澜见一应事情完备，即定下日期，在公馆内开审。

却说杨乃武听得京内派了钦差下来，特审自己一案，知道定是姊姊在京中见了夏中堂，所以派了钦差，这一回总得平反了冤狱，心中很是欢喜，哪里知道早已布下了天罗地网，依旧是个空欢喜咧。到了开审日期，钦差胡瑞澜在上首高坐，正中供着圣旨，宁波知府边葆诚，设了公案在钦差下面，下首却是知县罗子森。子森两边，坐着顾、龚两个候补知县。两旁差人，排得齐齐整整，吆喝连连，好不威肃森严。胡钦差先把杨巡抚、陈鲁传了上去，都叩见了圣旨，方立起回话。钦差把以前审理乃武的情形问了一遍，又传了余杭县刘锡彤，也跪请圣安，问过一遍，方把沈喻氏、王心培唤上，问了一回，依旧说是杨乃武谋毙葛小大。钱宝生也在堂上供了卖砒给乃武。一应人证，都已问过，把小白菜带上。边葆诚喝道："葛毕氏，究竟奸夫是杨乃武不是?"小白菜叩首道："大老爷明鉴，小妇人早已供得明白，是杨乃武迫着小妇人干的，小妇人不敢说谎。"边葆诚把堂木一拍道："葛毕氏，此话可是真的?"

小白菜道："小妇人不敢胡说。"罗子森却冷笑道："我瞧你并非实言，不打如何肯说实话?"即命差人，上来打了小白菜二十皮掌，差人们早得了锡彤好处，吩咐对于小白菜不能用刑，因此这二十皮掌，一些不痛，小白菜越发相信林氏已运动过了，所以用刑不痛，忙叩头道："大老爷是青天，便打死了小妇人，也只有杨乃武一人，的确是杨乃武迫着小妇人干的。"边知府点头，命人把小白菜带下，将乃武带上。

这时乃武双踝夹损，已有些不良于行，扶上堂来跪下。胡钦差先喝道："杨乃武，本官奉了皇上旨意，特来查明本案，你究竟怎样命葛毕氏下毒，毒死葛小大的，一一供来，倘有半句胡言乱语，立刻叫你身首不保。"乃武满以为这一次可以申雪冤狱，听得这几句言语，不禁又是一呆，觉得胡钦差的言语，又不甚对，暗想且叫一声冤枉，看是如何，便叩头道："钦差大人，小人实是冤枉，被余杭县屈打成招的呀!"锡彤听得，吓得一跳。胡瑞澜却冷笑一声道："好，又是冤枉，你到了堂上，总先叫一声冤枉。这般翻供，刁恶已极，先打你一个反复无常。"即命差人，将乃武打了八十重板，乃武满身棒疮，怎经得起八十重板，早已血飞阶下，昏昏死去。边知府见了，便命人喷醒，乃武暗想：瞧起来自己性命，总是不保，仍是同以前一般无二。也知道大凡到杭州来审的人，都被刘锡彤花钱运动妥帖，自己休想翻供，除非到了京中，方有希望，不知姊姊在京，可能想到托了夏中堂告准部状，把自己吊进京去审理，方能有活命希望，似今天的情形之下，不招徒然多受非刑。正在呆想，又听得边知府喝道："杨乃武，快把毒死葛小大的根由从实招来。"乃武虽是这般思想，可是终不心死，忍不住又叫了声："冤枉，小人并没有毒死人命啊。"罗知县听得，便向瑞澜道："钦差大人，瞧这厮十分刁赖，不动大刑，谅他又要翻供。"胡钦差点头喝道："快把这厮上了夹棍，用力夹。"两旁差人，顿把乃武双足套入夹棍，狠命一收，只听得屑屑作响，险不把乃武双踝夹碎，乃武大叫一声，立即昏死。差人忙松下绳索，取冷水一喷，却见乃武面如白纸，口中只剩下一丝游气，不见醒转。差人见了，忙把一大碗米醋，取过烧红木炭，只一浇，一股醋味直冲进乃武鼻孔，方渐渐醒来，不住地呻吟。胡钦差恐乃武受刑不起死掉，不大稳当，即命带下收监，过一天再审。胡钦差等都退了堂。刘锡彤瞧见这般情形，很是放心。回到寓所，只待审毕回去。

过了两天，胡钦差又升堂审问。这一回却是单审乃武，把天平踏等非刑陈列堂下，向乃武喝道："杨乃武，倘你再不招认，本钦差立刻叫你死在堂上，瞧你怎样再行翻供。"乃武也知道不招不行，不如招了免得受苦，便不待用刑，口称愿招，仍如以前所招一般，说了一遍，候补知府顾德恒录了口供，取给乃武画了花押。一天风云，完全就绪。乃武等仍钉镣收监。喻氏、三姑等原回家去。胡钦差等退堂，拟了文书，把乃武、小白菜二人的罪状一如杭州知府陈鲁所定，胡钦差回京复命。边葆诚、罗子森仍回原任，一切都办理舒齐。

这公文到了京中，夏中堂知道之后，忙同王昕商议，王昕道："这事究竟杨乃武是否冤枉，这倒得细细查明。"夏中堂道："我也细细盘问过叶氏，据她说的话，实是冤枉。我想这事不吊犯人进京审问，不能清楚。每个官员到了杭州，总给人运动变了心肝。”王昕听得，沉吟了一回道：“这事若真是冤枉，要审理清楚，除非是命叶氏告部状，方可有些办法。”同善道：“告部状也得准呀，不然，也是白费心机。”王昕笑道：“这却容易，只要求醇王爷做主，哪怕双刑部不准。只是告部状，要滚钉板，不知叶氏可有些胆量和义气?”同善道：“这样吧，我先去问叶氏，可敢告部状？倘是敢的，便求了醇王爷做主，在太后面前说好，告准了状，请大人辛苦一趟，到浙江去提吊人犯，不是大人前去，恐路上出了岔子，把杨乃武谋死，那就糟了。”王昕点头应诺。欲知后事如何，且看下回分解。

第四十一回

告部状滚三寸钉板
私察访派一个清官

话说夏同善中堂同了王昕商议已定，同善道："待我回去把叶氏问过，可敢告部状滚钉板，倘是敢去，我立即来请大人同醇王爷到舍间商议如何?"王昕点头道："好，准这般吧。"当下二人，各自分别回去。夏中堂到了家中，见叶氏正在自己家内，原来叶氏自胡瑞澜出京之后，常来听信，同善见了，忙把胡钦差到浙江之后，仍审出乃武是个奸夫，依旧定了原罪，向叶氏说了。叶氏听得，早泪流满面，跪在地上，求同善设法，同善瞧着可怜，即把告部状的事，问叶氏可敢?叶氏道："只要兄弟有救，便是刀山，我也敢上去。兄弟这事，实是冤枉，倘我做姊姊的，不替他昭雪，如何可以见去世的父母呢?"说毕，早哀哀痛哭起来。同善忙止住了叶氏悲声道："你既敢去，我即把醇王爷同王老爷请来，你可当了他们，跪求设法救你兄弟。"叶氏忙谢了同善，同善即把名帖去请了醇亲王同王昕到来。到了晚上，二人都已到来，叶氏即跪在地上，哭诉了一番。醇亲王道："这不要紧，后天是刑部放告之期，你尽管去告状，有我做主准下就是。"叶氏忙叩了个响头，谢了醇亲王，同善即同王昕、醇亲王说好，托醇亲王在慈禧太后面前保举王昕做钦差大人，到浙江去提吊犯人，免得在路上出什么变故。说妥之后，王昕、醇亲王二人各自回去。同善命叶氏回去预备状子，准备后天到刑部告状。

叶氏回到增生家中，把要告部状的话，向增生说了。增生大吃一惊，忙道："大娘娘，这可不是儿戏的呀？要滚钉板的呢？"叶氏听得，心中虽也害怕，只是除此之外，无法救乃武性命，即咬牙道："这也顾不得了，只要二弟有救，我便死在钉板之上，也是情愿。"增生不禁叹了一口气道："难得大娘娘这般有义，滚钉板也不至于死。"叶氏即问增生，究竟这钉板如何滚法？增生道："并不是真的在钉板上滚，不过叫了冤枉，往钉板上一扑，这钉板的钉，也并不尖利，扑上去刺伤一些皮肉罢了。不知道的人，以为真的滚钉板了。"叶氏听得，便放了一半心。王兰英在一旁却笑道："姑呀，那不要紧，只要我去，一用功劲，把钉板的钉都发断了那就完了。"叶氏听得，不觉好笑起来，啐道："这不是去告冤状咧，是显功夫了。这是皇家的法度，岂能胡行，我已想好了，你们也不必劝我。"兰英便不敢多言。叶氏又问了增生，告状时怎样情景？增生便一一告知了叶氏，叶氏即请增生求人做下诉状。增生道："大娘娘既然如此义气，我做叔叔的，自当尽力。刑部差人，我也熟识，后天我同你同去，本来告刑部的状，也要个抱状咧。"叶氏很是感激，不由得向增生拜谢，增生忙谦逊不迭，自去准备状子。

到了明天，叶氏又到夏中堂家，同善吩咐叶氏放胆前去告状，有了醇王爷做主，大事便不妨咧，叶氏又拜谢道："难妇没有什么相谢相爷，只多叩几个头吧。"同善忙命人止住道："你为了胞弟，肯如此出力，很是难得，今天快回去，准备明天的正事吧。"叶氏拜辞了夏中堂，到了增生家中。增生状子，已经做好。叶氏看了，一些不错，便藏在身旁，当下和衣而卧，想到了明天的事情，哪里安睡得熟，儿媳二人，却也同母亲担心，各人都翻来覆去，没有安睡。不觉天色明亮，增生亦已起身，进来瞧看叶氏，叶氏早同儿媳起来，见了增生，便欲起身。增生道："时光还早，大娘娘收拾收拾，用些早点。别状还未告，自己先饿坏了。”兰英早把昨天准备下的早点，取来给叶氏食用，叶氏哪里咽得下肚，胡乱吃了一些。增生也收拾就绪，同叶氏起身。叶氏吩咐儿媳，好生在家等候，二人又不敢哭，应了一声。叶氏倒也并不留恋，同了增生，一径到了刑部大堂门前。早有两个差人，认得增生，同增生招呼，增生道：“刑部大人还没升堂吗？”差人道：“时辰不到咧，你问他怎么呢？”增生道：“我有个侄女，今天来告部状，停一回请二位照应一些。”差人把叶氏看了一眼道：“就是这位吗？”增生点头道：“正是。”差人道：“你放心好咧，都有我们招呼。”增生谢了一声，便在一旁一家人家门首，坐在阶上等候。

过了一回，听得锣声响亮，早有人报来，说是醇亲王到来。叶氏听得，知道醇亲王因了自己事情到来，心下安定了一些。只见醇亲王坐了八人大轿，直到刑部。这时的刑部大人姓双，这天正在部内，听得醇亲王到部，不知为了何事，忙上前接进参见。王爷道：“双大人，你别招呼，先料理公事。今天是放告日期，快先坐堂，我瞧你升堂理事。”双刑部暗暗会意，知道今天醇亲王到部定有事情，停一回升堂，倘是有人告状，这人定已走过醇亲王门路。王爷做保镖，自己不能不准。瞧天色已是升堂时候，便笑道：“既是如此，王爷同到大堂如何？”醇亲王点头道：“好，正要到大堂去坐坐。”双刑部一听，越发明白，忙吩咐击鼓升堂，同醇亲王走出堂来，双刑部坐定，在上面设下座位，请醇亲王坐下，命人把放告牌同钉板抬将出去。增生一见，忙向叶氏道：“大娘娘，刑部大人升堂了，快上去吧。”叶氏立起身来，一望门前一块钉板，是有一人高下，二尺余阔，都是三寸长的钢钉，雪也似白得放出光华，心中不免寒心。只是想到自己若不告部状，乃武性命不保，何况里面，又有醇亲王做主，不禁把牙关一咬，猛然大喊了声：“冤枉，求青天大老爷申冤哪！”即迈动脚步，飞也似奔上前去，向钉板上直扑下去。增生这时，早跟在后面，见叶氏扑上钉板，忙把一旁挂的铜锣，抢在手中，把锣杆向锣上镗镗的一阵乱敲，早见两个差人，上前把钉板同了上面扑的叶氏，一齐抬了进去。增生也缀在后面，差人把钉板抬到当堂放下，增生即跪在后面。这时叶氏已悠悠醒转，觉得臂腿之上，略被钢钉刺破，也不甚疼痛，本来钉板中间胸腹一段，并无铜钉，只有四周满布着钢钉，因此叶氏只刺破了臂腿。双刑部见果然有人告状，不由得向醇亲王看了一眼，见王爷微微含笑，知道告状的人，醇亲王定已知道，自己越发做了人情，好好相问，即命差人把叶氏扶下，跪在堂下，问道："你们二人，有什么冤枉呢，可当堂诉来。"增生见刑部和颜悦色，暗暗欢喜，知道亏得有了醇亲王做主，叶氏忙把乃武的冤枉，从头至尾，细细哭诉了一番。双刑部便问可有状子？叶氏忙将状子呈上，双刑部看了一回，暗想：这事十分重大，倘是不准，有王爷在那里保镖，自己很不方便，也不能不准，便吩咐把二人收监，准了状子。叶氏、增生都叩谢了一番，自有差人把二人带去收监。双刑部退下堂来，同醇亲王到了里面，笑道："王爷，你看这事怎么办呢？"王爷笑道："双大人，你可依实上奏吧，待太后批示就是。"双刑部点头，即亲自做下奏本，请旨办理。醇亲王自回府邸。双刑部知道这案有了醇亲王做主，不容迟缓，即当夜草就奏章。五鼓上朝，呈了上去。醇亲王早已同慈禧太后说好，派王昕为钦差，下浙江查察，吊一案的人犯进京部审。

不多几天，批示下来，命王昕到浙江去，王昕奉旨之后，即同夏同善、醇亲王等商议。同善道："种种拜托，能把冤狱平反，也是一件大大的功德，我听得叶氏说过：葛小大的妹子三姑，是个傻子，最好在这人口中，探出些影踪最妙。还有爱仁堂药铺的钱宝生，也是个重要人犯，葛毕氏曾供过他一次，内中定有很大的关系。"王昕点头道："大人放心，我决不致如胡学政一般变了意志。"同善很是欢喜，当夜设宴同王昕饯行。过了一天，圣旨船早已准备，王昕即便出京，向浙江杭州出发。王昕独自一人，在船上暗暗打定主意，到了余杭，自己先得到仓前去私访一番，在葛小大家中去哄骗三姑的影踪。余杭县刘锡彤这次提他到京，可不能令他预先知道，待他到船上来谒见，便把他扣起来。

一路很是平安，直到杭州。这时的刘锡彤也已得信，知道事情不妙，忙请何春芳商议。春芳听得这一回是王昕到来，知道王昕诨名唤作铁面御史，无法可想，而且须到京内去运动，省城无用，便道："东翁，这事须到京内去运动，只要小白菜不改口供，也没法审清，只好请太太先去哄了小白菜，然后东翁到了京中，设法向刑部运动。我在京时，刑部中却有许多人认识，待我先进京去打听一番如何?"原来春芳知道事情糟了，欲骗了刘锡彤些钱，滑脚逃走。锡彤哪里知道，信以为真，连声应好，忙取了四十两银子，催春芳速速进京。春芳即收拾行李，拿了银子，假作晋京，叫了一只大船，径自逃回绍兴，不再管锡彤的死活。谁知天网恢恢，路上遇见了大批海盗，把春芳赚下的昧心钱劫个干净，结果把春芳一刀两段，杀死掷在海内，连尸骨都不得归乡。这也是恶人之报，表过不提。却说刘锡彤见师爷已去，忙命林氏上省，到监中见了小白菜。只说是刘子和告了部状，因此不日要提解入京，锡彤已托人在部内说妥，只须小白菜咬定是乃武迫干，即能出罪。小白菜听得，以为真的子和告的部状，很是感激子和，一口应诺。刘子和心中也很着急，料定王钦差要到仓前，便去关照了宝生，候钦差到来，再来商议。锡彤便在余杭县衙内，等候钦差到来。

过了不久，王昕的钦差官船已将到杭州，王昕怕巡抚等到来说话，便先行传命，须先到余杭仓前去亲自踏勘，沿途一应官员免见。传命已毕，见离杭州只有三四里光景，即命差人悄悄叫了一只小船，王昕换了便衣，下了小船，也不带差人，独自一人，向余杭仓前镇进发，去私行察访，吩咐差人们不必声张，把官船慢慢前进，到仓前来迎接自己。小船上的船夫，哪里知道是钦差大人，只道是个寻常客人。事有凑巧，这船便是乃武乘了进省赴试的张好老，见了王昕以为是到仓前去贩丝绵，只因仓前丝绵有名，差不多家家做着出售，到仓前去贩卖的客人甚多，便一面摇船，一面问道："老客人，可是到仓前贩丝绵吗？"王昕正要在船夫口中探听仓前情形，即点头道："正是，你可知道镇上谁家的丝绵好呀？"张好老道："好的多着呢。桥头朱家，太平街李家，都有好的。"王昕顺势道："太平街有家葛家，遭了官司，怎样了你知道吗？"张好老道："怎么不知，杨乃武是冤枉的呀。"王昕不觉心中一动，即问道："你如何知道是冤枉呢？"张好老道："杨家二少爷上省赴试，即是乘的我这只小船，我上着账呢。"说着，把账给王昕看了。王昕暗想："如此说来，乃武实是冤枉。"又问道："葛家在太平街哪里，你知道吗？"张好老道："怎么不认识，有一家小茶馆的，钱宝生便在里面喝茶。"王昕一一记了，不多时候，早到了仓前，王昕付了船钱，上得岸云，径向太平街走去，走到一家茶馆门口，向对面一望，见有一家门上挂着麻幡，知道便是葛家，即走进站去，先在门缝内一张，见里面坐着一个黑丑女子，料到便是三姑，把门一敲，三姑即走出开门，一见王昕，并不认得，不禁一呆道："做什么呀？"王昕倒也一呆，忙笑道："可有丝绵卖呀？"三姑听说是买丝绵的，生意到门，忙道："有有，请里面来。"王昕随了三姑，到了客堂之内，见正中位着灵台，知道即是葛小大。三姑早把丝绵取出道："这是一斤，要两块洋钱。"王昕即付了二元，暗想如何可以探得口风，顿时心生一计，向三姑道："哟呀，这房子不太平哪。"三姑本来昨夜得了一个怕梦，梦见葛小大向她相骂，听得王昕的话，中了心怀，忙道："老先生，你会着风水的吗？昨夜我正梦见哥哥咧。"王昕暗暗好笑，即点头道："正是，你哥哥说死得冤枉，今夜还得来咧。"三姑一吓，忙道："老先生，可有什么法子阻止他不来呢？"王昕道："有的，只要写一张祝告给灶王爷就好咧。"三姑道："可是真的？老先生你可会写？我把东西谢你。"王昕道："我写是会写，只是须把你哥哥是谁害死的写明，灶王爷方能命你哥哥去找这人。”

三姑迟疑了一回，觉得自己性命要紧，点头道：“好。”即把笔墨取出，王昕执笔在手，问道：“你哥哥谁害死的呢?”三姑悄悄的道：“钱宝生。”王昕听了，忙记在心中。只因三姑只知道钱宝生下的毒药，不知道子和主谋，王昕即胡乱写了几句。三姑奔到楼上，取下一物，给王昕道：“这是谢意，是活的。”王昕接了，一看却包得甚好。当下要紧出来，即放在身边，把写好的纸，交给了三姑，出了葛家大门，知道宝生即在对面茶馆内吃茶，便踏进茶馆，泡上了茶。一听里面正有一个哼哼唧唧说话的人，知道定是宝生，只一望，见宝生同一个标致少年，方在那里说话，这人便是子和。细细一听，正说着乃武的案子，只是听不清楚。王昕暗想：“这少年不知是谁？或者同了此案有关?”正欲再听，只听得外面一派锣声，自己官船已到。忙会了茶钱，回到船上，吩咐差人把宝生同三姑，都提到了船上，方命回船到余杭县去。欲知后事如何，且看下回分解。

第四十二回

听秋密昭雪沉冤
诉反平重见天日

却说王昕悄悄到了仓前，探得了一些影踪，把钱宝生、葛三姑二人捉到船中，回到余杭县来。刘锡彤已得了信，说钦差的官船，直放仓前，心中很是狐疑。这时来到余杭县码头，锡彤早在码头上迎接，见官船到来，忙先在岸边跪下恭请圣安，递上手本。王昕在船上听得余杭县在岸上迎接，即悄悄向差人说了一计，那差人领命，即到岸上请刘知县下船。到了舟上，王昕却并不见面，引了锡彤到后面一间舱中。锡彤一看，里面早准备下了一张床铺，铺上灶具齐备，差人笑道："请大人不必回去，就在船上住下了一同进京。"锡彤一见，吓得一跳，知道已被钦差押住，也无法可施，只得住下，这便是王昕的妙计，怕锡彤一则逃走，二则又花钱运动，这般出其不意，预备下铺，把他押在船上，那差人自去回复了王昕，又向余杭县的差人说了。余杭县差人听得老爷押在船上，慌忙回去，报给林氏知道。林氏大惊，知是不好，暗想不如自己同了子和，叫了只舟，带了银子，随同官船，一同进京，到京中去想法。好得自己的嗣来哥哥，正在京中候补，去年曾写信来借钱，没有答应，想必是穷，这一回只须多给他一些，自能出力帮忙。除此之外，也无别法。这时子和也回到家中，听得父亲被押，很是发急，听得林氏说是进京设法，点头称好，忙命人叫了只大舟，收拾了银子行李下舟，跟了官船同行。

王昕的官船把锡彤押在船上，即开舟到了杭州，王昕上岸，自有当地官员接过，王昕并不另打公馆，即到了巡抚衙门，立即升堂，命差人在监中吊出了杨乃武、小白菜二人，吩咐押解二人，把二人解进京去。又把乃武、小白菜二人用秤称过，吩咐差人道：“这二人如今交给你们，到了京中，倘轻了一斤，重责一百，轻了十斤，重责五百，若有一人发生变故，便把你们几人抵命。若是重了一斤，赏银一百，十斤赏银五百，路上好生伺候。”差人们忙连声应诺，这便是王昕怕差人得了贿赂，在路上害了二人性命。这般吩咐，差人哪里再敢疏忽一些，因此二人一路上很是舒服，一些没受苦楚。王昕把钱宝生、三姑二人也交给差人，一同解进京去。见事情就绪，也不停留，径自下船，开回京去，在庭上把三姑送的东西解开一看，却是只打簧金表，连着一条表链，上面印着一个刘字，正是刘子和送给小白菜的东西，心中十分奇怪，暗想：这表要三百余元一个，自己常想买它一只，因价钱太贵，没有买得，如何葛家倒有这般贵重物件呢？而且表链上又印着个刘字，是什么缘故呢？只是思想不出，只好罢了，将表藏过。一路上很是平安，只是后面常跟着一只大舟，船中有个漂亮少年，便是同钱宝生谈话的一个，一问这船，却是刘锡彤的家眷，心中便怀疑这少年定是锡彤的家族，同这案多少有些关系，当下也不能明白，哪里知道这少年即是刘子和，正是毒死小大的正犯呢。那一天到了京中，把一应人犯，交在监中，王昕自去复旨。又同夏中堂醇亲王相见，约定俟刑部开审，都去听审。朝廷又派了王昕监审。刑部双大人早定下了日期复审，查一个水落石出。

却说林氏、子和到京中，林氏忙带了十条金条同了子和，来看嗣来的哥哥林子义。林家自林氏出嫁，老夫妇二人相继去世之后，一应家财，都被林氏带走，子义嗣进去的时候，只剩了一所破大房屋，因此把林氏恨如刺骨。子义娶妻吴氏，用了几番苦功，倒也考得功名，在京中候补。清朝的候补京官，最是穷困，子义越发连衣衫不周，除了自己的一身箭衣外套，吴氏的披风，也当掉了。去年向林氏借贷，又没借到。今天听得林氏到来，欲不见面，还是吴氏接了进去。林氏见过哥哥，即把锡彤的事情，说了一遍，托子义设法，又取出十条金条，作为谢意。子义当初一理不理，怎当着十条黄澄澄的金子，不由得不动心了，即满口答应，明天来听回音。林氏、子和告辞回去，子义暗想：这事只要没人招出实情，刑部也没有办去，使犯人不招，只须不用刑具，使犯人不受痛苦，这般一想，觉得这事只须去运动刑部的衙役差人，托他们凡有关系的人，不能用刑，便不妨事了。想定主意，即出去找了刑部的衙役头儿，同他商议，许下了三千五百两银子，先付二千五百，一千事情办好再付。衙役头儿方纳，点头答应。子义兴冲冲回去，明天林氏到来，子义即把托好衙役的话，向林氏说了。却说是许下了四千银子，林氏很是欢喜，即去兑了银子，交给子义，子义赚了五百，先将二千五百交付妥帖，一千两存在店上，候事情就绪，再交付他们。事情办好，已到了开审日期。

这一天早上，醇亲王、夏同善中堂，都到了刑部大堂，在堂后窃听。王昕却在堂上设下一座坐下，监督审问。刑部双大人正中坐定，户部、礼部两位尚书，在旁陪审。一应人犯，俱已提在下面。三部衙役，站立堂下。门子侍立后面，师爷坐在一旁，好不严整威肃。刑部双大人先把刘锡彤传上堂来，并不问话，命锡彤立在一旁，桌上却把乃武一案的文书口供，放在上面，方翻了开来，陡的见乃武的画供都是“屈打成招”四个蝌蚪文字，心中不觉暗暗佩服，乃武很有主意。一切就绪，先把乃武提上堂来。乃武这时都已知道是叶氏告的部状，一切有醇王爷夏中堂做主，暗想这一堂不把刘锡彤扳倒，也不能出以前的这口恶气。到了堂上，跪下之后，双刑部正待动问，却见乃武把裤带解开，露出了创痕布满的瘦臀，向地上一伏道：“请大人责打。”这一来，把众人看得奇怪起来。双刑部暗想：如此看来，必有哪一堂先打后问，即喝问道：“杨乃武，哪一个衙门有先打后问的规矩?”乃武道：“余杭县先打后问。如此说来，大人是青天了。”方把裤子扯起，仍回身跪下。双刑部听得，心中大怒，早向刘锡彤看了一眼，暗道：“好呀，你竟先打后问，怪不得要屈打成招咧。”这也是乃武的妙计，冤刘锡彤先行犯法，其实这一项却并不如此。锡彤也知道乃武这个意思，只是又无人做证，没有先打后问，真是百口难辩，只能暗恨乃武。双刑部便喝问道：“杨乃武，你把自余杭县开审，直到如今的事情，细说一遍，毒死葛小大究竟是不是你呢?”乃武这时，即叫了声冤枉道：“青天大人，小人实是冤枉的呀，哪里有什么毒死葛小大的事情，都被余杭县‘屈打成招’的哩。因此小人在供状上，也写下了屈打成招的花押哪。”双刑部微微一笑道：“这倒亏得你思想出。”即把乃武的花押是“屈打成招”四字，给刘锡彤看了，锡彤不禁呆了，暗想乃武实是厉害，花押竟写了屈打成招四字，到如今也没奈何的了。乃武接着把自己中了一百零四名科举，在余杭县拜客，被刘锡彤假作请宴，席间将自己拿下审问，如何用天平踏扛，自己定不屈认，结果被余杭县用了炮烙非刑。方受刑不过，屈打成招，细细地说了一番。双刑部听得刘锡彤用炮烙非刑，心中越发大怒，忙命人验看，乃武身上有火伤几处，知道乃武的言语是实，不觉又向锡彤看了一眼，这炮烙乃是非刑，竟敢胡乱使用。锡彤只剩了颤抖的份儿，哪里说得出话来，乃武又把余杭县令屈打成招之后，怎的知府陈鲁重审，又受了重刑，不能不招，直到詹氏臬台衙门告状不准，抚台衙门告状、步军统领衙门告状，非唯没有昭雪，连詹氏和儿子、报告姚士法，都关入监内。胡学政到来，自己又受了许多大刑，实是受弄不起，仍然屈打成招，每过一堂，没一次不受重刑，因此遍体鳞伤，足胫将断，倘是不招，早已死在刑毙，今天也不能来见青天大人的了。

这一席供状，说得凄惨万状，听的人没一个不点头叹息。双刑部又细细问了乃武同小白菜怎样关系，乃武便一点不虚，把小白菜在自己家中成奸，小白菜欲同小大悔婚，亏得自己以正义相劝，成就了他们夫妇团圆，自己又因了妻子讽规，猛然醒悟，同小白菜断绝关系，曾经写书信劝小白菜归正，知道葛家贫苦，常周济他们。自小白菜搬到太平街居住，自己除了圆房的一天去吃过喜酒，两年之内，未曾去过一次，直到进省赴试，方去探望了他们一次，又周济了十两银子，以后便在省内，没有回去。葛小大怎样的死，自己也不知道。因了什么，小白菜要恩将仇报，自己也不明白，一一说毕。又叩头道："小人今天得见青天，便是死在九泉，也瞑目的了。"双刑部暗暗点头，暗想乃武尚不愧是个好人，当下即命人把乃武带在一旁，把小白菜带上。一看果然标致，怪不得出名叫小白菜了，便喝问道："葛毕氏，奸夫究竟是谁，从实招来。"小白菜却仍叩头道："大老爷是青天，小妇人怎敢说谎，是杨乃武。"双刑部听得仍是乃武，即大喝道："你这刁恶妇人，不打如何肯招？"即命打了四十皮掌，无奈用刑的都受了林氏的钱，小白菜这四十皮掌，一点不痛，越发相信了林氏，便假作哭叫道："青天大老爷，就是打死小妇人，也只得杨乃武一人呀。"双刑部暗想，这事须得问三姑，她是个傻子，或者可以问出，即先把宝生叫上，问他卖药给谁，也说是乃武。双刑部也打了四十再问，可是宝生口中虽是喊痛，实则一些不痛，双刑部知道问不出来，即把三姑带上，喝问道："葛三姑，谁毒死你哥哥的？"三姑道："是杨乃武。"只因三姑是子和暗中许她一百块钱，叫她只说乃武，双刑部暗想，这傻子受了痛苦，总得招出，便喝道："胡说，给我上拶子。"差人即上来套了，刑部喝一声收，两旁即把绳一收，可是也是假的。三姑却是傻子，不知假作疼痛，觉得不痛，便不哭不叫，只向着拶子呆看，嘻嘻地笑了起来。

这一来，双刑部瞧出了破绽，暗道不好，这般看来，差人都受了贿赂的人，所以用刑不痛，如何可以审了真情呢？顿时心生一计，忙叫松刑。这时衙役头儿方纳也觉得要被堂上看出用刑不痛，正欲令用刑差人，真的收三姑一拶，使三姑叫痛，却已被刑部叫了松刑，方纳也无法可想。双刑部沉吟了一回道："既是都供了是杨乃武，自然奸夫是杨乃武了。如今也不用再审，罪名已定，明天午时正法，明正典刑。"说毕，命差人将一应人犯都带下去，不再审理。这一来，出于众人意外，王昕大为诧奇，又不能说话。乃武听得，也大吃一惊，即高叫道："小人尚没有画供，如何可以定下罪名呢？"双刑部道："不用画供，明日午时正法。"一旁的刘锡彤大喜过望，忙道："大人，那诬告的叶氏呢？"双刑部冷笑道："叶氏吗？也一同正法就是。"杨乃武正欲再说，双刑部早指挥差人，押了下去。一刹那间，都押下堂去。双刑部又悄悄地命门子把刘锡彤监住在部内，不准回去，一切吩咐就绪，即退堂进去。早见醇亲王同夏中堂，都是满面怒容，立在后面。王昕也退下堂来，见了双刑部，忍不住道："双大人你审的什么官司？"双刑部笑道："王爷同二位大人不必动怒，卑职自有缘故，请到了里面细细奉告吧。"三人到了里面，一同坐下。醇亲王先忍不住问道："双刑部，有什么缘故呢？"双刑部不慌不忙，把在堂上瞧破差人受贿，用刑不痛，问不出口供，因此只说将乃武等正法，安了纳贿人的心，停一回只须说赏一席给乃武同小白菜诀别，使二人在一处相会，乃武定得盘问小白菜何以攀供于他。小白菜因了明天已要正法，自然可以说出。我们隐在后面，细细听小白菜的言语，这案即能水落石出了。三人听了，方恍然大悟，忙请双刑部前去准备。

却说乃武在刑部大堂之上，听得传命明天正法，浑如晴天霹雳，欲待分说，已被差人带下堂来，仍禁入监中。乃武暗想，历来审案，就是小小的知县衙中，也须犯人画供，方能定下罪名，今天在刑部大堂，倒不须画供，便草草定罪，绝无此理。不禁想到双刑部问案的神色，同自己并不疾言厉色，绝不是立即定罪的情形，内中定有缘故。正在监中纳闷，忽地外面有人叫道："杨乃武可在里面?"便听得禁卒答应，乃武不知是谁，忙定睛看时，却是个长随，见了乃武，笑道："杨举人，刑部大人因了举人明天便是受国家恩典，特地赏下一桌酒饭，作为诀别。"乃武一听，觉得事情很是蹊跷。又见来提的人不是衙役，却是长随，知道定有缘故，即点头道："多谢大人费心。"即由长随扶了，一路到了刑部里面一间空屋之中。一席酒肴已安排就绪。长随笑道："你且坐了，我还得同你找一个侣伴来咧，使你也快活一宵。"说毕，即匆匆便去。乃武在席上坐下，四面一看，见后面一带薄板，又听得长随言事，猛然醒悟，暗道不要后面已隐下了刑部大人，特地要窃听我同小白菜的言语，如此说来，倘是停一会儿果是小白菜到来，自己所料一些不差，定得把小白菜迫出真实口供，自己便有昭雪之望。这般一想，在黑暗之中，又生了一线光明。停了半个时候，听得脚步响处，走进了二人，一个是方才的长随，一个却是小白菜。小白菜自刑部大堂下来，知道明天便是正法，十分悲哀，只是也无法可施。正哀哀痛哭，却有长随到来，说是那刑部赏下酒饭命她去吃。小白菜也不知道因何赐了酒筵，不能不去，只得随了长随，一同到了里面。方欲踏进门去，见里面杨乃武坐定在内，不禁呀一声退了出来，暗道：我害了他的性命，真是恩将仇报，见面之后，羞也得羞死的了。长随见了，忙笑道："小白菜，明天便得诀别了，今天还有什么羞耻了呢？而且你也得同杨乃武诀别一声啊。"小白菜觉得这话不差，既已害了乃武，还不同他诀别一声吗？而且也不能不进去相会，没奈何涨红了粉颜，走到里面。长随却把门一关，自去复命。

杨乃武见真是小白菜到来，不由得精神陡长。叹了一口道："生姑，事已如此，你且坐下，只剩下今天一天咧。"小白菜见杨乃武并不怨恨，仍和颜悦色，觉得万分对不住杨乃武，只是到了这时，也翻不过来了，便流泪道："二少爷，如今也不必说了，下世报你的恩典吧。"杨乃武又叹了一口气，提起酒壶向小白菜杯中斟道："你且饮一杯酒，我们起初也是一杯酒成就了今天的孽缘。"小白菜听提起初情，越发泣不可抑，便呜咽道："这都是我一时之差，对二少爷万分的疚心，也没奈何的了。"接着把酒一饮而尽。乃武不由得又叹了一口气，又道："生姑，如今罪名已定，明天便得诀别，我有一事，很不明白，须问个清楚，死也不做个糊涂鬼儿。究竟你为了什么，一定要攀供我呢？"这也是乃武料到后面有人，欲逼出小白菜说话，因此这样动问。小白菜听得，却只是哭泣，呜咽道："如今也不必说了，总之我来生报答二少爷吧，这一次是我害了你了。"乃武忽不住垂泪道："如今自然是没奈何的了，我死却不要紧，只是害了我的姐姐，为了我也受了一刀之苦，我如何有面目会见地下的双亲呢？你想她因了我冤孽，千里迢迢，赶进京来。在刑部告了冤状，结果非唯没有昭雪，反害得她受了诬告之罪，餐刀身亡，叫我怎样不悲伤呢？"说毕，也饮泣起来。

小白菜听得，倒奇怪起来，林氏明明说是子和告的部状，如何倒是叶氏告了呢？忙问道："究竟是谁告的部状呀，不是刘子和告的吗？"乃武苦笑道："有谁敢告呢，除了我姊姊之外，刘子和他最好我们死了，如何还肯到刑部告状雪冤哪。"小白菜到了这时，方才大悟，自己完全受了林氏之骗，倒害了乃武姊弟二人，忍不住把子和恨得痒痒地，觉得这事还是说明的呀，也能使乃武原谅自己，是上了子和的大当，即哭着道："二少爷，你哪里知道，都是我一时糊涂，上了人家大当，反害了你的性命，如今事已至此，我实话告诉了你吧。可惜我这时醒悟，已是迟了。"乃武最希望这样，忙道："你究竟上了谁的当呢？"小白菜道："都是余杭县的儿子刘子和，害我们的。"接着把钱宝生用春药起，毒死葛小大，自己没有知道，是子和托宝生放在三姑去配的药中，自己哪里明白，煎了给葛小大饮下，便毒死了葛小大。同了林氏、子和如何进监哄骗自己，攀诬乃武，以后每开一堂，林氏来骗一次，刘知县运动一次，所以没有审清，直到如此地步，一一向乃武说了。乃武方才明白，不禁叹了一口气道："这也是前世冤孽，如今也不必说咧。"这时，夏中堂、醇亲王、双刑部、王昕都在后面的一间屋中，窃听二人的言语，把小白菜的一番言语，听得明明白白，早录了下来。听他们说毕，双刑部早使差人进去，自己同了王昕等四人，也走将进去，把小白菜吓得一呆，乃武却在意料之中，心中暗喜。双刑部道："葛毕氏，你的言语我们都听得，如今案情大白，快画下了供，我自当替你们申雪。"小白菜暗想："原来双刑部说是明天正法，却是用的妙计，如此说来，乃武的冤狱已昭雪了。"本来子和只是用春药的一事，已是该死，这一回也是天理昭彰，即画了供状。当下双刑部仍把二人提回监去，吩咐小白菜不能声张，不然，你的性命不保，小白菜应了，同乃武回到监中。双刑部同了夏中堂、醇亲王、王昕四人就在屋内坐下，商议明天怎么捉住子和。王昕道："这也是没凭没据的事，如何可以使他有个见据，方能按律定罪呀。"双刑部沉吟了一会儿，顿生一计，悄悄地向三人说了，三人大喜，都点头说好。双刑部即唤过两个伶俐差人，悄悄吩咐了一回，明天依计办理。差人领命自去，双刑部等四人，各回家中，只待明天，可以审结这泼天冤狱。

到了明天，醇亲王、夏中堂、王昕三人早到了刑部，只待差人回报。却说林氏同了子和，昨天听得已是结案，今天乃武、小白菜、叶氏三人，午时正法，心中大喜，预备今天去瞧了法场，便大事就绪。子和想起了小白菜的恩情，不忍使小白菜无人收尸，着人买下棺木衣裳，准备小白菜死后安殓。到了辰末光景，正欲同林氏同到法场，只见来了两个差人，问道："哪一位是余杭县的少爷？我们奉了老爷之命来了的。"子和听得是父亲遣来，信以为真，即点头应道："有什么事情呢？"差人道："老爷命我们来向少爷说，小白菜帮了他许多的忙，要算是自己人了，而且同少爷相好，因此要作为媳妇看待，停一回死后，将小白菜灵魂招回，回去招魂立座，要请少爷亲自写一个灵位，到法场上。俟小白菜正法之后，少爷悄悄执在手里，唤叫三声，小白菜的灵魂便能随着回去。又命我们沿途买了神主。”说毕，把一个楠木神主取出，交给子和道：“少爷快些写吧，时光差不多咧。”子和听得，信以为真，哪里知道是双刑部的妙计，这般一写，便成了真凭实据，不是奸夫，怎样要替小白菜立座台呢？子和取过神主，即笔墨取出，问道：“怎样写呢？”差人道：“老爷说是由少爷的称呼呀。”子和一思，由自己称呼，自然是妻子了，便在神主上写：“我妻毕生姑之神位。”写好之后，向差人道：“对吗？”差人假作接过观看，陡地冷笑一声，把神位藏好，一个差人，袖中抖出铁链，向子和头中一套，锁好了道：“好，就请你到刑部去走一趟吧。”子和大惊，知道上了个大当，只是到了这时，也无办法，早泪流满面，被差人拖下。林氏一见，知道不好，却见门外又走进两个差人，把林氏也锁了就走，同子和一齐解到刑部。

双大人等四人听得子和、林氏捉到，十分欢喜，立即升堂，把一应人犯吊出监来，刘锡彤也提到堂上。子和、林氏都跪在下面，锡彤一见，早吓得面如土色，浑身立抖。双刑部先把乃武叫上，安慰道：“你的冤狱都已明白的了。”即命在一旁跪下，又把小白菜带上堂来，问了一遍，小白菜今天把子和恨如刺骨，非比往日，即一字不瞒，依了昨天向乃武说的，说了一遍，当下画了供状，方将子和提上堂来。差人把神主呈上，双刑部冷笑一声道：“刘子和，快把谋死葛小大，陷害杨乃武的实情，从实招来。”子和忙叩头道：“大老爷，小的并未毒死葛小大，是杨乃武。”双刑部大喝道：“你既不是奸夫，写这神主何用？又把葛毕氏称为妻子，即此一点，即能定罪。不打如何肯招？”即把原签连同掷将下来，喝道：“给我重打一百。”这天的差人，知道不能再用刑不痛，即上来把子和拖翻，狠命地打将起来，子和哪里受得这般痛苦，方打了三十，即哭着极叫愿招，双刑部即命停打，喝道：“快些招来，免得皮肉受苦。”子和到了这时，知道事情已被刑部查得明明白白，不能不招，即把前后事情，如何会后见了小白菜，同钱宝生设法用春药成奸，葛小大瞧出破绽，自己怀恨，同宝生商议下毒，恰是三姑配药，即把砒末放在药内，毒死葛小大，小白菜并未知道，后来葛文卿告状，自己方在杭州，父亲准下状子，如何命小白菜攀诬乃武，刘锡彤如何纳贿，知府陈鲁、臬台蒯贺荪、抚台杨昌睿、学政胡瑞澜，同了锡光、边葆诚、罗子森、顾德恒、龚世潼等，都得了多少贿钱，因此乃武不能昭雪，前前后后，细细地招出。双刑部命子和画了口供，带下堂去。又喝问刘锡彤贿赂的情形，锡彤这时，已面无人色，只是子和已招，不招徒然受苦，也一一招认，也画供带下堂去。又将钱宝生、林氏二人，一一问了，都招了出来。这般一件冤狱，到这时方才水落石出，双刑部见诸事就绪，即命人先把众人仍下了监，方退下堂来，同醇亲王、夏同善、王昕三人相见，都很欢喜，便一同商议怎样复旨，同了怎样定罪。王昕道：“这案的小白菜葛毕氏，论理呢，毒死丈夫，她并不知道，无死罪之理。但是这案总是因奸谋毙亲夫，岂有奸夫受了大劈，淫妇不死的理，又加着她攀乃武可恶，不过也是受人之愚，定起罪来倒很困难。”醇亲王想了一回道：“这却不妨，尽可定了死罪，待我去打动太后，下旨特赦，岂不是两全其义了吗?”三人都点头称善，当下即拟定了正犯刘子和因奸谋命，定了斩立决；小白菜因不是同谋下药，改罪量等绞决；刘锡彤充发黑龙江，不准取赎；林氏随夫同往黑龙江；钱宝生同谋人命，绞决；叶氏弟姊性重，免究；杨乃武犯下奸淫有夫之妇，杖一百；詹氏母子开释。浙江巡抚杨昌睿、宁波知府边葆诚、杭州知府陈鲁、湖州知府锡光、嘉兴知县罗子森、候补知县顾德恒、龚世潼、学政胡瑞澜，俱是追缴贿银入官，革职永不叙用。按察使蒯贺荪已死，贿银入官；巡抚门丁沈彩泉杖一百，流二千里，王心培、沈体仁各杖八十，沈喻氏杖一百，葛文卿免究。尚有余杭县学府章睿，因不查清根由，失察免职。一切都已拟定，请双刑部、王昕二人上奏，方各自回去。

不想到了晚间，禁卒来报，说是刘锡彤畏罪自缢身亡。双刑部便把禁卒重重地打了一顿，方命把锡彤尸身验过安殓。过了一天，奏章已上，批旨下部，准所奏施行，又要召见小白菜。只因醇亲王到了宫内，向慈禧太后盛道小白菜的标致，慈禧太后最是喜欢标致的女子，便下旨召见。双刑部忙把小白菜送进宫去，太后一见，果然美丽，很是欢喜，即问起案中根由，小白菜一一跪奏，太后十分可怜小白菜受了子和所害，即下旨特赦小白菜无罪，小白菜忙叩谢大恩，仍出宫来。不多几天，子和、宝生都已正法，人心大快。其余的人，打的打，徒的徒，革的革，放的放，都办理清楚。这一件天也似大的冤狱，方才沉冤昭雪。只是乃武已是双踝肿烂，遍体鳞伤的了。乃武出狱之后，同叶氏叩谢了夏中堂，因伤痕遍体，要紧回去医治，即同叶氏母子媳妇三人，一同回去，同詹氏夫妇父子相见，都是又悲又喜，宛如隔世重逢。乃武的伤痕，直养了一年，方才痊愈。小白菜回到仓前，便看破红尘，在余杭县准提庵出家为尼，法名慧定。以后葛三姑、沈喻氏、王心培等如何结果，同了林氏的结果怎样，因不在本案之内，也不再述。后来小白菜死了，骨殖葬在余杭县东门外文昌阁旁，乃武即在上面造了个骨塔，塔柱上镌了两首七律，乃是杨乃武的手笔。诗曰：

自幼持斋顾守真，此身本不恋红尘。冤缘强合皆前定，奇祸横加几莫伸。纵幸拨云重见日，计经万苦与千辛。略将往迹心头溯，静坐蒲团对碧篇。

顶礼空王了此身，哓哓悔作不平鸣。奇冤几许终昭雪，积恨全消免覆盆。泾渭从来原有别，是非谁谓竟无凭。老尼自此真离脱，白水汤汤永结盟。

在这两首诗上看来，已可知道杨乃武一案的经过千辛万苦，险些儿成了覆盆之冤，正是：

冤缘强合，奇祸横加。千辛万苦，重见天日。

奇冤昭雪，覆盆终免。泾渭有别，谁谓无凭。